Robert Hültner

Inspektor Kajetan und die Sache Koslowski

Walching

Zwei Fälle in einem Band

btb

Inspektor Kajetan
und die Sache Koslowski

Roman

1

Der Gewehrlauf zielte auf das Pflaster. Er wippte gemächlich auf und ab, als der Soldat sich in Bewegung setzte und, ohne die Hände aus den Taschen zu nehmen, auf den jungen Mann im abgetragenen dunklen Mantel zuging.

»Was suchst denn da? Da ist heut gesperrt!«

Der Angesprochene fingerte ein Blatt Papier aus einer Tasche, entfaltete es und hielt es sich vor die Brust. Seine Hände zitterten unmerklich.

Der Soldat warf einen Blick darauf, nahm die Zigarette aus dem Mundwinkel und spuckte einen Tabakkrümel aus. Seine Miene verdunkelte sich.

»Von der Zeitung?«

Auf seine Worte hin wandten sich einige Männer des kleinen Trupps republikanischer Soldaten, die den Zugang zum Promenadeplatz bewachten, um.

»Was für einen Dreck wird er denn diesmal wieder zusammenschmieren?«, höhnte einer. Die Brust des aufgeregten jungen Mannes hob und senkte sich. Er wurde rot.

»Von mir habts ihr noch keinen Dreck nicht gelesen!«, rief er verletzt.

Der erste Soldat winkte ungeduldig ab, trat einen Schritt zur Seite und ließ den Journalisten passieren. »Aber deinen sauberen Kollegen sagst«, rief er ihm drohend hinterher, »dass bald ein anderer Wind weht! Hast gehört?«

Der junge Mann, der sich nun schon in der Mitte der Maffeistraße befand, antwortete nicht mehr. Er war in Eile. In wenigen Minuten sollte die Sitzung des neuen Landtags beginnen. Die Wahlen vor einigen Wochen hatten der Partei des Präsidenten eine verheerende Niederlage zugefügt, und alle Welt fragte sich, wie dieser darauf reagieren würde.

Doch so neugierig der junge Journalist darauf war, sowenig war das in Wirklichkeit der Grund, warum er der Sitzung des Parlaments beiwohnen wollte. Er hoffte vielmehr, dabei etwas zu erfahren, was für sein eigentliches Vorhaben nützlich wäre. Was es genau sein würde, wusste er nicht. Noch war er dabei, einige widersprüchliche Informationen zu ordnen, und noch war er längst nicht in der Lage, die vermuteten Zusammenhänge zu beweisen. Das konnte jedoch nicht mehr lange dauern. Der junge Journalist fühlte, wie sein Herz heftiger pochte.

Vor ihm öffnete sich der Promenadeplatz. Noch stand die Sonne schräg hinter den Dächern; über dem schwarzen, feuchten Pflaster dampften Nebelschleier. Im Westen fingen herrschaftliche Fassaden erste Sonnenstrahlen ein und blinkten durch den dünnen Dunst. Ein frühlingshafter Tag kündigte sich an. Kein Wind war zu spüren. Die Luft roch nach dem Rauch vieler Herdfeuer.

Der langgestreckte Platz war nahezu menschenleer. Gelegentliche Rufe der Soldaten, die das Regierungsviertel absperrten, durchbrachen die Stille. Schleppenden Schrittes gingen zwei ärmlich gekleidete Männer mit gesenkten Köpfen an den Wachen des Außenministeriums vorbei, und im Windfang des Eingangs eines Bankgebäudes hatte ein Mann, die Schultern fröstelnd hochgezogen und seine Hände in die Taschen seines Wintermantels vergraben, Zuflucht gefunden.

Eine Bewegung lenkte den Blick des Journalisten auf sich. Aus dem Portal des Montgelas-Palais, das noch im morgendlichen Schatten lag, hatte sich eine Gruppe gelöst: drei Zivil tragende Männer, die von zwei Bewaffneten begleitet wurden, von denen einer vor, der andere hinter der kleinen Gruppe ging.

Der Beobachter blieb stehen. Er fixierte den Mann in der Mitte. Das also war der Präsident? Der Journalist hatte ihn noch nie von Angesicht zu Angesicht gesehen; er kannte sein Äußeres nur von einigen Postkarten, auf denen er als vergeistigter Gelehrter, als eine Melange aus Doktor Faustus und einem leicht an der Welt verzweifelnden, etwas verschlampten Poeten abgebildet war.

Der Mann jedoch, der sich nun mit gemessenen, kräftigen Schritten auf ihn zubewegte, wirkte anders. Eine ruhige Würde, eine patriarchale Gelassenheit ging von ihm aus, und die Belastungen, denen er in den vergangenen Monaten und Tagen ausgesetzt gewesen sein musste, waren ihm nicht anzusehen. Anders als seine Begleiter, deren Blicke zu Boden gerichtet waren und dann wieder unruhig über die toten Fassaden des Regierungsviertels wanderten, drückte seine Miene eine eigentümliche, beinahe sarkastische Heiterkeit aus.

Ja, er würde heute vor den Abgeordneten seinen Rücktritt erklären. Diejenigen, die in den vergangenen Monaten gegen ihn zu Felde gezogen waren, würden nun beweisen müssen, dass sie mit den Problemen der jungen Republik besser fertigwürden – und sie würden scheitern, die biederen Mehrheitssozialisten ebenso wie die Radikalen. Der Misserfolg seiner Gegner würde ihm schließlich recht geben und den Weg ebnen für die Ideen, für die er sein ganzes Leben lang gekämpft hatte. Sein Rücktritt würde ihm Zeit zum Atemholen geben, zum Nachdenken. Der überraschende Erfolg des Umsturzes vor wenigen Monaten hatte es bisher kaum zugelassen. Und da waren schließlich auch seine

Frau und seine kleine Tochter, die er liebte und die nicht nur darunter gelitten hatten, dass sich in den vergangenen Monaten Beleidigungen und Morddrohungen gehäuft hatten.

Wärme dehnte sich über den Platz. Aus einem Loch im Maschengitter huschte eine Ratte. Sie schnupperte erregt, verschwand dann aber, von den knallenden Tritten der nahenden Gruppe aufgescheucht, wieder im Keller des Bankgebäudes.

Nun bog der kleine Trupp in die Promenadestraße ein. Als wollte er zur Eile drängen, beschleunigte einer der beiden Bewaffneten seinen Schritt. Er überholte die Politiker und setzte sich an die Spitze der Gruppe.

Der Präsident sah auf. Die Sonne war gestiegen.

Er fühlte nichts als einen silbernen Schmerz im Nacken und hatte schon jedes Bewusstsein verloren, als er auf das Pflaster fiel.

2

Die Riemerischen waren bei den meisten Hallbergern bereits vergessen, als das letzte Familienmitglied in der Düsternis einer geschlossenen Anstalt verstorben war. Die Geschichte dieser Familie war schließlich auch keine besondere. Was diese so vernichtend getroffen hatte, geschah auch anderen und geschah zu oft in jenen Jahren, als dass die Tragödie Einzelner noch wahrgenommen werden konnte. Haushalten musste ein jeder mit seinem Mitleiden, nicht zu oft, nicht zu tief durfte man sich erschüttern lassen in diesen Zeiten nach dem großen Krieg.

In Vergessenheit geriet das Schicksal der Riemerischen aber auch deshalb, weil dabei vieles so eigenartig, so verstörend verlief und sich nicht mehr einfügen wollte in das, was bisher von den Dingen des Lebens bekannt war.

So wäre es nach all der Zeit auch schwer, den Ort zu finden, an dem einmal das Gehöft der Riemerischen stand. Nichts in diesem abgeschiedenen, wüst verbüschten Teil des Hallberger Hochlandes markiert mehr die Stelle, und wer sich, nach mühevollem Studium alter Kataster, danach auf die Suche machen würde, fände am bezeichneten Ort nur noch mürbes Unterholz, hohes Kraut über moosigem Grund, wenige kniehohe, von Immergrün und Unkraut überwucherte, von Wurzelwerk gesprengte Mauerreste und, weitab vom nervösen Lärm des Perthenzeller Tals, einen dunklen, toten Frieden.

Sind sie wieder so recht verloren in den rasch dahineilenden

Zeiten, dann erdichten sich die Städter gern ein Bild des Bauern, der seit Jahrhunderten in angestammter Scholle verwurzelt sei. Obgleich es natürlich Höfe gab, die seit Jahrhunderten im Besitz einer Familie waren, so traf dies für die Riemerischen genauso wenig wie für die meisten der anderen Bauern des Hallberger Hochlandes zu. Viel häufiger geschah es, dass Gebäude und Ländereien wieder und wieder ihre Besitzer wechselten. Da genügte es, wenn ein tödliches Unglück den Bauern aus der Arbeit riss und sich die Witwe nicht sofort wieder verheiraten konnte. In jedem Winter passierten schreckliche Unfälle beim Holzschlag; unverständiges Hantieren mit dem erst um die Jahrhundertwende eingeführten elektrischen Strom raffte Männer wie Frauen dahin, und eine für die Bergregion absurd hohe Zahl der Bewohner fand den Tod durch Ertrinken.

Es genügte jedoch auch bereits, wenn der Hoferbe dem Alkohol ergeben war oder einfach nur schlecht wirtschaftete und sich zu hoch verschuldete. Konnte der heimatliche Hof vor einer Versteigerung bewahrt werden, so waren Verkauf und Abwanderung die letzte Möglichkeit, der völligen Verarmung zu entgehen. Nicht wenige waren in den vergangenen Jahrzehnten aufgebrochen, um jenseits des Ozeans ein neues Leben zu beginnen. Ihnen fiel der Abschied nicht sonderlich schwer. Entschlossen schnürten sie den Packwagen und schlugen zornig auf das Zugtier ein. Dann weinten und lachten sie und sahen nicht mehr zurück.

Freilich finden sich die von der Arbeit in die Landschaft gravierten Spuren auch in den Seelen der Menschen, und natürlich gibt es sie, diese in Traum und Gemüt geflochtene Bindung an den Ort der Kindheit. Doch nichts Mythisches ist daran, nichts Geheimnisvolles, keine gleichsam in die Körper getränkte, ins Blut übergegangene Erdverwurzelung. Für das Entstehen dieser oft so leichtmütig abgeworfenen Bindung waren auch keineswegs Jahrhunderte nötig. Wenige Jahre, in denen die Menschen der Erde ihr Überleben abtrotzen mussten, genügten dafür. Und schließlich beginnen sie ihn auf seltsame Weise zu lieben, diesen schweigenden, mächtigen Widerpart, der in einem Jahreslauf reiche Ernten auf sonnenbeschienenen, fett aufbrechenden Äckern schenkt, im nächsten in gleicher Gelassenheit heulende Unwetter, zu Tal dröhnende Muren und alles erstickende Winter mit sich führt.

Zu den schlichten Werkzeugen, mit deren Hilfe dieser kraftzehrende Kampf bestanden werden kann, gehört auch ein mit allen Nachbarn geknüpftes haltbares Netz gegenseitigen Beistands. Nichts mit Moral, allein mit praktischer Vernunft hat dies zu tun, und bei allen Konflikten wird ein wärmendes Ritual daraus gewonnen, dessen gelegentlich ungeschlachte Deutlichkeit weit entfernt von allem ist, was in den Städten oft an leerer Höflichkeit zelebriert wird. Und auch wenn prunkvolle Kulte dem zu widersprechen scheinen, hatte dies nichts mit Religion zu tun. Die Riten der römischen Kirche wurden nur benutzt, war diese doch klug genug, althergebrachte Mythen zu bemänteln. Und sie wurden ebenso ignoriert, wenn sich ihre Lehren zu sehr gegen das Leben sperrten. So war es nicht nur bei den Hallberger Bauern der gute Brauch, dass die Männer beim sonntäglichen Kirchgang erst nach der Predigt in ihre Stühle traten, und so fiel es auch nur den Bigotten ein, eine junge Magd bloß deswegen schief anzuschauen, weil sie ein lediges Kind geboren hatte. Allseits wurde befunden, dass es schließlich Schlechteres gab, was einem ansonsten fleißigen jungen Mädchen nachgesagt werden konnte.

Längst vergessen ist auch, wie die Riemerischen ins Land kamen. Von den Hallberger Alten würde sich nur noch der

Steinhauser-Vater bei einer sonntäglichen Schale Kaffee, seinen köstlich stinkenden Landtabak genießend, daran erinnern können, und auch er war damals erst ein Bub, wie in den achtziger Jahren des vergangenen Jahrhunderts ein zweitgeborener Sohn aus der Weißbacher Gegend das abgelegene, bereits sehr heruntergekommene Riemerlehen mit etwas glücklichem Erbgeld, den wenigen Ersparnissen seiner Frau und wagemutig eingegangenen Verschuldungen erworben hatte. Kaum waren die Güsse des späten Frühjahrs vorüber, begann er mit der Instandsetzung des Hofgebäudes.

Der alte Steinhauser würde vielleicht auch noch davon sprechen, dass es dabei zu einer Begebenheit gekommen war, über welche die Riemerischen später nur noch nach eindringlicher Aufforderung reden wollten.

Als nämlich einer der vom Wurm bereits zerfressenen und von Feuchtigkeit angegriffenen Balken aus der Kaminmauer gelöst wurde, fiel eine senkrecht eingelassene Kalksteinplatte zu Boden. Sie gab den Blick auf eine schmale, handbreite Öffnung frei, welche in eine kleine Höhlung im Innern der Mauer führte. Der Bauer geriet sogleich in Aufregung, hatte man doch hier und dort von diesen geheimen Verstecken gehört, in denen die Leute in früheren Zeiten ihre bescheidenen Reichtümer gegen Diebe oder marodierende Soldaten sicherten. Doch in der Nische fand sich nichts als ein von Ungeziefer nahezu zerfressenes, an einigen Stellen von kalkigem Sickerwasser bereits mineralisiertes Buch.

Der Gemeindepfarrer, dem dieses in ehrfürchtiger Scheu überbracht wurde, verlor darüber augenblicklich seine väterliche Fasson. In hohem Bogen warf er das Buch in das Herdfeuer und kam am nächsten Tag gar zum Entsetzen der Riemerischen und im Gefolge zweier verständnislos dreinblickender Ministranten in vollem Ornat und mit in tiefste gefurchtem Gesicht, um Satan dem noch unfertigen Riemerlehen auszusegnen. Seiner undeutlichen, in viele lateinische Begriffe gekleideten Erklärung glaubten zwei der auswärtigen Zimmerer entnehmen zu können, dass es sich bei dem rätselhaften Fund um eine Bibel der Lutherischen gehandelt haben musste, die vor vielen Jahren aus dem Perthenzeller Land vertrieben worden waren.

Umso mehr würde der alte Steinhauser bestätigen können, dass die Zuzügler in der Gnotschaft, wie die Hallberger ihre Gemeinde nannten, bald gut gelitten waren. Ihr Fleiß, ihre rechtschaffene Art wurden anerkannt, ihre fröhliche Lebenszugewandtheit gerne genossen. Der Riemer, dieser Name wurde alsbald auf die neuen Bewohner des Lehens übertragen, spreizte sich nicht lange, wenn bescheidene Festivitäten das Arbeitsjahr unterbrachen, und auch die Riemerin lachte gern, tanzte gern und gut und in aller Ehr.

Nicht mit allen waren die Riemerischen Freund. Doch jedem Schandmaul, das Ungutes bei ihnen entdeckt haben wollte, wurde spätestens dann hart über die dumme Red gefahren, als jeder den Riemer nach dem Brand des Steinhauslehens gesehen hatte. Ohne viel Worte hatte der Bauer eine große Fuhre Bauholz, das für einen Anbau am Riemerlehen vorgesehen war, herangezogen. »Wann gehts auf?«, hatte er den Dank der noch ganz verzagten Nachbarn abgewehrt.

Kein Streit, den es auch bei den Riemerischen gelegentlich gab, dauerte lange. Bauer und Bäuerin gefielen sich schließlich immer wieder, wirtschafteten trotz aller Schuldenlast gut und gingen in bedächtiger Liebe miteinander um. Der erste Sohn wurde der Riemerin geboren, als das Haus gerade fertig war. Die Bäuerin hatte zuvor wie ein Mannsbild mitgewerkt, und so ließ ihr die Erschöpfung der vorangegangenen Monate die Geburt schwer werden. In den folgenden Jahren starben zwei weitere Kinder wenige Tage nach der Geburt, bis die Riemerin mehr als ein halbes Jahrzehnt, nachdem ihr erster Sohn das Licht der Welt erblickt hatte, Zwillingen das Leben schenkte. Die größte Not der ersten Jahre war zu jener Zeit bereits vorüber und ließ die beiden überleben, obwohl das Mädchen bereits bei der Geburt einen anfälligen Eindruck gemacht hatte. Im Gegensatz zu seinem Bruder, der zu einem kräftigen Buben heranwuchs, wurde es des Öfteren von schweren Erkrankungen heimgesucht. Die leichte, fast unauffällige körperliche Behinderung, die sich daraus entwickelte, wurde jedoch als eine Art göttlicher Beschluss hingenommen, und das Mädchen wurde mit gleicher Liebe und Fürsorge erzogen, wie sie auch den Söhnen zuteilwurde. So lächelte sie lieb und wollte nichts verstehen, als sie am ersten Schultag wegen ihres leichten Hinkens verspottet wurde, und hielt sich weiter an die heitere Wärme ihres Elternhauses.

Gegen Ende des Jahrhunderts wendete sich die Lage der Hallberger spürbar zum Besseren. Begüterte Sommerfrischler fanden sich ein und zeigten sich von der Schönheit des Perthenzeller Oberlandes begeistert. Mehr und mehr Bauern räumten in den Sommermonaten ihre Kammern, boten sie den Touristen als Unterkunft an und schufen sich damit ein gutes Zubrot. Die dramatische Schönheit des Götschenmassivs und des Totkönigs zogen wagemutige Alpinisten an, und der Ruhm bislang für unmöglich gehaltener Gipfelbesteigungen drang in die Städte vor. Ein Hallberger Gasthof, den eine tüchtige und weltläufige Frau aus dem Unterland erworben hatte, wurde zum Treffpunkt stadtmüder Künstler.

Diejenigen unter ihnen, die es sich leisten konnten, begannen damit, sich in der Umgebung Feriensitze zu errichten; Akademiker und Fabrikanten folgten ihrem Beispiel. Die Preise für Boden und Gebäude stiegen binnen weniger Jahre an, und schon bald war es für die Einheimischen schwer geworden, sich auf dem Hallberg niederzulassen.

Unter den gelegentlichen Besuchern war auch ein Baron von Bottendorf. Nachdem er von der Wirtin des Gasthofs erfahren hatte, dass die Villa eines sächsischen Fabrikanten zu einem passablen Preis zum Verkauf stand, hatte er sie erworben. Was sein Beruf war, konnten die Hallberger nicht in Erfahrung bringen. Als Ingenieur hatte er sich eintragen lassen; oft war er auf Reisen, dann wieder sah man ihn über Monate.

In der Gnotschaft wusste man nicht recht, wie mit ihm und den anderen Städtern umzugehen sei. »Fremde« wurden sie genannt, man behandelte sie mit distanzierter, scheuer Höflichkeit, was diese zu Unrecht als Zeichen des von ihnen beanspruchten Respekts deuteten. So mochten es die Dörfler nicht sonderlich, wenn, wie es gelegentlich geschah, der Baron von Bottendorf bei ihnen auftauchte, unaufgefordert auf der Hausbank Platz nahm und das Gespräch suchte. Er bemerkte nicht, dass er dabei die Leute von der Arbeit abhielt, dass man ihn eben reden ließ und ihm nur aus Höflichkeit zustimmte, wenn er mit blasiertem Eifer und ins Nichts gewandtem Gesicht seine Kenntnisse vortrug. Man glaubte ihm vor allem nicht, wenn er von seinem Respekt gegenüber dem, wie er es nannte, einfachen Volk redete. Herumgesprochen hatte sich nämlich längst, wie der noble Herr mit seinen Arbeitern und Zugehfrauen umsprang. Noch weniger verstanden wurde er, wenn er diese seltsame Hochachtung mit allerlei Redereien vom mystischen Urgrund des Landvolkes begründete. Nichts war diesem jedoch unwichtiger, als zu erfahren, ob man von Germanen, Romanen oder sonstigen in der Geschichte untergegangenen Völkern abstammte. Das Vergangene war düster, war schwer, und der Blick galt nur dem Morgen.

Die Leute befanden auch, dass »Blut« und »Boden« nicht ein, sondern zwei durchaus zu unterscheidende Dinge sind. Hingegen stimmte man ihm zu, wenn der Herr Baron das Stadtleben als durch und durch entsittlicht bezeichnete. Die Städter, redete er sich dann in Eifer, seien von Gier verseucht und vom Wohlstand verweichlicht. Als er jedoch einmal von schmerzvoller, entbehrungsbereiter Erfahrung schwadronierte, welche allein das Volk kurieren könne, hatte sich der junge Angerer verächtlich vom Tisch erhoben, seine Krücke gepackt und sich wortlos entfernt. Die anderen dachten daran, wie gern der Baron wechselnden weiblichen Besuch in seiner Villa empfing und wie er erst kürzlich, nachdem er sich einen harmlosen Holzsplitter in den Handballen gezogen hatte, in hysterischer Angst vor einer Blutvergiftung nach dem Arzt rufen ließ.

Die Riemerischen, deren Gehöft etwas abseits vom Zentrum der Gnotschaft lag, kümmerten diese Debatten wenig. Nüchtern steuerte die Familie durch die Zeiten; die Welt und die Torheiten in den Tälern schienen weit. Die Kinder waren herangewachsen. Keine Frage war, dass der älteste Sohn Josef das Lehen einmal übernehmen würde. So hatten die Eltern auch nichts dagegen einzuwenden, als der zweitgeborene Sohn eine Anstellung bei der Eisenbahn im Tal fand. An der Tochter hatte eine wohlhabende Dame aus München Gefallen gefunden und sie als Hausgehilfin mit in die Stadt genommen. Die Bäuerin hatte sich anfangs hart dagegen gestemmt, bis sie sich schließlich überzeugen ließ. Ihre Tochter nicht mehr um sich zu haben, bekümmerte die Eltern mehr, als sie es zugeben wollten. Immer seltener kamen Briefe, über die der Bauer einmal feixte, dass die Riemerischen doch eine seltsame Rass seien, weil sie, je weiter sie weg seien, desto liebere Worte fänden.

Nach etwa einem Jahr schrieb das Mädchen, dass mit der

noblen Madam kein gutes Schaffen sei und sie deswegen die Stelle gewechselt habe. Jetzt habe sie es besser, aber hie und da sei sie recht allein und habe eine Sehnsucht, wisse aber nicht wonach. Die Eltern tranken die Traurigkeit ihres Kindes wie bitteren Most.

3

Die Dummköpfe waren bereits betrunken, lärmten jauchzend und mit blöden Visagen durch die Gnotschaft, als der Riemer bedächtig den Brief öffnete, in dem sich die Einberufung seiner beiden Söhne befand. Unschlüssig hielt er das amtliche Schreiben in seiner Hand. Er wich dem bösen Blick seiner Frau aus. Sie wusste längst, was der Brief zu bedeuten hatte. »Der Kaiser ruft …«, sagte der Bauer, und es klang eher wie eine Frage. Sie schwieg.

Bereits wenige Monate nach Kriegsausbruch überbrachte ein Bote die Nachricht vom Tod des ältesten Sohnes. Die Riemerischen, würde der alte Steinhauser dazu sagen, haben allerweil eine Vorsicht geübt. Sie waren auf alles gefasst. Aber nicht darauf, nicht auf dieses Unglück.

Es war die Bäuerin, welche den Brief, von dem sie bereits beim Anblick des Überbringers wusste, was er enthielt, entgegengenommen hatte. Sie hetzte stumm durch alle Kammern, als suchte sie nach etwas Verlorenem. Der noch ahnungslose Bauer saß währenddessen in guter Laune am Dengelstein vor dem Tor zum Tenn und fragte, als er den seltsamen Rumor vernahm, was für ein Teufel sie denn wieder reiten würde.

Sie trat aus dem Haus, atmete heftig, wollte auf ihn zustürzen, doch blieb, etwa zehn Meter von ihm entfernt, plötzlich wie versteinert stehen.

Der Bauer verstand sofort. Er hörte auf zu atmen. Dann beugte sich sein Körper wie im Krampf. Schnappend riss er den Mund auf, als müsste er ersticken. Ein lautes, tierhaftes, tief ins Innere der Brust gezogenes Schluchzen röhrte aus seiner Kehle. Dann, endlich, kamen Tränen. Alle Stärke war aus dem Riemer gewichen. Verzweifelt wie ein Kind weinte er um seinen Sohn. Die Bäuerin wollte ihn umarmen, doch sie spürte nichts als einen entsetzlichen, fremden Zorn.

In diesen Jahren war jedem in der Gnotschaft mit untrüglicher, geheimnisvoller Gewissheit klar, wen es als Nächsten treffen würde. So war die Steinhauserin die Erste, die zögernd die Stube betrat und mit einem Blick wusste, dass ihr Gefühl sie nicht getäuscht hatte. Tröstend umfing sie die Bäuerin, drückte sie fest an sich und weinte mir ihr. Der Bauer stand weich und still in der Tür.

Nein, sagte die Riemerin leise, ich glaube dir nicht, dass es weitergeht, und bloß noch tot möcht ich sein, bloß noch tot.

Noch war Hans im Feld. Doch auch von ihm blieben im zweiten Kriegsjahr plötzlich die Briefe aus. Es war bereits später Frühling, als auf dem Kamm der niedrigen Anhöhe, welche die Senke des Riemerlehens vom Dorf Hallberg trennte, der Gemeindebote auftauchte. An der höchsten Stelle hielt er an, stieg vom Rad, wischte sich den Schweiß von der Stirn und stand für Sekunden als schwarzer Schnitt vor dem wolkenschweren Himmel.

Die Riemerin hatte ihn längst entdeckt. Zuerst hatte sie unmäßige Kälte verspürt. Anschließend dröhnte ein betäubendes Pochen hinter ihrer Stirn, das von lauten hämmernden Herzschlägen durchbrochen wurde und zuletzt einer kühlen Betäubung gewichen war. Die Bäuerin richtete sich auf und schüttelte ungläubig den Kopf.

Dann löste sie entschlossen die Schleife ihrer Schürze und

stapfte dem Ankömmling entgegen. Tränen quollen aus ihren Augen, je näher sie dem Grund der Senke kam, auf den sich nun auch der Bote zubewegte. Schließlich raffte sie den Rock und begann zu laufen.

Der Riemer hatte sich währenddessen in der Stube aufgehalten. Als er einen unterdrückten Ruf und polternde Flucht gehört hatte, war er ahnungsvoll vor das Haus getreten. Der Weg müsste längst wieder aufgeschottert werden, schoss es ihm durch sein benommenes Gehirn, als er den Boten im Senkengrund schlingernd anhalten und vom Rad steigen sah. Nun, so wusste er, würde der Bote, wie er es immer tat, das Fahrrad an seine Hüfte lehnen, sich zu seiner Tasche wenden und ihr einen Brief entnehmen. Die Bäuerin würde ihm das Kuvert aus den Händen reißen, es öffnen und überfliegen. Der Bote würde dabei zu Boden sehen und ihr dann die Hand reichen, um ihr sein Beileid zu bekunden. Der Riemer wollte fliehen. Er hob seine Hände und bedeckte seine Augen.

Dann stand die Bäuerin vor ihm. Mit leichtem Druck schob sie die starren Finger vom Gesicht des Riemers. Sie umarmte ihn. Was sie in jungen Jahren manchmal getan hatte, wenn am frühen Sonntag eine gelbe Morgensonne wieder einen herrlichen Sommertag versprach, tat sie jetzt. Sie nahm zärtlich sein Gesicht in ihre Hände und flüsterte, dass sie mit ihm tanzen wolle. Der Bub lebe.

Doch die Knie des Bauern gaben nach. Er schniefte und kniff seine Augen zusammen. Sie umfasste seine Hüften und lächelte.

»Geh, du Hirsch«, sagte sie weich, und ihr alt gewordenes Gesicht glänzte voller Frieden, »muss ich dich epper halten?«

Dann verließ sie ihn.

Noch stand der Riemer wie benommen vor der Tür, als er das dumpfe Poltern vernahm. Er kannte alle Geräusche, die das

Haus und die darin lebenden Menschen und Tiere machten. Dieses kannte er nicht. Als er in die Stube trat, fand er seine Frau am Boden liegend. Sie atmete bereits nicht mehr.

Das sei nun einmal so bei den Eckerischen, meinten ihre Verwandten bei der Beerdigung, das wisse man schon, dass ein starkes Herz keiner von denen hat.

Den Riemer hatte zunächst eine unwirkliche Ruhe davor bewahrt, das Geschehene zu begreifen. Als er seine Frau voll Bedacht auf die Liegebank bettete, fiel der Brief aus ihrer Hand. Er hob ihn auf.

Hans hatte geschrieben. Verwundet sei er worden, zum Glück nicht schlimm, alle Glieder seien noch heil, er müsse halt noch einige Wochen im Lazarett zubringen und könne dann für immer heimkehren. Seine Schrift jedoch war hässlich, und er hatte Worte von entsetzlicher Zärtlichkeit, die er zuvor nie ausgesprochen hatte, hinzugefügt. Das hatte die Riemerin gelesen und sogleich gewusst, dass ihrem Sohn schreckliche Dinge widerfahren sein mussten, und das hatte ihr das Herz endgültig gebrochen.

Bei der Beerdigung, an der fast die gesamte Gnotschaft teilnahm, sahen die Hallberger erschüttert, dass den Riemer jeder Lebensmut verlassen hatte. Mit seiner Tochter, die aus München gekommen war, stand er verstört am Friedhofstor, als die Trauergemeinde an beiden vorbeischritt und ihnen ihr Beileid aussprach. Während die zu Tränen bewegten Steinhauserischen seine Hände ergriffen und wieder und wieder stammelten, wie schad, wie unendlich schad es um die Bäuerin sei, sah der Riemer wie abwesend an ihnen vorbei. Auch den Blick der Tochter fand niemand. Schön sei sie geworden, stellte man fest. Mit bleichem Gesicht und steinern aufgerichtet, schien sich ihr schmaler Körper wie im Zorn gegen die Erde zu stemmen, in die man ihre Mutter soeben gebettet hatte. Den Leichenschmaus verließen beide bald.

Sie blieb einige Wochen bei ihrem Vater, überlegte gar, ob sie nicht wieder nach Hallberg ziehen sollte. Doch das Haus ihrer Kindheit gab es nicht mehr; alles hatte sich verfärbt, war dunkel, klamm, stinkend und stumm geworden. Sie wurde unglücklich. Der Vater bemerkte es mit Bitterkeit. Er wurde mürrisch, suchte durch Streit ihre Nähe, nannte sie ungeschickt, rief ein ums andre Mal aus, dass alles gut werden würde, wenn nur endlich Hans wieder anpacken würde, und gab ihr schließlich zu verstehen, dass sie ihn allein lassen solle. Sie ahnte, dass er log, und beschloss, noch die Ankunft des Bruders abzuwarten, um dann in die Stadt zurückzukehren. Doch Hans kam nicht. Seine Genesung, schrieb er, verzögere sich, und er verstehe es nicht. Alle Glieder seien doch heil geblieben, weshalb entlasse man ihn nicht?

4

Der Sommer hatte endlich auch das Oberland erreicht, als Hans plötzlich vor dem Riemerlehen auftauchte. Er war mager geworden, lachte eine Spur zu laut und zu blechern und fuchtelte glücklich mit den Armen. Man hatte ihm nicht vom Tod der Mutter schreiben wollen, und nun, je länger Vater und Schwester schwiegen und hinter ihnen nicht die Mutter durch die Tür trat, stürzte das Glück aus seinem Gesicht.

Der Vater war zu dieser Zeit bereits von einer verzehrenden Krankheit gezeichnet, von der er nicht mehr genesen sollte. Sein Abschied war kein müder, friedlicher, wie es einem braven Menschen wie dem Riemer zu gönnen gewesen wäre. Ein rasch wachsender Krebs zerfraß ihn schließlich binnen weniger Wochen, und schreiend vor Schmerz trieb er dem Tod entgegen.

Noch einmal kam die Schwester aus der Stadt. Wieder bot sie ehrlich Hilfe an, doch Hans wies diese zurück. Er werde es schon schaffen, schließlich seien seine Glieder alle heil geblieben, hatte er trotzig lächelnd versichert. Doch sie kannte ihn zu gut und wusste deshalb, dass er in seinem tiefsten Inneren daran zweifelte. Sie hatte in den vergangenen Tagen entdeckt, dass der Krieg zwar nicht seinen Körper, dafür aber etwas anderes in ihm zerstört hatte. Er war ein anderer geworden. Er, der früher gern unter Leuten war, hatte sich verschlossen und ging nur noch aus dem Haus, wenn es unbedingt erforderlich war. Seltsam sei er geworden, raunten die Hallberger, schad drum, so schad.

5

Der junge Riemer hatte das Angebot seiner Schwester auch deshalb abgelehnt, weil er fühlte, dass München längst zu ihrer neuen Heimat geworden war. Obwohl das Leben dort in den vergangenen Monaten schwer war, spürte auch sie, als sie auf dem Münchner Bahnhof den Zug verließ, dass sie nie mehr in Hallberg würde leben wollen.

Nicht sonderlich interessiert, aber mit einer gewissen Aufmerksamkeit verfolgte sie die Veränderungen in der Stadt, sah die großen Demonstrationen, die ein Ende des Kriegs forderten, und las eines Tages in der Zeitung, dass Bayern nun Republik sei. Der alte König, stellte sie mit gemischten Gefühlen fest, hatte sich nach der Revolution ausgerechnet in Perthenzell niedergelassen, bevor er schließlich nach Österreich ins Exil floh.

Dann verbreitete sich eines Tages wie ein Lauffeuer in der Stadt, dass der Präsident auf offener Straße erschossen worden sei. Seine Nachfolger konnten sich jedoch nicht einigen; die Regierung spaltete sich. Die bei Wahlen zu Beginn des Jahres 1919 siegreichen Mehrheitssozialisten zogen sich nach Bamberg zurück; in München hingegen versuchte ein Kongress von Betriebs- und Soldatenräten, den Kampf um die Macht für sich zu entscheiden.

Entgegen anderen Erzählungen, wie sie außerhalb der Stadt zu hören waren, hatte die Arbeit der Münchner Stadtpolizei in diesen Tagen nicht wesentlich zugenommen. Bei den Diebstählen konnte man das nicht behaupten – doch wen hätte dies in diesen armseligen Zeiten gewundert? Viel mehr litten die Beamten darunter, dass ihnen die Bevölkerung immer häufiger mit einem anderen, einem – wie sie es empfanden – frechen Selbstbewusstsein gegenüberzutreten schien.

Auch Kriminalinspektor Paul Kajetan von der Münchner Polizeidirektion musste immer häufiger feststellen, dass ihm keinesfalls mehr derselbe Respekt entgegengebracht wurde, den er zu den Zeiten von König und Kaiser erwarten konnte. Auch wenn Polizei und Justiz während der Revolutionstage so arbeiteten, als hätte es nie einen Umsturz gegeben, wurden – so empfand es zumindest der Inspektor – Ermittlungen gelegentlich dadurch erschwert.

Dass sich nun jedoch die Aufklärung eines bestimmten, einigermaßen mysteriösen Todesfalles als schwierig erwies, hatte nichts damit zu tun. Der Tote war nämlich Beamter der Münchner Staatsanwaltschaft; sein Körper wurde im Rechen eines Wehres im Norden der Stadt gefunden.

Zwar hatten ihn Zeugen am Abend seines Todes im Ceylon-Teehaus am Bavaria-Park gesehen, doch niemand schien beobachtet zu haben, wie der Beamte in den Fluss gestürzt war. Der Gerichtsmediziner verneinte die Möglichkeit, der Mann könnte im Rausch in den Fluss gefallen sein, und keiner seiner Bekannten konnte sich vorstellen, dass er Selbstmord begangen hatte. Seine Lunge war mit Wasser gefüllt, als sein Leichnam geborgen wurde. Gleichzeitig wurde ein Bluterguss an seinem Hinterkopf entdeckt. Gewiss sei nur, meinte der untersuchende Mediziner, dass das Opfer noch nicht tot war, als es in die Isar fiel – oder gestoßen wurde.

Auch seine Kollegen in der Staatsanwaltschaft mochten nicht an einen Selbstmord glauben, räumten aber ein, dass gelegentlich Anfälle einer gewissen Melancholie festzustellen waren und dass er davon gesprochen hatte, seinen Beruf wechseln zu wollen. Dem Racheakt eines Verbrechers konnte er ebenfalls nicht zum Opfer gefallen sein – er hatte mit der Aburteilung nichts zu tun, war lediglich ein unbedeutender Archivar. Nachdem ihm auch sein neuer Kollege, der im Zuge einer überraschenden Umstrukturierung der Polizeidirektion in sein Büro versetzt wurde, nicht helfen konnte, musste Kajetan die Unterlagen schließlich zu den Akten legen. Sein Ehrgeiz ertrug keinen Misserfolg. Schlechtgelaunt und widerwillig begann er sich um die Anzeige zu kümmern, die vor ihm auf dem Schreibtisch lag. Der Fall schien einfach.

In einer Druckerei war eingebrochen worden. Die Angelegenheit sei sicherlich schnell geklärt, hatte der Betriebsinhaber am Telefon gesagt – er habe da nämlich bereits einen dringenden Verdacht.

Der Inspektor hatte vor, am Nachmittag in die Druckerei zu gehen. Am Abend jedoch wollte er sich mit Irmi, die er vor einigen Monaten vor dem Glaspalast kennengelernt hatte, treffen.

Als er nun an sie dachte, lief ein wohliger Schauer über seinen Rücken. Er musste die Augen schließen.

6

Der junge Riemer stand lauschend da. Nein, er würde dem Unbekannten, der an die Eingangstür geschlagen und seinen Namen gerufen hatte, nicht antworten. Er wollte keinen Menschen sehen. Es bereitete ihm seit geraumer Zeit sogar Mühe, mit seinen Nachbarn zu sprechen. Vom Misstrauen, ihre besorgten Nachfragen wären nichts als hämische Neugierde, nahm er nur den alten Steinhauser aus. Dieser jedoch würde nicht klopfen – wie es überhaupt in den Bergen nicht üblich ist, vor dem Eintreten an die Tür zu pochen. Geschah es dennoch, so konnte es sich nur um einen Auswärtigen oder um unangenehm Amtliches handeln. Jedoch nicht einmal die Beamten der Gendarmerie in Perthenzell würden es tun, wenn sie einen Bauern des Oberlandes aufzusuchen hätten.

Nun war nichts mehr zu hören. Der Unbekannte schien sich wieder entfernt zu haben.

Der Bauer sah nach oben. Das Dach, auf dem der Schnee noch einen halben Meter dick lastete, machte ihm seit einiger Zeit Sorgen; schon längst hätten die Schindel gewendet werden müssen, um Schalung und Gebälk vor der Fäulnis zu schützen. So war die hölzerne Dachhaut bereits mit modernder Flugerde durchsetzt, die bei heftigem Regen Rinnsale über den fichtenen Balkenverbund und in die darunterliegenden Kammern führte. Kein Luftzug, der durch die Zwischenräume des Schindelwerks singen und dadurch das Gebälk nach den langen Wintern und den Regengüssen in Herbst und Frühling wieder trocknen würde, drang mehr ins Innere des Hauses.

Es stimmte, was man sich im Dorf erzählte: Das Riemerlehen verkam immer mehr. Den jungen Bauern plagte eine quälende Unentschlossenheit; er konnte sich nicht entscheiden, mit welchen der immer dringender werdenden Arbeiten er anfangen sollte. Genauso wenig wusste er, womit er die Arbeiten bezahlen sollte. Bei der Hypothekenbank, bei der er um Baugeld nachgefragt und das Riemerlehen als Sicherheit benannt hatte, gab ihm ein blasierter junger Kerl zu verstehen, dass man mit den Hungerleidern vom oberen Hallberg nur ungern Geschäfte mache.

Natürlich warf das Lehen kaum mehr etwas ab. Was er für die Milch seiner noch verbliebenen vier Kühe erhielt, reichte gerade, um sich damit beim Gemeindekramer mit dem Nötigsten einzudecken. Dass täglich nicht viel mehr als ein einfaches Mus oder eine Milchsuppe auf dem Tisch stand, war jedoch kaum anders als bei vielen Nachbarn.

Die Lehenshöfe des Perthenzeller Landes maßen selten mehr als zehn Hektar. Hinzu kam, dass in diesen Höhen an Getreideanbau nicht mehr zu denken war. Der Winter schickte erste Fröste schon im frühen Herbst über das Hochland, und wenn nach schwarzen, eisigen Monaten in den Tälern längst die Obstbäume in Blüte standen, lagen die Hallberger Fluren noch unter einer Schneedecke verborgen.

Gewiss, ein paar Mark Kriegsversehrtenrente hätten die Not verringert, doch das Dornsteiner Versorgungsamt weigerte sich. Er könne nichts feststellen, hatte der Arzt erklärt und dem Riemer zu verstehen gegeben, dass er ihn für einen Simulanten halte. Da sei aber was, hatte der Bauer nur immer wieder sagen können und dagegen ankämpfen müssen, dass, als er es genauer beschreiben sollte, ein Würgen in seiner Kehle hochstieg. Er könne nicht davon sprechen, hatte er verzweifelt geflüstert, es gehe nicht.

Als er daran dachte, fing der Riemer an zu zittern. Sein Herz hatte schmerzhaft an die Rippen zu schlagen begonnen und verfiel in rasenden Galopp. Der Bauer rang nach Atem und versuchte sich an der Heinzelbank festzuhalten. Seine zu Krallen gebogenen Finger griffen ins Leere. Dann stürzte er zu Boden.

Wieder flog ein Dröhnen heran. Wieder sah er, wie sich in atemraubender Langsamkeit eine mächtige Erdwand vor ihm auftürmte und donnernd über seinen Unterstand zu Boden prasselte. Danach umgab ihn Finsternis. Er konnte sich nicht mehr bewegen; die Erdmassen hatten seinen Körper in eine grässliche Verrenkung gepresst, die seiner Brust nur wenige Millimeter ließ, um nach Luft zu ringen. Eine gnädige Ohnmacht wollte nicht kommen, und so litt er, bewegungsunfähig und stets am Rande des Erstickungstodes, für Stunden in seinem entsetzlichen Grab, bis ihn Kameraden in einer Feuerpause bergen konnten. Keiner von ihnen erkannte ihn wieder. Als die Bilder endlich versanken, fand sich der Bauer auf dem Boden liegend. Er sah, dass er sich erbrochen hatte, wischte sich die Schleimreste vom Mund und richtete sich stöhnend auf.

Wieder schlug der Unbekannte an die Tür. Der Riemer bewegte sich nicht. Zornig lauschte er. Der Wind rauschte in der Ferne. Nach einer Weile atmete der Bauer auf und wollte sich gerade vorsichtig erheben, als er hörte, wie sich auf harschigem Schnee Schritte der nicht verschlossenen Hintertür näherten.

»Riemer! Wo sinds denn? Warum antwortens denn nicht?«

Der Bauer wusste nun, wer mit ihm sprechen wollte. Und er wusste auch, worüber.

7

Ächzend hatte sich die Hintertür geöffnet. Ein breiter Streifen des Tageslichts, vom massigen Schatten eines großgewachsenen Mannes gebrochen, fiel herein. Im Gegenlicht des grellen Wintertages war das Gesicht des Besuchers nicht zu erkennen; aus seinem Mund dampfte in Stößen nebliger Atem.

»Da sinds ja! Was antwortens denn nicht, wenn Ihnen einer ruft?«, fragte Gassner, der Verwalter der Villa des Barons von Bottendorf, missgelaunt und trat ein.

Der Bauer sah zornig auf. Sein Vater hatte ihm kurz vor seinem Tod erzählt, dass der Herr Baron schon seit einiger Zeit gute Geschäfte mit reichen Städtern mache, die sich auf dem Hallberg ein Feriendomizil kaufen wollten. Auch den Riemer hatte er deshalb vor einiger Zeit aufgesucht und ihn gefragt, ob dieser nicht an Verkauf dächte. Obwohl das Angebot ganz passabel war, hatte der Alte ihn, wie auch die beiden Interessenten, die der Baron als die Doktores Eckert und Wolf aus München vorstellte, barsch des Hofes verwiesen.

»Habe die Ehre, Riemer.« Gassner streckte die Hand aus. Der Bauer machte jedoch keine Anstalten, sie ihm zu schütteln.

»Warum ich nicht antwort?«, sagte er ungehalten und wandte sich zur Tür, die zum Wohnraum führte. »Weil ich nicht wüsst, was du da heroben zu suchen hast. Deswegen.«

Der Verwalter schien dies zu überhören und folgte dem Bauern. Er rieb sich die Hände.

»Bei Ihnen ists ja saukalt!« Seine Stimme triefte vor falscher Besorgnis. »Langts zum Einheizen nicht mehr?«

»Das tu ich, damit mir keiner zu lang bleibt.«

»Gehns! So harsch müssens auch nicht gleich sein.«

»Ist meine Sach, mit wem ich harsch bin!«, gab der Bauer böse zurück und betrat die Stube. Gassner, der sich nicht abweisen ließ, setzte sich auf die Bank. Der Riemer sah es mit Unwillen.

»Brauchst dich nicht hinzusetzen, Gassner. Ich weiß, weswegen du zu mir raufkommst. Und du kannst auch gleich wieder abhauen. Da wird nämlich nichts draus.«

Der Verwalter hob zweifelnd die Brauen. »So? Da hat sich nichts geändert?«

»Was soll sich geändert haben?«

»Nun, ich mein, jetzt ist Ihnen der Vater gestorben, und Sie sind ganz allein auf dem Lehen. Packen Sies denn ohne jemanden? In der Nachbarschaft gibts da Zweifel …«

Des Riemers Unmut war gewachsen. »Bin noch nicht verhungert, Gassner!«, fiel er ihm scharf ins Wort.

Der Verwalter wiegte seinen Kopf, als müsste er überlegen, ob den Worten des Bauern zu glauben sei. In einem wieder jovialeren Tonfall sagte er schließlich: »Der Herr Baron möchts halt noch mal im Guten mit Ihnen angehen, Riemer. Die beiden Herrschaften sind immer noch interessiert und täten beim Preis sogar noch was drauflegen, weils gar so vernarrt sind in das Riemerlehen. Wovon es natürlich auch nicht schöner wird, das muss man schon sagen, gell?« Sein Blick wanderte vielsagend durch die Stube.

Der Riemer glaubte, seinen Ohren nicht trauen zu dürfen. »Im Guten?!«, fauchte er zornig und trat einen Schritt auf Gassner zu. »Meint der epper, einen Schulbuben vor sich zu haben?«

Der Verwalter wehrte ab. »Gewiss nicht, Riemer, gewiss nicht«, sagte er unschuldig, »das verstehens jetzt aber ganz falsch! Doch meinens denn wirklich, dass Sie noch lange so durchhalten können? Gelernt haben Sie es ja schließlich auch nicht. Sie waren doch seinerzeit bei der Eisenbahn in Arbeit? Hats Ihnen dort nicht besser gefallen?«

Der Riemer ließ sich nicht mehr besänftigen. Seine Stimme wurde lauter.

»Wie lang ich durchhalt, lasst gefälligst meine Sorg sein! Ich verkauf nicht! Da kann er zahlen, so viel er will! Und jetzt sag ichs zum letzten Mal: Schleich dich!«

Gassner machte keine Anstalten, aufzustehen. Wieder hob er beschwichtigend die Hände. »Sie sind mit der Heimat verbunden, Riemer. Keiner versteht das so gut wie der Herr Baron. Aber meinens nicht …«

»Krampf!«, fuhr der Bauer grob dazwischen. »Glaubst, ich verkauf deswegen nicht, weil ich da heroben groß geworden bin? Dass ich an dem Haufen angefressener Balken, was das Riemerlehen jetzt ist, häng? Gib mir ein Platzerl mitsamt einem Auskommen, Gassner, dann pfeif ich auf die Heimat und zieh hin, und wenns auf Amerika sein müsst.«

»Aber da ließ sich doch was finden, Riemer!«

»Als Hausknecht und Schnallenchauffeur epper, wie du einer bist?«

»Verwalter, bitte schön – Verwalter.« Aus Gassners Zügen war die Freundlichkeit gewichen.

»Ha!«, lachte der Riemer bitter.

Der Verwalter stand langsam auf und drückte sein Kreuz durch. Er war einen Kopf größer als der Bauer.

»Nun«, begann er kalt, »dann lässt der Herr Baron ausrichten, er könnt auch noch andere Saiten aufziehen.«

»Schleich dich, Gassner! Auf der Stell!«

Der Verwalter grinste und schien sich zum Gehen zu wenden. Doch plötzlich blieb er stehen, hob die Hand und runzelte die Stirn.

»Still!«, flüsterte er.

»Spinnst du?«

»Still! Hören Sies nicht?«

»Was?«

»In der Wand drinnen, Riemer … die Totenuhr tickt schon in der Wand drinnen!«

Der Bauer schüttelte den Kopf. »Ich hör nichts. Und jetzt …«

Gassner unterbrach ihn. »Das tut sie nur«, sagte er, »wenn ein Haus sterben will. Wenn kein Leben mehr drin ist.«

Der Riemer starrte ihn ungläubig an.

»Was meinens denn«, fuhr der Verwalter ungerührt fort, »dass etwa zu Ihnen noch einmal eine Hauserin heraufzieht?« Er lachte boshaft und trat einen Schritt auf den Bauern zu. »Reden wir deutsch miteinander, Riemer. Sie sind ein Krüppel, jeder weiß es, auch wenns Ihnen keiner ansieht. Aber die Weiber, die wollen was Gesundes. Was Frisches, eins, woran eins seine Freud hat unter der Bettdeck. Wann haben wir denn zuletzt eine gestopft? Lasst Ihnen überhaupt noch eine drüber? Und von Ihrem Schwesterl …«

»Gassner!«, schrie der Bauer außer sich und taumelte auf den Verwalter zu.

»… von Ihrem Schwesterl in der Stadt«, fügte dieser schneidend hinzu, »da hört eins ja auch ganz spaßige Sachen. Da sollen die Mädl ja überhaupt recht leicht hergehen, in der Stadt drin …«

Der Riemer schlug zu. Es war Gassner ein leichtes, den Schlag abzufangen und den Bauern mit einem harten Tritt ans Knie zu Fall zu bringen.

»… eine Schnallen solls geworden sein, heißt es. Nur damit du es weißt, du Krüppel!«

Der Riemer schluchzte in ohnmächtiger Wut. Bebend fingerte er nach seinem Messer. Der Verwalter hatte sich bereits zur Tür gewandt und sie geöffnet. Er drehte sich noch einmal um.

»Ah so?!«, sagte er nur, stürzte sich mit einer schnellen Bewegung auf den Bauern und entriss ihm den Hirschfänger. Dann schlug er ohne Rücksicht zu. Der Riemer verlor die Besinnung.

Schwer atmend richtete sich Gassner auf.

»Jetzt hast du keine Ruhe mehr vor mir, Krüppel«, flüsterte er, »da verlass dich drauf.«

8

Der Baron hatte kaum den Vorraum der Bamberger Harmoniesäle betreten und seinen Namen genannt, als man ihn sofort in das Büro des Kriegsministers bat. Schon einmal war er mit seinem Ansinnen vorstellig geworden. Die bayerische Regierung habe es nicht nötig, hatte man ihn damals kühl zurückgewiesen, auf die Hilfe des Reichs, gar auf die privater Söldner zurückzugreifen, um die Macht in München wiederzuerlangen. Dieses Mal jedoch begann der Kriegsminister das Gespräch mit einer Entschuldigung und bewilligte ohne Umschweife die geforderte Summe.

»Ich bin überzeugt, Herr Baron, dass Ihre Bewegung dazu beiträgt, wieder ordentliche Verhältnisse in unserem Land herzustellen.«

Als würde es ihn verletzen, dass der Minister je daran gezweifelt hatte, erhob sich Baron von Bottendorf mit ernster Miene. Der Herr Minister könne sich in der Tat darauf verlassen, antwortete er.

»Und ich hoffe außerdem«, sagte der Minister und versuchte zu lächeln, »dass damit auch das Gerede in bestimmten Kreisen ein Ende hat, wonach die Sozis alle vaterlandslose Gesellen seien.«

»Ich werde mich bemühen, Herr Minister. Gewisse Vorurteile sitzen allerdings tief.«

Der Minister schien betroffen.

Der Baron beschwichtigte lächelnd.

»Was wir nun jedoch mit Sicherheit sagen können, ist, dass es unter ihnen solche und solche gibt, nicht wahr?«

9

Die schmalen Straßen des Viertels am Auer Mühlbach lagen längst in tiefer Ruhe. Die Uhr der Kirche am Mariahilfplatz hatte einmal geschlagen; der Ton war von den Türmen der Münchner Altstadt weitergetragen worden. Ein heftiger feuchtkalter Nachtwind trieb Wolken vor die schmale Sichel des Mondes. In den Abendstunden war ein schwerer Aprilregen auf die Dächer der Stadt niedergeprasselt und hatte den Mühlbach anschwellen lassen. Sein Rauschen verschluckte die eiligen Schritte zweier Gestalten, die, von der Hochstraße kommend, den Lichtkegel einer einsamen Straßenlaterne durchquerten und wieder im dunklen Gewirr der Gassen verschwanden.

Aus einer der niedrigen Herbergen am Mühlbach drang noch Licht. Nun öffnete sich die Tür; als die nächtlichen Besucher in das Haus traten, fiel ein matter Schein auf die mit grobem Schotter bedeckte, von Schlamm glänzende Gasse.

»Was habts, Baumgartnerin?«

Die Gemeindeschwester sah sich in der schwach beleuchteten Kammer um. Eine magere Frau, sie mochte etwa dreißig Jahre alt sein, saß wie gelähmt auf einem Schemel und starrte ins Nichts.

»Es stirbt«, flüsterte sie, ohne den Blick zu heben, »mein Butzerl. Es stirbt …«

Jetzt entdeckte Schwester Agape das kleine Bündel, das in der Nähe des Ofens in einem abgegriffenen Weidenkorb lag.

Sie trat näher und betrachtete es. Der Säugling hatte die Augen geschlossen. Die Schwester schlug das abgewetzte Laken zurück und fühlte dem Kind den Puls. Dann legte sie die Hand auf dessen Stirn und erschrak.

»Habts Ihr ihm eine warme Geißmilch gegeben, wie ich Euch gsagt hab?«

Die Baumgartnerin antwortete nicht. Das Nachbarsmädchen, das die Schwester geholt hatte, trat ruhig näher.

»Es hat schon seit ein paar Tagen nichts mehr trinken wollen und ist allerweil magerer geworden, hat bloß noch gehustet, und Rotz und Gespei ist ihm rausgelaufen.«

Die Schwester nickte besorgt. Wieder legte sie die Hand auf die Stirn des Kindes. Dann richtete sie sich auf und herrschte die leise wimmernde Frau an.

»Bring mir zwei Wannen! Schick dich!«

Die Baumgartnerin hörte nicht.

»Zwei Wannen, Baumgartnerin!«

Als die Frau noch immer nicht reagierte, trat die Schwester zornig einen Schritt auf sie zu. »Ich schmier dir gleich eine, du blödes Weib!«, drohte sie böse.

Die Baumgartnerin erschrak und schien zu erwachen.

»Zwei Wannen, hab ich gesagt! Mach schon!«

»Ich … ich hab bloß eine …«

»Dann hol dir beim Nachbarn die andere! Herrgott! Bist doch sonst auch nicht aufs Hirn gefallen!«

Die Mutter erhob sich, winkte dem Mädchen und verließ eilig die Kammer. Die Schwester beugte sich wieder besorgt über den Weidenkorb. Das Kind lag im Sterben.

Nach kurzer Zeit kamen die Baumgartnerin und das Nachbarskind mit zwei Blechwannen zurück. Die Schwester wies sie an, eine der Wannen mit kaltem, die andere mit warmem Wasser zu füllen. Das kleine Mädchen packte mit an. Während die Baumgartnerin mit einem Kübel auf die Gasse lief, um am Brunnen kaltes Wasser zu holen, schöpfte das Mädchen das erwärmte Wasser in eine Wanne.

Die Schwester ließ zwei hässliche, sehnige Arme sehen, als sie ihre Ärmel hoch über die Ellbogen schob. Sie prüfte die Wassertemperatur, nickte zufrieden, entkleidete das kraftlose Körperchen und legte es hinein. Der Säugling rührte sich nicht. Mit einer schnellen Bewegung wechselte die Schwester nun die Wanne. Das Kind zuckte unmerklich, hielt aber die Augen geschlossen. Ängstlich beobachtete die Baumgartnerin jede Bewegung der Schwester, die den kleinen nackten Körper wieder in das warme Wasser tauchte. Noch immer reagierte das Kind nicht. Doch nun, als es erneut in das kalte gelegt wurde, zeigte sich unendlicher Schmerz auf dem greisenhaft ausgezehrten Gesichtchen.

»Du bringst es ja um«, flüsterte die Baumgartnerin entsetzt. Sie schlug die Hände vor ihre Augen. Schwester Agape schien die Welt um sich herum vergessen zu haben und wiederholte stur ihre Bewegungen. Schweiß troff von ihrer Stirn, lief glänzend über die hässlichen Furchen ihrer müden Wangen und sammelte sich unter dem Kinn.

Das Kind gab erneut kein Lebenszeichen von sich. Die mageren Ärmchen schlenkerten schlaff.

»Warm … kalt … warm … kalt …«, murmelte die Schwester zornig. Sie bewegte sich schneller.

»Du bringst ihn ja um!«, gellte die Baumgartnerin entsetzt und fiel der Schwester, die das Kind gerade wieder in das kalte Wasser getaucht hatte, in den Arm. Mit einem schmerzhaften Tritt machte sich Agape frei. Die Baumgartnerin hatte durch den heftigen Stoß das Gleichgewicht verloren und war polternd über die Stühle gefallen. Stöhnend richtete sie sich auf. Maßloser Zorn ergriff sie.

Plötzlich entkrampften sich die Züge des Säuglings, wurden weich wie im friedlichen Schlaf. Die Baumgartnerin, die ihre Hand zum Schlag erhoben hatte, erstarrte.

Die kleinen Fingerchen bildeten eine Faust. Das Kind stöhnte. Dann schrie es.

Zwischen den geröteten Augen der Schwester bildete sich eine tiefe Falte. Ihr Kinn begann zu zittern, und Tränen liefen über ihr Gesicht. »Es wird wieder… Baumgartnerin… es wird wieder…«, stieß sie erleichtert aus und wischte sich schniefend mit dem Handrücken über Stirn und Wangen.

Der Säugling hörte nicht mehr auf zu schreien. Die Baumgartnerin schlug die Hände vors Gesicht. Ihre Schultern bebten.

Mit ruhigen, liebevollen Bewegungen begann die Schwester nun das Kleine in vorgewärmte Tücher zu wickeln und erklärte der Mutter, was sie in den nächsten Stunden zu tun habe. Dann legte sie es wieder in den Korb zurück.

Die Baumgartnerin beugte sich über ihr Kind, dessen verzweifeltes Brüllen nicht enden wollte. »Schau, Schwester«, sagte sie glücklich, »es kriegt schon wieder eine Farb.«

Auch Agape betrachtete den Säugling und nickte zufrieden. Dann stutzte sie. Ein eigenartiges Geräusch war von draußen zu hören.

»Still!« Herrisch hob die Schwester die Hand. Das Baby scherte sich nicht darum. Sie eilte zum Fenster, durch das nun eine seltsame Röte in den Raum drang.

»Es brennt«, flüsterte sie entsetzt. »Das muss beim Raschp drüben sein.«

10

Roter Schein beleuchtete bereits die Gasse. Schon waren aufgeregte Rufe zu hören. Das Viertel erwachte. Vom Turm der Mariahilfkirche setzte das Läuten der Feuerglocken ein. Beherzte Männer hatten sich bereits auf die Dächer der Nebenhäuser begeben und damit begonnen, mit Äxten eine schmale Gasse zu schlagen, um ein Übergreifen des Feuers zu verhindern. Eine Menschenkette hatte sich binnen kürzester Zeit gebildet, Eimer flogen von Hand zu Hand. Meckernde Geißen, aufheulende Hunde irrten durch die rasch anwachsende Menge.

Höllenhaftes Prasseln und Krachen erfüllte die Luft. Hitze durchflutete die Gasse. Mit zunächst noch fernem, dünnem Bimmeln näherten sich die Spritzenwagen der Feuerwehr.

Eine mächtige blaue Stichflamme fauchte plötzlich aus den Fenstern des Erdgeschosses. Die Männer, die dem Haus am nächsten standen, warfen schreiend ihre Eimer beiseite, stürzten zurück und kühlten die übermäßig erhitzte Haut ihrer Gesichter im Mühlbach.

Urplötzlich sanken die Flammen zusammen. Für Sekunden herrschten Finsternis und lähmende Stille.

Dann sprang erneut eine Flamme empor, stieß, nun höher als zuvor, Garben glimmernder Funken in den Nachthimmel. Jetzt war alles nur noch Glut, sengende, saugende, pochende Hitze, welche die Menschen immer weiter zurücktrieb. Alles war verloren.

Die Schwester stürzte nach vorn.

»Der alte Raschp!«, kreischte sie außer sich, »Holts den alten Raschp raus!«

11

Gedankenverloren schloss Inspektor Paul Kajetan die Tür hinter sich und nahm an seinem Schreibtisch in der Münchner Polizeidirektion Platz.

Also doch. Nach tagelangen Verhören hatte der Setzereigehilfe Hölzl endlich den Einbruch in die Parkus-Druckerei zugegeben. Verbittert über seine Entlassung, war er nach Mitternacht über ein Dachfenster des Nebenhauses in den Speicher der Setzerei eingedrungen und hatte sich mit einem Dietrich Eingang in das Büro der Buchhaltung verschafft. Dort hatte er eine nicht eben geringe Summe frisch gedruckten Geldes, das in jenem Betrieb hergestellt wurde, an sich gebracht.

Aufgefallen war er schließlich allein dadurch, dass er seine seit Monaten ausstehende Miete auf einen Schlag bezahlen konnte. Die Verrücktheit jener Tage brachte es mit sich, dass dies dem Vermieter äußerst verdächtig erschien und er den Schutzmann Eglinger aufforderte, den überraschenden Reichtum des jungen Mannes unter die Lupe zu nehmen.

Eglinger wagte jedoch nicht, die Kammer des Gehilfen, welche sich in einem von Arbeiterfamilien bewohnten Mietshaus in der Lothringer Straße befand, zu durchsuchen. Zu gefährlich war es bereits geworden, in Uniform in den Vorstädten aufzutauchen und dort gar eine Festnahme vorzunehmen. Der Schutzmann gab den Hinweis an Kriminalinspektor Gnott weiter, welcher ihn wiederum seinem Kollegen Kajetan gegenüber beiläufig erwähnte.

Zunächst hatte sich der Verdacht gegen den Betriebsrat Eckert gerichtet. Es bestand kein Zweifel, dass der Täter unter den Betriebsangehörigen zu suchen war. Dass das Druckhaus zur Straße hin bestens abgesichert war, im Speicher jedoch durch eine lächerlich dünne Dachtür fast ungehinderten Zugang erlaubte, konnten nur jene wissen, die dort arbeiteten.

Eckert hatte jedoch entrüstet erklärt, der Inhaber der Druckerei habe ihn der Tat bezichtigt, um damit einen Vorwand zu seiner Entlassung zu bekommen. Tatsächlich hatte der Betriebsrat, welcher das Vertrauen von Setzern und Druckern gleichermaßen genoss und nicht verschwiegen hatte, dass er glühender Anhänger der Unabhängigen Sozialisten war, sich zu einigen Äußerungen hinreißen lassen, die den Inhaber erschrecken mussten.

Bald werde einiges anders werden, hatte er angedeutet, als er wieder einmal einen Lehrbuben, einen gutwilligen, doch zuweilen etwas ungeschickten Jungen aus der Freyunger Gegend, in Schutz nehmen musste. Dieser hatte mit ein paar Ohrfeigen dafür gebüßt, dass er dem Herrn Abteilungsleiter beim morgendlichen Brotzeitholen nicht das Gewünschte gebracht hatte.

»Wenns bei ihm daheim nicht so notig wären, könnt er auch eine Rauchwurst von einem Geräucherten unterscheiden!«, hatte er gesagt und hinzugefügt, dass ihm das schon die Rechten seien, die am Sonntag in christkatholischer Frömmigkeit in die Kirche rennen und unter der Woch hilflose Lehrbuben abwatschen. Die sollten bloß aufpassen, die da dem Inhaber allerweil in den Arsch hineinkriechen, es könne sich ja alles auch einmal umkehren, gell?

Inspektor Kajetan sah aus dem Fenster. Er hatte also wieder einmal recht behalten, als er den Angaben des Betriebsinhabers und dem erkauften Alibi Hölzls misstraute. Dennoch wollte sich heute keine Zufriedenheit einstellen. Und er wusste auch genau, warum. Seine Gedanken irrten ab.

Wieder vergiftete ihn das Misstrauen, das ihn bereits seit einigen Wochen quälte und das seinen Anfang nahm, als er Irmi mit einem jungen, etwas bohemehaft gekleideten Mann im Gasthaus auf der Isarinsel gesehen hatte. Er hatte sofort Verdacht geschöpft.

Irmi hatte ihre Überraschung schnell überwunden und die beiden Männer einander vorgestellt. Der Herr Raths, erklärte sie, wohne im Haus ihrer Freundin und habe sie beide eingeladen, mit ihm einen Ausflug auf die Isarinsel zu machen. Von der Freundin war jedoch weit und breit nichts zu sehen.

»Er ist ein Dichter!«, gluckste Irmi gutgelaunt und blickte bewundernd auf Raths, der Kajetans Hand mit einem ernsten »Angenehm« geschüttelt hatte. »Und der Paule ist bei der Polizei, Herr Viktor!«

Der Dichter hob die Augenbrauen. »Ah ja?«

Kajetan nickte. Irmi sah vom einen zum anderen. Dann trat sie einen Schritt auf Kajetan zu und hängte sich bei ihm ein. Die Weichheit ihres Körpers tat ihm gut; augenblicklich wich sein Misstrauen.

»Der Herr Viktor schreibt nämlich grad an einem Theaterstück«, erklärte Irmi mit gespielter Ehrfurcht. »Gell, Herr Viktor?«

Raths nickte. »Doch, ja«, antwortete er zurückhaltend. Aber nun hatte auch Kajetan sich wieder gefasst.

»Da schau her«, sagte er mit höflicher Neugierde.

»Und du wirst es nicht glauben, da kommt auch unsereins vor, Paule. Ein armes Dienstmädel, wo sich …«

»… das sich aus seinen bürgerlichen Vorstellungen löst, sich der neuen Bewegung anschließt und als Revolutionärin stirbt«, ergänzte der Dichter mit leichter Ungeduld.

»Da schau her!«, wiederholte Kajetan freundlich.

»Nun, eigentlich stellt das nur den äußeren Rahmen dar. Hintergrund meines Romans werden die Machenschaften reaktionärer Kreise sein, und während das Schicksal des Dienstmädchens ein fiktives ist…« Er brach ab. »Aber das ist sicher etwas, was der Polizei wieder einmal wenig gefallen wird.«

»Oh, sagens das nicht, Herr Viktor!«, widersprach Irmi. »Das wird dem Paule bestimmt gefallen! Der Paule liest viel! Gell, Paule?«

»Sie haben Interesse an Literatur, Herr Wachtmeister?«, fragte Raths, und es war nicht zu überhören, dass er daran zweifelte.

»Schon«, antwortete der Inspektor zögernd, »wann eins halt dazukommt. Ich tät halt sagen, dass es einer in meinem Beruf mit mehr erfundenen Geschichten zu tun hat, als sich ein Herr Ganghofer in seinem ganzen Leben ausdenken könnt.«

»Ganghofer!« Raths sah zur Decke.

Kajetan war beleidigt. Er verspürte wenig Lust, diesen blasierten Herrn darüber aufzuklären, dass der Heimatdichter keineswegs seinem Geschmack entsprach.

»Nun«, lenkte Raths schließlich gönnerhaft ein, »Sie haben letztlich vielleicht gar nicht so unrecht. Die Wirklichkeit ist es schließlich, aus der wir unsere Werke zu schöpfen haben. Ich darf mich empfehlen? Die Gelegenheit ist nämlich günstig.« Er ging schnell in die Mitte des Gastraums.

Irmis Augen weiteten sich. »Jetzt pass auf, Paule!«

Kajetan verstand nicht.

»Komm«, flüsterte sie amüsiert, »wir müssen in Deckung gehen. Gleich gehts wieder los.« Sie hatte recht.

Der Rumor hatte nur wenige Minuten angedauert. Raths hatte sich in der Mitte des Raums aufgestellt und dem zustimmend murmelnden bürgerlichen Publikum mit salbungsvollen

Worten eine vaterländische Ode zum Anlass der kürzlich heimgekehrten bayerischen Krieger angekündigt. Behäbige Stimmen riefen zur Ruhe.

Die Augen des Dichters blitzten vergnügt, als er mit dem Vortrag begann. Warum er jedoch auch dieses Mal nicht weiter als bis zum Beginn der zweiten Strophe kam, lag nicht etwa daran, dass das Gedicht kein besonders gutes war, dass die Reime hölzern und staksig klangen.

Bereits die erste Zeile der vaterländischen Ode endete mit »verhetzt«, das sich auf ein »zerfetzt« in der nachfolgenden Zeile reimte. Das nächste Zeilenpaar schloss mit »Arbeiterblut« und »Bürgerbrut«, als ein vielstimmiger, wütender Aufschrei ertönte. Rumpelnd rückten Stühle, und Gläser fielen klirrend zu Boden. Kuchenstücke platschten an die Brust des zufrieden grinsenden Dichters. Bald darauf zog er jedoch vor, in wilder Flucht das Weite zu suchen.

»Ja, der Herr Viktor«, flüsterte Irmi bewundernd.

Kajetan hatte sich noch nicht von seiner Überraschung erholt. Er schüttelte den Kopf. »So ein blöder Mensch«, entfuhr es ihm.

War Irmi daraufhin ärgerlich geworden? Oder bildete er sich das nur ein?

Kajetan fühlte sich plötzlich wieder unsicher. Er liebte Irmi, obwohl er bei jedem Mal, wenn er sich mit ihr traf, einen verborgenen, dünnen Schmerz, die Ahnung eines Verrats in der Brust verspürte.

12

Zornig hatte Inspektor Gnott die Tür geöffnet. Kajetan fuhr herum.

»Vorkommen muss sich einer, als hätt er selber was verbrochen!«, schimpfte Gnott aufgebracht.

»Weswegen?«, fragte Kajetan verdattert. »Wegen der Soldaten vor dem Eingang zur Polizeidirektion? Die stehen jetzt doch schon seit ein paar Tagen dort.«

Gnott nickte, noch immer erbost. »Eben. Und jeden Tag werden sie frecher. Wenn unsereins nicht mehr gebraucht wird, soll man uns das bitte schön sagen.«

»Auch eine Räterepublik«, beschwichtigte Kajetan, »wird eine Polizei brauchen. Warten Sies nur ab.«

»Nein!«, erwiderte Gnott, während er seinen Mantel umständlich an den Haken hängte. »Unsereins wird bald abgeschafft.«

»Gehns zu. Wie kommens da drauf?«

»Weil seit gestern der neue Mensch regiert. So hats wenigstens der Minister Heßstätter verordnet.«

»So? Na, der wird sich brennen.«

»Oder wir uns, Herr Kollege.«

»Jetzt tuns nicht gar so schwarzsehen«, versuchte Kajetan ihn aufzumuntern. »Die Zeiten haben doch auch was Gutes.«

»Das glaubens doch wohl selber nicht«, knurrte Gnott. »Was wär das schließlich?«

Kajetan überlegte, während er seinen Kollegen betrachtete. Er kannte ihn noch nicht gut. Inspektor Gnott, ein etwa vierzigjähriger Polizeibeamter, der zwar in München zur Welt gekommen war, nach seiner Ausbildung aber längere Zeit in Passau Dienst getan hatte, war erst vor wenigen Wochen in seine Abteilung versetzt worden.

Über die Gründe war wenig zu erfahren gewesen; der Inspektor selbst deutete an, mit einem Vorgesetzten nicht sonderlich gut ausgekommen zu sein. Er wirkte beherrscht; trotz seiner Zuverlässigkeit und einer gewissen kollegialen Freundlichkeit ging eine eigenartige Kühle von ihm aus, als umgebe ihn eine unsichtbare Mauer.

»Nun«, Kajetan räusperte sich, »so wie früher hätts doch schließlich auch nicht weitergehen können?«

Gnott schien sich wieder beruhigt zu haben. Er wiegte den Kopf. »So wie früher kanns nie weitergehen!«, widersprach er sachlich. »Für mich sind das Sprüch, und sie sagen auch nicht, ob es gut ist, wie es in der letzten Zeit gegangen ist. Ist es nicht so?«

Kajetan musste das zugeben. Gnott lächelte leicht.

»Mir kommt es ja grad so vor, als wären Sie einer von den Republikanern? Das hättens Ihnen früher gewiss nicht laut sagen getraut!«

»Ein Republikaner?« Kajetan lachte auf und hob die Hände. »Wissen Sie denn nicht, dass ich seit gestern ein überzeugter Radikaler bin?«

Gnott winkte belustigt ab. »Ich glaubs Ihnen auf der Stell. Man muss schließlich unserem neuen Herrn Polizeipräsidenten dort reinkriechen, wos bei ihm warm rauskommt. Da wären Sie ja nicht der Einzige.«

Kajetan wurde wieder ernst. »Andererseits mein ich halt doch, dass es …«, er suchte nach Worten, »… dass es fast aufregend ist heutzutag. Auf einmal … auf einmal ist alles möglich, und von einem Tag zum andern ist nichts mehr wie zuvor …«

»Da habens recht«, entgegnete Gnott trocken, »alles ist möglich. Das ist es ja, was mir Angst macht.« Er sah auf seinen Schreibtisch. »Was haben wir denn da? Brand in der Au unten?«

»Ja. Ein Herbergenhäusl. Ein Wunder, dass nicht gleich das ganze Viertel abgebrannt ist. Die Häuser dort brennen wie Stroh, kaum eines ist aus Stein gebaut.«

»Weiß ich.« Gnott war noch immer erstaunt. »Aber was hat die Kriminalpolizei damit zu schaffen?«

»Weils beim Aufräumen einen gefunden haben, dem es, sagen wir mal, ein bisserl zu warm geworden ist.«

»Trotzdem. Mir ist immer noch nicht klar, warum da einer von uns …«

»Zwei von uns, Herr Kollege!«

Gnott fühlte sich ertappt. »Nun … ich mein halt, wo Sie doch da drunten zu Haus sind. Wohnen Sie nicht in der Au?«

»In Untergiesing«, berichtigte Kajetan. »Etwas anderes als eine verwanzte Bretterhütte kann ich mir schon noch leisten.«

»Das ist aber doch gleich hinter der Au, nicht wahr?«

»Schon«, gab Kajetan zu. »Aber trotzdem ist vorgeschrieben, dass kein Beamter mehr allein geht, wenn am Ort ermittelt werden muss. Denkens an den armen Schutzmann von neulich.«

Gnott nickte ernst. »Tu ich. Ist der übrigens schon über den Berg?«

»Er wird es überstehen, heißt es. Die Verletzungen waren doch nicht so schlimm, wie es im ersten Moment ausgeschaut hat. Überhaupts kommt mir vor, dass, wenn sich ein Beamter den Fingernagel abgebrochen hat, gleich geschrien wird, ihm sei die Hand abgehackt worden.«

»Na gut«, schloss Gnott sich in sein Schicksal ergebend ab,

»dann bringen wir es hinter uns. Da hätt ich mich ja gar nicht auszuziehen brauchen.«

»Doch.« Kajetan erhob sich ebenfalls. »Weil wir nämlich in die Au besser in Zivil gehen.«

Gnott schluckte.

»Übrigens, heut schauns gar nicht gut aus, Herr Kollege. Habens schlecht geschlafen?«

»Schlecht?«, brummte Gnott. »Gar nicht geschlafen hab ich. Der Föhn macht mich ganz narrisch.«

Kajetan lachte gutmütig und öffnete die Tür. »Jetzt muss der wieder dafür herhalten …«

13

Als die beiden Beamten am Brandort eintrafen, waren Feuerwehrleute noch damit beschäftigt, die auf die Gasse gestürzten Balken und den dampfenden Brandschutt zu beseitigen.

Ein erneuter Wolkenbruch hatte zum Glück verhindert, dass das Feuer auf die anderen Herbergen übergreifen konnte. Der Fäkaliengeruch, der vom nahen Stadtbach herüberdrang, vermischte sich mit dem Geruch erkalteter Asche. Immer wieder wurden Zuschauer, die sich zu nahe an die Brandstelle wagten, mit barschen Worten zurückgedrängt. Ein älterer Feuerwehrmann schien die Arbeiten zu leiten.

»Sind Sie der Brandmeister?«

Der Angesprochene antwortete unwirsch, dass man das doch wohl sehe. »Tuns mich nicht aufhalten«, raunzte er und wurde nur unwesentlich freundlicher, als sich die Beamten vorstellten.

»Ihr seids ja schnell da!«, bemerkte er boshaft. »Dass wir es kurz machen: Ein Blitz war es nicht, der die Hütte in Brand gesteckt hat.«

»Sondern?«

Auf die Ruine zeigend, antwortete er: »Es gibt mehrere Brandherde. Sie befinden sich alle im ersten Stock. Dazwischen ist das Mauerwerk nicht so stark verglüht.«

»Also ist das Feuer gelegt worden?«, wollte Gnott wissen. »Es gibt keine andere Möglichkeit? Ein glühendes Kaminrohr?«

»Ganz gescheit, Herr Kommissär!«, lobte der Mann höhnisch.

»Vom Brennholzmangel haben die Herren Beamten noch gar nichts gehört, gell? Um die Zeit heizt von den Häusl-Leuten keines mehr ein. Wen es im Bett friert, der zieht sich ein Paar Socken an. Oder er schaut sich um eine lebendige Zudeck!« Gnott schwieg verärgert.

»Und wo wurde der Tote gefunden?«, fragte Kajetan.

Der Brandmeister wies auf das Gewirr aus verkohlten Balken und verbranntem Mobiliar. »Im Parterre. Wir haben ihn noch nicht bergen können, weil wir erst alles sichern müssen. Viel wird nicht mehr von ihm übrig sein. Er war übrigens der Besitzer dieses Hausteils.«

»Und der Bewohner der darüberliegenden Kammer? Von dessen Wohnung das Feuer ausgegangen ist?«

»Da dürfens mich nicht danach fragen. Ich kann nur sagen, dass er nicht da drunter liegt.«

Kajetan stutzte. »Wenn es also ein Versehen gewesen wäre, dann hätte der Bewohner …«

»… oder die Bewohnerin«, fuhr Gnott dazwischen.

»Nein.« Der Brandmeister schüttelte den Kopf. »Ein Mann soll da gewohnt haben, sagen die Nachbarn.«

»Wenn es also ein Versehen gewesen wäre«, begann Kajetan erneut, »dann hätte er doch versucht, das Feuer zu löschen oder um Hilfe zu rufen.«

»Wie mir aber gesagt worden ist, hat keiner der Nachbarn Hilferufe oder so was gehört«, berichtete der Brandmeister.

»Wenn er dagegen vom Feuer überrascht worden und ohnmächtig geworden wäre, dann müsste er jetzt da drin liegen.«

»Richtig«, bestätigte der Feuerwehrmann.

»Auf Deutsch«, schloss Kajetan, »da ist was nicht ganz koscher. Der Mieter muss zu einem recht frühen Zeitpunkt schon geflohen sein. Warum?«

»Weil er den Brand mit Absicht gelegt hat«, folgerte Gnott.

»Ach woher!« Der Brandmeister machte eine abschätzige Handbewegung. »Ich sags Ihnen, wies war: Der arme Teufel war besoffen. Er lässt die Kerze herabbrennen oder schmeißt die Lampe um. Auf einmal sieht er, dass seine Kammer in Flammen steht. Er kriegt Angst, weiß genau, dass er zur Verantwortung gezogen wird, und haut ab. So war das, und nicht anders. Wie auch sonst?«

Gnott sah zu Kajetan. »Leuchtet mir ein. Was meinen Sie?«

Kajetan schüttelte langsam den Kopf. »Sie haben von mehreren Brandherden gesprochen, nicht wahr, Herr Brandmeister? Demnach hätte der Mieter im Besitz dreier Lampen gewesen sein müssen, die er an jeder Ecke des Zimmers aufgestellt hätte, und diese drei hätte er fast gleichzeitig umschmeißen müssen. Oder er hätte drei Kerzen an diesen Ecken aufstellen müssen, und sie müssten ebenfalls fast zum gleichen Zeitpunkt herabgebrannt sein. Nein, ich hab ...«

Gnott grinste. »Ich weiß schon, was jetzt kommen wird.«

»Was denn?«

»Na, der berühmte Satz!«

Der Brandmeister sah Kajetan neugierig an. Dieser schien nicht zu verstehen. »Berühmter Satz?«

»Ich sag bloß: Gefühl!«, half Gnott nach.

»Ach so!« Kajetan lachte. »Und recht haben Sie. Ich hab tatsächlich so ein Gefühl ...«

»... und wenn ich so ein Gefühl hab, dann ...«, ergänzte Gnott trocken.

Kajetan winkte ungeduldig ab und wandte sich wieder an den Brandmeister.

»Der Mieter ist also weder bei Brandausbruch noch danach gesehen worden?«

»Da müssens die Leut fragen, die zuerst da waren.«

14

Die zierliche Frau richtete sich mühsam auf ihrem Krankenbett auf.

»Ihn mein ich zu kennen«, sagte Schwester Agape und wies auf Kajetan. »Ist er nicht der Itaker-Bub von der Nockherstraß?«

Kajetan nickte. Gnott wandte sich erstaunt zu ihm um.

»Was wollts ihr denn von mir?«

Kajetan erklärte es ihr.

»Nein«, sagte sie und schüttelte den Kopf, »ich bin kurz vorher noch am Raschp-Häusl vorbeigegangen. Der Brandmeister hat mir hinterher erzählt, dass das Feuer ziemlich genau zu diesem Zeitpunkt ausgebrochen hätt sein müssen, was man aber von draußen noch nicht hätt sehen können. Und da war niemand mehr auf der Straße. Ich kann mich auch nicht dran erinnern, Licht im Raschp-Häusl gesehn zu haben. Es wär mir bestimmt aufgefallen.«

»Was habens denn um diese Zeit dort verloren gehabt?«

»Noch dümmer fragen kannst nicht? Die Leut in der Vorstadt sterben wie die Fliegen. Die Grippe ists, sagen die Leut. Ich aber sage, es ist die Pest.«

Kajetan wich ihrem Blick aus. »Hat das ganze Haus schon gebrannt, wie Sie nachher dort angekommen sind?«

»Ich weiß nicht mehr.« Die Schwester dachte nach. »Nein, nur der erste Stock.«

»Wie lange waren Sie dort, Schwester?«

»Bis mich die Nachbarn gepackt haben.«

Die Männer sahen sich an.

»Wieso haben die Nachbarn Sie gepackt?«, wollte Gnott wissen.

»Weil ich«, antwortete Agape und sank erschöpft auf das Kissen zurück, »halt noch zum Raschp-Vater reinwollte, wo doch schon die Trümmer vom Dach gefallen sind. Ich hab ja gewusst, dass er noch drin sein muss und sich nicht rühren kann mit seiner Gicht. Aber er hat alles verriegelt gehabt, der dumme Mensch, er hat allerweil Angst gehabt, dass ihm was gestohlen wird und er sich nicht mehr helfen kann. Doch wahrscheinlich ist er ja eh schon erstickt gewesen, wie ich hingekommen bin. Ja, so gehts … das eine stirbt, das andere lebt.«

»Sie haben …«, Kajetan machte eine kleine Pause und räusperte sich dann, »… also keinen Menschen gesehen, der aus dem Haus gerannt oder aus dem Fenster gesprungen ist?«

Ihre Stimme wurde wieder schwächer.

»Ganz gewiss nicht. Ich sags doch. Es könnt schon mal vorkommen, dass ich der Polizei nicht alles erzähl, was ich weiß. Aber diesmal stimmts.«

»Sie kennen doch alle Leut im Viertel. Wer hat im ersten Stock gewohnt?«

»Da ist, wie die junge Beerin zu Weihnachten an der Bleichsucht gestorben ist, ein Auswärtiger eingezogen, von Ingolstadt, hats geheißen. Aber mit dem hab ich nie was zu tun gehabt. Er ist selten daheim gewesen. Ich hab ihn bloß einmal gesehen, wie ich den Raschp-Vater besucht hab. Ein junger Mensch noch, mager, helles Haar, eigentlich gar nicht zwider – ein geistiger Mensch, tät ich sagen.«

»Was ist das, ein geistiger Mensch?«

»Einer, der nicht nach Arbeit ausschaut. So wie ihr zwei.« Sie grinste liebenswürdig.

15

Inspektor Gnott war gereizt, als er vom Einwohnermeldebüro zurückkam. »Warum reißens denn die Fenster allerweil auf? Zu warm ist es ja weiß Gott nicht bei uns.«

Kajetan wollte etwas darauf erwidern, schwieg dann aber. Er hätte nur schwer erklären können, dass er in den vergangenen Wochen immer mehr das Gefühl bekommen hatte, in einem Gefängnis zu sitzen. Er stand auf und schob die Fensterflügel zu.

»Und? Was sagt das Register?«

Gnott sah auf ein Stück Papier. »Er heißt Meininger, Vorname Eugen. Er ist von Ingolstadt gebürtig und, wartens, neunundzwanzig Jahr alt. Gemeldet in München seit dem ersten Februar dieses Jahres. Als Beruf gibt er Journalist an. Eltern bereits verstorben. So, jetzt wissen wirs.«

»Aber haben tun wir ihn noch nicht.«

»Wie Sie nur allerweil recht haben, Herr Kollege!«

»Was kann man machen, wenn einem die Gescheitheit so zufällt?«

»Ich mein fast, Sie glauben selbst dran!«, bemerkte Gnott unwillig. »Eins tät mich aber doch interessieren.«

»Was denn?«

Gnott beugte sich vor und lächelte ein wenig. »Was hat die Schwester eigentlich mit dem Itaker-Buben gemeint?«

Kajetan zog die Stirn kraus und sah auf seinen Schreibtisch. »Das«, er räusperte sich, »das war mein Spitznam.«

»Ah so.«

»Weil ich ein bissl dunkler ausschau und nicht so ein breites Bräuochsengestell wie die andern gehabt hab, hats geheißen.«

»Ah so.«

»Drum habens mich den Itaker-Buben genannt.«

Gnott hob abwehrend die Hände. »Habs schon, habs schon. Wie oft sagen Sies noch?«

»Finden Sie auch, dass ich dunkler ausschau?«

»Schmarren.«

»Gell.«

»Wie Kinder halt sind, nicht wahr.«

Kajetan fühlte sich unwohl. »Eben.«

Gnott sah ihn amüsiert an und warf wieder einen Blick auf den Anmeldezettel. »Also, was stellen wir jetzt an mit dem Brandstif…«

»Ist es außerdem eine Schand, wenn der Vater nicht von da ist?«

»Was? Ah so!« Gnott grinste breit. »Nein. Wieso auch? Woher ist er denn?«

»Aus dem Friaul ist er.«

»Ah? Von da? Nun, eigentlich interessierts ja auch keinen, nicht wahr? Ich bin bloß der Meinung gewesen, dass Ausländer bei unserer Polizei nicht eingestellt werden dürfen.«

»Bin ich ja auch nicht.«

»Na? Aber ein halberter.«

»Halberte Menschen gibts nicht. Ich bin in Föhring geboren, wenn Sies genau wissen wollen. Und meine Mutter war eine Hiesige. Der Vater hat die Ziegelei in Föhring mit aufgebaut. Den Münchnern wars nämlich zu batzig da draußen.«

»Na, von mir aus«, beendete Gnott das Thema. »Trotzdem tät ich endlich gern wissen, was wir mit dem Meininger anfangen sollen. Er wird über alle Berg sein. Wenn ich ehrlich sein muss, versprech ich mir wenig davon, nach ihm zu suchen.«

»Immerhin hat er den alten Mann auf dem Gewissen. Was meint eigentlich der Herr Rat?«

Gnott hob die Schultern. »Was wird der schon meinen. Ich hab den Eindruck, dass ihm alles wurscht ist und er Angst davor hat, etwas zu tun, was den neuen Herren nicht passen könnte. Vorgehen wie üblich, sagt er halt. Und Obacht geben.«

»Respekt.« Kajetan klang bitter. »Es ist halt doch immer wieder beruhigend, wenn man sich auf vorbildliche Vorgesetzte verlassen kann. Meinetwegen, gehen wir vor wie immer. Wir könnten zuerst einmal rausfinden, bei welcher Zeitung er gearbeitet hat. Vielleicht erhalten wir dann einen Hinweis, wo er sein könnte. Dafür werden wir schon nicht vor das neue Revolutionstribunal gestellt werden.«

»Wer weiß«, höhnte Gnott. »Wundern tät mich gar nichts mehr.«

»Warten wirs ab«, meinte Kajetan. »Auf jeden Fall müsste dieser Meininger dabei ein weitaus schlechteres Gewissen haben als unsereiner. Vernichtung von Proletarierunterkünften! Wenn das kein Kapitalverbrechen ist!«

»Oder er kriegt einen Orden wegen besonders gründlicher Expropriation bürgerlichen Eigentums. Kann auch sein.«

»Jaja«, sagte Kajetan grinsend, »beweglich muss man heutzutage sein, wenns drum geht, was recht und was unrecht ist.«

Inspektor Gnott schien nicht mehr darüber diskutieren zu wollen. »Also? Die Frage ist, was wir tun können. Was ist zum Beispiel, wenn er einen schweren Schock hat und deshalb nicht auftaucht?«

»Sie meinen, wir sollten in der Nußbaumstraße drüben, im Psychiatrischen Krankenhaus…?«

»Vielleicht, Herr Kollege?«

Kajetan überlegte. »Andererseits – wie alt ist er? Neunundzwanzig? Meinens nicht, dass er da in seinem Leben schon einiges gesehen hat, gegen das eine brennende Bretterbude ein Nichts ist? Der Krieg ist schließlich erst seit ein paar Monaten aus. Da hats schließlich ganz andere Feuer gegeben.«

»Er hat also Dreck am Stecken?«

»Danach schauts aus, wenns mich fragen.«

Gnott hob uninteressiert die Schultern. »Meinetwegen, dann suchen wir ihn halt, den geistigen Menschen. Wenn er bei einer Zeitung in München in Arbeit ist, dürfts ja nicht so schwer sein.«

»Das glaube ich auch«, bestätigte Kajetan.

»Weit weg wär das ja nicht, gell?«, begann Gnott unschuldig.

»Was?«

»Die Redaktion der Münchner Zeitung, meine ich.«

»Ach so! Nein, gleich drüben in der Sendlinger Straße.«

»Gell? Das ist doch nicht weit?«

»Wie oft sagens das jetzt noch? Ach so!« Kajetan musste lachen. »Jetzt versteh ich Ihnen. Lassen wirs gut sein. Ich geh allein rüber. Ich bin eh viel lieber in der frischen Luft. Wars das?«

Gnott nickte erleichtert. »Das brauchts ja wirklich nicht, dass wir zu zweit… Und außerdem ist es heut schon wieder viel ruhiger geworden. Die neue Regierung arbeitet…«

»Glauben Sie?« Kajetan war aufgestanden und hatte nach seinem Mantel gegriffen. »Geredet wird halt, wie schon seit Wochen, sonst nichts.«

»Solangs nicht aufeinander schießen. Ich mein wirklich, dass sich jetzt alles zum Besseren wendet.«

Kajetan öffnete die Tür. »Jaja. Jetzt dürfens schon damit aufhören. Aber das nächste Mal sind Sie dran.«

»Selbstverständlich, Herr Kollege!«

16

»Der Herr Schriftleiter ist heute nicht zu sprechen. Aber schon wirklich nicht.« Die Sekretärin im Verlagsgebäude an der Sendlinger Straße machte nicht den Eindruck, als wäre sie sonst freundlicher. »Es hat einen Haufen Verdruss gegeben. Das könnens Ihnen überhaupt nicht vorstellen.«

»Obs einen Verdruss gegeben hat oder nicht, interessiert mich so viel, wie wenn ein Spatz einen Rossbollen pickt. Ich sags noch mal: Ich bin Inspektor Kajetan von der Kriminalpolizei. Wegen irgendwas werd ich schon nicht daherkommen! Sagens jetzt bitte schön gefälligst dem Herrn Schriftleiter, dass es wichtig ist. Sehr wichtig sogar. Er wird Sie schon nicht beißen.«

»Wer mich beißt, den möcht ich erst mal sehen«, bemerkte sie schnippisch. »Na, wenns meinen. Herr Fellner? Lebens noch?«

Hinter einer hohen Ablage tauchte ein junger Mann auf. »Was gibts?«

»Der Herr Inspektor möcht den Herrn Schriftleiter sprechen. Hat er sich schon wieder abgeregt?«

»Der Herr Stein regt sich nie ab, das wissen Sie doch.« Er winkte Kajetan. »Kommens mit, Herr Inspektor.« Er wies zum Flur und öffnete die Tür.

»Was hat er denn, Ihr Herr Stein?«, wollte Kajetan wissen.

»Habens denn heute die Münchner Zeitung noch nicht gelesen?«

»Nein.«

»War auch nur ein Scherz. Das hättens auch gar nicht können, gell? Weil die heute nämlich nicht erschienen ist. Die Regierung hat die Zensur verhängt. Und weil sich der Herr Stein zunächst dagegen gestemmt hat, ist erst einmal gar nichts gedruckt worden. Dann aber hat die Anzeigenabteilung wohl den Verleger angerufen, der wiederum mit dem Herrn Stein geredet hat.«

»Und jetzt erscheint die Zeitung wieder, nehm ich an?«

»So ist es. Aber mit dem Zusatz: ›Unter Regierungsaufsicht‹. Täten Sie sich da nicht aufregen? Soll es das sein, was die neue Regierung unter Freiheit versteht?«

Kajetan antwortete nicht. Das Thema interessierte ihn nicht sonderlich. Sie hatten das Büro des Schriftleiters erreicht.

Fellner stellte den Inspektor vor.

»Kriminalpolizei, höre ich? Ist es jetzt schon so weit? Werden wir verhaftet?« Das Gesicht des Schriftleiters, eines dicklich untersetzten, offenbar cholerisch veranlagten Mannes in den Vierzigern, war fleckig gerötet.

Der Inspektor hob lächelnd die Hände. »Habens denn was angestellt?«

»Das fragens besser den Zigeuner, der uns das neue Pressegesetz eingebrockt hat! Noch lieber wär mir allerdings, dass Sie ihn dabei gleich mitnehmen und nach Stadelheim stecken.«

»Gern. Wen, haben Sie gesagt?«

»Den sauberen Herrn Raths! Er ist seit ein paar Tagen Pressebeauftragter der neuen Regierung, und was tut er als Erstes?«

Kajetan hatte, als er diesen Namen hörte, einen leichten Stich verspürt.

Fellner pflichtete Steins Verachtung eifrig bei. »Der Raths! Grad der! Nichts als Bosheit und Neid ist das bei dem! Sitzt gestern noch auf seinem Schmierblattl, das ihm keiner abnehmen will, und heut spielt er sich zum Herrn über …«

Stein unterbrach ihn heftig. »Wird sich zeigen, Fellner, wird sich zeigen!« Prophetisch hob er den Zeigefinger. »Die Gäng gehen schnell heutzutag! Auf diesem Pösterl wird er, wie die anderen vor ihm, nicht lang zu sitzen kommen! Aber«, besann er sich, ohne wesentlich freundlicher zu werden, »was führt Sie zu mir, Herr Inspektor. Machen Sie es bitte kurz.«

Kajetan erklärte es ihm.

»Meininger? Eugen Meininger? Nie gehört. Tut mir leid, Herr Inspektor.«

»Bitte denkens nach.«

»Wenn ich was sag, dann hab ich nachgedacht. Und ich hab gesagt: Nie gehört!«

Fellner sah von einem zum anderen. Dann hob er schüchtern die Hand. »Äh … Herr Schriftleiter …«

»Fellner? Was wollens? Ist Ihnen der Name vielleicht bekannt?«

»Vielleicht, ja. Herr Inspektor, woher, sagten Sie, ist dieser … Meininger gebürtig?«

»Von Ingolstadt.«

»Ein hochgeschossener, blonder, noch ziemlich junger …?«

»Stimmt. Genauso wurde er von den Nachbarn beschrieben!«

Fellners Stimme klang nun aufgeregt. »Herr Schriftleiter, das war der junge Kerl, der uns einmal wegen einer Anstellung aufgesucht hat. Mitte Januar oder Anfang Februar dürfte das gewesen sein!«

Stein schien verärgert. »Soll ich mir jetzt jeden merken, der sich bei mir um eine Anstellung bewirbt? Ich weiß schon, warum ich die meisten gleich wieder vergess!« Dann lenkte er jedoch ein. »Aber ja, ich entsinn mich schwach. Ein recht ehrgeiziges Bürscherl. Hat, glaube ich, eine Reverenz von einem Blatt in Ingolstadt dabeigehabt. Ich hab ihm aber nicht weiterhelfen können.« Er wischte heftig über die Tischplatte.

»Also hat er nie bei Ihnen gearbeitet?«

»Nein.« Beide Männer schüttelten den Kopf.

»Dann haben Sie vermutlich auch keine Ahnung, wo er sich aufhalten könnte.«

Wieder verneinten beide. »Er hat uns seinerzeit sicher seine Adresse hiergelassen. Aber es würde mich wundern, wenn wir die aufbewahrt haben«, erklärte Stein kühl. »Was sinds denn eigentlich …«, der Schriftleiter schien plötzlich zu zögern, »… gar so scharf auf den? Hat er was angestellt?«

»Nun, es hängt mit dem Brand in der vergangenen Nacht zusammen.«

»Das Feuer in der Au?« Die Stimme des Schriftleiters war rau geworden. »Ist er etwa das … das Opfer?«

Kajetan schüttelte den Kopf.

»Wie also hängt alles zusammen?«

Der Inspektor erklärte es mit wenigen Worten.

»Fellner, morgen erscheinen wir wieder. Notieren Sie das nachher, und holen Sie von der Feuerwehr zusätzliche Information ein«, befahl Stein mit undurchdringlicher Miene. »Mich entschuldigen Sie jetzt bitte. Fellner, begleiten Sie den Herrn Inspektor nach draußen? Ich habe zu tun, wie Sie sehen.«

17

»Wir gehen zum Altheimer Eck raus«, hatte Fellner vorgeschlagen, »da habens nicht so weit zur Direktion.«

Sie liefen den düsteren Flur entlang.

Der Redakteur öffnete Kajetan die Tür zum Treppenhaus. Er sah sich prüfend um.

»Mir hat der junge Kerl ja leidgetan«, begann er zögernd.

»Wieso?«

Fellner schien nach Worten zu suchen.

»Wieso hat er Ihnen leidgetan?«, wiederholte der Inspektor neugierig. »Ein Haufen Leut suchen heut eine Arbeit. Da käm man aus dem Leidtun gar nicht mehr heraus!«

»Schon. Wer weiß, wies mir selber morgen ergeht. Aber das ist es nicht. Der Herr Schriftleiter hat nämlich hie und da einen seltsamen Humor. Einen, über den nicht jeder lachen kann.«

Sie durchquerten den dämmrigen Setzereisaal. Die Arbeiter lehnten unschlüssig an den Letterschränken und sprachen miteinander. Ein Metteur wandte sich um, als er die beiden entdeckte.

»Was ist jetzt, Fellner?«

»Was soll sein«, antwortete der Redakteur missmutig, ohne seine Schritte zu verlangsamen, »der Herr Minister hat die Korrektur noch nicht zum Zeug gebracht. So lang müssts halt noch warten mit dem Umbruch.«

»Und was tun wir derweil?«, wollte ein anderer wissen. Die Stimmung war gereizt.

»Das fragts am besten den Minister selbst.«

»Das werden wir auch tun!«, sagte der Metteur und wandte sich unter dem zustimmenden Gemurmel seiner Kollegen wieder ab.

Fellner öffnete die Tür der Setzerei und ließ Kajetan in den Flur vorausgehen. »Seit der Zentralrat das Sagen hat, gehts drunter und drüber«, erklärte er dabei, »und der Minister Heßstätter, der schreibt gar die halbe Zeitung allein voll. Möcht gern wissen, wann der eigentlich zum Regieren kommt.«

»Sie wollten mir vom Meininger und dem seltsamen Humor Ihres Schriftleiters erzählen.«

»Ah ja… Also, der Herr Schriftleiter… er ist kein übler Mensch, verstehens mich recht, ich will da nichts gesagt haben…«

»Ich hab was anderes zu tun, als das dem Herrn Stein zu stecken«, beruhigte ihn Kajetan. »Also, warum hat Ihnen der Meininger leidgetan?«

»Na ja!« Fellner wirkte verlegen. »Der Herr Schriftleiter hat mit ihm das gemacht, was man mit den jungen Kerlen macht, die noch ein wenig feucht hinter den Ohren sind.«

Kajetan sah ihn neugierig an. »So? Und was tut man mit denen?«

»Er hat ihm Hoffnungen gemacht. Hat ihm gesagt, wenn er einen ganz bestimmten Bericht bringen tät, dann würde er ihn einstellen. Da war der Narr natürlich gleich Feuer und Flamme und wollt wissen, welcher Bericht das denn wär. Er würde alles rauskriegen, hat er angegeben. Da hab ich schon ein wenig grinsen müssen, gell?«

»Und? Was war es, das er hätt bringen sollen?«

»Nun, das war ja, wie der Präsident noch gelebt hat…«

Kajetan verlangsamte seinen Schritt und musterte den jungen Redakteur aufmerksam. »… also der Meininger sollte einen

Beleg dafür finden, dass das Gerücht stimmt, welches seinerzeit über den Präsidenten im Umlauf war.«

»Was für ein Gerücht denn?«

»Habens nicht davon gelesen?«

»Wo? Was? Um welches Gerücht gehts denn. Müssens denn alles so spannend machen?« Kajetan war ungehalten geworden. Fellner schien es bemerkt zu haben.

»Na, überall hat man doch lesen können, dass der Präsident ein Jud ist…«

»Daraus hat man doch nie ein Geheimnis gemacht. Und seit wann wär das eine schandbare Sach?«

Fellner hüstelte. »Das war ja noch nicht alles. Zu lesen ist auch gewesen, dass der Präsident in Wirklichkeit ein geflohener Bankrotteur und sein eigentlicher Name Schmuel Koslowski gewesen sei.«

»Wenn Meininger die Richtigkeit des Gerüchts hätte beweisen können, dann hätt er die Stelle gekriegt?«

Der Redakteur nickte.

»Und wo ist jetzt da der Spaß? Ich komm noch nicht ganz mit. Außerdem, das ist mir neu.«

»Was? Das mit dem Bankrott und dem falschen Namen?« Fellner fühlte sich unwohl. »Ist ja auch kein Wort wahr. Der Präsident ist nachweislich in Berlin geboren. Er ist gelernter Journalist, war früher mal Chefredakteur der Nürnberger Zeitung. Und einen Bankrott bringt ein Journalist schon deswegen nicht zusammen, weil man dafür zuerst ein Geld verdient haben muss. Das weiß jeder. Ihn als untergetauchten Bankrotteur zu entlarven, ist«, der Redakteur lächelte verkrampft, »als ob man einen Ochsen zum Milchgeben bringen wollt.«

»Obwohl also jeder in Ihrem Gewerbe weiß, dass das Ganze eine Verleumdung ist, sollte der Meininger…?«

Fellner lächelte noch immer dümmlich. »Freilich. Das war ja der Spaß, den sich der Herr Schriftleiter mit dem Meininger gemacht hat.«

»Er scheint tatsächlich Humor zu haben, der Herr Stein.«

»Gell? Und der Kasper hat das auch noch für bare Münz genommen!«

»Sinds da sicher?«

Sie traten auf das Altheimer Eck hinaus. Die Straße war still. Die Druckmaschinen, die hinter den geöffneten Fenstern des Erdgeschosses zu erkennen waren, waren abgestellt.

»Bin ich«, bekräftigte der Redakteur. »Der dumme Mensch hat mich sogar noch einmal aufgesucht.«

Kajetan, der sich schon zum Gehen gewandt hatte, blieb stehen. »So?«

»Er hat sich nach einem Lokal erkundigt. Ob ich das kenne, fragt er. Kenn ich freilich, sag ich und zeig ihm, wo es zu finden ist. Das Komische war bloß, dass es sich dabei um ein ganz bestimmtes Lokal gehandelt hat.«

»Und um was für eins?«

»Das Albergo in Schwabing draußen. Kennens das?«

»Ist das nicht die Beize, in der sich die Völkischen treffen? Und danach hat er sich erkundigt? Seltsam.«

»Gell? Obwohl sich da auch allerlei Wahnmochinger und ›Enorme‹ treffen, wär das doch gewiss nicht der Ort gewesen, an dem er etwas über den Präsidenten hätte herausbringen können. Der hat sich nie in Schwabing aufgehalten. Seltsam ist aber auch, dass er mich das wenige Tage nach dem …«

»Mord?«, half Kajetan. »Sinds da sicher? Wenige Tage nachdem der Graf Arco den Präsidenten erschossen hat, hat er sich bei Ihnen nach dem Albergo erkundigt?«

Fellner nickte bestimmt.

»Und seither habens nichts mehr von ihm gehört, nehm ich an.«

Wieder nickte der Redakteur. Kajetan verschränkte die Arme vor der Brust und überlegte.

»Sagens einmal, Herr Fellner«, fragte er in beiläufigem Ton, »in welcher Zeitung ist denn das mit der Koslowski-Sache gestanden?«

»In jeder!«

»Auch in eurer?«

Wieder schien sich Fellner unbehaglich zu fühlen. »Nun, es hätte ja auch stimmen können, nicht wahr?«

»Dass aber manche Zeitungsleut arge Dreckhammel sind, habt ihr noch nicht geschrieben. Hab ich recht?«

Der Redakteur holte Luft. »Wie … wie …?«

»Na, könnt doch auch stimmen. Oder? Habe die Ehre, Herr Fellner.«

18

Der Riemer hatte den Vormittag damit verbracht, die Zaunpfähle für das Frühjahr vorzubereiten. Die Arbeit hatte ihn angestrengt, er fühlte sich erschöpft und fror trotz des Feuers, das er im Rauchkamin der Küche angefacht hatte.

Mit langsamen Bewegungen nahm er eine Pfanne aus dem Regal, setzte sie auf und begann sich ein Mus zuzubereiten. Milch hatte er noch genügend, jedoch das Mehl ging langsam zur Neige. Der Winter hatte in diesem Jahr länger als üblich gedauert, und so hatte er Futter für seine Tiere hinzukaufen müssen. Nun hatte er kaum mehr Geld.

Wenn nur seine Rente bewilligt werden würde. Der Steinhauser hatte auf ihn eingeredet und ihn dazu gebracht, gegen den Ablehnungsbescheid Einspruch zu erheben. Nach einigen Wochen war dem Bauern die Vorladung zu einer erneuten Untersuchung beim Dornsteiner Versorgungsamt zugestellt worden, und morgen früh würde er sich mit dem Fahrrad dorthin aufmachen.

Während er in der Pfanne rührte, versuchte er seine Gedanken von jener Begebenheit fernzuhalten, die seine Schwermut noch verstärkt hatte. Es gelang ihm nicht.

Der Steinhauser war in ihn gedrungen und hatte schließlich erreicht, dass sich der junge Riemer wieder einmal unter den Leuten sehen ließ. Obwohl zur Unzeit, wie viele Perthenzeller meinten, hatten die Schützen zur Feier ihrer neuen Fahne geladen; ein wohlhabender Bürger, dem man so viel Gemeinsinn nicht zugetraut hatte, hatte sie gestiftet. Er war der Meinung, dass gerade in diesen Tagen und Monaten ein Zeichen für den Wehrwillen des Landvolkes wichtig sei.

Die Leute nahmen gern die Gelegenheit zu dieser harmlosen Vergnügung wahr, um die Erinnerung an die vergangenen harten Jahre abzuschütteln. Die Bewohner der Hallberger Gnotschaft waren ebenfalls ins Tal gekommen und strömten nach der Weihe, bei der auch Baron von Bottendorf eine Ansprache gehalten hatte, in den Saal des Postwirts, wo die Schellenberger Musikanten zum Tanz aufspielten. Unter den Besuchern befand sich ein Dutzend junger Männer, die seit einigen Wochen in einer der Baracken auf dem Bottendorf'schen Anwesen wohnten und die der Baron als landwirtschaftliche Hilfskräfte ausgewiesen hatte. Die Hallberger hatten sich darüber gewundert, da sie bisher nie derartige Aktivitäten feststellen konnten.

»Wo kommst jetzt du her?«, fragte das Mädchen, das sich an den Tisch des jungen Riemer gesetzt hatte. Der Bauer nahm einen Schluck aus seinem Bierkrug und wischte sich über den Mund. »Vom Hallberg droben.«

»Redst ned viel, gell?«

Er versuchte zu lächeln. »Was willst denn hören?«

»Mei, so halt. Man möcht halt ein bisserl eine Unterhaltung, wenn eins neben einem Mannsbild zu sitzen kommt.«

Der Riemer sah sie mit einem verstohlenen Blick an. »Magst trinken?«, bot er an. Sie nahm einen kräftigen Schluck und setzte den Krug wieder ab.

»Tanzen mag er nicht, der Hallberger?«, fragte sie keck. Er schüttelte den Kopf.

»Ah geh!« Sie lachte ungläubig.

»Nein. Ich kanns nicht.«

Sie ließ es nicht gelten und zog ihn mit sich. So erlebten die erstaunten Hallberger den verschrobenen Riemer seit langer Zeit wieder auf dem Tanzboden, auf dem er früher, vor dem Krieg, häufiger zu finden war. Auch der Steinhauser, der den Riemer wie einen Sohn mochte, war zufrieden. Der junge Bauer hatte wieder sein schönes Lachen mit schiefem Mund.

Doch während das Mädchen sich mühte, mit dem ungelenken Bauern in den Rhythmus zu finden, meinte dieser zu bemerken, dass sie beobachtet wurden. Der Mann lehnte an einer der Säulen, die den Tanzboden umgaben, und schien mit unbewegter Miene auf das Paar zu starren.

»Kennst du den?«, wollte der Riemer wissen.

»Wen?«

Er machte eine Kopfbewegung. »Den da hinten. Der da allerweil zu uns herschaut?«

Sie schaute kurz in die angedeutete Richtung. Dann lächelte sie, fasste sein Kinn und zwang ihn mit sanftem Druck, sie anzusehen.

»Da denk dir nichts. Das ist bloß ein Bekannter von mir.« Sie drückte sich an ihn. »Der tät vielleicht mögen. Aber ich nicht.«

Die Musik wurde schneller. Tastend stieg im Riemer wieder Lust am Leben auf. Er begann den Rhythmus wahrzunehmen und packte das Mädchen fester. Es jauchzte vergnügt auf. Der junge Bauer stöhnte fast unhörbar vor Glück.

»Was?«, schrie sie lachend in sein Ohr.

Er presste die Lider zusammen. Ein heißer, feinadriger Schmerz war hinter seine Augen geschossen. Ein leichter Schwindel wogte heran. Er stockte.

»Was hast denn?«

»Nichts«, sagte er heiser. »Ich muss jetzt aufhören.«

»Brauchst eine frische Luft? Ist dir schlecht?«

Er nickte schwer. Sie folgte ihm, als er in den Wirtsgarten ging. Wieder war ihm dabei, als hätte er den Mann gesehen, den er bereits beim Tanz bemerkt hatte.

In der klaren, kalten Frühlingsluft wich seine Benommenheit.

»Wer… wer ist das denn, dein Bekannter?«

»Bloß ein Bekannter, sonst nichts«, beruhigte sie ihn und sah nach oben. »Da… schau«, sagte sie mit weicher Stimme. Er hob sein Gesicht zum Sternhimmel. »Schön, ja.«

Sie gingen einige Schritte weiter. Der Wirtsgarten grenzte an ein kleines Waldstück. Das Rauschen der Ache übertönte nun bereits den Lärm des Festes. Es schien kälter geworden zu sein. Sie zitterte.

»Bleiben wir stehen«, flüsterte sie plötzlich.

»Fürchst dich?«

Ihre Augen schimmerten dunkel. Sie nickte und drückte ihren Körper leicht an seine Seite. Voller Sehnsucht sah er sie an. Er umarmte sie tastend und suchte über kühle Wangen ihren Mund.

Er konnte sich später nicht mehr genau erinnern, was danach geschehen war. Er wusste nur noch, dass er glücklich war und sich in gefährlicher Weichheit gelöst hatte, als er überfallen wurde. Das Mädchen hatte einen eigenartigen Ausruf getan. Zwei kräftige Arme hatten sich um den Riemer gelegt und ihn zu Boden gezerrt. Während er von dem einen Unbekannten auf der Erde gehalten wurde, packte ihn ein anderer an den Haaren und rieb ihm eine stinkende Masse ins Gesicht. Ein dritter trat auf ihn ein. Der Riemer wehrte sich verzweifelt, doch ein weiterer, dessen Gesicht er ebenso wenig wie das der anderen erkennen konnte, stemmte seine Knie auf seine Oberarme, hielt ihm die Nase zu und presste ihm, als er erstickend den Mund öffnen musste, den Kuhmist zwischen die Zähne. Minutenlang ließen die roh lachenden Männer nicht von ihm ab. Dann verschwanden sie in der Dunkelheit. Als sich der Riemer weinend aufrichtete, war er allein.

In den folgenden Tagen hatte er das Haus nicht mehr verlassen. Er fühlte sich als Verlierer, und eine brennende Scham quälte ihn lange. Je mehr sie schließlich wich, desto stärker wurde sein Zorn gegen Gassner, an dessen Urheberschaft an diesem Überfall er keinen Zweifel hatte. Ein verzehrender Hass erfüllte ihn, und nüchtern entschloss er sich, nie mehr zu lieben. Er hatte keine Kraft mehr dafür, er wollte sie nicht mehr haben, er war kalt geworden. Nichts fehlte ihm; er träumte nicht mehr. Alles, was er nun noch wollte, war zu überleben, um sich, wenn die Zeit dafür günstig war, zu rächen. Die Vorstellung davon bescherte ihm ein närrisches Vergnügen.

Endlich hatte er das Gefühl, wieder bei sich zu sein. Nein, er war nicht zerstört. Er rüstete zum Kampf, sein Hass stärkte ihn. Er lächelte wieder sein schönes Lächeln mit schiefem Mund.

19

Die Bedienung des Albergo hatte sich mit eigentümlich schleppendem Gang genähert.

»Was kriegt der Herr?«

»Eine Melange, Fräulein.«

»Milch gibts heut keine«, sagte sie freundlich. »Habens noch nichts von der Blockade gehört? Die Bauern schicken nichts mehr in die Stadt.«

»Dann eben einen Schwarzen. Kaffee wirds doch noch geben?«

»Die ungesunden Sachen gehn nie aus«, sagte sie sarkastisch und kehrte zur Schänke zurück. Fast unmerklich hinkte sie.

Kajetan sah sich um. Das Lokal war nahezu leer. An einem der hohen Fenster zur Schellingstraße saß ein in sich gekehrter, bärtiger Mann. Als Kajetans Blick auf ihn fiel, wandte er sich ab.

Das Mädchen brachte den Kaffee. »Ich tät gleich zahlen, Fräulein!«

»Ist recht«, sagte sie und nannte den Preis. Als sie die Münzen, denen Kajetan noch ein Trinkgeld beigefügt hatte, über die Tischplatte in ihre Börse schob, lächelte sie ihn an.

»Danke schön, der Herr.«

»Wartens, Fräulein. Ich hätt noch einen Wunsch!«

Sie war im Begriff zu gehen, wandte sich nun um und blickte den Inspektor fragend an. Sie ist schön, schoss es ihm durch den Kopf. Sie hatte einen schlanken Hals, ein ovales, eindrucksvolles Gesicht mit kleinem Mund, vollen Lippen und hoher, zum Haaransatz leicht gerundeter Stirn. Ein Paar dichter dunkler Brauen schwang sich über ihre Augen und gab ihr ein fast südländisches Aussehen. Das kräftige schwarze Haar hatte sie im Nacken zusammengebunden, und unter ihrer weit geschnittenen Kleidung war eine frauliche Gestalt zu erahnen. Ihr Blick ruhte in freundlicher Gelassenheit auf ihm.

»Ja?«

»Ich … möcht Sie gern was fragen.«

Sie legte den Kopf schräg. »Na, dann fragens.«

»Ich bin auf der Suche nach einem, eh, Freund, der sich bei Ihnen öfter aufgehalten hat.«

»So?« Sie sah ihn unverwandt an. »Und wer soll das sein?«

Kajetan nannte den Namen des Verschollenen. Sie straffte die Schultern.

»Über unsere Kundschaft geb ich keine Auskunft.«

»Sie brauchen mir bloß zu sagen, ob er hin und wieder …«

Ihr Gesicht hatte sich verschlossen. »Nichts brauch ich.«

»Heißt das, dass Sie ihn kennen?«

»Heißt es nicht. Was wollens überhaupt von diesem …?«

»Meininger, Fräulein. Was halten Sie von einem Tausch? Ich erzähl Ihnen, was ich von ihm möcht, und Sie sagen mir, wo ich ihn finde. Einverstanden?«

Die Tür, die von der Küche in den Schankraum führte, wurde aufgestoßen. Ein großgewachsener, mürrisch wirkender Mann betrat den schmalen Gang hinter der Schänke und wischte sich am Schurz die Hände ab.

Das Mädchen hob ihre Stimme. »Ich hab Ihnen gesagt, dass ich keine Auskunft über die Kundschaft geb!«

Der Schankkellner war aufmerksam geworden. »Was ist, Jule? Was möcht der?«

»Mich ausfragen.«

Der Schankkellner kippte die Lade zurück und näherte sich. »Dann geb ich Ihm gleich den Rat, sich zu schleichen, und zwar auf der Stell. Gezahlt hat Er?«

Das Mädchen nickte.

Schani stützte sich vor Kajetan auf die Tischplatte. »Was bistn überhaupt für einer?«

»Kriminalpolizei, wanns recht ist, und …«

»Ist es schon gleich dreimal nicht«, unterbrach Schani ihn drohend und zeigte auf die Tür. »Schleich dich.«

»Ich hab gesagt: Kriminalpolizei! An der Schanklizenz ist uns doch gelegen?«

»Hätt Er noch ein paar Spaßettl parat?« Ein harter, überraschender Griff riss den Inspektor vom Stuhl. Er verlor das Gleichgewicht. Der Schankkellner packte ihn am Kragen und zog ihn, die in hilflosem Zorn kreisenden Fäuste Kajetans von sich haltend, zur Tür. Das Mädchen öffnete sie, und der Kellner gab dem Inspektor mit einem gleichmütigen »So!« einen heftigen Tritt. Kajetan stürzte auf das Trottoir. Nachdem ihm auch noch sein Mantel hinterhergeworfen worden war, fiel die Tür zur Gaststätte krachend zu.

20

Als er wenig später in die Ludwigstraße einbog, hatte er sich wieder halbwegs beruhigt. Durch den langen, baumlosen Boulevard kroch Nebel, und über ihm lasteten Wolken, die Schnee ankündigten. Dann und wann lösten sich einzelne Automobile, Gruppen von Passanten und Berittene aus dem Grau. Die Gebäude entlang der Straße, von den Vorfahren des vor wenigen Monaten vertriebenen Königs errichtet, schienen verlassen. Es begann zu graupeln; winzige blinkende Splitter tanzten in der kalten, feuchten Luft.

Am Odeonsplatz wechselte Kajetan die Straßenseite und passierte das Bazarsgebäude. Vor einem Plakatanschlag hatten sich ein paar Leute gesammelt und diskutierten erregt darüber.

Kajetan überflog den mit großen Lettern auf leuchtend rotem Papier gedruckten Text, der zum Eintritt in die Rote Armee aufforderte. Die schreiend aufgemachten, doch gleichzeitig so unpersönlich wirkenden Botschaften der neuen Regierung berührten ihn wenig. Was in diesen Tagen geschah, verwirrte ihn. Ein unbestimmtes Gefühl sagte ihm, dass es klüger sei, allem zu misstrauen, was von der einen oder der anderen Seite verlautbart wurde, und sein stets zweifelnder Verstand fand, kaum dass er sich zu einer Einsicht durchgerungen hatte, sogleich wieder etwas, was dieser widersprach. Vielleicht, so kam es ihm in den Sinn, würde er alles mit anderen Augen sehen können, wenn er einer der Arbeiter der großen Werke im Norden der Stadt wäre?

Hatten diese nicht zuvor täglich zehn und mehr Stunden arbeiten müssen, und hatte ihnen der Umsturz nicht den Achtstundentag gebracht? Vielleicht würde er auch anders denken, wenn er in einem der elend armen Quartiere in der Haidhauser Grube oder in der Au zu leben hätte. Nun, das tat er eben nicht.

Der Inspektor ging weiter. Längst kreisten seine Gedanken wieder um die Frage, welches Geheimnis sich wohl hinter der brennenden Herberge am Mühlbach verbarg. Noch hatte er keinen Anhaltspunkt für die Lösung des Falles gefunden. Er wusste nur eines: Was immer das Albergo mit dieser Sache zu tun haben mochte, das Mädchen und der rabiate Schankkellner hatten einen Fehler gemacht. Sie mussten etwas wissen. Kajetan hatte bereits eine Idee, wie er weiter vorgehen könnte.

»Postkarten! Bitte schön, der Herr! Suchen wir was Bestimmtes?«

Kajetan blieb überrascht stehen. Der Postkartenverkäufer, an dem Kajetans Blick gedankenverloren hängengeblieben war, trat einen Schritt auf ihn zu.

»Ein Porträt des verstorbenen Ministerpräsidenten für den Herrgottswinkel? Die Bestattungsfeierlichkeiten vor dem Ostfriedhof? Die große Freiheitsdemonstration auf der Theresienwiese? Kriegsbeschädigtendemonstration? Charakterköpfe der Münchner Revolution?«

Kajetan lehnte freundlich ab. »Nein, danke schön.«

»Oder den Minister Heßstätter, unseren Ersatzchristus? Wollens den? Gehns, kaufens einem Kriegsversehrten doch was ab.«

Kajetan ging rasch weiter. Der Mann rief ihm ärgerlich hinterher: »Oder die große Erwerblosendemonstration? Ist er da vielleicht auch drauf?«

Als er sich bereits vor dem Portal der Theatinerkirche befand, verlangsamte Kajetan seinen Schritt. Dann blieb er plötzlich stehen, überlegte und kehrte zu dem Verkäufer zurück. Dieser sah ihn misstrauisch an.

»Zeigens mir noch mal Ihre Postkarten.« Der Inspektor deutete auf einen der Abzüge. »Die da, die hätt ich gern.«

»Den Präsidenten auf dem Weg zum Landtag? Von mir aus. Zwanzig Pfennig, weils Sie sind.«

Kajetan kramte in seiner Hosentasche. »Sagens, wer ist denn da drauf?«

»No, das sehns doch. Der Präsident, und daneben, das ist seine Frau. Die anderen kenn ich nicht.«

Kajetan reichte ihm die Münzen. »Und von wann ist das Bild?«

»Sie fragen mich was. Wie er halt noch gelebt hat, unser Präsident, gell?«

»Aber wer das Bild gemacht hat, das werdens wissen, oder?«

»Stehts nicht drauf? Schauns: Photobericht Hermann! Theresienstraße. Übrigens, wenn der Herr daran ein Interesse hätt, da könnt ich ihm auch noch ein paar Kunstaufnahmen offerieren ... Schauns: die nackte Diana beispielsweis, oder ...«

21

»Der Polizei helf ich gern«, sagte der schmächtige Mann, der sich als Besitzer des Ateliers vorgestellt hatte, »aber wir machen so viele Fotografien, da kann man sich nicht mehr an jede einzelne erinnern. Zeigens trotzdem einmal her. Das? An das erinnere ich mich freilich. Und Sie wollen wissen, wer neben dem Ministerpräsidenten geht?«

»So ist es.«

Der Fotograf beugte sich über das Bild. »Links von ihm, das dürft der damalige Minister Oberleitner gewesen sein. Ja, genau. Rechts geht die Gattin des Präsidenten. Die Dame ganz links? Vermutlich eine Passantin, die zufällig ins Bild gekommen ist. Die Herren dahinter, da müsst ich jetzt raten. Der da, der sich gerade zu einem der Soldaten umdreht, scheint der Heißenberger zu sein …«

»Der Kriegsminister?«

»Genau, das ist er. Und der, der da halb verdeckt ist, das könnte der Minister Achenbach sein. Aber da legens mich jetzt nicht fest.«

»Und die beiden Bewaffneten?«

»Na, alles was recht ist, Herr Inspektor. Sie werden doch nicht von mir erwarten, dass ich jeden einzelnen Soldaten kenne? Außerdem sind sie nicht besonders scharf getroffen. Es sind halt welche von der Republikanischen Schutztruppe, nicht wahr?«

»Wann wurden die Aufnahmen gemacht?«

Der Fotograf beugte sich wieder über das Bild. »Auf den Tag genau kann ich es Ihnen nicht mehr sagen. Es dürfte Mitte Februar gewesen sein. Ja! Sehen Sie! Ein Plakat vom Volkstheater. ›Liliom‹ wird gegeben. Das Stück hat meines Wissens erst Mitte Februar Premiere gehabt. Also ist die Aufnahme zwischen diesem Zeitpunkt und dem Attentat entstanden.«

»Haben Sie noch mehr Aufnahmen gemacht?«

»Mit dem Präsidenten? Natürlich. Er ist allweil ein gutes Geschäft gewesen, wenn auch die Karte, die sich am besten verkauft hat, von der Konkurrenz gemacht worden ist. Ärgerlich.«

»Ich meine, ob Sie ihn am selben Tag noch öfter aufgenommen haben.«

Hermann schüttelte den Kopf. »Nein. Einige Tage vor seinem Tod habe ich noch ein paar Bilder gemacht. Aber die sind leider nichts geworden. Soweit ich mich erinnere, war es an diesem Tag ziemlich dunkel, und die Gruppe mit dem Präsidenten hatte es eilig.«

»Haben Sie die Platte noch?«

»Vielleicht habe ich sogar noch irgendwo einen Abzug herumliegen«, sagte der Fotograf ungeduldig und verschwand im Hinterzimmer. Bald darauf kam er mit einer Mappe zurück, öffnete sie und legte ein Bild auf den Ladentisch.

Kajetan beugte sich darüber. Die meisten Personen waren unscharf.

»Ich könnt Ihnen sagen, wer drauf ist, Herr Inspektor. Links von ihm, das ist sein Büroleiter, der Doktor Marx. Auf der anderen Seite sein Sekretär, der junge – wie heißt er gleich wieder – Seebach, genau. Davor und dahinter Soldaten. Die sieht man fast noch am besten. Einer davon scheint derselbe zu sein, der auch auf dem anderen Bild ist. Aber, wie gesagt, die kenne ich natürlich nicht.«

»Macht nichts«, murmelte Kajetan. »Dafür kenn ich sie. Einen wenigstens.«

»Ach?«

Der Inspektor kannte ihn sogar sehr gut. Noch immer schmerzte sein linkes Knie. Es war auf die Straße geprallt, als er aus dem Lokal geworfen wurde – von dem Mann, der auf dem Foto zu sehen war.

22

»Ziehens Ihnen aus!«

Der Arzt des Dornsteiner Versorgungsamtes hatte den Riemer keines Blickes gewürdigt. Er war verärgert, dass er sich mit diesem von ihm bereits abgelehnten Fall noch einmal beschäftigen musste. Der Bauer zögerte.

»Hamm Sies auch an den Ohren? Sie haben doch eine Kriegsbeschädigtenrente beantragt. Dann ziehns Ihnen gefälligst aus. Nackert.«

Der Riemer zögerte noch immer. »Aber…«, stammelte er, »… aber da sehns doch nichts. Es ist… es ist was anderes.«

»Überlassens das mir, was ich seh und was nicht! Wirds jetzt? Von mir aus könnens auch gern wieder heimfahren.«

Der Bauer unterdrückte einen kurzen, wütenden Impuls. Dann streifte er seine Jacke ab, knöpfte das Hemd auf und zog es aus. Eine Krankenschwester öffnete schwungvoll die Tür, warf einen teilnahmslosen Blick auf den bereits halb Entkleideten und legte dem Arzt eine Mappe auf den Tisch. Der Riemer drehte sich leicht ab.

»Was ist das?«, wollte der Arzt wissen. Die Schwester erklärte, dass es sich um Riemers Unterlagen handle. Der Arzt öffnete unwillig den Umschlag, sah wieder hoch und herrschte den Bauern, der beim Eintreten der Schwester aufgehört hatte, sich weiter zu entkleiden, an: »Ich hab meine Zeit nicht gestohlen, mein Herr! Wenn das nicht gleich was wird, könnens Ihr Zeug wieder zusammenpacken!« Missbilligend suchte er den Blick der Schwester, die den jungen Bauern nun ebenfalls unverschämt musterte.

Zögernd löste dieser den Gürtel und stieg aus den Hosen. Eine unangenehme Hitze überkam ihn; sein Herz schlug heftig gegen seine Rippen.

»Wo ist das Gutachten des Perthenzeller Kollegen, Schwester?«, wollte der Arzt wissen und deutete mit dem Finger auf den schmalen Akt. »Ah, da. Vermutlich wieder eine Gefälligkeit. Wie viel Geräuchertes hats denn gekos…«

Er sah auf.

Mit brennendem Gesicht stand der Bauer vor ihm. Er war nackt.

»Ja, Sie … Sie Kerl, Sie!«, schrie der Arzt, »Und Sie wollen mir weismachen, dass Ihnen eine Rente zusteht?«

»Ich kann doch … nichts dafür!«, stammelte der Riemer in höchster Scham.

»Raus! Will mir was von einem inneren Schaden weismachen, und da steht ihm, wenn er ein Weibsbild sieht, gleich die ganze Weltgeschicht in die Höh? Ich erzähl Ihnen, was Sie für mich sind! Ein elendiger Simulant, jawohl, ein Vertrenzter! Der einmal einen Granaten hat pfeifen hören und meint, ihm ganz allein sei so was widerfahren! Raus! Aber auf der Stell!«

Mit raschen Bewegungen packte der Riemer seine Kleidungsstücke und zog sie sich über. Wieder schlug sein Herz schmerzhaft in der Brust, drohte eine innere Hitze ihn zu verbrennen. Er fühlte, wie sein Gesicht anschwoll und Tränen aus seinen Augen drängten. Gleichzeitig wuchs eine verzehrende Wut in ihm. Er zog seine Jacke über und trat wankend an den Tisch des Arztes. Dieser sah kalt auf.

Der Riemer griff stumm zu. Er packte den entsetzten, vor

Angst nun wie gelähmten, erbärmlich wimmernden Arzt mit einer Hand am Kittel, zog ihn in die Höhe, gab ihm mit der anderen Hand eine krachende Ohrfeige und warf ihn mit Wucht auf den Stuhl zurück, der unter dem Gewicht des gutgenährten Mediziners zerbrach. Die Schwester war zur Wand gewichen und hatte einen schrillen Schrei ausgestoßen.

Der Bauer schlug die Tür hinter sich zu und stapfte zufrieden in Richtung Ausgang. Er lächelte, und es ging ihm gut.

23

Ohne genau zu wissen, warum er es tat, hatte Kajetan bei seinem Rückweg den Ort aufgesucht, an dem der Präsident niedergeschossen worden war. Er versuchte sich vorzustellen, wie die Tat abgelaufen war, wie Graf Arco am Eingang der Vereinsbank gewartet hatte, bis die fünf Männer an ihm vorbeigegangen waren, dann von hinten auf den Präsidenten zugelaufen war und drei Schüsse abgegeben hatte.

Wie konnte das geschehen? Der Präsident war einer der am besten bewachten Politiker des Landes. Stets war er von bewaffneten Soldaten begleitet. Waren sie an diesem Tag unaufmerksam? Das Regierungsviertel war damals zudem vollständig abgesperrt. Nur wer sich mit einer Genehmigung ausweisen konnte und keine Waffen trug, durfte die Sperren passieren. Dazu gehörten die Mitglieder des Landtags und vielleicht noch einige Journalisten. Wie kam der Attentäter überhaupt in die Nähe des Präsidenten? Noch dazu mit einer Waffe?

Ratlos stand Kajetan an der Stelle, an welcher der Präsident gestorben war. Auch heute waren da einzelne Passanten, unterhielten sich flüsternd und wiesen auf das Pflaster, auf dem noch immer Spuren dunklen Bluts erkennbar zu sein schienen. An der Hauswand hing ein kleines gerahmtes Porträt des Toten, vor dem manche ehrerbietig den Hut zogen. Andere wiederum grinsten in unverhohlener Zufriedenheit. Der Inspektor setzte seinen Weg fort. Was suchte er hier? Sein Fall war ein völlig anderer. Es ging um den Tod eines alten Mannes und um das Verschwinden eines Journalisten, der dafür vermutlich verantwortlich war.

Kajetan versuchte sich in den jungen Mann hineinzuversetzen. Natürlich wäre einleuchtend, dass sich dieser, nachdem er seine Wohnung im Rausch oder aus Versehen in Brand gesteckt hatte, aus dem Staub gemacht hat. Der Mann von der Feuerwehr jedoch hatte von mehreren Brandherden gesprochen, und dies ließ zumindest die Möglichkeit zu, dass hier Absicht im Spiel war. Doch warum sollte Meininger das tun? Wollte er sich umbringen? Auf eine Weise, die nicht nur einen alten Mann, sondern ein ganzes Stadtviertel gefährdete? Nein. Es musste eine zweite Figur geben. Eine Person, die Gründe dafür hatte, Meininger zu attackieren. Nur – dies würde den Verschwundenen wiederum entlasten, und es gäbe keinerlei Gründe mehr für ihn, sich nicht zu stellen. Also?

Wieder spürte Kajetan eine ermüdende, rastlose Ungeduld. Warum eigentlich fiel es ihm in diesen Tagen so schwer, seine Gedanken auf eine Sache zu richten? Warum fügte sich nichts zueinander? Weil ihm immer wieder Irmi in den Sinn kam, die Frau, die er liebte, der er aber nicht vertrauen konnte und deshalb jeder Gedanke an sie schmerzte? Weil sich, wenn er mit ihr zusammen war, seine Zärtlichkeit und eine erbärmliche Angst vor dem Verlassenwerden mischten und ein bitteres, verzehrendes Gift ergaben? Sie wisse nicht, zu wem sie gehöre, hatte sie einmal ganz zerknirscht gesagt und war seiner Antwort zuvorgekommen: »Ich glaub … ich gehör nur mir allein.«

»Ausweis!«

Kajetan fuhr zusammen. Der Soldat an der Pforte der Polizeidirektion hatte sich ihm in den Weg gestellt. Nachdem er einen Blick auf die Legitimation des Inspektors geworfen hatte, nickte er gnädig und trat zur Seite.

»Wenn man fragen darf«, meinte er freundlich, »was wollens denn eigentlich noch da drinnen?«

»Was?« Kajetan, der schon im Portalbogen stand, machte einen Schritt zurück. »Wie meinens das?«

»Na ja«, antwortete der Soldat lachend, »ich wunder mich halt, nicht wahr. Tag für Tag wirds da drinnen leerer. Bloß Ihnen und Ihren Kollegen seh ich noch immer aus und ein gehen. Und da frag ich mich halt, was da drin eigentlich noch geschieht.«

»Jeden Tag leerer?« Kajetan war ganz verblüfft. »Meinens das echt?«

»Echt!«, bestätigte der Soldat. »Kanns sein, dass da einer was übersieht? Dass sich in der Welt draußen was getan hat? So kommts mir manchmal vor.«

»Und da meinens mich damit, was?«

»Wie kommens da drauf?« Der Soldat grinste gutmütig.

»Schon recht«, sagte Kajetan mürrisch und betrat die Direktion. Als er mit hallenden Schritten den düsteren Flur entlangging, erkannte er, dass der Soldat recht hatte. Es war still geworden. Viele Beamte kamen seit Tagen nicht mehr zum Dienst.

Aus einem der Räume im ersten Stockwerk drangen ungewohnte Geräusche. Musik in der Polizeidirektion? Ein Beamter kam ihm entgegen.

»Sagens einmal, Herr Kollege, was ist denn heut los?«

»Nichts Besonderes. Der Herr Präsident hat Geburtstag. Da wird halt ein bisserl gefeiert. Gönnens ihm das nicht?«

»Doch. Dürfen wir das dann auch einmal?«

»Bestimmt. Bald wird bloß noch gefeiert. Die Auflösung der Polizei nämlich. Haben Sie überhaupt Ihr Gehalt für den April schon gekriegt?«

Kajetan schüttelte den Kopf. »Eine Anzahlung. Wie alle.«

»Und Sie meinen, Sie kriegen das andere auch noch?« Der Beamte ging schnell weiter. Kajetan sah ihm verdattert hinterher. Auch darüber hatte er in den vergangenen Tagen nicht nachgedacht.

24

»Jetzt habens aber lang gebraucht«, empfing ihn Gnott launisch. »Habens wenigstens etwas rausgekriegt?«

»Na ja.«

»Wollen Sies mir nicht sagen?«

»Doch. Ich bin mir bloß noch nicht sicher, ob das, was ich erfahren habe, von Bedeutung ist.«

Nachdem ihm Kajetan von seinen Besuchen erzählt hatte, lehnte sich Gnott zurück und sah sein Gegenüber zweifelnd an.

»Sie sind, nehmens mir das nicht krumm, irgendwie eine Ausnahm, Herr Kollege. Wegen so einer pinzligen Geschicht stöbern Sie gleich halb München durch? Machens das allerweil so?«

»Pinzlige Geschicht?«, fuhr Kajetan ärgerlich auf. »Ein Toter, das soll eine pinzlige Geschicht sein? Das seh ich anders.«

Gnott hob abwehrend die Hände. »Sie haben ja recht. Ich mein doch nur, dass andere da nicht so ein Gschiss drum machen würden.«

»Ist mir ziemlich wurscht.«

Gnott legte die Fingerspitzen aneinander und betrachtete sie. »Ich kenn Ihnen zwar jetzt noch nicht so gut, aber ich hab bei Ihnen hie und da den Eindruck, dass es Ihnen im Grunde gar nicht so sehr drum geht, einem Verbrecher das Handwerk zu legen.«

»So? Um was denn? Das tät mich jetzt interessieren.«

Gnott suchte nach Worten. Er stand auf und trat ans Fenster.

Dann drehte er sich wieder um. »Ich weiß nicht recht«, begann er zögernd, »mir ist manchmal, als ob alles für Sie eine Art Spiel wär. Und Sie kommen mir zuweilen vor wie einer, der sich das Leben am liebsten wie eine Käfersammlung hinlegen möcht, Viecherl für Viecherl nach Größe und Farb geordnet. Und der draus ein System finden möcht, etwas, was wahr ist, was immer wahr bleibt. Sie sind ein Tüftler, der das Leben und die Menschen austüfteln möcht. Aber ist nicht alles bloß ein Haufen aufs Geratewohl hingeworfener Dinge?«

25

Kajetan verließ die Direktion früher als gewohnt. Was er in dieser Nacht vorhatte, konnte länger dauern.

Er war unentschlossen, und noch immer fühlte er sich müde. Sollte er nach Untergiesing fahren und sich für ein paar Stunden auf dem Kanapee in seiner Wohnung ausruhen? Er machte sich auf den Weg, doch bereits am Isartor kehrte er um und begann ziellos durch die Stadt zu streifen.

Die Dämmerung hatte früh eingesetzt, der Schneeregen aufgehört. Die Wolken waren tiefer gesunken; die Türme der Frauenkirche waren nur noch in pastellenen Umrissen zu erkennen. Die Straßen der Altstadt begannen sich zu füllen. Erstaunt glaubte Kajetan festzustellen, dass sich die Gesichter der Menschen verändert hatten. Hatte er in den vergangenen Monaten geträumt?

Nein, die Stadt schien nicht mehr dieselbe zu sein, spielte kein Theater mehr, log nicht mehr. Eine gläserne Klarheit ging von ihren Bewohnern aus, noch gebrechlicher wirkten die abgezehrten Alten, und den wenigen, deren Äußeres sie als Angehörige des Bürgertums erkennen ließ, leuchtete dies deutlich wie nie aus ihrer Erscheinung. Es gab Frauen und Männer mit hungrigen, offenen Gesichtern, mit einer verzweifelten und wagemutigen Bereitschaft, für ein kurzes Glück alles zu geben. Auch immer mehr Bewaffnete hatten die Straßen bevölkert. Kajetan stellte erstaunt fest, dass die meisten, die nun die Binde der Roten Armee trugen, noch sehr jung waren, Bürschchen von sechzehn, siebzehn Jahren waren darunter. Sie reihten sich nun in einen Zug lebhaft debattierender Menschen, der sich auf das Mathäser-Brauhaus zubewegte. Von einer plötzlichen Neugier getrieben, folgte Kajetan der Menge und betrat wenig später den großen Saal. Alle Plätze waren bereits besetzt, und die Zuhörer standen schon an den Wänden. Die Eingänge wurden durch eine ständig anwachsende Traube zu spät gekommener Menschen verstopft; die Kellnerinnen hatten Mühe, mit ihren Krügen die Reihen zu durchqueren. Der hohe, von Rauch erfüllte Raum war hell erleuchtet, die Luft heiß.

An einer Tischreihe auf der Musikantenbühne saßen einige Männer, die Mitglieder der Kapelle hatten an der Seite Platz genommen. Die Diskussion hatte bereits begonnen.

Kajetan hatte keinen Stuhl mehr gefunden und stand in einer Gruppe in der Nähe des Küchenzugangs. Er stellte sich auf die Zehenspitzen, konnte aber noch immer nichts erkennen und kämpfte sich einige Schritte nach vorn.

Der erste Redner hatte seine Ansprache beendet. Aus der träg wogenden Masse erklang bedächtiger Beifall. Er ebbte bald ab, wandelte sich aber urplötzlich zu einem bedrohlichen Sturm, als in den vorderen Reihen ein Zuhörer etwas eingeworfen hatte, was den Anwesenden nicht gefiel. Der Tumult wuchs. Kajetan konnte nicht verstehen, was da gerufen wurde. Plötzlich fühlte er eine Hand auf seiner Schulter.

»Sie sind auch da, Herr Kollege?«, rief Gnott gegen den Lärm. »Heut trifft man da halb München!«

Kajetan war verlegen. »Man muss sich halt doch ein bisserl informieren«, rief er zurück. »Und Sie? Dass ich Ihnen hier treff, hätt ich auch nicht erwartet.«

Gnott grinste. Von der Bühne ertönte eine laute Stimme, die

um Ruhe bat und den nächsten Redner ankündigte. Der Lärm ebbte ab, einige Zuhörer klatschten. Ein hochgewachsener, vollbärtiger Mann in gepflegtem bürgerlichen Habitus, der etwa fünfunddreißig Jahre alt sein mochte, trat an den Bühnenrand.

»Was ist das für einer?«, flüsterte Kajetan.

»Der Doktor Levermann«, antwortete Gnott und fügte gedämpft hinzu: »Ein ganz Radikaler! Und obendrein Jud!«

26

Aus einem Spitzelbericht für die Reichswehr, dem ein stenographisches Protokoll beigelegt war.

... Auf die Ausführungen der Minister Heßstätter und Bergheimer antwortete der Spartakusführer Dr. Levermann.

»Genossen! Ich verhehle nicht meine Achtung vor dem Genossen Heßstätter, von dem alle Welt weiß, welche Taten des Geistes er vollbracht hat. Doch so nahe ich seinem Geist auch sein mag, so sehr muss ich ihm entgegentreten, wenn er sagt: Nicht die Banken, nicht die Arbeitsstätten müssen sozialisiert werden, sondern der Mensch. So klug dies ist, weil es in die Zukunft weist, so dumm ist es, weil es uns die Augen verschließt vor jenen Dingen, die wir jetzt – und nicht in der Zukunft – vorfinden. Ich frage den Genossen Heßstätter: Wie kann der Mensch je zu jenem ideal sozialisierten Wesen werden, wenn man ihm die einfachsten Würden, ja die einfachsten Dinge des Alltags vorenthält? Wenn er die Kraft seines Körpers und seines Geistes opfert, bis am Ende eines Tages nur mehr eine erschöpfte Hülle bleibt? Wie können jener Tolstoi und Shakespeare seine Seele öffnen, wenn das Geschrei hungernder Kinder keine Worte der Liebe, geschweige denn der Kultur vernehmen lässt? Nein, Genosse Heßstätter, nein, Genossen! Die Aufgabe, die sich uns in diesen bewegten Zeiten stellt, ist einfach und schwierig zugleich. Sie ist einfach deshalb, weil ihr Urgrund jedem, der zu sehen bereit und in der Lage ist, offenliegt: Es sind nur einige wenige, die über uns, unsere Körper und unsere Seelen, verfügen, weil sie im Besitz der Produktionsmittel sind! Schwierig hingegen ist sie deshalb, weil diese wenigen über ein machtvolles Flechtwerk verfügen, das zu durchschauen uns nicht leichtfällt und das zu zertrennen wir wohl das Recht und den revolutionären Zorn, nicht aber die nötige Entschlossenheit haben.« (Starker Beifall) »Der Urgrund unseres Bemühens ist nichts anderes als die soziale Frage, Genosse Heßstätter! Und wenn Sie als Kulturminister dieser ersten bayerischen Republik erreicht haben, dass in jedem Arbeiterhaushalt die Partitur eines Beethoven, die Werke eines Shakespeare, eines Shaw, eines Tagore stehen – mag dies in einem Jahr sein, was wir Ihnen wünschen, mag dies in zehn Jahren sein, was wir erhoffen, oder erst im Jahr 2000, was wir nicht erwarten –, dann werden wir immer noch die Fragen stellen: Wer ist es, der die Werte schafft? Und wer ist es, der sie sich aneignet? Und solange diese einfachen, doch alles entscheidenden Fragen nicht im Zentrum der bayerischen Republik stehen, verweigert meine Partei die Beteiligung an der neuen Regierung.« (Beifall. Empörte Zurufe. Als Nächstes ergreift Dr. Heßstätter das Wort.)

»Genossen! Keiner von Ihnen, die mein Schaffen kennen, wird ernsthaft von mir erwarten, dass ich nur einem Wort meines Vorredners widerspreche. Wie recht hat der Genosse Levermann! Wie sehr ist er aber auch davon überzeugt, dass seine Partei die einzige ist, die über politischen und sozialen Verstand verfügt. Und wie sehr fällt bei ihm auf, dass, während er die drängenden Dinge unserer Epoche skizziert und – mit Recht – zu ihrer Verwirklichung mahnt, seine Worte damit enden, dass er die Räteregierung eben nicht unterstützen werde! Ich versuche mein Bestes zu geben, um mir diesen Widerspruch zu erklären. Ja, es ist nicht nur ein Widerspruch, Genosse Levermann, sondern geradezu widersetzliche Blindheit gegen das, was an geschichtlicher Möglichkeit und Aufgabe vor uns liegt!« (Unverständlicher Zwischenruf Dr. Levermanns) »Lassen Sie mich ausreden! Nein, Genosse Levermann, ich habe Sie vorhin lediglich mit dem zweisilbigen Wort ›Nanu‹ unterbrochen und erlaube mir dieses ›Nanu‹ immer dann, wenn frühere Revolutionen wie etwa die große Französische zu unstatthaftem Vergleich herbeigezogen werden. Erlauben Sie mir, wenn ich mich diesbezüglich als kundig bezeichne. Erlauben Sie mir auch, Ihnen dafür zu danken, dass ich damit vortrefflich gegen Ihren Einwand sprechen kann. Denn gerade die große Französische Revolution ist eine, von der man nun keineswegs sagen kann, sie sei, geplant wie eine militärische Aktion, von Massen mit geschultem, die revolutionäre Zukunft vorwegnehmendem Bewusstsein auf die Bühne der Weltgeschichte getreten. Lesen Sie die Schriften eines Mirabeau!« (Unverständlicher Zwischenruf Dr. Levermanns) »Haben Sie? Das darf mich zwar etwas verwundern, da sich die Übersetzung von meiner Hand derzeit noch in Korrektur befindet!« (Gelächter. Unverständlicher Zwischenruf Dr. Levermanns) »Lassen Sie mich ausreden! Gut, ich nehme zur Kenntnis, dass Sie der französischen Sprache durchaus mächtig sind. Lassen Sie mich nun aber darauf zurückkommen, dass ich behaupte, dass gerade die große Französische Revolution sich dadurch auszeichnet, dass sie eine gewordene ist. Von entschiedenem Willen beseelt, nur fühlend, dass nun Zeit und Stunde gekommen waren, taten sich Männer und Frauen zusammen und riefen: Wir wagen es! Und sie riefen: Es wird sein! Es wird sein, die Abwesenheit feudaler Unterdrückung! Es wird sein, Freiheit, Gleichheit, Brüderlichkeit!« (Starker Beifall) »Und noch niemand wusste, als über der Bastille die Flammen der Befreiung loderten, wie sie auszusehen hätte, diese neue, freie, gleiche, brüderliche Gesellschaft! Gab es ein Beispiel? Gab es ein Lehrbüchlein, aus dem dies zu erlernen gewesen wäre? Nein! Schritt für Schritt kämpfend, wandelte sich die Gesellschaft vom Absolutismus zur Republik. Zuweilen unter schrecklichen, tragischen Irrtümern, das gestehe ich zu. Und doch ist auch hier wieder ein Unterschied zu unseren Tagen, da wir nämlich zu unserem Glück aus diesen Erfahrungen lernen können. Ich höre: Russland! Ich höre: Lenin! Jawohl, gewiss! Doch lassen Sie uns einen Moment in unserem schönen Lande bleiben! Und hier sehen Sie mich und viele Tausende! Und Sie sehen uns optimistisch, dass es sich bei der alten Ordnung um ein Verfallsgebilde einer untergehenden Welt handelt, das von der Idee einer wirklichen Demokratie, eines wirklichen Sozialismus hinweggefegt wird. Die Räterepublik ist noch nicht, Genossen, sie wird! Und sie wird – das verspreche ich – nicht wie der Esel sein, der ewig unentschieden zwischen zwei Heubündeln steht und verhungert!« (Starker Beifall. Als Nächster betritt das Podium der Pressebeauftragte und Vertreter des Aktionsausschusses revolutionärer Künstler, der Schriftsteller Raths / Ende der stenographischen Mitschrift)

27

Raths bebte vor Nervosität. Er fuhr sich mit den Fingern durchs Haar und warf den Kopf zurück.

»Genossen! Arbeiter! Der Aktionsausschuss revolutionärer Künstler wird nur für euch arbeiten! Alle Tore der Schönheit werden euch, den Proletariern, geöffnet werden! Für immer! Vor allem das Theater soll euch gehören!«

Er musste Luft holen. Einige Hände rührten sich zum Beifall. Kajetan, der sich mittlerweile einen etwas besseren Platz erkämpft hatte, sah zu Minister Heßstätter, der an der Bühnenseite Platz genommen hatte und dem jungen Dichter hingerissen lauschte. Im Saal machte sich Unruhe breit.

»Kennt ihr …«, begann Raths wieder, »… kennt ihr Mozarts sonnige Weisen, die euch in den Himmel heben? Kennt ihr den Faust? Kennt ihr das Jammerelendslied der Weber? Kennt ihr die Werke eurer geistig kämpfenden Brüder? Georg Kaisers ›Von Morgen bis Mitternacht‹?«

Die Zuhörer schauten sich an. Der Minister nickte versunken.

»Und ihr, die ihr in der Provinz lebt, ihr Bauern und Kleinstädter, auch euch muss die Schönheit, die allen zugedacht ist, nahegebracht werden!«

Eine stämmige Kellnerin hatte sich durch die dichten Reihen gekämpft und lauthals geschrien: »Wer hat das gebackne Rindshirn bestellt?«

»Kunst!«, rief Raths, dessen Stimme nun immer schwächer

zu hören war, »Kunst ist weder Luxus noch Vergnügen! Kunst ist Brot! Der unterdrückte und leidende Mensch hungert nach Wahrheit und nach Schönheit! Deshalb ist die Kunst allen Menschen zugänglich zu machen und rein zu halten von den leeren, überflüssigen, schlechten und verseuchenden Erzeugnissen der alten Gesellschaft.«

Der Körper des Sprechers bog sich nervös vor und zurück. Seine Stimme war heiser geworden. Kaum jemand hörte noch zu.

»... Wandertheater müssen in die entlegensten Winkel Bayerns reisen! Auch in München wird sichs bald regen. Das bisherige Prinzregenten-Theater wird als erstes wahres Theater des Volkes für euch geöffnet werden. Dabei darf ich verkünden, dass ich die Ehre habe, ein Stück im Geiste des kämpferischen Aufbruchs unserer Zeit, ein Stück, das die dunklen Ränke der alten Gesellschaft ...«

Von dem jungen Dichter Raths war nun auch in den vorderen Reihen nichts mehr zu hören. Die Gespräche an den Tischen übertönten seine Stimme. Ratlos sahen sich die Musikanten an. Der Wirt, der am Eingang zur Küche stand, gab ihnen ein Zeichen.

Levermann erhob sich und setzte seinen Bowler auf. Als er an Heßstätter vorbeikam, beugte er sich zu ihm. »Hören Sie? Nicht die Marseillaise wird gespielt, sondern der Badonviller ...«

Der Kulturminister lächelte gequält.

28

Die Debatte hatte danach an Schärfe zugenommen. Levermann war noch einmal auf die Bühne zurückgekehrt und hatte, diesmal unverhohlener, betont, dass seine Partei sich nur dann an der Regierung beteiligen werde, wenn man ihr Zugang zu den entscheidenden Positionen einräume. Auf Heßstätters bissige Frage, ob er dabei mit dem Präsidentenposten zufriedenzustellen wäre, hatte Levermann kühl genickt.

Die Versammlung war noch lange nicht zu Ende, als Kajetan nach Schwabing aufbrach. Wieder hatte ein leichter Schneeregen eingesetzt. Kajetan schlug den Kragen seines Mantels hoch.

Was für eine seltsame Revolution, dachte er. Obwohl ihre Missachtung von Strafe bedroht war, schien sich niemand an die frühe Sperrstunde zu halten.

Noch immer waren viele Menschen in den Straßen Schwabings unterwegs, und auch etliche Automobile waren noch zu sehen. Vor einem Lokal in der Türkenstraße, in dessen Fenstern ein Kabarettprogramm angekündigt war, drängten sich schimpfende Besucher, die nicht mehr eingelassen wurden.

Einige der Gaststätten hatten jedoch bereits geschlossen. Und der Gastraum des Albergo war nur noch schwach beleuchtet. Jetzt wurden auch diese Lichter gelöscht.

Der Nebenausgang des Gasthauses führte auf eine dunkle Gasse. Kajetan stellte sich in einen gegenüberliegenden Hauseingang und beobachtete die Tür. Er war rechtzeitig gekommen, denn schon nach etwa einer Viertelstunde wand sich eine schmale Silhouette aus dem Türrahmen. Ein leiser Abschiedsgruß, der von einer dunklen Männerstimme erwidert wurde, war zu hören, dann schloss sich die Tür der Gassenschänke und wurde von innen verriegelt.

Das Mädchen sah sich um, verschränkte fröstelnd die Arme und bog mit schnellen Schritten in die Schellingstraße ein. Kajetan hatte sie schon bald eingeholt. Sie schien nicht überrascht, ihn zu sehen.

»Ah?«, meinte sie nur und ging weiter.

»Fräulein …«

»Ich sag nichts.« Sie beschleunigte ihren Schritt. Kajetan folgte ihr und sah sie von der Seite an. Nach einer Weile fing sie, neugierig geworden, seinen Blick auf, wandte sich aber sofort wieder ab. Schweigend gingen sie nebeneinander her. Sie wurde langsamer, und ihr Hinken schien sie von Schritt zu Schritt stärker zu behindern.

»Ist nicht einfach, den ganzen Tag in der Wirtschaft auf den Füßen zu sein …?«

»Weshalb fragst?«, schnitt sie ihm das Wort ärgerlich ab. »Weil ich ein bisserl humpl? Was sollt ich sonst tun als in die Arbeit gehen? Verhungern?«

Er antwortete nicht.

Bald hatten sie den Platz vor der Feldherrnhalle erreicht und tauchten in das Gewirr der schmalen Altstadtgassen ein. Sie schien sich sicher zu fühlen.

»Wie kommst denn eigentlich drauf, dass ich deinen Freund kennen müsst?«, brach sie das Schweigen in gleichgültigem Ton.

»Ganz einfach.«

Sie schaute ihn belustigt an. »Ganz einfach?«

»Ja. Erstens, weil du zum Lügen zu wenig raffiniert bist. Ich habs dir am Nasenspitzl angesehen. Zweitens …«

»Zweitens?«

»… weiß ich es seit eben.«

»Ach geh?«

»Ja. Ich weiß es, weil du dich eben überhaupt nicht gewehrt hast, wie ich dich abgepasst hab.«

»Warum sollt ich mich wehren? Die Straß ist noch voller Leut. Was hättest du mir da schon antun können?«

»Genau. Wenn du rumgeschrien hättest, hätten wir sofort ein Riesengeschau gehabt, und bis ich den Leuten erklärt hätte, dass ich von der Polizei bin, wärst du längst auf und davon gewesen.«

»Und warum hab ich es nicht getan, du gescheiter Mensch?«

»Weil du selber neugierig bist.«

»Ich wüsst aber gar nicht, auf was.«

»Ich schon.«

Sie blieb stehen und musterte ihn hochmütig. »Krampf!«, sagte sie ärgerlich und wollte weitergehen. Er fasste ihren Ärmel. Sie wich zurück.

»Lass mich!« Aus ihrer Stimme klang plötzlich Angst. Sie befreite sich aus seinem leichten Griff und ging langsam weiter. Wieder schwiegen beide. Sie liefen nun durch die Pfisterstraße, überquerten das Platzl und bogen in die Ledererstraße ein. Vor einem Haus im Tal hielt das Mädchen plötzlich an. Sie deutete auf ein heruntergekommenes Wohngebäude. Der Inspektor sah sie fragend an.

»Ich geh jetzt rauf«, sagte sie müde, »und lass die Tür auf. Du läufst weiter um den Block in die Westenriederstraß. Dort siehst du die Wageneinfahrt vom Soller-Wirt. Die gehst du rein und danach zum Treppenhaus, das zu unserem Haus gehört. Ich wohn unter dem Dach. Aber sei leise!«

Schon war sie im Flur verschwunden. Aus dem Gasthof Soller drang noch Lärm. Kajetan tat, was sie ihm gesagt hatte. Die breite Wageneinfahrt des Soller stand offen. Gedämpft drangen die Stimmen der Gäste und das Klappern der Küchentöpfe in den dunklen Innenhof. Tastend bewegte sich Kajetan vorwärts. Im Schein eines Streichholzes entdeckte er die beschriebene Tür. Er betrat das Nebenhaus, dessen Flur mit dem Aufgang des Vorderhauses verbunden war.

Die Tür einer Wohnung im obersten Stockwerk stand einen Spaltbreit offen. Schwacher Lichtschein fiel auf die groben Bohlen des Treppenabsatzes.

»Schick dich!« Jule schloss die Tür hinter ihm und ging in die Mitte des Raums, in dem außer einem schmalen Bett, einer kleinen Anrichte mit einer Wasserkaraffe, einem Schemel und einem Bettkasten nichts stand. Sie setzte sich auf die Bettkante und zeigte auf den Schemel. Der Inspektor nahm Platz.

Sie betrachtete ihn schweigend. Dann zog sie die Schultern hoch und verschränkte die Arme vor der Brust.

»Und? Jetzt?«

»Du bist dran.«

»Ich?« Sie schien sich zu amüsieren. »Du gefällst mir!«

Er erwiderte ihr Lächeln. Sie gefiel ihm auch.

»Na, von mir aus«, sagte er aufgeräumt, »machen wir halt das Spiel miteinander.«

»Gern. Wie soll das gehen?«

»Wirst schon sehen. Wie heißt du überhaupt?«

»Jule? Und du?«

Kajetan nannte ihr seinen Namen. »Nachnamen gibts keinen?«

»Steht an der Tür. Was willst jetzt für ein Spiel machen?«

Der Inspektor beugte sich leicht vor und legte seine Hände auf die Knie. Aufmerksam verfolgte sie seine Bewegungen.

»Also, Jule«, begann er, »der Meininger ist öfter zu euch reingekommen.«

»Zu uns kommen ein Haufen Leut.«

Sie hatte es nicht verneint.

»Er ist dir aufgefallen.«

Sie sah ihn mit undurchdringlicher Miene an und schwieg.

»Er hat dir gefallen.«

Sie lächelte. »Mir gefallen viele.«

»Er aber hat dir schöngetan.«

»Es tun mir viele schön.«

»Ich glaubs dir. Es stimmt also?«

»Kein Wort. Du bist auf dem Holzweg.«

Er seufzte.

»Also, weiter. Er hat …«

»Ich hab gesagt, dass du auf dem Holzweg bist.«

»Na gut. Von mir aus können wir auch bis morgen früh so weiterratschen.«

»Von mir aus aber nicht.« Sie war ungeduldig geworden.

»Das liegt an dir. Er hat also …«

Sie unterbrach ihn. »Nein. Wenn, dann hätt ich …!« Sie lächelte stolz. Kajetan richtete sich zufrieden auf.

»Auch recht. Du hast ihn also mit dir gehen lassen?«

»Hab ich das gesagt? Nichts hab ich gesagt.«

Kajetan grinste. »Merkst jetzt, wie das Spiel geht? Und dass du es schon fast verloren hast?«

Sie sah ihn böse an. Ihr Atem war plötzlich heftiger geworden.

»Jetzt sag endlich«, brach es aus ihr heraus, »was mit ihm ist.«

»Du weißt bestimmt, dass es in seiner Wohnung in der Au gebrannt hat.«

Sie nickte. »Aber wo ist er?«

»Das wollte ich dich fragen, Jule. Könnte er bei einem Freund untergekrochen sein?«

Sie schüttelte den Kopf. »Nein. Ich hab mich schon erkundigt.«

»Wo?«

»Bei einem Schriftsteller, mit dem er sich angefreundet hat. Er hat ihn Wigg genannt. Mit dem war er viel zusammen. Allerdings in letzter Zeit nicht mehr. Sie haben sich zerkriegt. Vielleicht ist er trotzdem da, habe ich gedacht.«

Auf seine Frage hin nannte sie ihm eine Adresse am Josephsplatz.

Ob sie auch Wiggs Nachnamen kenne, wollte Kajetan wissen. Als sie ihn nannte, spürte er wieder einen Stich im Herzen.

»Warum hat er sich mit dem Raths zerkriegt?«

»Weiß ich nicht. Ich weiß bloß, dass Eugen ziemlich enttäuscht von ihm gewesen ist. Sonst nichts.«

»Wieso ist er überhaupt untergetaucht? War er es, der seine Kammer angezündet hat? Und warum?«

Sie schüttelte ärgerlich den Kopf. »Krampf. Wieso sollte er das tun? Und warum er abgehauen ist, weiß ich auch nicht.« Sie sah ratlos zu Boden und presste ihre Lippen aufeinander. »Was hat er dir erzählt, Jule?«, drängte der Inspektor.

»Nichts. Was soll er mir erzählt haben?«

»Was weiß ich. Ob es ihm schlechtgeht. Ob … Was war das?« Ein leises Geräusch war aus dem Flur in die Kammer gedrungen. Jule war ebenfalls herumgefahren und hatte einige Sekunden lang angestrengt gelauscht. Dann entspannte sie sich.

»Das wird die Christine gewesen sein. Die arbeitet auch beim Schani.«

»Der Schani, das ist der Schankkellner bei euch.«

»Nein. Er ist Pächter.«

»Ah so?«, staunte Kajetan. »Aber erst einmal zurück zum Meininger.«

»Ich sags dir doch, er hat mir nichts erzählt, außer dass er einen wichtigen Auftrag bekommen habe. Er hat für die Zeitung gearbeitet. Für welche, weiß ich nicht.«

»Und welcher Auftrag war das?«

Wieder schüttelte sie den Kopf.

»Was Politisches, Jule?«

»Möglich.«

»Wieso?«

»Weil er einmal, kann ich mich erinnern, gesagt hat: ›Betrüger sinds alle.‹ Was kanns also sonst gewesen sein? Er hat gemeint, dass er mich da nicht reinziehen möchte, weil es gefährlich werden könne.«

»Hat er denn was rausgekriegt?«

»Ich denk mir, schon, ja. Weil, er war so …«, ihr Blick wurde weich, »… so voller Hoffnung, der Eugen.«

»So, als hätte er eine wichtige Sache entdeckt, die für seine Arbeit bedeutend sein könnte?«

»Ja, auch.«

»Was noch?«

»Weil wir miteinander gehen. Weil wir ein Glück miteinander haben. Deswegen.«

Kajetan sah sie zweifelnd an. »Kanns auch sein, dass er dir nicht alles gesagt hat? Dass er dir was vorgemacht hat? Ich hab rausgekriegt, dass er bei keiner Münchner Zeitung angestellt war. Zeitungsleut können rechte Windhunde sein. Eine einfache Lieb hast dir da jedenfalls nicht ausgesucht.«

Sie sah schnell auf. »Eine Lieb, wenns eine ist, ist allweil einfach«, erklärte sie ihm.

Kajetan wich ihrem Blick aus. Er grinste dümmlich und senkte den Kopf.

Krachend flog die Tür hinter ihm auf. Mit einem unartikulierten Laut stürzte Schani in den Raum. Kajetan war herumgefahren. Jule hob ihre Hand zum Mund und unterdrückte einen Schrei.

Der Inspektor wich dem ersten Schlag aus. Schani hatte alle Wucht in ihn gelegt und verlor das Gleichgewicht, war aber sofort wieder auf den Beinen und stürzte sich in blindem Zorn auf Kajetan. Hart landete ein Faustschlag auf dessen Brust und warf ihn an die Bettkante. Jule sprang entsetzt auf.

Der Inspektor zog die Knie an, stieß den rasenden Schani, der sich auf ihn werfen wollte, mit den Füßen zurück und sprang schnell wieder auf die Beine. Erneut sah er Schanis bärenhafte Gestalt auf sich zukommen und zum Schlag ausholen. Er fing den Schlag ab, nützte eine Lücke in der Deckung seines Gegners und traf krachend dessen Kinnlade. Schani schien nichts zu spüren.

Er wich nur kurz zurück, um sich ein weiteres Mal auf Kajetan zu stürzen. Dieser streckte nun die Linke aus und setzte sofort mit der anderen Faust einen Haken nach. Schani schüttelte überrascht den Kopf, taumelte leicht, wich einen halben Schritt zurück und hob erneut beide Fäuste. In diesem Moment sprang Kajetan vor, trat auf Schanis rechten Fuß, wandte sich seitlich und stieß mit der Schuhspitze in eine der Kniekehlen des Wirts, der daraufhin zusammensackte und mit dem Gesicht auf den Boden knallte. Der Inspektor griff nach seinen Armen, riss sie nach hinten und kniete sich auf Schanis Rücken.

»Noch ein Spaßettl übrig, Schani?«, fragte Kajetan schwer atmend.

»Lass mich aus!«, ächzte der Wirt.

Kajetan nickte grimmig. »Freilich, Schani.« Er zog dessen Arme höher, so dass er aufschrie. Der Inspektor gab leicht nach. Schani versuchte den Kopf zu drehen. Er stöhnte.

»Was … suchst denn überhaupt?«

»Sag du mir erst mal, wieso du so närrisch wirst, wenn man sich über die Leut erkundigt, die bei dir einkehren.«

»Ich …«, antwortete Schani geschlagen, »… ich mag keine Spitzel nicht, die überall ihre Nasen reinstecken. Und … wie ein Polizist hast mir auch nicht grad ausgesehen … und …« Er stöhnte wieder. Kajetan lockerte den Griff.

»Und?«

»… wenn einer die Jule angeht, macht einen das halt zornig. Was tätst jetzt du sagen, wenn du mitten in der Nacht ein anderes Mannsbild in der Schlafkammer von deinem Mädel findest?«

Kajetan stutzte. Er stand langsam auf, ohne Schani, der nun seine Arme mühsam nach vorn zog und sich ebenfalls erhob, aus den Augen zu lassen.

»Ihr zwei? Du – und die Jule?«

Der Wirt nickte. Der Inspektor fasste sich wieder. War das die Lösung des Falls?

»Dann sag mir jetzt, wo du gestern Nacht gewesen bist.«

»In meiner Wirtschaft, wo sonst?«

»Die Wirtschaft macht um zehn zu. Wo warst du danach?«

»Wenn die Wirtschaft zumacht, kann der Wirt noch lang nicht heimgehen.«

»Hast recht. Also, wie lange warst du noch da?«

»Bis zwölf.«

»War jemand dabei?«

»Gestern nicht.«

Der Inspektor dachte daran, dass das Feuer kurz nach ein Uhr nachts ausgebrochen war. »Gut. Und wo warst du danach?«

»Bei …«

»Bei der Jule etwa?«

»Nein«, Schani wirkte jetzt verlegen, »bei einer anderen. Mit der Christine war ich zusammen.«

»Da schau her.«

»Ja mei.« Der Wirt senkte den Kopf. »So ists halt. Aber das ist nichts Ernstes.«

»Nichts Ernstes, freilich«, wiederholte Kajetan. »Die Jule wird das wahrscheinlich anders seh … Jule?« Er schaute sich im Zimmer um. Das Mädchen war verschwunden. Der Inspektor trat eilig in den Flur und lauschte in die Tiefe. Es war nichts mehr zu hören außer dem gedämpften Schlagen einer schweren Außentür.

Er hatte Schani herankommen hören und konnte gerade noch dessen Schlag ausweichen. Er duckte sich, stellte einen Fuß vor und traf mit seiner Faust auf den schweren Körper, der mit einem unterdrückten Ruf an ihm vorbei über die Stufen stürzte und benommen liegenblieb.

Im ersten Stock öffnete ein alter Mann die Tür. »Ist jetzt nachert endlich eine Ruh da oben? Ich lass die Polizei holen!«

Kajetan ging nach unten. Der Alte zitterte vor Angst.

»Wir sind schon da. Was gibts denn?«

»Des … des geht aber schnell, Herr Wachtmeister …?«

»Und es ist auch schon alles erledigt. Jetzt kannst wieder schlafen«, sagte Kajetan lächelnd und verließ das Haus.

29

»Wollens wissen, was ich mir denk?« Inspektor Gnott lehnte sich zurück und fuhr fort, ohne die Antwort seines Kollegen abzuwarten: »Die Sach scheint mir jetzt sehr einfach. Der Wirt vom Albergo kriegt mit, dass dieser geistige Mensch seiner Jule ganz ungeistig nachsteigt und dass die das auch noch gern geschehen lässt.«

»Also zündet er ihm das Haus an?«

Gnott nickte. »Vielleicht hat er sich seine Adresse besorgt und wollt ihn aufsuchen. Der Meininger ist aber nicht da, er findet einen Liebesbrief, und, rasend vor Eifersucht…«

Inspektor Kajetan schüttelte den Kopf. »Schmarrn. Sinds mir nicht bös, Herr Kollege.«

»Überhaupt nicht«, gab Gnott giftig zurück.

»Und wieso ist das ein Schmarren?«

»Weils so ist! Erstens«, Kajetan hob den Finger, »ist der Schani einer, der bloß einmal zuzuhauen braucht, damit nirgendswo mehr ein Gras wächst, was sein Gspusi kitzeln könnt. Er muss sich deswegen nicht feig in die Wohnung vom Meininger schleichen, noch dazu in einem Viertel, wo er alles andere als sicher sein kann, dass ihn nicht jemand sieht. Es ist da nämlich ein feiner Unterschied zu den Häusern in Bogenhausen, wo bei jedem ein halber Hektar Park drum herum ist. Nein, das wär ihm alles zu umständlich. Zweitens«, wieder hob er einen Finger, »bin ich mir sicher, dass er, bevor ich mit der Jule geredet hab, nichts von einer Beziehung zwischen ihr und dem Meininger gewusst hat.«

»Das schließen Sie woraus?«

»So, wie die beiden im Albergo miteinander umgegangen sind, gehen nicht zwei miteinander um, von denen die eine sich denken kann, dass der andere womöglich ihren Geliebten auf dem Gewissen hat. So ginge auch nicht der Schani mit der Jule um, wenn er gewusst hätt, dass sie einen anderen hat. Und drittens, Herr Kollege: Was täten jetzt Sie, wenn Ihnen einer das Dach über dem Kopf anzündet, jemand dabei umkommt und es so aussehen würde, dass Sie dafür verantwortlich sind? Richtig! Sie würden sich sofort bei der Wache melden und den Täter anzeigen, schon allein deswegen, damit Sie nicht unter die Räder kommen. Einem anderen die Geliebte auszuspannen ist schließlich kein Verbrechen, keins zumindest, was die Polizei was angeht. Warum versteckt sich der Meininger trotzdem?«

Gnott überlegte. »Weil ers mit der Angst zu tun gekriegt hat, vielleicht?«

»Angst wovor?«

»Vor dem Schani natürlich. Wie rücksichtslos dieser sein kann, hat Er doch am eigenen Leib erfahren. Schani hat ihn einschüchtern wollen, und es ist ihm auch gründlich gelungen.«

Kajetan dachte darüber nach, schüttelte dann aber wieder den Kopf.

»Nein, das glaub ich nicht, denn nun, nachdem ein alter Mann gestorben ist, ist es doch der Meininger, der Schani in der Hand hat. Und der müsste doch jetzt Angst haben.«

»Na, wer fürchtet sich heutzutag noch vor der Polizei?«, fragte Gnott missmutig und wischte mit der Hand über seinen Schreibtisch. »Nein, Herr Kollege. Manche Sachen schauen kompliziert aus, sind aber ganz einfach. Diese Geschichte ist eine davon. Und kommens mir jetzt bitte nicht wieder mit Ihrem Gefühl!«

»Doch, das tu ich. Ich geb zu, dass ich noch keinen einzigen Beleg für das hab, was ich mir denk, aber …«

Gnott verdrehte die Augen. »Und was ist das? Was für andere Möglichkeiten gibt es noch? Dass es irgendetwas mit diesem lächerlichen Auftrag zu tun haben könnte? Dass jemand auf den Meininger losgegangen ist, weil er über den Präsidenten nachforschen wollte? Was soll das für einen Sinn machen, jetzt, da dieser doch schon seit zwei Monaten tot ist? Auch wenn die Münchner ihm eine Märtyrerkrone aufgesetzt haben – er ist tot, und es gibt keinen vernünftigen Grund mehr, ihm irgendwelche saudummen Gerüchte anzuhängen. Ebenso wenig gibt es einen Grund, die Veröffentlichung dieser Gerüchte zu verhindern. Sie schaden niemandem mehr.«

Kajetan nickte bedächtig. »Da haben Sie recht.«

»Aber bleiben wir noch ein wenig auf Ihrem Holzweg«, fuhr Gnott in sarkastischem Ton fort, »weils grad so schön ist. Wenn wir also weiter drauf gehen, kämen dafür nur die Leute in Frage, die auf Seiten des Präsidenten sind. Und weil Sie einen eifersüchtigen Wirtshauspächter als Leibgardisten des Präsidenten sehen, halten Sie das für einen Beweis? Das glaubens jetzt doch selber nicht!«

»Herrgott!«, entfuhr es Kajetan. »Ich glaub gar nichts! Ich hab bloß …«

»… wieder so ein Gefühl, ja? Hat es Sie eigentlich noch nie getrogen?«

Doch, dachte Kajetan. Er stand betroffen auf, trat ans Fenster, legte einen Arm vor die Brust, stützte den anderen darauf und zupfte nachdenklich an seinem Kinnbart. Dann wandte er sich um.

»Nein, ich bleib dabei. Die Tat passt nicht zum Schani, selbst wenn er ein Motiv hätte. Sein Alibi ist schließlich auch noch nicht überprüft. Aber meine Geschichte haut nicht wirklich hin. Was ist, wenn alles nur zufällig miteinander zu tun hat? Nein, der Punkt ist, dass der Meininger verschwunden ist. Wäre er unschuldig, dann würde er nicht untertauchen.«

»Ein Schock?«, überlegte Gnott laut. »Er hat nicht erwartet, dass Schani derart außer sich gerät ...«

»Vielleicht.«

Gnott holte tief Atem und stieß ihn hörbar aus. »Also? Was tun wir?«

»Was können wir schon tun? Nachdenken. Und vielleicht diesem blasierten Dichterling noch einmal auf die Finger schauen. Obwohl sich der Meininger angeblich seit einiger Zeit nicht mehr bei ihm hat sehen lassen.«

»Von wem reden Sie?«

»Von diesem ... diesem Ratz, oder wie er sich nennt.«

»Viktor Raths? Dem Dichterfürst, dem alle Frauen zu Füßen liegen? Den scheinens nicht zu mögen, was?«

Gnott grinste lauernd. »Aber trotzdem tät ich das gern Ihnen überlassen. Der ist schließlich neuerdings nicht mehr irgendwer.« Gnott fuhr sich durchs Haar. »Überhaupt wird die ganze Geschicht immer verrückter. Am liebsten tät ich alles stehen- und liegenlassen. Wär das nicht am gescheitesten?«

Kajetan überhörte es. Er wanderte nachdenklich umher.

»Meininger könnte sich versteckt haben. Aber wo? Er ist erst seit kurzem in der Stadt, kennt kaum Leut, außer eben diesen zotteligen Dichter und ...«

Er schlug auf den Tisch. »Die Jule!«

»Aber Sie erzählten mir doch, dass das Mädel Sie glauben gemacht hat, sie wisse selber nicht, wo er steckt!«

»Ja, das hat sie. Es gibt aber auch noch die Möglichkeit, dass sie gelogen hat und mit dem Schani unter einer Decke steckt!«

»Es wird allerweil interessanter«, höhnte Gnott.

»Allerdings. Die beiden sind der Schlüssel. Lassen wir sie vorführen! Das Alibi von dieser Christine sollten wir auch überprüfen. Obwohl ich den Schani nicht für so dumm halt, dass er dabei gelogen hat.«

»Das Vorführen dürfen aber die Schutzleut machen. Wenns noch welche gibt.«

»Meinetwegen machen es die Schutzleut.«

Es klopfte. Ein Beamter trat ein, sah unentschieden von einem Inspektor zum anderen und legte zwei Schriftstücke auf den Tisch. »Die Anmeldezettel, meine Herren.«

»Ist das alles?«, fragte Kajetan. »Wo bleibt der Akt, den wir beordert haben?« Der Beamte hob die Schultern.

»Was soll das heißen?«

»Ich hab keinen Akt nicht gekriegt, Herr Inspektor.«

»Hör ich schlecht?« Kajetan sah zu Gnott, der ebenso verblüfft zu sein schien.

»Mit dem Akt«, erklärte der Beamte, »mit dem wär irgendwas, hat es im Archiv geheißen.«

»Und was, bitte schön?«

Wieder zuckte der Beamte mit den Schultern. »Jetzt machens mich doch nicht dafür verantwortlich. Ich bin bloß der …«

»Eine Schlamperei ist das!«, schimpfte nun auch Gnott. Er gab dem Beamten ein Zeichen, dass er gehen könne. »Und noch was. Schickens uns doch zwei Schutzleut rauf!« Der Beamte nickte erleichtert und verließ das Büro.

Kajetan stützte sich auf die Tischplatte. »Lassens sehen. Erst den Klepsch.« Er las laut vor. »Klepsch, Jean. Gebürtig aus Fürth. Jahrgang 88. Angemeldet in München seit dem 1. Januar 1919.

Von Beruf Metzger, zuletzt Soldat beim Infanterie-Leibregiment, Mitglied der Republikanischen Schutztruppe. Wohnhaft in der Maxvorstadt, zur Untermiete bei einer Frau Beck. Was nicht mehr stimmen dürfte. Es steht auch nichts davon drin, dass er Gastwirt ist. Kann also noch nicht so lang her sein.« Er nahm den zweiten Zettel. »Da haben wir sie ja, die Jule. Gebürtig aus Perthenzell, Jahrgang 96. Angemeldet seit Mai 1912. Hausgehilfin bei einer Frau von Tautberg in der Praterstraße. Das stimmt ja wohl auch nicht mehr …«

Es klopfte. Auf Zuruf der Inspektoren betraten zwei mürrisch dreinblickende Schutzleute den Raum. Kajetan notierte die beiden Namen und die Adressen auf einen Zettel und reichte sie den Männern.

»Diese beiden Personen werden zum Verhör vorgeführt.«

Die Schutzleute sahen auf den Zettel, dann sich an. Einer der beiden räusperte sich. »Muss das jetzt noch sein?«

»Was sind das für Töne?« Gnotts Stimme klang schneidend.

Kajetan blickte ihn überrascht an. »Die möchten wir überhört haben, gell?«, fuhr Gnott fort. »Noch gibts die Polizei, und noch haben Sie Befehle auszuführen. Dass Sie dabei vorsichtig zu sein haben, wissen Sie selber.«

Die beiden fügten sich in ihr Schicksal und verließen den Raum.

»So muss man mit denen reden«, sagte Gnott zufrieden. »Aber … was grinsens denn so?«

»Nichts«, antwortete Kajetan. »Ich hör mir jetzt an, was die im Archiv oben zu berichten haben. Kommens mit?«

30

»Es stimmt«, bestätigte der Archivar, »über einen Klepsch Jean gibt es einen Akt. Aber er ist nicht da.«

»Haben Sie auch alles durchsucht, Herr Auer?«

Der Beamte sah missmutig über seine Brille. »Habe ich, meine Herrschaften. Alles, was ich gefunden habe, ist diese Notiz.« Er reichte den Deckel des Akts über den Tisch.

Kajetan las und zog die Augenbrauen erstaunt nach oben.

»Da schau her!«

»Was steht da?«, wollte Gnott wissen und beugte sich ebenfalls über das Schriftstück.

»Dass der Akt wahrscheinlich gesperrt ist«, antwortete der Archivar trocken. »Bei uns geht nämlich nichts verloren, damit Sies wissen.«

Kajetan deutete auf ein Unterschriftszeichen. »Und wer ist dafür verantwortlich?«

Der Beamte zog den Akt wieder zu sich und las. Dann setzte er eine bedenkliche Miene auf.

»Der Staatsanwalt persönlich.«

»Und wieso lässt der den Akt nicht nur sperren, sondern sogar entfernen?«

»Er ist nicht entfernt worden, sondern liegt wahrscheinlich im Büro vom Doktor Hahn, dem Staatsanwalt.«

»Wozu soll das gut sein?«

Der Archivar wurde unruhig. »Fragens mich doch nicht.

Üblicherweise wird das so gehandhabt, wenn ein Prozess ansteht.«

»Und? Tut er das? Und um welchen geht es?«

»Wie soll ich das wissen? Sagt mir einer was? Nein! Der Auer soll sein Archiv im Aug behalten, und sonst geht ihn nichts an, heißt es! Und das tut der Herr Auer dann auch, verstehens? Um was anderes kümmert er sich nicht!«

Kajetan sah ihn aufmerksam an. »Um was anderes? Was meinens damit?«

»Wie?«

»Sie haben gesagt«, erklärte Kajetan geduldig, »um was anderes kümmern Sie sich nicht. Also, um welche anderen Sachen geht es?«

Der Archivar schwieg. Seine Lider zuckten leicht. Kajetan wurde ärgerlich.

»Jetzt haltens uns nicht für ganz deppert, und rückens raus mit der Sprach!«

Rote Flecken blühten nun auf Auers sonst fahlem Gesicht. Er hob abwehrend die Hände. »Ich halt mich da raus!«

»Aus was, Herrgott noch mal?«

»Aus eurem politischen Krampf! So!« Die Stimme des Archivars hatte sich überschlagen. Er zitterte. Die Inspektoren sahen sich verblüfft an.

»Ich sag ja, es wird immer verrückter!«, murmelte Gnott.

Kajetan erhob sich und ging zur Tür. Sein Kollege folgte ihm.

»Tja, wenns nichts dagegen haben«, sagte Gnott, »dann tät ich dem Staatsanwalt einen Besuch abstatten.«

»Von mir aus«, antwortete Kajetan. »Aber habens nun auf einmal keine Angst mehr, auf die Straße zu gehen?«

Gnott verneinte ärgerlich. »Und was tun Sie jetzt?«

Kajetan zuckte mit den Schultern. Er zögerte mit der Antwort.

Er mochte sich nicht wieder lächerlich machen. Denn wieder war es lediglich eine unbestimmte Eingebung, der er nun folgen wollte.

31

Zwei Stunden später trafen sich die Männer wieder. Kajetan saß bereits an seinem Tisch, als Gnott eintrat und seinen Mantel an den Haken hängte.

»Das Gespräch mit dem Doktor Hahn, dem Staatsanwalt, war nicht sehr aufschlussreich«, erzählte er. »Der Akt ist und bleibt gesperrt. Wir sollen eben warten, meint er. Wie lang, wollte er nicht sagen; die Ermittlungen in dieser Sache seien äußerst schwierig. Was haben Sie?«

»Was ich hab?«

»Sie sehen aus wie ein Weißkäs«, sagte Gnott mitfühlend. »Gehts Ihnen nicht gut?«

Kajetan winkte müde ab. »Weiß nicht. Ich denk mir bloß, ich müssts eigentlich längst gewohnt sein, aber …«

»Was, Herr Kollege?«

Kajetan hob langsam den Kopf. »Ich war noch einmal in der Au. An der Brandstelle.«

»Und?« Gnott hätte nicht zu fragen brauchen; er ahnte, was Kajetan nun erzählen würde.

32

Die Ruine war nur notdürftig abgesichert. Die Straße vor dem zerstörten Haus, von dem bloß die Mauern des Erdgeschosses das Feuer überstanden hatten, war mit Brocken verkohlten Holzes übersät, die bereits von Tritten und Wagenspuren zermahlen waren. Asche lag auf den Dächern der angrenzenden Häuser, auf schmalen Fenstersimsen und den Büschen über dem Viertel am Mühlbach.

Der Raum im Obergeschoss, in dem der Vermisste gewohnt hatte, existierte nicht mehr. Was einmal die Tür zur Kammer des alten Mannes war, hing mit geplatztem und von der Hitze in die Holzfaserung gesogenem Lack und zersprungenen Kassetten in den Angeln. Kajetan schob die Tür auf und warf einen Blick in die Kammer. Die Feuerwehrmänner hatten zwischen verbrannten Balken und Bohlen und dem von oben heruntergestürzten Mobiliar eine Gasse freigeräumt, um die Leiche bergen zu können. Von der einfachen Lagerstatt war nichts mehr übriggeblieben. Auf den Bodenbrettern von Meiningers Kammer musste ein Fleckenteppich gelegen haben. Seine Reste zerfielen, als Kajetan mit einem Stock dagegen stieß. Sie schwebten mit noch in der Luft zerfallenden Fetzen verbrannten Papiers zu Boden.

»Was sucht Er denn da?«

Kajetan fuhr herum. Die Stimme war von oben gekommen. Nun tauchte der Kopf einer jungen Frau in der Laibung eines zerstörten Fensters auf. Sie war misstrauisch.

»Da findest nichts mehr, was du brauchen könntst! Schleich dich weiter!«

»Das wirst schon mir überlassen, ob ich was brauchen kann!«, erwiderte Kajetan ärgerlich. »Wie kommst du überhaupt da rauf?«

»Gehts dich was an?«, entgegnete sie patzig. »Was bist denn überhaupt für einer?«

»Polizei, wann die Madam nichts dagegen hat.«

»Das soll ich Ihnen glauben?«

»Glaubs oder glaubs nicht«, gab der Inspektor zurück. »Wie kommst du in den ersten Stock rauf? Die Treppe ist doch abgebrannt?«

Die junge Frau lenkte ein. Sie deutete nach hinten. »Was soll da dabei sein? Über die Stiege vom Nachbarn halt.«

»Und wo fängt die an?«

Sie erklärte es ihm. Kajetan verließ die Brandstätte und ging zu der von der Frau beschriebenen Lücke zwischen zwei angrenzenden Häusern. Eine schmale Steintreppe führte nach oben. Dort kam ihm die Frau entgegen. Sie trug einen gefüllten Wäschekorb.

»Da gehts zum Ziegenstall und zu den Gemüsgärten, die zu jedem Haus gehören«, sagte sie. Der Inspektor schob sie zur Seite. Nach wenigen Schritten erreichte er die Stelle, von der aus sie ihn gerufen hatte.

»Was suchens denn, Herr Kommissär?« Die Frau war ihm neugierig gefolgt. Der Inspektor antwortete nicht. In den Resten des verkohlten Dachgebälks konnte er nun erkennen, dass sich ein kleiner Flur hinter der Kammer des verschwundenen Journalisten befunden haben musste. Von ihm ging eine Tür zu einem schmalen Hof hinter dem Haus, der auf der Hangseite von einem aus rohen Brettern gezimmerten niedrigen Stall begrenzt wurde. Neben dieser Hütte führten mit Holzbohlen befestigte Stufen nach oben.

»Und diese Stiege? Wo kommt man da hin?«

»Da gibts nur noch ein paar Gärten, sonst nichts.« Sie wechselte den schweren Korb auf die andere Hüftseite.

Kajetan sah sich um und überlegte. Das Haus war auch von hinten zu erreichen. Meininger hätte seine Wohnung also verlassen können, ohne auf der Straße gesehen zu werden. Und um zu verschwinden, würde er den kürzesten Weg gewählt haben, nämlich diese Stiege.

»Jetzt sagens mir halt, was Sie eigentlich suchen?«, riss ihn die Wäscherin wieder aus seinen Gedanken.

»Hast nichts zu tun?«, knurrte er. »Häng deine Wäsch auf, und lass mich zufrieden.«

Sie wandte sich beleidigt ab. Kajetan betrat nun den steilen Pfad, der nach wenigen Minuten in einer kleinen Waldung auf dem Isarhochufer endete. Unter ihm lagen, dicht aneinandergedrängt, die Viertel der Au. Die Geräusche der darin lebenden Menschen klangen fern, vom engen Gewirr der niedrigen Gebäude gedämpft. Die Luft war dunstig, und gegen Norden hoben sich in zartem Umriss die Türme der Frauenkirche über die Stadt. Ein leichter Wind fuhr raschelnd durch das Geäst.

Der Boden des kleinen Plateaus war mit filzigem Buschwerk bewachsen. Es lief auf der dem Viertel abgewandten Seite an einer steilen Böschung aus, an deren unterem Ende, teils von bereits knospenden Sträuchern verdeckt, die Gleise der Mühldorfer Bahnlinie zu erkennen waren. Kajetan kümmerte sich nun nicht mehr um die Frau, die ihren Korb abgestellt hatte und ihm wieder gefolgt war. Seine Tritte sichernd, stieg er langsam in die Tiefe. Sein Puls beschleunigte sich.

Aus der Ferne war der Pfiff einer Lokomotive zu hören. Über

den Gleisen wuchs ein dünnes Summen; eine feine Vibration schien die Luft erzittern zu lassen. Eine Brombeerranke hakte sich in Kajetans Mantel. Als er ihn befreite, gab die feuchte Erde unter ihm nach.

Der Zug kam stampfend näher. Ein Schwarm Vögel stob lärmend empor, als sich ein heftiger Luftstoß durch den Gleisgraben presste und die hohen, weichen Gräser entlang des Bahndamms peitschte.

Durch das schmutzige Grün blitzte ein Stück hellen Stoffes. Die Räder des Zuges schlugen dröhnend an die Gleisnähte. Dann ebbte der betäubende metallene Lärm ab. Als er sich hinter der nahen Biegung verlor, schrie die Frau immer noch.

Meiningers Augen waren weit geöffnet. Seine Züge waren nichts als geronnene, unendliche Verzweiflung. Seine Rechte hatte sich tief in das Erdreich gekrallt, und ein winziger Käfer kroch über sein wächsernes Gesicht.

33

»Als ich anschließend wieder auf die Straße bin«, sagte Kajetan in die Stille, die nach seiner Erzählung eingetreten war, »da hat mich übrigens ein Postbote angehalten und gefragt, ob ich wisse, wo die Leut sich jetzt befänden, die früher hier gewohnt haben. Er hätt nämlich einen Brief. Für einen Herrn Meininger.«

Gnott räusperte sich. »Machen Sies nicht so spannend. Von wem ist er?«

»Von einer Zeitung. Da, lesens selbst.« Kajetan schob den Brief über den Tisch. Gnott überflog die Zeilen. Der Schriftleiter der Münchner Nachtpost teilte mit, dass man mit größtem Interesse auf den angekündigten Bericht warte, über einen Vorschuss jedoch erst gesprochen werden könne, wenn man wenigstens einen Teil des Materials zu Gesicht bekommen habe.

Gnott starrte auf das Blatt. »Das ist ja …«

»Na? Jetzt fällt Ihnen nichts mehr ein?«

»Ich gebs ja zu. Heißen muss es natürlich noch nichts.«

»Natürlich, Herr Kollege.«

Gnott beugte sich erneut über den Brief. Dann reichte er ihn wieder Kajetan.

»Äh … noch etwas, Herr Kollege. Ich habe doch vorhin von meinem Besuch beim Staatsanwalt erzählt. Wollen Sie wissen, warum der Akt gesperrt ist? Es steckt, wie gesagt, tatsächlich ein Prozess dahinter, der gerade in Vorbereitung ist.«

»Was zu vermuten war.«

»Natürlich. Doch bei diesem Prozess …«, Gnott machte eine bedeutungsschwere Pause, »… geht es um den Mord an dem Präsidenten.«

Kajetans Augen weiteten sich.

»Und weils grad so schön ist«, fuhr Gnott fort, »nicht nur sein Akt, sondern der Klepsch selbst ist verschwunden, und seine Kellnerin ebenfalls. Das Albergo ist verrammelt. Die Schutzleut haben es mir auf dem Gang gesagt. Schön langsam muss ich Ihnen doch recht geben. Die Geschichte wird immer verzwickter. Sie ist womöglich nicht so einfach, wie ich gedacht habe.«

»Da gehts mir anders. Ich find langsam, dass Sie recht gehabt haben. Die Geschichte kommt mir immer einfacher vor«, bemerkte Kajetan. »Aber bis wir das werden beweisen können …«

Gnott beobachtete ratlos, wie Kajetan sich seinen Mantel überzog und zur Tür ging. Dort wandte er sich noch einmal um.

»Täten Sie bei der Gendarmerie in Perthenzell anrufen? Vielleicht ist sie daheim untergekrochen. Wir sollten nichts unversucht lassen.«

Gnott nickte. »Wenn das Telefon nicht grad wieder gesperrt ist. Und was ist mit dem Klepsch? Soll ich in Fürth …?«

»Beim Schani können wir uns das, glaub ich, sparen. Die dortige Polizei arbeitet bereits nicht mehr. Außerdem hat er keine Verwandten.«

»Und Sie, was haben Sie vor?«

Kajetan hob den Brief in die Höhe, steckte ihn ein und verließ das Büro.

34

»Zeigens her.« Schriftleiter Löw streckte den Arm aus. Er entfaltete den Brief. Dann sah er auf.

»Der Brief ist von Herrn Manz unterzeichnet. Ich bin mit dieser Sache leider nicht befasst und kann Ihnen daher nicht sagen, worum es bei dem Bericht gehen sollte. Der Herr Manz«, kam er der Frage des Inspektors zuvor, »ist außerdem nicht im Haus.«

Er gab Kajetan das Schriftstück zurück. »Vielleicht erklären Sie mir aber, in welchem Zusammenhang dieses Schreiben für Sie wichtig ist? Was ist mit dem Empfänger? Hat er etwas angestellt?«

»Man hat etwas mit ihm angestellt. Eugen Meininger ist ermordet worden.«

Löw, dessen Hände zuvor unruhig auf dem mit Schriftstücken überladenen Schreibtisch umhergewandert waren, hielt inne. Seine Augen verengten sich. Als er nach einer Weile antwortete, klang seine Stimme kalt.

»Ich bin nicht der Langsamste, Herr Inspektor. Ich sehe nun, dass Sie in Betracht gezogen haben, wir könnten etwas damit zu tun haben.« Er wartete Kajetans Entgegnung nicht ab. »Das ist eine Frechheit, die ich nicht auf mir sitzen lassen werde. Fräulein Roth?!« Er hatte seine Stimme erhoben und sich an eine junge Bürogehilfin gewandt. »Ein Gespräch mit dem Polizeipräsidenten. Sofort!«

Kajetan war überrascht. »Lassen Sie doch den Unsinn, Herr Löw! Habe ich gesagt, dass ich Sie verdächtige?«

»Das ist kein Unsinn«, donnerte der Schriftleiter. »Für wie blöd halten Sie mich? Wie geht es nun weiter? Durchsuchung der Redaktionsräume? Präventive Festnahme? Öffentliche Bekanntmachung, dass die Nachtpost ihr Erscheinen wegen verbrecherischer Machenschaften einstellen musste? Wissen Sie eigentlich, was Sie tun? Und wissen Sie, wo Sie sich befinden?«

»Beides, verehrter Herr Löw!«, entgegnete der Inspektor scharf. »Und ich stelle fest, dass Sie mich auf hochinteressante Ideen bringen!«

Löw beugte sich lauernd vor. »Auf welcher Seite steht die Polizei eigentlich? Ist es möglich, dass zu ihr noch nicht durchgedrungen ist, dass die Wittelsbacher Zeiten vorbei sind? Dass der alte Millibauer von Leutstetten und seine ganze Sippschaft längst aus der Mod sind? Bayern ist keine Monarchie mehr! Es ist ein Freistaat, eine Republik! Soll ich Ihnen das Wort buchstabieren?«

»Nicht nötig, Herr Löw. Man merkts auch daran, welche Frechheiten sich die Polizei heutzutag gefallen lassen muss!«

»Und das wundert Sie? Zeit ist es geworden! Zeit, dass der Polizei auf die Finger geschaut wird. Was, glauben Sie, ist früher in den Wachstuben geschehen, wenn einer, der nichts getan hat, als für das Ende des Krieges zu demonstrieren, das Pech hatte, Ihnen in die Finger zu fallen? Was ist mit der Genossin Lerch geschehen?«

Kajetan schüttelte ratlos den Kopf. »Mit wem?«

»An jenem Abend, als sie nach der großen Demonstration auf der Theresienwiese verhaftet worden ist?« Löw war aufgesprungen und stemmte seine Arme auf die Tischplatte.

Der Inspektor wich unwillkürlich zurück. »Ich sage es Ihnen: Am nächsten Morgen wurden ihre Angehörigen davon benachrichtigt, dass sie sich in der Zelle erhängt hat. Ich kannte sie.

Eine mutige, mitreißende Frau, voller Hoffnung, voller Optimismus, dass die Zeit kommen würde, in der jeglicher Despotismus hinweggefegt sein würde. Was also ist in der Polizeidirektion mit ihr geschehen? Was?!«

»Bei der Polizei meldet sich keiner, Herr Löw«, warf das Mädchen schüchtern ein. Der Schriftleiter winkte ab und nahm wieder in seinem Sessel Platz.

»Damals war ich noch im Feld«, sagte der Inspektor betroffen.

»Hab ich behauptet, dass Sie es waren? Nein. Ich hab ja schließlich Augen im Kopf. Aber Sie wissen jetzt, warum man mit der Polizei heute anders umgeht, und Sie wissen jetzt auch, dass das berechtigt ist.«

Kajetan sah zur Seite. Er nickte langsam und erhob sich.

Löw schien sich wieder beruhigt zu haben.

»Lektion verstanden, Herr Inspektor? Können wir jetzt wieder normal miteinander sprechen?«

Kajetan, der schon einige Schritte zur Tür gemacht hatte, blieb stehen.

»Nehmens wieder Platz, Herr Inspektor.« Löw zeigte auf den Stuhl. »Ich habe Sie möglicherweise falsch eingeschätzt. Entschuldigen Sie. Würden Sie mich jetzt bitte darüber informieren, was es mit der Sache auf sich hat?«

Kajetan setzte sich wieder. Als er davon erzählte, dass Meininger den Auftrag hatte, in der Sache Koslowski zu recherchieren, sah Löw auf.

»Der Stein hat ihm den Auftrag erteilt, dem Koslowski-Gerücht nachzugehen? Soll das ein Witz sein? Was hätte es da zu recherchieren gegeben?«

»Sie kennen das Gerücht?«

»Natürlich. Völliger Unsinn. Eine geradezu klassische Verleumdung.«

»Wer hat das Gerücht eigentlich aufgebracht?«

»Soweit ich weiß, stand es zuerst im Kurier und wurde dann von den meisten anderen Zeitungen übernommen, und…«, Löw sah auf seine Hände, »… es hat seine Wirkung schließlich nicht verfehlt.«

»Sie… Sie können mir also nicht…«

Löw unterbrach ihn. »Augenblick, Herr Inspektor! Seh ich das richtig? Stein hat den jungen Mann damit beauftragt, den Nachweis für die Wahrheit eines Gerüchts über den Präsidenten zu erbringen? An uns wendet dieser Journalist sich jedoch daraufhin mit der Andeutung, eine offensichtlich brisante Entdeckung gemacht zu haben? Wie passt das zusammen? Natürlich war unsere Zeitung kein Freund des Präsidenten. Für eine Neuauflage dieses dummen Gerüchts hätten wir uns aber keinesfalls hergegeben.«

»Vielleicht sah er es anders?«

»Danke. Aber für die Verwirrtheit eines Provinzschreibers dürfen Sie uns nicht verantwortlich machen. Und jetzt habe ich zu tun, wie Sie sich denken können. Auf Wiedersehn, Herr Inspektor.«

»Eine letzte Frage noch, Herr Löw.«

»Machen Sies kurz.«

»Wo finde ich den Mann, der den Brief unterschrieben und mit dem Meininger offensichtlich Kontakt aufgenommen hat? Den Herrn…«, er sah auf den Brief, »… Manz?«

Löw presste die Lippen aufeinander und blickte über den Rand seiner Brille.

»Eine gute Frage, Herr Inspektor…«

»Ich weiß.«

»Manz ist verschwunden. Schon seit einigen Tagen. Wir machen uns die größten Sorgen.«

35

Kajetan hatte noch nie etwas vom »Kurier« gehört. In einem kleinen Laden wurde ihm schließlich gesagt, dass dieses Blatt schon seit einigen Wochen nicht mehr erschienen sei. Im Telefonverzeichnis entdeckte er schließlich eine Eintragung, die ihn zu einer kleinen Straße hinter dem Gasteig-Spital führte.

Bald hatte er das Haus in der Comeniusstraße gefunden. Ein schlichtes, bereits stark verwittertes Schild ließ auf einen Verlag im Rückgebäude schließen. Kajetan durchquerte einen schmalen, heruntergekommenen Hinterhof und suchte vergeblich nach einem Hinweis. Schließlich klopfte er an eine der Türen, die zu einer Wohnung zu führen schien. Erst nach geraumer Zeit hörte er Schritte hinter der Tür. Sie wurde einen Spalt geöffnet. Ein schmächtiger, blasser junger Mann erschien.

»Ja. bitte?« Er hatte eine weiche, mädchenhafte Stimme.

Kajetan wollte wissen, wo er den Franz-Not-Verlag finden könne.

Der junge Mann schien erleichtert. »Da sinds hier falsch, Herr. Hier ist bei Apfelböck.«

»Und der Verlag? Gibts den nicht mehr?«

Ein eigenartiger Geruch drang aus der Wohnung. Der junge Mann lächelte. »Da müssens in den nächsten Hof gehen. Dort sehens dann schon das Schild, gell?«

Kajetan bedankte sich. Noch immer hatte er diesen seltsamen Geruch in der Nase. Woher kam er? Er erinnerte ihn an Wäsche, die in der Lauge zu faulen begann. Der Gestank hatte sich verloren, als er schließlich vor der Tür des Verlags stand.

»Was wollens?« Die grämliche, schwarz gekleidete ältere Frau sah ihn nicht an. Der Inspektor stellte sich vor. Sie bat ihn herein.

Der Verlag existierte offenbar nicht mehr. Auf Tischen und Ablagen hatte sich Staub gesammelt.

»Was soll ich altes Weib damit. Ich hab ihn halt verkauft, unseren Verlag«, erklärte die Frau, die sich als die Witwe des Verlegers vorgestellt hatte. »Viel hats ja nicht gebracht. Aber so wird das Werk von meinem Franz selig wenigstens weitergeführt, ned wahr? So hab ichs mir wenigstens gewünscht…«

»Aber im Telefonverzeichnis steht Ihr Verlag noch als Herausgeber des Kuriers drin?«

»Es ist ja grad ein gutes Dreivierteljahr her, dass mir mein Franz gestorben ist. Verkauft hab ich unser Blattl erst ein paar Monat danach. Es ist mir hart angekommen, das dürfens mir glauben. Es ist das Lebenswerk von meinem Franz gewesen. Und jetzt?« Sie schwieg bekümmert.

»Wer hat Ihnen die Zeitung denn abgekauft, Frau Not?«

»Das war eine Geschäftsfrau aus… no, woher war die jetzt gleich wieder?… Von irgendwo da drunten halt. Sie hat mir nicht übel gefallen, obwohl ich gemerkt hab, dass sie vom Zeitungsmachen nicht viel versteht. No, mir wars dann auch wurscht. Gezahlt hats schließlich.«

»Wie hat sie denn geheißen?«

»Müssens das unbedingt wissen? Dann müsst ich nachschauen, Herr Inspektor.« Sie ging in einen Nebenraum und kam nach einigen Minuten mit einem Schriftstück zurück.

»Wo hab ich mein Leseglas? Da, schauns. Eine Frau Katharina Weinbaum. Aus Perthenzell ist sie.« Sie reichte ihm den Vertrag. Kajetan überflog ihn.

»Aber der Verlag ist doch nicht nach Perthenzell umgezogen?«

Die Witwe schüttelte den Kopf. »Nein, nein, der ist schon noch in München. Es ist alles eine recht eigenartige Geschicht damit. Wo ist der denn jetzt gleich noch mal? Wartens, vielleicht hab ich eine Ausgabe, in der das drinsteht.«

Wieder ging sie in den Nebenraum und kam mit einer Nummer des Kuriers zurück. »Marstallstraße 2, Hotel Vier Jahreszeiten«, las sie mühsam vor. »Eine noble Adress, nicht wahr?« Die Witwe lächelte bitter. »Ich wollt, ich hätts nicht getan. Schauns, mein Mann selig tät sich doch im Grab umdrehn, wenn er wüsst, was aus seinem Blattl geworden ist. Lesens doch, was die über unseren Präsidenten geschrieben haben. Ich hab mir danach keine Ausgab mehr kaufen wollen. Nie hat mein Mann was gegen die Juden gehabt, das wär ihm nicht reingekommen, und wenns noch so viel dumme Menschen gibt, die so was lesen möchten. Solang es sie gibt, waren wir bei den Sozis.« Sie seufzte und sah wieder auf die Zeitung. »Und da, schauens, die Frau Weinbaum erscheint da gar nicht mehr im Kopf. Vielleicht hat sie den Kurier gleich wieder weiterverkauft. Jemand anders ist jetzt der Besitzer. Wie heißt er? Es ist so winzig gedruckt.«

Sie reichte ihm die Zeitung.

»Herausgeber ist ein Baron von Bottendorf. Schriftleiter ein Herr Lohmann«, las Kajetan vor.

»Ich kenn keinen von denen. Die Frau Weinbaum hat mir seinerzeit gesagt, sie tät ein Sportblatt draus machen wollen, für die Jugend, hats gesagt.«

»Das ist es auf jeden Fall nicht geworden«, stellte der Inspektor fest.

»Nein«, stimmte sie zu, »ein Dreck ist draus geworden. Ein ganz mieser, verfaulter, dreckiger Scheißdreck.«

Kajetan verabschiedete sich. Doch die Frau hatte noch ein Anliegen. »Herr Inspektor …« Er drehte sich fragend um.

»Wenns einmal Zeit haben sollten … Beim jungen Apfelböck drüben, da stimmt irgendwas nicht …«

Der Inspektor versprach, sich bei Gelegenheit darum zu kümmern, hatte es aber bereits vergessen, als er wenig später vor dem Hotel Vier Jahreszeiten in der Maximilianstraße stand.

36

Was seinen Verlagssitz betraf, so war aus dem Kurier etwas geworden. Das zur Marstallstraße offene Treppenhaus des Hotels war mit weichen, offenbar teuren Teppichen ausgelegt. Der Verlag residierte jedoch nicht allein in den Räumen des letzten Stockwerks. Auch ein »Verein zur Pflege deutscher Kunst« hatte hier seinen Sitz. Kajetan beschloss, sich nicht als Polizist auszugeben.

Eine elegant gekleidete Frau musterte den Inspektor kühl. »Der Herr Baron hält sich derzeit nicht in München auf«, erklärte sie. »Sie können jedoch auch mir sagen, worum es geht.«

Das wolle er nicht, lehnte Kajetan ab. Ob Herr Lohmann im Hause sei? Sie schüttelte den Kopf.

»Nein. Der Herr Schriftleiter ist in der Redaktion, und die befindet sich nicht hier, sondern in seinem Haus in Harlaching. Aber Sie wissen, dass der Kurier derzeit nicht erscheint?«

»Ich gehe doch davon aus, dass sich das bald ändern wird, Frau …?«

»Weinbaum ist mein Name. Und Sie wollen mir nicht sagen, worum es sich handelt?«

Kajetan verneinte und bat sie um Lohmanns Adresse. Sie schien verärgert, schrieb sie ihm aber schließlich auf.

»Auf Wiedersehn.«

37

Der Inspektor verließ die Straßenbahn. Von der Haltestelle hatte er nur wenige Minuten zu Fuß zu gehen. Die im Landhausstil erbaute Villa ruhte friedlich in der nachmittäglichen Sonne. Sie war von einem großen, von alten Kastanien bewachsenen Park umgeben. Ein gekiester Weg führte zum Portal.

»Bitte warten Sie einen Augenblick, Herr Inspektor. Herr Lohmann wird Sie umgehend empfangen.« Der Sekretär, ein junger Mann mit militärisch kurzem Haarschnitt, zog sich zurück. Kajetan sah sich um. Das Haus war luxuriös ausgestattet. Durch hohe Fenster flutete das Licht des strahlenden Tages in den Raum; nur behindert durch wenige Büsche, erlaubten sie einen Blick in das südliche Isartal.

»Sie wollten mich sprechen?« Ein älterer, nicht sonderlich großer, drahtig wirkender Mann mit Schnurrbart stand im Türrahmen.

»Herr Lohmann?« Der Inspektor ging auf ihn zu und stellte sich vor.

»Der bin ich. Was kann ich für Sie tun?«

»Sie sind doch der Herausgeber des Kuriers?«

»Der Schriftleiter.«

Lohmann antwortete auf Kajetans Frage, dass er den Namen Meininger noch nie gehört habe. Mitarbeiter seines Blattes sei dieser keinesfalls gewesen.

»Und wie sagten Sie? Er hat nach einem Gerücht geforscht?

Welches Gerücht? Und wieso sollte er deswegen zu mir gekommen sein?«

»Weil das Koslowski-Gerücht, dessen Wahrheitsgehalt er prüfen wollte, durch einen Bericht des Kuriers in die Welt gesetzt worden ist.«

Lohmanns Gesicht rötete sich. »Wir hatten Beweise, Herr Inspektor. So glaubten wir jedenfalls«, verteidigte er sich.

»Beweise, die Sie nicht überprüft haben.«

»Jeder kann sich irren. Sie nicht?«

»Ich gebe keine Zeitung heraus.«

»Nein, wenn Sie sich irren, kommt ein armer Teufel höchstens aufs Schafott, nicht wahr?«, bemerkte Lohmann boshaft.

»Würden Sie mir deshalb den Gefallen tun, mich mit möglichen Irrtümern Ihrerseits zu verschonen? Ich habe Ihnen bereits erklärt, dass ich den Namen dieses Mannes noch nie gehört habe.«

»Die Namen Klepsch und Manz, sagen Ihnen die etwas?«

Lohmann schüttelte wieder den Kopf. »Auch nicht. Tut mir leid. Sie sind umsonst hergekommen.«

»Sie meinen, ich hätte mich soeben wieder geirrt?«

»Allerdings. Sehen Sie? Auf Wiederschaun, Herr Inspektor!« Er nahm die Türklinke in die Hand. »Ach, noch etwas, Herr Inspektor … wie war doch gleich der Name?«

»Kajetan. Paul Kajetan.«

»Ich muss Ihren Mut bewundern. Wieso, werden Sie fragen. Nun, ich habe den Eindruck, dass Sie sich möglicherweise derart irren, dass Ihnen das einmal nicht mehr verziehen werden wird. Geben Sie acht auf sich. Tun Sie lieber, was die meisten Ihrer Kollegen bereits tun.«

»Und das wäre?«

»Nichts, Herr Inspektor Kajetan. Ruhen Sie sich einfach aus.

Und gehen Sie vor allem, wenn Sie andere für beschränkt halten, nicht von sich aus.«

Er lächelte. Dann wandte er sich brüsk um und schlug die Tür seines Zimmers hinter sich zu.

38

Erleichtert hängte Wachtmeister Wallner ein. Noch immer hegte er einen Widerwillen gegen diese Apparatur, die Stimmen über Hunderte, ja Tausende von Kilometern transportieren konnte. Und obwohl die Perthenzeller Gendarmerie nun schon seit guten zwei Jahren über ein Telefon verfügte, vermied es der alte Gendarm noch immer, es zu benutzen. Als dieser Inspektor aus München anrief, war Wachtmeister Stöckl jedoch gerade nicht da. So blieb ihm nichts anderes übrig, als selbst an das nervtötend klingelnde Gerät zu gehen.

»Was hats gegeben, Schorsch?« Stöckl, ein ernster, hochgewachsener und hagerer Gendarm in den Vierzigern mit linkisch unsicheren Bewegungen, welche seiner respektheischenden Erscheinung jedoch nicht abträglich waren, war eingetreten. Er klopfte sich den Schnee von seinem Umhang und rieb sich die frierenden Hände.

»Ein Inspektor aus München hat angerufen.«

»Aus München?«

»Ja. Von der Kriminalpolizei.«

»Da schau her. Dass es die da droben überhaupt noch gibt?«

»Gell«, bestätigte Wallner, »man soll doch meinen, dort gehts jetzt drunter und drüber. Sollen wir überhaupt …?«

»Was, Schorsch?« Stöckl hatte sich am Ofen hingesetzt.

»Ich mein, sollen wir den Anruf überhaupt noch ernst nehmen? Wer weiß, wie es da droben ausschaut?«

»Na jetzt aber. Wie solls denn da droben ausschauen?«

»Du liest doch auch jeden Tag die Zeitung, oder nicht?«

»Freilich. Und?«

»No ja, man liest halt ...«, Wallner zögerte, »... also neulich hab ich gelesen, dass sie in München die Polizei abschaffen wollen und ...«

»Da wird die bayerische Regierung ja wohl noch ein Wörterl mitreden, meinst nicht? Und was hast noch gelesen?«

»Dass alles sozialisiert werden soll. Auch die ...«, er schluckte, »... die Weiber.«

Stöckl lachte schallend. »Die Weiber sollen sozialisiert werden? Woher hast denn des? Also ich hab das nirgendwo gelesen. Was soll denn das überhaupt heißen?«

»No, dass halt die Weiber jedem gehören sollen, der ... na, ders grad braucht.«

»Sag, woher hast des, Schorsch? Alles was recht ist.«

Wallner kramte ein Flugblatt hervor. »Da. Lies selber.«

Stöckl nahm es interessiert entgegen und überflog es. Er wurde wieder ernst. »Kinderei. Wer verteilt denn so was?«

»Vorhin, auf dem Markt. Der Gassner vom Hallberg hats mir gegeben.«

»Aus der Eck also? Na dann. Man darf nicht alles glauben, Schorsch.«

Der alte Gendarm nickte. Dann zeigte sich ein Grinsen auf seinem breiten Gesicht. »Also, wenn ich mir vorstell«, sagte er lachend, »dass einer meine Alte sozialisieren möcht, dem gings wahrscheinlich schlecht!«

»Also, was hat er jetzt gewollt, der Inspektor aus München?«

Wallner sah auf den Zettel mit seinen Notizen. »Nach einer jungen Frau aus unserem Bezirk ist die Fahndung ausgeschrieben. Es sei möglich, hat der Inspektor gemeint, dass sie an ihren Geburtsort zurückgekehrt ist und sich hier versteckt hält.«

Stöckl machte eine besorgte Miene. »Aha? Und wer soll das sein?«

»Die Riemer Jule.«

»Riemer? Vom Riemerlehen in der Gnotschaft Hallberg droben? Ist das eine Schwester vom Riemer?«

Wallner bestätigte nickend. »So ist es. Dass wegen der was sein sollt, kann ich mir nicht vorstellen. Ich kenn sie von früher. Die ›Feldstein-Jule‹ hats bei uns immer geheißen.«

»Wie kommt sie zu dem Namen?«

»Man hat sich erzählt, dass sie einmal, wie sie als kleines Mädchen zum Steineklauben aufs Feld geschickt worden ist, gefragt hätt, wozu das gut sei. Worauf ihr wohl gesagt worden ist, das tät man halt deswegen, dass wieder was wachsen kann. Im Jahr drauf, wieder beim Steineklauben, da hätt sie auf einmal den Kübel hingeschmissen und die Großen angeschrien: Ihr lügts mich ja an, ihr lügts mich ja an! Und wie die anderen sie fragen, warum sie sie denn anlügen, hätt sie zum weinen angefangen und gesagt: Es sind ja bloß die Steine, die wachsen!«

Wachtmeister Stöckl hatte interessiert zugehört. Er mochte die Art, wie Wallner erzählte. »Und dann …?«

»Na, dann hat sie alles natürlich ausgelacht. Aber der alte Riemer, was ja ein grundguter Mensch gewesen ist, soll sie verteidigt und gesagt haben, dass sie so unrecht gar nicht hätt. Aber der Nam, der ist ihr geblieben.«

Stöckl nickte lächelnd. Dann wurde er wieder ernst. »Und die Feldstein-Jule wird jetzt gesucht wegen was?«

»Tja. Wegen was. Ich kanns gar nicht glauben. Wegen einer Mordgeschicht.«

Stöckl schnalzte mit der Zunge. »Da schau her.«

»Nicht, dass sie selber jemanden umgebracht hätt, aber sie muss was damit zu tun haben, hat der Inspektor gemeint, und besonders verdächtig sei halt, dass sie nach der entsprechenden Geschicht abgehauen ist. Mehr hat er mir nicht sagen wollen. Oder können. Außerdem war auf einmal die Leitung unterbrochen. Seither ist sie tot. Die Leitung, mein ich.«

Stöckl wiegte besorgt den Kopf. Er erhob sich und nahm an seinem Schreibtisch Platz. »Eine ernste Sach!«, murmelte er.

»Wegen Mord …?«

»Es wär nicht das erste Mal, dass ein junges Ding in der Stadt unter die Räder gekommen ist«, meinte Wallner bedrückt, »aber bei der Feldstein-Jule kann ichs mir so gar nicht vorstellen.«

Stöckl sagte nichts. Auch Wallner schwieg. Nur das beruhigende Ticken des Regulators war zu hören.

Stöckl stand auf und ging langsam zum Fenster. »Sag, Schorsch, haben die noch Schnee in Hallberg droben?«

Wallner bejahte. »Da oben ist noch Winter.«

Stöckl sah wieder aus dem Fenster. Am Hohen Götschen stauten sich dunkle, regungslose Wolken und verdeckten das Oberland. Gegen Westen bildeten sie einen seidigen Schleier, hinter dem die gewaltigen eisgrauen Kegel des Totkönigs in den Himmel ragten. Feine Graupel tanzten vor der Scheibe.

Stöckl streckte sich und drehte sich um. »Also dann, Schorsch«, sagte er mit ernstem Gesicht, »wie packen wir es an? Du bist schon doppelt so lang wie ich in Perthenzell, und du kennst dich in Hallberg droben aus.«

Wallner überlegte kurz. »Wenn sie tatsächlich hier ist, dann gibts nur eines: Sie ist bei ihrem Bruder untergekrochen.«

»Das denk ich mir auch. Aber in dem Fall müsst sie doch mindestens einmal gesehen worden sein?«

»Ist nicht gesagt. Der Riemer ist in letzter Zeit recht sonderbar geworden. Er geht kaum noch aus dem Haus. Obwohl … das Riemerlehen ist zwar ganz hinten am Berg, aber so versteckt kann ein Hof gar nicht sein, dass die Nachbarn nicht mitkriegen, was drauf vorgeht. Das Steinhauslehen ist dem Riemer am nächsten. Wenn jemand was gesehen hat, dann kann es nur der Steinhauser sein. Ich hab ihn vorhin ins Gasthaus Post hineingehen sehen. Da wird er noch sein.«

»Dann wirds zuerst am gescheitesten sein, du fragst ihn ein bisserl aus.«

Wallner war nicht sehr begeistert. »Das muss ich wohl, was? Aber viel lieber tät ich hier im Warmen bleiben.« Er stand auf und griff nach seinem Umhang. Bevor er seinen Helm aufsetzte, zog er sich eine schwarze Zipfelmütze übers Haar. »Es ist zwar untersagt und schaut saublöd aus«, erklärte er mit trotzigem Grinsen, »aber wenns so kalt ist, ist mir das wurscht.«

»Schorsch, du wirst ja gar noch ein Revolutionär auf deine alten Tag!«, sagte Stöckl mit gespielter Besorgnis.

»So ists. Was die Münchner können, bringen wir Perthenzeller noch allweil zusammen!«

39

Mehr als eine Viertelstunde war nicht vergangen, als der alte Gendarm wieder zurückkehrte. Er stampfte sich den Schneematsch von den Schuhen und fluchte.

»Und? Was hat der Steinhauser gesagt?«

»Nichts hat er gesagt. Ich sollt selber nachschauen, wenns mich interessiert, meint er, und ist sogar recht patzig geworden dabei. Allerdings ist auch der Müllner vom Hallberg daneben gesessen, der ein wenig moderater gewesen ist. Er meint, dass vom Riemer keiner was Genaues wüsst und er schon seit Tagen nicht mehr aus dem Haus gehen tät. Es soll ihm nicht gutgehen, heißt es. Und, was tun wir jetzt? Doch nicht mit dem ... bei dem Wetter?«

»Was sonst, Schorsch. Hast eine bessere Idee?«

»Hab ich«, brummte Wallner. »Dableiben! Mir gefällt die Sach nicht.«

40

»Nein, die gefällt mir wirklich nicht!« Wachtmeister Wallner war ins Schwitzen gekommen. Schon ab der Hälfte des Weges hatten die beiden Beamten von ihren Fahrrädern absteigen müssen. Je höher sie kamen, desto mühevoller war es geworden, auf der schneebedeckten Straße vorwärtszukommen.

»Und nachher? Was ist, wenn wir sie tatsächlich bei ihrem Bruder gefunden haben?«

»Dann muss sie auf München geschafft werden«, antwortete Wachtmeister Stöckl sachlich. Er bewegte sich mit ruhigen, bedachten Schritten.

Im Gegensatz zu seinem Kollegen schien ihm die Anstrengung wenig auszumachen.

»Aber wenns dort tatsächlich drunter und drüber geht?« Wallners Atem rasselte. »Wer weiß, was dieser Inspektor für einer ist? Und was ist, wenn er sie bloß wegen irgendeinem politischen Blödsinn …?«

»Es geht um Mord, hat der Inspektor doch gesagt, oder? Ein Blödsinn ist so was ja wohl nicht.«

»Schon. Aber er hat nicht erwähnt, an wem.«

»Das muss uns ja auch nicht interessieren. Was meinst eigentlich damit?«

»No ja«, ächzte Wallner, »man hat halt heutzutag das Gefühl, als tät sich alles umdrehen …«

»Ich versteh dich immer noch nicht ganz, Schorsch.«

»No, schau: Die Geschicht mit dem Präsidenten. Da sagen die einen, dass es ein Mord gewesen ist. Die anderen aber lassen gleich eine Mess lesen vor lauter Freud. Was also wars jetzt?«

Stöckl hielt an und sah seinem Kollegen streng ins Gesicht. »Was das war, Schorsch? Das fragst mich?«

Wallner wich seinem Blick aus und schob das Fahrrad weiter. Stöckl folgte ihm. »Mord war es. Nichts anderes.«

»Ich … ich hab ja bloß gemeint. Nein, trotzdem, mir gefällt die Gschicht überhaupt nicht.«

Endlich hatten sie das Dorf erreicht. Sie stellten ihre Fahrräder beim Gasthof Moritz ab und gingen zu Fuß weiter. Auf dem Grat der Anhöhe, hinter der das Riemerlehen verborgen war, trennten sie sich. Wallner stapfte allein auf das Gehöft zu.

Der Riemer war alarmiert vor das Haus getreten.

»Habe die Ehre, Hans!«, grüßte Wachtmeister Wallner freundlich.

»Was hat Er beim Riemer heroben zu suchen?«, fragte der Bauer finster. Der Gendarm wand sich.

»Mir ists ja selber zwider, Riemer. Aber ich hab eine Such nach deiner Schwester, der Jule.«

»Die ist auf München«, entgegnete der Bauer schnell und wollte sich schon wieder abwenden.

»Mir ists ja wirklich arg zwider«, wiederholte Wallner, »aber ich muss nachschauen. Geh weiter, lass mich rein.«

Der Bauer stemmte seine Arme in die Hüften. »Wird dem Riemer jetzt nichts mehr geglaubt?«

»Machs mir nicht noch ärger, Hans, und lass mich nachschauen. Ich tu ja auch bloß, was ich tun muss.«

Stöckl hatte sich währenddessen von der Waldseite an das Gehöft herangeschlichen. Eine niedrige Holzscheune trennte das Gebäude vom Hang. Der Wachtmeister näherte sich gebückt. Seine Schritte waren im Schnee fast unhörbar.

Das Mädchen kauerte hinter einem Stapel von Baumstämmen und lauschte dem lauter werdenden Streit vor dem Haus. Es war leicht bekleidet und schien zu zittern.

»Jule!«

Ihr Kopf flog herum. Sie sprang auf und rannte auf den Wald zu. Mit wenigen Schritten hatte Stöckl sie erreicht.

Als er sie vor das Haus führte, verfärbte sich das Gesicht des Bauern.

»Ihr seids zwei ganz Raffinierte«, sagte er mit Verachtung.

»Wann sie sich nichts zuschulden kommen hat lassen, geschieht ihr nichts«, erklärte Wallner hilflos, »das garantier ich dir, Hans.«

41

Inspektor Gnott sah neugierig auf. »Schon zurück? Wie ich Sie kenn, haben Sie wieder halb München umgegraben. Was sagen die in der Zeitung?«

Kajetan setzte sich. »Der Schriftleiter meint, dass der Brief von einem Mitarbeiter, der sich seit Tagen nicht mehr habe sehen lassen, geschrieben worden sei.«

»Doch nicht schon wieder ein verschwundener Journalist?«, stöhnte Gnott.

Kajetan berichtete ihm von seinen anderen Besuchen. Gnott kniff die Augen zusammen. »Beim Lohmann waren Sie? Was wolltens denn von dem?«

»Ich hab versucht, das zu tun, was Meininger bei seiner Recherche vermutlich auch getan hat, nämlich den Urheber des Gerüchts aufzutreiben. Natürlich hat Lohmann abgestritten, dass Meininger bei ihm war. Und so, wie er das getan hat, nehm ich ihm das sogar ab.«

»Sie dachten also, dass Meininger im Grunde nicht mehr danach gesucht hat, ob an diesem Gerücht etwas Wahres ist, sondern …«

»Genau. Er muss auf eine andere Sache gestoßen sein. Etwas, was mit dem Auftrag der Münchner Zeitung nichts mehr zu tun hat.«

»Das vermuten Sie«, meinte Gnott zweifelnd. Kajetan nickte.

»Und was gibts bei Ihnen Neues, Herr Kollege?«

»Eine gute Nachricht. Sie könnens sich sparen, den Dichterkönig zu besuchen. Er hat erfahren, dass Meininger erschlagen worden ist, und hat sich beim Herrn Rat danach erkundigt. Nach dem, was der mir gesagt hat, scheint ihn die Sache ziemlich mitgenommen zu haben. Als Täter scheide er aus, behauptet der Herr Rat. Er wisse mit Sicherheit, dass Raths in der Mordnacht bis um drei Uhr in der Früh bei einer Konferenz im Kulturministerium gewesen sei. Der Minister Heßstätter sei ebenfalls dabei gewesen.«

»So. Und was ist die weniger gute Neuigkeit?«

»Wies Ihnen denken können, ist der Klepsch nicht freiwillig bei der Tür hereingekommen und hat ›Grüß Gott‹ gesagt. Dafür bin ich selber zu der Christine, seinem Gspusi.«

»Und? Was ist mit Schanis Alibi?«

»Das scheint in Ordnung zu sein. Es deckt sich genau mit den Angaben, die auch der Wirt gemacht hat.«

»So.« Kajetan sah enttäuscht auf die Tischplatte.

»Noch was, übrigens«, fügte Gnott hinzu, »ab jetzt bekommt jeder Beamte einen Soldaten als Aufpasser, wenn er außerhalb der Direktion zu tun hat.«

»Zu unserem Schutz natürlich.«

»Sie sagen es«, stimmte Gnott giftig zu. »Aber vielleicht sind wir noch mal ganz froh drum?« Er stand auf. »Ich hab jetzt einen Mordshunger. Beim Bäcker in der Neuhauser Straße wirds doch noch was geben. Was meinens?«

»Wenns bei ihm hinten reinschleichen, bestimmt.« Kajetan grinste anzüglich.

Gnott sagte, dass er es versuchen wolle.

Kaum hatte er den Raum verlassen, läutete das Telefon. Schriftleiter Löw meldete sich.

»Gott sei Dank geht das verfluchte Telefon jetzt wieder. Einmal ist die Leitung tot, dann wieder nicht. Und wenns grad einmal funktioniert, dann sind Sie nicht da!«

»Was gibts denn, Herr Löw?«

»Noch zu meinem vorherigen Anruf, Herr Inspektor. Meiningers Besuch im Archiv hat noch im Februar stattgefunden. Zwei Tage vor der Ermordung des Präsidenten.«

Kajetan war überrascht. »Der Meininger war also doch bei Ihnen?«

»Natürlich. Das sagte ich ja bereits. Er hat um Archivnutzung gebeten, was ihm als auswärtigem Kollegen nicht ausgeschlagen wurde.«

»Wann haben Sie mir das erzählt?«

»Nicht Ihnen, Ihrem Kollegen habe ich das doch vorhin gesagt. Hat er es nicht weitergegeben?«

»Nein.«

»Seltsam. Na, er hat es wohl vergessen. Ich dachte nur, dass es vielleicht nicht unwichtig ist.«

»Wirklich nicht!«, stimmte Kajetan zu. »Wonach hat Meininger denn gesucht?«

»Das habe ich Ihrem Kollegen ebenfalls gesagt. Nach Auskunft unserer Archivarin hat er sich eine Biographie des Präsidenten geben lassen. Und nun dachte ich, dass es vielleicht von Bedeutung ist, wann dieser Besuch stattgefunden hat. Betreut hat ihn übrigens der Herr Manz.«

»Ist der mittlerweile aufgetaucht?«

»Nein. Leider. Er scheint nicht mehr in München zu sein.«

Kajetan bedankte sich und legte nachdenklich auf.

Seit wann war Gnott vergesslich?

Eine Gelegenheit, ihm von Löws Anruf zu berichten, hätte es doch gegeben? Und dessen Nachricht, das musste auch Gnott erkannt haben, bedeutete, dass Meininger schon zu einem sehr frühen Zeitpunkt gewusst hatte, dass das Gerücht jeder Grundlage entbehrte. Trotzdem schien er weitergeforscht zu haben.

Doch wonach?

Kajetans Blick fiel auf ein zusammengefaltetes Stück Papier, das auf dem Boden neben Gnotts Schreibtisch lag und das dieser verloren haben musste. Gedankenverloren griff der Inspektor danach, entfaltete es und betrachtete es ratlos. Gnott hatte seine Notizen stenografiert. Kajetan legte das Blatt auf den Schreibtisch seines Kollegen und lehnte sich zurück.

Obwohl er sich dagegen wehrte, irrten seine Gedanken wieder ab. Er hatte lange über seine Liebe zu Irmi nachgedacht und festgestellt, dass Enttäuschung und seine Zweifel begonnen hatten, diese zu überdecken.

Er war nicht glücklich. Sie raubte ihm Kraft, und die Augenblicke, da er sich des Lebens freute, waren seltener geworden. Wenn er an sie dachte, vermischte sich seine Sehnsucht immer häufiger mit urplötzlichem, unbändigem Zorn. Er würde sich von ihr trennen, hatte er beschlossen. Es würde ihm schwerfallen, aber er sah keinen anderen Weg.

42

Unwillig hatte Irmi auf Kajetans Frage erklärt, dass sie von einem Streit zwischen Raths und einem Journalisten nichts wisse. Sie hätte außerdem keine Lust, jetzt über den Dichter zu sprechen. Als würde sie ahnen, was Kajetan ihr zu sagen sich vorgenommen hatte, saß sie still und niedergeschlagen am Tisch der Torggelstube. Ihr Glas berührte sie kaum. Kajetan war verwirrt; er fühlte, wie seine Wut schmolz.

»Was hast?«, fragte er kühl.

Sie sah zur Seite und seufzte.

»Ist wieder was mit deinem Dichter?«

Irmi senkte den Kopf. Sie holte ein Tuch aus ihrer Tasche und hielt es an ihre Nase. »Der … der dumme Mensch, der …«, schniefte sie nach einer Weile.

Kajetan lehnte sich zurück und betrachtete sie kalt. »Soll ich jetzt ein Mitleid haben? Hat er dich sitzenlassen?«

»Er hat mich nicht sitzenlassen. Überhaupt wars nicht so, wie du denkst …«

»Das glaub, wer will.«

Der Klang seiner Stimme schien sie betroffen zu machen. »Es war nie was … was Festes.«

»Was Lockeres, ich weiß. Wie du es gern hast, gell?«

»Er hat bloß gesagt, dass ein Mann in dieser Zeit allein sein muss.«

Kajetan lachte bitter auf. »Respekt!«, sagte er höhnisch. »Was den Herrschaften allerweil so einfällt. Da kann unsereins ja glatt noch was dabei lernen.« Er beugte sich vor. »Aber ich kenn dich langsam, Spatzl. Wie wars denn neulich mit dem Menschen von der Emelka? Der einen Filmstar aus dir hat machen wollen? Oder letztes Jahr der vom Theater? Der dir erst schöngetan hat und dem du den Arsch dann doch wieder zu weit unten gehabt hast?«

»Lass mich!«, zischte sie. »Ich … ich hass euch.«

»Wen?«

»Euch alle. Euch Mannsbilder.«

»Hör auf damit«, herrschte sie der Inspektor an. »Mir langts endgültig.« Er erhob sich und griff nach seinem Hut.

Sie sah ihn überrascht an, öffnete leicht den Mund und schüttelte ungläubig den Kopf.

»Was kannst du bös sein, Paule. Früher warst das nicht …«

»Hättsts anders haben können, Irmi«, sagte er schnell. Sie sah ihn noch immer mit dunklem Blick an. Ihre Brust hob sich.

»Ja, du hast ja recht«, erwiderte sie bedrückt und nickte langsam, ohne ihn aus den Augen zu lassen. »Ich versteh dich ja. Wer weiß, ob ichs selber mit einer wie mir aushalten tät.« Sie griff zögernd nach seinem Ärmel. »Komm, setz dich halt wieder. Es muss doch nicht gleich …«

Er wand sich heftig aus ihrem Griff. Sie schlug die Augen nieder. »Du … du willst gehn?« Dann sah sie langsam auf. Ihre Augen glänzten feucht.

»Paule …«, begann sie mit leiser, bittender Stimme, »… lass mich heut nicht allein nach Haus gehen. Ich … ich fürcht mich. Es ist schon so spät in der Nacht …«

Nein!!! Nein!!! Alles in ihm schrie vergeblich auf. Er setzte sich. Sie zog ihn sanft an sich.

»Du … du …«, stammelte er fassungslos. »Du bist einfach einmalig …«

Sie nahm sein Gesicht zärtlich in ihre Hände. Seine Brust schmerzte vor Seligkeit.

Doch nach wenigen Minuten war endgültig alles vorüber. Die anderen Gäste sollten hinterher berichten, dass ein kleiner, spitzbärtiger Mann weinend und wie vom Satan gehetzt, dabei Stühle umwerfend, das Lokal verlassen hatte. Andere, die näher am Tisch der beiden saßen, konnten verstehen, was die Frau zuvor dem Flüchtenden gesagt hatte. Sie hatte sich dabei nicht sonderlich bemüht, leise zu sein, und es schien gar, als hätte sie gewollt, dass man ihre Worte hörte.

»Das langt dir nicht? Du willst mehr, Paule? Was, Paule? Dass ich dir anhäng? Dich gar heirat? Zu was? Dass ich dir deine Fratzn aufzieh, deine stinkerte Wäsch wasch und deine Socken stopf? Hats dich eigentlich? Und wieso redst du mir allweil ein, ich wüsst nicht, was ich will? Bloß, weil ich nicht will, was dir passt? Willst du wissen, was ich wirklich will? Nein? Ich werds dir trotzdem sagen: Ich will ein Jemand sein! Ich will, dass da ein Respekt vor meiner ist, dass ich, Paule, ich angeschaut werd! Und nicht, dass über mich drüber geschaut wird wie über eine polierte Kommod und es heißt: Ganz hübsch die, die mit dem da gekommen ist! Weil ich nämlich auch ein Jemand bin, weil ich keinen brauch, von dem sein Glanz was auf mich fällt, weil ich nämlich selber leucht! Ich will fort aus dem Dreck, was diese Stadt dort ist, wo ich leb, ich will nicht mehr in meiner Kammer die Wanzen von der Wand kratzen und mir Tag um Tag im Kontor die Füß in den Bauch stehen müssen! Und du redst, dass du mehr willst? Noch mehr, als ich dir schon gegeben hab? Ich …«, dabei hatte sie mit der flachen Hand so heftig auf ihre Brust geschlagen, dass es ihr weh getan haben musste, und schließlich mit einer Mischung aus Zorn und Verzweiflung zu schreien begonnen, »… ich biet dir eine Schönheit in deinem mausgrauen

Leben! Ich biet dir ein Paradies! Das kriegt nicht ein jeder, Paule! Das ist was wert, das ist sogar viel wert! Und wenn dir das nicht langt, dann hau ab! Verschwind!«

43

In der Nacht hatten sich die schweren Wolken über dem Osten des Perthenzeller Tals aufgelöst. Es war wärmer geworden; von Gipfel zu Gipfel spannte sich ein gläsern blauer Himmel. Die Sonne hatte die Talsohle noch nicht erreicht, als Wachtmeister Stöckl und die Schwester des Bauern das niedrige Holzgebäude des Perthenzeller Bahnhofs betraten.

»Karten auf Achbruck könnens haben, Herr Wachtmeister«, hatte der Schalterbeamte ihn kurz abfertigen wollen, nachdem er einen fragenden Blick auf das Mädchen geworfen hatte.

»Ich möcht aber zwei auf München.«

»Ich sags Ihnen noch einmal: Ich kann nicht garantieren, dass noch ein Zug rauffährt. In München ist der Teufel los! Lesens denn gar keine Zeitung nicht? Was wollens denn mit einer Karte auf München, wenns bloß bis auf Achbruck kommen werden? Dann könnens wieder umkehren. So glaubens mir doch endlich!«

»Ich glaub erst was, wenn ich was seh. Und dann glaub ichs erst einmal auch noch nicht. Also, zwei Billetten auf München. Einmal hin und retour, einmal bloß hin. Und zwar Amtstarif. Ich mach nämlich durchaus keine Promenad.«

»Na, von mir aus«, lenkte der Beamte ein und griff in eine Schublade. »Aber Sie werdens schon sehen. Auf München kommt keins mehr rein. Die in der Stadt droben sind alle närrisch geworden. Wenn einer heut da noch rein will, spinnt der für mich.«

»Ich habs mir nicht ausgesucht«, sagte Stöckl, legte das Geld hin und nahm die Karten in Empfang.

Während der Fahrt schwieg das Mädchen. Der Wachtmeister ließ sie nicht aus den Augen, doch sie schien keine Anstalten zur Flucht zu machen. Wie auch schon einmal auf der Gendarmeriestation am Abend zuvor, hatte er sich vergeblich bemüht zu erfahren, weswegen sie gesucht wurde. Er hatte Wallners Bedenken durchaus ernst genommen, und er war insgeheim bereit, die Fahrt zu unterbrechen, wenn diese sich als berechtigt herausstellen würden.

In Achbruck erreichten sie in letzter Minute den einzigen Zug, der an diesem Tag noch nach München fuhr. Ein Trupp Soldaten mit roten Armbinden durchsuchte auf dem Heißenstetter Bahnhof die Waggons, behelligte aber niemanden. Nach Waffen suchten sie, antwortete einer der Soldaten auf die Frage eines Fahrgastes.

Schließlich fuhr der Zug in den Münchner Bahnhof ein. Als sie das Gebäude verließen, machte ein Wachsoldat darauf aufmerksam, dass sie für die Rückreise eine Berechtigungskarte beantragen müssten. Wenn sie wollten, könnten sie es auch gleich jetzt tun. Niemand wisse, ob der Zugverkehr weiter eingeschränkt werde. Stöckl spürte, dass der Soldat unruhig war. Irgendetwas schien in der Luft zu liegen.

Ein heftiger Aprilregen musste kurz zuvor über die Stadt niedergegangen sein. Das Pflaster glänzte schwarz und dampfte. In den Pfützen spiegelte sich der langsam aufreißende Himmel. Über den Dächern eilten buschige violette Gewitterwolken nach Norden.

Ein feiner, unregelmäßiger Wind strich durch die Straßen; am Stachus schien er kräftiger zu werden. Stöckl schlug seinen Kragen hoch und sah zur Seite. Jule ging schweigend und gleichmütig neben ihm her. Sie hatte ihre Hände in den Taschen ihres Mantels vergraben. Ihr Gesicht ließ keine Regung erkennen.

Der Wachtmeister, der vor dem Krieg schon einmal in München gewesen war, glaubte sich daran erinnern zu können, wo sich die Polizeidirektion befand. Auf dem Weg dorthin betrachtete er die ihm entgegenkommenden Menschen; er fand, dass sie und die Stadt sich geändert hatten. Der Verkehr hatte zugenommen, und die Straßen waren voller Passanten, die nun eine atemlose Unrast zu regieren schien. Eine eigentümliche Spannung lastete über den Bewegungen der Stadtbewohner. Viele machten einen ärmlichen Eindruck. Dennoch schien alles seinen geordneten Gang zu gehen. Als Stöckl einen falschen Weg eingeschlagen und sich nach der Ettstraße erkundigt hatte, wurde ihm freundlich Auskunft gegeben. Kurze Zeit später hatten sie die Polizeidirektion erreicht.

44

Inspektor Kajetan brütete vor sich hin. Er war übernächtigt, und er konnte sich nicht mehr daran erinnern, wie er in der vergangenen Nacht nach Hause gekommen war. Er kniff die Augen zusammen; sie schmerzten und waren gerötet. Erneut verließ er seinen Sessel, ging unruhig zum Fenster und wieder zurück. Kein klarer Gedanke gelang ihm; in Wellen stiegen Scham, Zorn und Enttäuschung in ihm auf.

Dann überwältigte ihn wieder stechende Sehnsucht.

Er straffte sich und fluchte leise. Es hatte geklopft.

Wachtmeister Stöckl nahm seinen Hut ab und grüßte freundlich. »Habe die Ehre. Sie sind der Inspektor Gnott?«

»Wachtmeister Stöckl? Kommens rein. Der Inspektor ist grad nicht da.« Kajetan stellte sich dem Wachtmeister vor und erklärte ihm, dass auch er an diesem Fall arbeite.

»Und wir zwei kennen uns ja bereits!«, wandte er sich an Jule. »Bitte, Herr Wachtmeister, nehmens doch Platz. Jule, du auch.«

Stöckl berichtete nun, wie die Festnahme vor sich gegangen war, und fügte hinzu, dass sich niemand in Perthenzell vorstellen könne, dass die Riemer Jule einen Mord begangen haben könnte und ob es denn wirklich Beweise dafür gebe.

»Deswegen haben wir sie auch nicht suchen lassen, Herr Wachtmeister«, beschwichtigte Kajetan, »obwohl sie sich durch ihr saudummes Fortlaufen verdächtig gemacht hat. Nein, ich brauche sie als Zeugin in dieser Sache.«

Stöckl erhob sich erleichtert und griff nach seinem Hut.

»Bleibens über Nacht da, Herr Wachtmeister?«, wollte Kajetan wissen.

Stöckl verneinte. »Ich werd noch ein bisserl herumspazieren, bis der Zug geht. Wissens, ich war vor dem Krieg eine Zeitlang in München.«

»Ist nimmer so wie früher, gell?«

»Ach«, winkte der Wachtmeister ab, »so kommts mir gar nicht vor. Freilich ist manches anders, aber ich habs mir schlimmer vorgestellt. Nach dem, was auf dem Land alles erzählt wird.«

»So? Was wird denn da erzählt? Dass man hohe Stiefel anziehen müsst, dass einem das Blut nicht bei den Knöcheln reinläuft?«

Stöckl lachte. »So ungefähr.«

Kajetan schmunzelte nun ebenfalls. »So schnell gehts nicht, glaub ich. Ich mein allerweil, dass den Münchnern für eine richtige Revolution das Bier viel zu gut schmeckt. Und erst wenn das einmal ausgeht, dann denkens darüber nach, dass sich was verändern müsste … Wo wollens denn hingehen? Vielleicht kann ich Ihnen den Weg erklären. Es ist doch schon eine Zeitlang her, dass Sie hier waren.«

Der Wachtmeister dachte nach. »Da hats einmal in Schwabing draußen eine Wirtschaft gegeben, den Giselahof«, sagte er verschmitzt, »mit einer blitzsauberen Kellnerin. Aber sie hat nichts von mir wissen wollen. Und ich hab mich damals nur damit getröstet, dass ich mir vorgestellt hab, dass sie, wenns älter wird, wie die anderen Kellnerinnen auch einen Arsch wie ein Bräuross kriegt. Geholfen hats damals zwar wenig, aber …«

Kajetan lachte. »Und das wollens sich jetzt anschauen, gell? Und was tuns, wenns nicht so ist?«

»Was wohl?«, brummte Stöckl gemütlich. »Dann hats auch

Pech gehabt. Dann fahr ich wieder heim zu meiner Alten und meinen fünf Bangerten. So schlecht hab ichs nämlich nicht erwischt. Auf Wiederschaun, Herr Inspektor.« Er wandte sich um. »Behüt dich Gott, Jule.«

Sie sagte nichts. Er verabschiedete sich.

45

»Nein«, erzählte Stöckl seinem Kollegen später, »das mit den sozialisierten Weibern scheint nicht zu stimmen, vielleicht tät sich das der Gassner selber wünschen. Überhaupt hat sich gar nicht so viel verändert in München droben. Die Städterer sind allerweil noch die gleichen Bazi. Wie ich nämlich in den Giselahof geh und von der alten Zeit träum (und, vergaß er zu sagen, vergeblich nach seiner früheren Liebe Ausschau gehalten hatte), da setzt sich auf einmal ein junger Bursch her, nachdem er zuvor wissen will, ob ich was dagegen hätt. Nein, sag ich, und Merci danke er. Wie die Kellnerin dann kommt, bestellt er sich einen Kaffee, und schon bald sind wir im schönsten Gespräch. Ein Gedichteschreiber sei er, hat er gesagt, und Romane, hat er gesagt, tät er auch schreiben und hat wirklich eine ganz feine Sprach auch gehabt und voller Sorg davon erzählt, wie schlimm ihn die Weltläuf doch angehn täten und überhaupt. Ich nick nur allerweil, trink mein Glaserl, er bestellt sich noch einen Kaffee und noch einen und dann, weil er mich so trinken sieht, auch noch ein Glaserl Wein, bis er auf einmal aufsteht und sagt, er müsst jetzt gehen und tät sich für die Einladung ganz exzellent bedanken. Was?, denk ich, aber bis ich mein Maul zu krieg, damit ichs wieder aufmachen kann, ist er schon draußen, und die ganze Wirtschaft zahnt mich an. Wie ich dann geh – kannst dir vorstellen, dass ich ganz hübsch grantig gewesen bin –, da sagt mir der Kellner, dass ich mir nichts denken soll und das sei tatsächlich ein Dichter, dem halt bloß keiner was abkauft. Der würd das meistens so machen, aber tun könnens nichts, weil hin und wieder kriegt er einen Haufen Geld von daheim, und dann würd er wieder die ganze Wirtschaft aushalten. Nein, Schorsch, deswegen sag ich dir: Es hat sich wirklich kaum was geändert in der Stadt. Und wenns morgen wieder so ein Flugblattl verteilen mit wer weiß was drauf, dann glaub ichs nur, wenn draufsteht, dass du im Giselahof zu Schwabing, wenn du da nicht aufpasst, beschissen wirst.«

46

Kajetan hatte nicht länger auf Gnott gewartet und mit der Vernehmung begonnen.

»Bevor ich dich frag, wieso du abgehauen bist, möcht ich dir sagen, dass es stimmt, was ich dem Stöckl erzählt hab. Ich hab dich nicht deswegen holen lassen, weil ich dir was will, sondern weil ich deine Hilfe brauch. Ich trau dir. Verstanden? Also, wieso bist du fort?«

Sie sah ihn verächtlich an und zuckte mit den Schultern.

Kajetan trat drohend näher. »Heut bin ich nicht in der Stimmung für ein Spiel, Jule.«

»Weil ... weil ich mich halt vor dem Schani gefürchtet hab.«

»Aha. Ich hab gedacht, ihr beiden habts was miteinander gehabt?«

»Das war schon fast aus, wie ich den Eugen kennengelernt hab. Er hat schon zuvor mit der Christine angefangen gehabt.«

»Die bei dir im Haus gewohnt hat?«

»Ja. Ich habs bald rausgekriegt. Das hätt er sich doch denken können, wenn ich mit ihr im selben Stockwerk wohn. Aber mir wars ganz recht. Ich hätts mir sparen können, das mit dem Schani.«

»Wie lang warst du mit ihm beieinand?«

»Nicht lang.«

»Wie lang, hab ich gefragt.«

»Ein halbes Jahr vielleicht.«

»Und mit dem Meininger hat es wann angefangen?«

Sie dachte nach. »Ende Februar hab ich ihn das erste Mal gesehen. Es ist schnell gegangen.« Sie lächelte in sich hinein.

Er sah sie prüfend an.

»Und… was hat der Schani dazu gesagt, dass du mit dem Meininger was angefangen hast?«

»Ach!«, rief Inspektor Gnott, der soeben das Büro betrat. »Wir haben einen Besuch? Den Flüchtling von Perthenzell?« Er setzte sich an seinen Schreibtisch, nachdem er das Mädchen neugierig gemustert hatte.

»Noch mal. Was hat der Schani dazu gesagt, dass du einen anderen hast?«, fragte Kajetan.

»Nichts hat er gesagt. Er hat getan, als täts ihn gar nicht mehr interessieren. Hat auch gestimmt.«

»Aber er hat von euch gewusst.«

»Am Anfang nicht, glaub ich. Doch dann wird er es wohl irgendwann gespannt haben.«

»Und der Eugen, hat der sich für seinen Vorgänger interessiert? Haben sie sich mal getroffen oder gar miteinander gestritten?«

»Getroffen hat ihn der Eugen bloß am Anfang, wie er noch öfter in die Wirtschaft gekommen ist. Und interessiert? Nein. Er hat bloß mal gefragt, ob der Schani früher Soldat gewesen sei. Er meint, er tät ihn von irgendwoher kennen. Frag ihn das halt selber, hab ich gesagt, aber das hat er nicht getan. So wichtig scheint es ihm nicht gewesen zu sein.«

Nun griff Inspektor Gnott ein. »Hat er Ihnen erzählt, was er herausgekriegt hat?«

Jule verstand nicht. »Was herausgekriegt?«

»Er hat doch für eine Zeitung gearbeitet. Das wissens doch, oder?«

»Freilich. Aber er hat nicht viel drüber geredet.«

»Und er hat Ihnen auch nicht irgendwelche Sachen gegeben?«

»Was für Sachen meinens denn?«

»Schriftstücke zum Beispiel.«

Sie schüttelte bestimmt den Kopf. »Nein. Das hat er alles bei sich gehabt.«

Gnott beugte sich vor. »Und wo?«

»Er hat ein Versteck im Boden gehabt, bei sich in der Wohnung.«

»Also verbrannt«, stellte Gnott fest. Dann fiel ihm etwas ein. »Aber da war doch noch ein Spezl. Könnt er dem vielleicht etwas gesagt oder gegeben haben?«

»Dem Wigg? Möglich wärs. Aber ich weiß es nicht.«

Gnott lehnte sich nachdenklich zurück. Kajetan hob die Hand. »Wie du den Schani kennengelernt hast, da war er doch noch Soldat, stimmts?«

»Ja. Bei den Roten.«

»Und? War er ein Überzeugter?«

»Kann schon sein.«

»Warum hat er dann aufgehört? Hat es ihm nicht mehr gefallen?«

»Doch«, antwortete sie. »Er hat mir früher einmal erzählt, dass er sogar den Präsidenten bewachen darf. Aber selber eine Wirtschaft haben, das hat ihn wahrscheinlich immer schon mehr interessiert.«

»Seit wann hat er das Albergo überhaupt?«

»Seit vier, fünf Wochen. Aber wozu ist das alles gut, was ihr von mir wissen wollt?«

Kajetan überging ihre Frage.

»Also zuvor ist er Soldat gewesen«, überlegte er laut, »und zwar bei der Republikanischen Schutztruppe. Und auf einmal wechselt er? Das kostet doch einen Haufen Geld, so eine Wirtschaft zu übernehmen. Das Albergo ist ja schließlich kein Bratwürstlstand.«

»Er hat, glaub ich, ein bisserl eine Erbschaft von einer Verwandten in Fürth gehabt, aber…«

»Aber was?«

»Er hat nie was von ihr erzählt gehabt. Alles, was ich von früher weiß, ist, dass er Schulden gehabt hat. Und zwar nicht wenig. Nie hats gereicht bei ihm.«

Kajetan verschränkte die Arme und wandte sich Gnott zu. »Was meinen jetzt Sie, Herr Kollege? Da ist einer vorher Soldat, wo er zwar sein Auskommen hat, aber bestimmt nicht viel auf die Seite legen kann. Und auf einmal wird er Pächter einer Wirtschaft, und zwar einer ziemlich gutgehenden, wenn auch nicht grad bei den Roten…«

»Ich hör Ihnen schon wieder kombinieren«, bemerkte Gnott unwillig.

»So? Da sinds jetzt aber gescheiter als ich.«

»Tuns nicht so. Ganz auf den Kopf gefallen bin ich auch nicht.« Gnotts Stimme klang eisig. »Da ist ein roter Soldat, der auf einmal zu Geld kommt und eine Wirtschaft pachten kann. Weiter: Ein kleiner Zeitungsschreiber schnüffelt ihm hinterher und kriegt was raus, was den Roten schaden kann. Bevor er aber Gelegenheit hat, das, was er rausgefunden hat, zu veröffentlichen, wird er… Hab ich recht?«

Kajetan hob seinen Zeigefinger. »Nicht ganz. Weil nämlich ein kleiner Haken dabei ist.«

»Und der wäre?«

»Er hat das Material nicht den Schwarzen angeboten, sondern der Nachtpost! Was aber eine rote Zeitung ist.«

»Richtig. Wenigstens tut sie so. Aber Sie wissen bestimmt schon, wie der Haken wieder grad wird.«

»Nein«, sagte Kajetan ehrlich. Gnott wurde ärgerlich. »Ich habs langsam dick, dass Sie einen dauernd für blöd halten.«

»Wieso?«, fragte Kajetan irritiert. »Seit wann? Jetzt hörens aber auf.«

»Sie denken doch bestimmt«, entgegnete Gnott ungeduldig, »dass es da auch noch die anderen gibt, nämlich die Radikalen.«

»Den Spartakus?«

»Genau. Den Levermann und seine Genossen. Waren die nicht ebenfalls immer gegen den Präsidenten? Weil sie, solang es ihn gegeben hat, nie recht auf die Füße gekommen sind?«

»Darüber hab ich noch gar nicht nachgedacht«, gab Kajetan anerkennend zu. »Es stimmt aber, was Sie sagen. Warum hab ich nie in diese Richtung gedacht?« Kajetan überlegte. »Ich weiß, warum!«, rief er plötzlich aus. »Abgesehen davon, dass Schanis Rolle bei der Geschichte noch immer nicht ganz klar ist, hat mich die ganze Zeit irritiert, dass er die Wirtschaft gekriegt hat. Die Roten gehen zwar gerne in die Wirtschaften, vergeben aber normalerweise keine Pachtverträge für vaterländische Wirtschaften. Gut, dass er bei seinem Gspusi, der Christine, war, wie Meiningers Haus in Brand gesteckt worden ist, spricht wiederum dagegen, dass er damit etwas zu tun hat.«

Kajetan führte seine Hände an die Schläfen. »Trotzdem«, fuhr er nachdenklich fort, »für mich steht immer noch nicht fest, ob nicht auch die andere Seite …«

»Was?«

»Na, so viel hab ich zumindest schon rausgefunden, dass die Schwarzen und die Konservativen nicht davor zurückschrecken, einen um die Ecke zu bringen. Wieso sollten sie den Meininger zufriedenlassen, wenn er ihnen gefährlich wird, weil er etwas herausgebracht hatte, was ihnen schaden könnte?«

»Interessant. Und was?«

»Es muss mit dem Mord am Präsidenten zusammenhängen. Was wäre, wenn heute herauskäme, dass der Graf Arco kein verwirrter Einzeltäter gewesen ist? Ich mag gar nicht dran denken! Die Stadt täts zerreißen! Die gesamte Bourgeoisie und Aristokratie müsst um ihr Leben fürchten.«

Gnott zog die Augenbrauen nach oben. »Und was wär auf der anderen Seite«, fragte er spöttisch, »wenn rauskäm, dass der Doktor Levermann seine Finger bei dem Attentat im Spiel gehabt hat? Wer wars denn, der nicht auf die Höh gekommen ist, weil der Präsident eine so starke Position gehabt hat? Und wer ist heut kurz davor, die Macht zu übernehmen? Der Doktor Levermann und seine Genossen! Tja, jetzt wärs halt schön, wenn der schlaue Meininger noch auf der Welt wär, gell? Er hätts uns gesagt.«

»Das wär schön, ja. Ist er aber nicht.«

Sie hatten das Mädchen nicht mehr beachtet. Ein unmenschliches Stöhnen ließ die beiden Beamten herumfahren. Hart krachte Jule auf den Boden auf und blieb reglos liegen.

»Um Gottes willen!« Kajetan stürzte auf sie zu, hob ihren Oberkörper an und schüttelte sie. »Hast du es nicht gewusst, Jule?« Er sah zu Gnott. »Schnell. Holens rasch den Doktor!«

Der Inspektor verließ hastig den Raum. Kajetan schüttelte das Mädchen wieder. Nach einer Weile öffnete es die Augen. »Ist … er … tot?«

Kajetan nickte. »Du hast es noch gar nicht gewusst?«

Sie schüttelte benommen den Kopf. Ihr Gesicht verzerrte sich vor Schmerz. Tränen liefen über ihre Wangen. »Nein …«, schluchzte sie, »… ich … hab doch auf ihn gewartet … Er hat gesagt … wenns gefährlich wird für ihn, treffen wir … uns bei meinem … Bruder …«

Sie würgte und konnte nicht mehr weitersprechen. Ihr Körper krümmte sich. Zitternd klammerte sie sich an ihm fest.

Endlich trafen zwei Sanitäter ein.

Als sie und Jule den Raum verlassen hatten, richtete sich Kajetan auf. Er fühlte sich noch immer erschöpft. Die Ahnung jedoch, der Lösung des Falls nahe zu sein, ließ ihn die Müdigkeit vergessen.

47

»Wo möcht Er hin?« Der Soldat vor dem Portal des Polizeidirektoriums hielt seine Hand vor Kajetans Brust.

»Zu Ermittlungen, wenns recht ist. Oder ist die Polizei schon abgeschafft? Sagt einem ja keiner was.«

»Spar dir deine Spaßettl. Kein Polizist geht mehr ohne Begleitsoldaten. Meint Er, dass Er eine Ausnahm ist?«

»Von mir aus«, seufzte Kajetan. »Wenns meinen.«

»Red nicht so dumm daher«, fauchte der Bewaffnete. »Xare!«

Ein großgewachsener, schlanker Bursche in schlechtsitzender Uniform löste sich aus einer Gruppe von Soldaten, die sich vor dem Portal der Polizeidirektion aufgehalten hatte. »Xare, du gehst mit dem Wachtl da mit, hast mich?«

Der Soldat nickte gleichmütig und schulterte sein Gewehr. »Wo willst denn hin, Schandi?«

Kajetan unterdrückte seinen Ärger. »Kriminalinspektor Kajetan, wenn der Herr General erlauben.«

Xare lachte gutmütig. »Nichts General. Ich bin bloß der Xare von der Schwanthalerhöh. Geh weiter, vertragen wir uns. Hat doch keinen Taug.«

Der Inspektor war noch nicht ganz versöhnt. Er wäre lieber alleine geblieben. Er überlegte kurz. Dann lenkte er ein. »Also gut, gehen wir. Ich hab am Platzl drunten zu tun.«

48

»So, Inspektor, da wären wir. Und, was machst jetzt da?«

Kajetan senkte die Stimme und tat verschwörerisch. »Jetzt müssen wir uns da in diese Weinstube setzen.«

»Zu was nachert des?«

»Ein Betrugsfall. Drüben in der Maximilianstraße wohnt ein Mann, der der Waffenschieberei verdächtigt wird. Wir haben gehört, dass er jeden Tag um diese Zeit hier einkehrt.«

Xares Interesse hielt sich in Grenzen. »Von mir aus«, sagte er gleichgültig.

Sie betraten das düstere, fast leere Lokal und nahmen an einem der Holztische in der Nähe des Eingangs Platz. Von einem Tisch gleich beim Küchenzugang erhob sich eine mächtige, mütterlich wirkende Kellnerin und setzte sich wogend in Bewegung.

»Was derfs sein, die Herren?«

Kajetan bestellte ein Glas Rotwein. Die Kellerin nickte und sah auf den Soldaten. Dieser jedoch hob die Hand.

»Nichts.«

»Geh weiter. Hast kein Geld?«, wunderte sich Kajetan.

Xare nickte und zuckte mit den Schultern.

»Geh, ihr kriegts doch einen Sold?«

»Schon«, antwortete Xare und tat sorgenvoll.

»Aber wieso hast dann kein Geld?«

»So halt.«

Kajetan begriff. »Noch einen«, wies er die Kellerin an, die

daraufhin wieder an die Schänke ging. Xare grinste. »Merci, Inspektor.«

Wenig später standen zwei Gläser auf dem Tisch. Die beiden Männer wünschten sich ein Wohlsein und tranken. Xare schnalzte mit der Zunge, grunzte zufrieden und sah den Inspektor freundlich an.

»Ist es allweil so kommod bei der Polizei?«, fragte er. »Dann will ich auch lieber ein Wachtl sein.«

Kajetan nickte ernst. »Allweil, Xare!«

Sie grinsten sich an. Xare nahm wieder einen kräftigen Schluck.

»Aber du scheinst dich ja auch grad nicht zu derrennen. Was hat dich denn eigentlich zu den Roten verschlagen?«

Xare sah ihn mit gespielter Empörung an. »Ein Verhör ist des aber nicht, gell?«

Kajetan wehrte schmunzelnd ab. »Nein. Das tät ich mich gar nicht trauen. Du bist mir viel zu raffiniert.«

»Stimmt«, bestätigte Xare. »Aber wennst mir schon den Wein zahlst, meinetwegen: Es ist zweng dem Geld, dass ich dabei bin. Weil meine Leut daheim was zum Essen brauchen. Und die Roten zahlen anständig. Wo sies herhaben, ist mir wurscht.« Er trank einen Schluck und fuhr fort: »Gern bin ichs nicht. Wer vier Jahr im Feld war und wem das allweil noch nicht langt, der hat sich entweder einen Kopfschuss eingefangen oder einen Stall Kinder zu füttern. Von einem Kopfschuss wüsst ich nichts, aber wer mir daheim die Ohren vollplärrt, das weiß ich schon.«

Kajetan verstand. »Also bist nicht aus Überzeugung dabei.«

»Da liegst wieder verkehrt«, entgegnete Xare. »Zahlen könnt ich mich immerhin auch von den andern lassen, oder?«

»Richtig. Das heißt also: Ein Roter bist schon, aber halt nicht gern Soldat.«

»Ein Kriminaler, wie er im Büchl drinsteht. Respekt«, spottete

Xare. »Aber nichts für ungut. Hie und da muss ich ein bissel boshaft sein. Und ich mag die Ausfragerei halt nicht so.«

»Das war kein Ausfragen, Xare. Ich will bloß wissen, was mit den Leuten los ist. Wennst mit ihnen reden möchtst, denkens gleich weiß Gott was …«

»Hast ja recht«, gab der Soldat zu, »aber heut bin ich schon einmal mit einem von euch unterwegs gewesen. Der wollt auch allerlei Zeugs wissen. Wie die Stimmung wär unter den Soldaten. Gut, sag ich ihm. So?, hat er gemeint, wirklich wahr? Ob er mir noch einen Schoppen ausgeben dürft? Da sag ich nicht nein, erwider ich. Drauf er: Was ich denn so mein, wie viel von uns dabeibleiben bei der Sach, wenn die Preußen in München einmarschieren, wies überall heißt. Allesamt, sag ich, und er kriegt ganz runde Augen. Ja so! Na so was!, meint er. Aber ihr habts doch viel zu wenig Bewaffnung? Zu wenig?, frag ich ihn. Na freilich, sagt er, was habt ihr denn, ihr habts doch nichts, außer die paar Gewehre. Sag ich: Da wennst dich nicht täuschst. Meinst?, fragt er und bestellt mir noch einen Schoppen. War ein gutes Tröpferl, muss ich zugeben.«

»Besser als der da?« Kajetan lächelte. Er mochte den Jungen.

»Da hat er sich ausgekannt!«, erwiderte Xare mit Bestimmtheit. »Aber dann wars mir zu dumm. Ich dürft keine Geheimnisse weitersagen, hab ich erklärt, sonst gehts mir an den Kragen. Geh, tu nicht umeinand, sagt er, wir sind doch alle zwei praktisch beim Staat, da wird man doch reden können. Von ihm würd doch keiner was erfahren. Na, na!, sag ich, da kommts allerweil noch drauf an, von welcher Regierung! Ja, blast er sich auf, von der Räteregierung, von was für einer denn sonst? Ob ich mein, dass er vielleicht was mit den Bamberger Halunken zu tun hätt. Ach woher!, erwider ich. Das sieht einer doch gleich! Und so ists in einer Tour dahingegangen. Kurzum: Erfahren hat er nichts, und ich hab meinen Wein gekriegt, gell? Und jetzt frag mich auch noch was«, sagte der Soldat grinsend, »weil ich nämlich noch einen Durst hab.«

»Respekt, Xare. Von dir kann einer glatt noch was lernen.«

»Gell? Man tut, was man kann, ned wahr. Mach nur zu, Inspektor! Ich erzähl dir alles, wasd wissen willst.«

»Und alles ist wahr.« Kajetan nickte.

»Auf Ehr, Inspektor.« Xare lächelte verschmitzt.

Kajetan betrachtete ihn, und der Soldat wich seinem Blick nicht aus.

»Ja …«, begann der Inspektor zögernd, »… ich möcht dich schon was fragen. Es tät mich echt interessieren, und ich möcht auch keinen Witz hören. Und auch nicht, wie viel ihr seid und wie viel Gewehre und Geschütze ihr habt, weils eh jedes Kind in München weiß, nachdems ihr vor ein paar Tag so eine famose Parade auf der Ludwigstraße abgehalten habt.«

»War eine Dummheit, ja«, gab Xare ernst zu. »Also? Frag?«

»Warum bist du dabei? Was soll rauskommen bei dem Zinnober, dens ihr anrichtets? Ich kenn mich nicht mehr aus, und ich möchts gern.«

Der Soldat sah den Inspektor prüfend an. Dann zuckte er mit den Schultern. »Ist doch ganz einfach.«

»Grad neidisch könnt einer werden, wenn bei dir alles so einfach ist.«

Xare atmete hörbar aus. Er wirkte plötzlich müde. »Mei …«, begann er schließlich, »… schau, es gibt halt solcherne und solcherne auf der Welt. Da gibts die, denen alles gehört und die alles zum Sagen haben, sogar, dass sich unsereins zusammenschießen lassen darf, und die jeden Tag einen Kaviar fressen. Dann gibts die, denen nichts gehört und die nichts zum Sagen haben und die schon froh sind, wenns einmal einen warmen Leberkäs kriegen.

Des hat aber nicht unser Herrgott so gemacht, sondern des hängt damit zusammen, dass die einen für die anderen die Arbeit tun. Das ist unrecht. Da bin ich eher praktisch. Was wär da dran jetzt so kompliziert? Dazu braucht einer nicht einmal auf die Schul gehn.«

Kajetan hatte nachdenklich zugehört. »Blöd bist nicht«, sagte er anerkennend.

Xare schaute ihn stirnrunzelnd an. »Von dir weiß ichs noch nicht, Inspektor. Aber jetzt hören wir auf mit den Sachen.« Er wurde versöhnlicher. »Das ewige Gründeln macht einen ja ganz damisch.«

»Nicht so schnell, Xare. Es klingt ja alles ganz patent, was du mir da sagst. Aber warum haben wir denn jetzt so einen Verhau, nachdems ihr dran seids? Alle drei Tag eine andere Regierung, da eine Demonstration, dort ein Putsch, dazwischen Kinder, die nichts mehr zu essen haben, Alte, die dahinsterben wie die Fliegen, weils kein Doktor mehr gescheit versorgt? Euer Achtstundentag – gut und schön. Aber die Leut haben ja gar keine Arbeit mehr. Warum hauts nicht hin? Warum, Xare?«

»Frag nicht so dumm«, brummte der Soldat verärgert. »Wennst ein bisserl praktisch denken tätst, wüsstest es selber. Weil sich der Mensch nicht mehr mit seinem Kracherl das Maul verbappen lassen will, wenn er einen anderen sieht, der so viel Schampus säuft, dass ers gar nicht mehr derbiseln kann. Der aber stemmt sich dagegen, dass ihm was abgenommen werden soll. Tät ich ja auch.«

»Aber ihr habts doch jetzt die Macht!«

Xare sah auf sein Gewehr. »Des ist keine Macht, wenn einer ein Gewehr hat«, sagte er nüchtern. »Es ist halt alles nicht so einfach zu machen, was einfach ausschaut. Und dann gibts wohl eine Sorte Mensch, die den anderen verrät …« Er kniff die Lippen zusammen. »Aber jetzt langts mir wirklich. Du machst einen ja ganz dasig mit deiner Rederei. Praktisch musst denken, praktisch.«

Kajetan nickte nachdenklich und sagte nichts. Dann erhob er sich. »Jetzt müsst ich glatt einmal aufs Häusl. Das werden die Roten ja wohl noch nicht verboten haben.«

»Freut mich, wenn wenigstens du gut aufgelegt bist«, brummte Xare und schmunzelte. »Nein, habens nicht. Weil das praktisch unmöglich wär.«

Kajetan ging langsam nach hinten. Er betrat den kleinen Abort und schob den Türriegel zu. Dann öffnete er hastig das Fenster, kletterte hinauf und zwängte sich durch die Öffnung. Ohne sich umzusehen, durchquerte er eilig einen kleinen Innenhof. Ein dunkler Durchgang führte auf einen zweiten Hof. Er war menschenleer; an einer Seite waren Schnüre gespannt, an denen Wäschestücke hingen, und aus einem halboffenen Fenster in einem der oberen Stockwerke klangen die Töne eines von ungeübter Hand gespielten Akkordeons. Kajetan amüsierte sich bei der Vorstellung, wie Xare auf ihn wartete, schließlich seine Flucht entdeckte und den Wein bezahlen musste. Er machte sich halt alles zu einfach, da mochte er so praktisch denken, wie er wollte.

Wieder führte eine Tür in einen schmalen, mit abgetretenen Steinen ausgelegten Flur. Nun waren schon die Geräusche der belebten Münzgasse zu hören. Der Inspektor hastete voran und zog die schwere alte Eichentür auf. Die Sonne war durchgebrochen; die Helligkeit blendete ihn.

»Ist Er also doch nicht in den Abort reingefallen. Da bin ich aber froh«, sagte Xare gemütlich und stellte sich ihm unmissverständlich drohend in den Weg. »Doch es macht nichts. Bei dir rührt sich wenigstens was.«

49

Raths war überrascht, als ihm die Notiz überbracht wurde, ein Kritiker des »Berliner Courier« würde gerne mit ihm über seine Pläne mit dem Prinzregenten-Theater, vor allem aber über sein Stück sprechen. Er bat seinen Sekretär, ihn bei der Sitzung des Presseausschusses zu vertreten, und eilte aufgeregt in das Foyer des Ministeriums, wo er von einem erfreut lächelnden, gutgekleideten Mann, der nur wenig älter schien als er, erwartet wurde.

In Berlin sei man auf ihn, Viktor Raths, hellhörig geworden, behauptete der Kritiker, denn die literarische Welt sei mittlerweile davon überzeugt, dass das moderne Theater neue Wege gehen müsse. Man erhoffe sich Impulse von seinem jüngsten Werk, über dessen Inhalt bereits eine Unzahl von Gerüchten in Umlauf seien. Könne er, Viktor Raths, der Öffentlichkeit nicht einige nähere Hinweise dazu geben?

Der Dichter versuchte zu verbergen, wie glücklich ihn dieser Besuch machte, wie sehr er sich geschmeichelt fühlte, dass der Courier einen Mitarbeiter zu ihm sandte. Bereitwillig war er damit einverstanden, das Gespräch in anregenderer Umgebung als im einschüchternden wie nüchternen Foyer des Ministeriums zu führen.

Die Luft hatte sich erwärmt, und ein tiefblauer Himmel spannte sich über den Odeonsplatz. In der frühlingshaften Luft zwitscherten Vögel. Die beiden Männer entschieden sich, einen kleinen Rundgang – mehr Zeit, sagte Raths, könne er sich leider wegen der Fülle seiner Aufgaben nicht nehmen – durch den Park an der Galeriestraße zu machen.

»Ich möchte das Stück einem jungen Mann widmen, welcher seine unerschrockene Wahrheitsliebe mit dem Leben bezahlen musste«, begann Raths und legte die Hände auf den Rücken. »Ich gestehe, dass er es war, der mich erst zu meinem Stück angeregte.«

»Wie war sein Name? Wie ist er gestorben?«

»Eugen Meininger, ein junger, hoffnungsvoller Journalist. Die Umstände seines Todes lassen angeblich sowohl Selbstmord als auch Mord vermuten, teilte man mir bei der Polizei mit. Aber ich muss Ihnen nicht sagen, in welchem Zustand sich die alte Wittelsbacher Polizei derzeit befindet, und Sie können sich auch vorstellen, dass die Klärung des Falls mit größter Gleichgültigkeit, ja mit Widerwillen betrieben wird. Ich habe sogar mit einem der ermittelnden Beamten Kontakt aufgenommen, bin aber auf eine Mauer des Schweigens und der Ignoranz gestoßen.«

»Das interessiert mich. Erinnern Sie sich an den Namen des ermittelnden Beamten? Vielleicht ist er gesprächiger, wenn der Courier …«

»Das glaube ich nicht«, unterbrach Raths ihn höflich, »doch wenn Sie meinen?«

Der Kritiker notierte den Namen des Kriminalbeamten. »Nun aber zunächst zu Ihrem Stück. Es soll dem aktuellen politischen Geschehen entnommen sein, kein Historienstoff also, und es soll ebenfalls kein ländliches Drama à la Doktor Andräe sein …«

Raths hatte gekünstelt aufgestöhnt. Der Journalist fuhr eilig fort. »… mit dem ich Sie um Himmels willen nicht degoutieren möchte! Sondern es soll den Kampf des Proletariats schildern.

Und es soll keine klassische Dramenstruktur haben, sondern – wie Sie es in Ihrer Rede vor dem Aktionsausschuss revolutionärer Künstler kürzlich forderten – mit neuen Formen experimentieren, in denen sich gewissermaßen ein investigatives Element mit aufklärerischer Scholastik verbindet.«

Der Dichter wirkte angestrengt und schielte verstohlen zu seinem Gesprächspartner. Er nickte mehrmals eifrig. »So ist es. So ist es.«

»Nun aber zum Inhalt. Ist es möglich, darüber bereits Auskunft zu geben?«

»Nicht im Detail. Sie verstehen. Die Sprengkraft der Aufführung würde leiden, wenn zu viel vorab veröffentlicht würde.«

»Selbstverständlich. Dennoch …«

»Ich muss auch frank und frei gestehen, dass ich – übrigens sehr zum Leidwesen meines Verlegers – die Abfassung noch nicht völlig abgeschlossen habe, was jedoch zum von mir beabsichtigten Prozess gehört.«

»Das bedeutet konkret?«

»Dass der Schluss noch nicht steht. Die Nähe zum aktuellen Geschehen zwingt mich, hier eine Lösung zu finden, die der Realität weitgehend entspricht. Das heißt, auch in Wirklichkeit ist das, was ich theatralisch vorstelle, noch nicht aufgelöst. Ich bin jedoch kurz vor dem Abschluss einiger Recherchen.«

»Ich verstehe. Nun, trotzdem muss aber doch wohl die grundsätzliche Anlage des Stücks bereits festliegen. Sie müssen also doch bereits über Materialien verfügen, die Ihnen zu erkennen gaben, dass in ihnen die nötige Dramatik enthalten ist.«

Raths nickte ernst. »Gewiss. Die gibt es. Und sie sind es, die ich meinem unglücklichen Freund verdanke. Er hat durch Zufall gewisse Informationen zutage gefördert, die Grundlage meiner Arbeit waren. Eugen Meininger war ein glänzender Rechercheur, ein leidenschaftlicher Journalist, ja, ein Besessener – leider nicht unbedingt jener begnadete Autor, der den nötigen künstlerischen Erfordernissen entsprochen hätte.«

»Ich darf vermuten, dass Sie das als den Ihnen entsprechenden Part reklamierten?«

Raths' Gesicht hatte sich leicht gerötet. Er zögerte mit der Antwort. »Letztlich, ja. Lassen wir es bei dieser Beschreibung. Diese Details sind nicht von großer Bedeutung.«

»Ich verstehe«, sagte der Journalist. Er machte einen kräftigen Strich durch seine Notizen. Der Dichter nickte beruhigt. »Sie nehmen mir aber hoffentlich nicht übel, wenn ich Sie nun doch bitten muss, mir zumindest etwas zum Inhalt dieser Materialien zu sagen. Welches reale Geschehen also bildet den dramatischen Kern?«

Raths überlegte, während er langsam und leicht gebückt, als würde ihn etwas bedrücken, auf dem sandigen, noch feuchten weichen Parkweg ging. Sie waren allein. Vom Lärm der Stadt war nur ein fernes Rauschen zu hören. Das Bimmeln der Glocke eines Feuerwehrwagens war kurz zu vernehmen, verlor sich dann aber; der Wagen musste von der Ludwigstraße in eine der Straßen der Maxvorstadt eingebogen sein.

»Es ist der Tod des Präsidenten«, begann er schließlich, »und die Hintergründe seiner Ermordung.« Er sah schnell zu seinem Begleiter, der jedoch nicht mehr als höfliche Neugierde ausdrückte und sich Notizen in einen kleinen Handblock machte.

»Aha?«, sagte er.

»Verstehen Sie nun, warum ich zögere, Näheres der Öffentlichkeit kundzutun? Ich kann Ihnen höchstens eine Skizze einer einzelnen Szene geben.«

»Ich bitte Sie sehr darum, lieber Herr Raths!«

Die beiden Männer bestiegen eine kleine Anhöhe im Park.

Der Dichter atmete heftig und fuhr sich unruhig durchs Haar. »Gut. Stellen Sie sich den Raum des Staatsanwalts vor. Sie sehen ihn, einen Beamten. Ihm gegenüber sitzt einer jener Männer, die nach dem Attentat als Verdächtige in Gewahrsam genommen werden. Der Staatsanwalt ist höflich – der zu Vernehmende gehört zur Aristokratie. Kein lautes Wort fällt, kein hartes. Das Gespräch ist beinahe freundschaftlich. Man kennt sich vermutlich, von einer festlichen Redoute, von gemeinsamen gesellschaftlichen Anlässen. Nun stellt der Staatsanwalt die Frage, ob sein Gegenüber – nennen wir ihn Prinz von T. …«

»… und T.? Liege ich richtig?«

Raths lächelte und nickte anerkennend.

»Dazu will ich mich im Augenblick aus naheliegenden Gründen nicht äußern. Nun, der Staatsanwalt stellt in fast entschuldigendem Ton die Frage, ob Prinz von T. an der Vorbereitung des Attentats beteiligt war. Natürlich weist dies der Befragte energisch zurück. Er könne zwar nicht abstreiten, dem Attentäter Graf Arco persönlich gelegentlich begegnet zu sein, er habe ihn jedoch seit vielen Wochen nicht mehr gesehen. Der Graf habe sich etliche Wochen vor seiner Tat zurückgezogen; hinzu komme, fügt der Prinz noch an, dass der Graf nicht gut angesehen gewesen sei. Er sei ein läppischer Drehkamerad gewesen, dessen Worte und Aufschneidereien niemand ernst genommen habe. Damit entlässt ihn der übereifrige Staatsanwalt, und er gibt ihm auch noch seine Verehrung für die Frau Gattin mit auf den Weg. Die Szene wechselt nicht. Nun wird der nächste Verdächtige hereingeführt. Auch er ein Mitglied des Adels und zusammen mit dem Prinzen Mitglied einer obskuren – so sagt der Staatsanwalt dies jedoch nicht – Loge, die sich der Pflege des Germanentums widmen würde. Und wieder dasselbe: Freundlichkeit, Höflichkeit, Rücksichtnahme. Und auch hier wieder die Frage nach der Verbindung zum Attentäter, welcher zu dieser Zeit noch schwerverletzt in einer Klinik liegt. Er habe den Grafen seit Wochen nicht mehr gesehen, sagt der Befragte, habe darauf außerdem keinen großen Wert gelegt, da es sich bei ihm um einen läppischen Drehkameraden gehandelt habe, dessen Worte man nicht ernst nehmen konnte. Auch diese Szene endet wie die vorige. Danach sehen wir wiederum, wie der Staatsanwalt einen Verdächtigen befragt. Auch er räumt ein, Mitglied des Thule-Ordens zu sein, den Grafen zwar gekannt, aber bereits seit Wochen nicht mehr getroffen zu haben. Worauf er auch keinen großen Wert gelegt habe, denn der junge Graf sei ein …«

»… läppischer Drehkamerad gewesen!«, ergänzte der Journalist. »Abgesprochene Aussagen! Dazu ziemlich einfältig und sofort durchschaubar! Wie geht es weiter, Herr Raths? Das ist ja ungeheuerlich? Das ist … das ist eine Bombe – wenn es stimmt! Stimmt es? Woher haben Sie diese Information? Es sind die Vernehmungsprotokolle, die von der Staatsanwaltschaft unter strengem Verschluss gehalten werden! Wie erhielten Sie Zugang zu diesen Informationen?«

»Es ist ein Geheimnis, das jener junge Mann mit ins Grab genommen hat. Ich sagte Ihnen ja, dass er ein Besessener war! Ich habe nicht mehr als Andeutungen.«

»Welcher Art?«

»Es muss ihm gelungen sein, über einen Beamten – oder eine Beamtin – an die Protokolle zu kommen und Abschriften herzustellen, von denen ich wiederum die entscheidenden Passagen übertragen habe.« Erneut schien der Dichter an etwas zu denken. Sein Gesicht rötete sich wieder. Er wandte sich eine halbe Drehung und blickte zur Kuppel des Armeemuseums.

»Ich … ich plane übrigens, mit der Inszenierung des Dramas

am 1. Mai zu beginnen. Wenn Sie darin eine gewisse Symbolik erkennen wollen, haben Sie vermutlich nicht unrecht.«

Er hob das Gesicht theatralisch zum Himmel, schloss die Augen und atmete tief durch.

»Symbolik wofür? Dass Sie Eugen Meiningers Unterlagen gegen seinen Willen für sich ausbeuten wollten?«

Raths fuhr herum.

»Wo sind diese Papiere?«, fragte der Mann hart. Er hatte eine kleine Pistole auf Raths gerichtet. Der Dichter starrte ihn ungläubig an.

»Wo sind sie?«

»Nicht … hier … ich habe sie …«

»In Ihrer Wohnung vermutlich?«

Raths nickte. »Das ist gut«, sagte der Mann. »Sehen Sie diese Rauchsäule? Sie kommt aus einem Haus am Josephsplatz. Aus einer Wohnung im letzten Stockwerk. Sie kennen die Wohnung, ja? Vermutlich war Ihr Versteck erstaunlich gut. Aber wir können keine Zeit mehr damit verlieren, es zu suchen. Ähnlich mussten wir übrigens vorgehen, als in Meiningers Wohnung eingebrochen wurde und er überraschend auftauchte.«

Benommen nickte Raths. »Es ist nicht wahr«, dachte er, »es ist zu erbärmlich.« Er fror mit einem Mal und fühlte nichts mehr.

Die Browning spie ein lachhaftes Flämmchen.

50

»Geh, ich und zwider deswegen sein. Das regt mich schon gar nicht mehr auf«, hatte Xare erklärt. »Die meisten probierens. Und wie du auf den Abort bist, hab ich bloß die Wirtin danach gefragt, wohin die Zechpreller allerweil abhauen. Wenn ich dir aber einen guten Rat geben darf, Inspektor, dann den, dass du dich nie mehr bei der Wirtin blicken lässt. Hast gesehn, wie die beieinander ist? Ich garantier dir, dass die dir den Kopf abbeißt, wenn sie dich in die Pratzen kriegt!«

Kajetan musste wider Willen lachen. Xares ausgeglichene Behäbigkeit bewirkte, dass er den Ärger über seine so gründlich misslungene Flucht bald vergaß. Sie gingen nun die enge Pfistergasse entlang und kamen an eine Querstraße, die den kleinen Platz vor dem Hofbräuhaus mit der Maximilianstraße verband. Kajetan erinnerte sich plötzlich wieder an die Erzählung des Soldaten.

»Sag einmal«, er blieb abrupt stehen, »dieser Kriminaler, von dem du vorhin gesprochen hast, wollt der dir ebenfalls auskommen?«

»Der? Nein, der …«

»Du bist also mit ihm dorthin gegangen, wo er hinwollte.«

»Nicht direkt.«

»Was heißt das, Xare? Und wohin wollte er?«

»Ins Tal runter, in ein Haus neben dem Gasthof Soller.«

Kajetans Puls schlug schneller. »Und, weiter?«, drängte er.

»Was weiter. Wir sind halt da rein und nauf in den obersten Stock. An einer Tür klopft er an, aber da öffnet niemand. ›Die ist nicht da!‹, sagt er, und dann ist er zu einer Tür daneben und klopft wieder. Da macht aber ein junges Madl auf.«

»Wie hat sie ausgesehen? Schwarze Haare? Eher zierlich?«

»Nein, im Gegenteil. Gut beieinander, sehr gut sogar. Und blond. Allerdings ein wenig verhaut, tät ich sagen.«

»Und was hat der Beamte dann gemacht.«

Xare musste überlegen. »Was hat er gemacht?« Dann erinnerte er sich wieder. »Tja, das war ein bisschen komisch.«

»Was war komisch, Xare. Jetzt tu doch nicht so umständlich umeinand. Das ist ja zum Kinderkriegen!«

»Lass mich doch«, wies ihn Xare ruhig zurecht. »Ich überleg halt erst, bevor ich einen Schmarren sag, gell. Und ich überleg deswegen, weil ich mich irgendwie gewundert hab, was er ihr alles erzählt hat, obwohl sie ihn gar nicht gefragt gehabt hat. Er hat ihr lang und breit von einem Fall erzählt – von einem Mann, dens erschlagen haben, wer verdächtigt wird und wer weiß was noch alles. Sie wollt immer wieder die Tür zumachen, aber er hat auf sie ganz umständlich eingeredet, alles dreimal gesagt, als sollt sies ja auch kapieren. Und das scheint sie dann auch getan zu haben. Weil sie, wo sie doch zuerst ganz verschreckt war, auf einmal ruhiger geworden ist.«

»Wie? Er hat ihr also Geschichten erzählt, sie aber nichts gefragt? Nicht zum Beispiel, ob sie in irgendeiner Nacht mit irgendeinem Mannsbild zusammen gewesen ist?«

»Nein. Nur nach einer … wie hats denn gleich geheißen?«

»Christine?«

»Hast recht. Nach der hat er sich erkundigt. Aber frag mich nicht, was das Ganze für einen Zweck gehabt haben soll.«

»Das kann ich dir schon sagen. Was du mir erzählst, hört

sich ganz so an, als ob jemand gewarnt werden sollte, Xare. Und wenn du mir jetzt noch …«

Sie waren weitergegangen und hatten die Maximilianstraße erreicht. Von Osten ertönte plötzlich der Lärm von mehreren Lastkraftwagen, die sich in schneller Fahrt auf die Altstadt zubewegten. Auf der offenen Ladefläche standen Soldaten mit roten Armbinden. Vom Hofbräuhaus kommend, rannten einige Bewaffnete, die sich noch im Laufen die Jacken überzogen, ebenfalls in Richtung Innenstadt. Im Westen waren plötzlich mehrere dumpfe Detonationen zu hören.

»Was ist, Kameraden?«, rief Xare den Vorbeihastenden alarmiert zu.

»Frag nicht so deppert!«, schrie einer der Männer. »Alles zum Bahnhof raus! Ein Putsch! Die Drecksäu haben den Landtag überfallen. Den Heßstätter und den Unterleitner habens verhaftet und sagen, dass sie sie erschießen! Geh weiter! Was stehst denn noch so blöd rum?«

Xare überlegte einige Sekunden, dann winkte er Kajetan zu und folgte den Soldaten.

Verdattert beobachtete Kajetan nun, wie sich die Stadt binnen kürzester Zeit in einen fiebernden Organismus zu verwandeln schien. Immer mehr Soldaten, aber auch mit Armeegewehren bewaffnete Zivilisten strömten in die Altstadt. Vom Regierungsviertel ertönte das Rattern eines Maschinengewehrs, und wieder waren in der Ferne die dumpfen Detonationen eines Granatwerfers zu hören. Plötzlich knallten in der Nähe des Inspektors Schüsse. Er sprang erschrocken zur Seite, warf sich zu Boden und kroch hastig zu einem Hauseingang. Die Tür ließ sich öffnen; mit einem Sprung hechtete Kajetan in den Hausgang und ließ die Tür hinter sich zukrachen. Ein heißer Schmerz durchfuhr ihn wie ein Stromschlag. Am Treppenabsatz stand ein altes

Paar und starrte ihn entsetzt an. Die Frau kam schnell zu ihm, reichte ihm den Arm und führte ihn in den hinteren Teil des Ganges.

»Was ist denn los?«, keuchte der Inspektor.

»Was wird schon los sein«, sagte der alte Mann ruhig. »Alle sinds halt verrückt geworden.« Seine Frau nickte und wandte ihre Aufmerksamkeit wieder dem stärker werdenden Schusswechsel zu, der nach einigen Minuten jedoch abzuflauen und sich nach Norden zu verlagern schien. Dann trat Stille ein, die nur vom erregten Atmen der beiden Alten, die angestrengt den Geräuschen auf der Straße lauschten, unterbrochen wurde. Vereinzelt waren nun Rufe zu hören.

Zögernd ging der Mann zur Tür und öffnete sie vorsichtig. »Bleib herinnen, Vater, um Himmels willen«, flüsterte die Frau entsetzt.

»Um mich ists eh nimmer schad, Mamma«, erwiderte er mit trotziger Gelassenheit.

»Doch, du Rindviech, du!«, widersprach sie mit einer zitternden, vor Angst und Liebe brechenden Stimme.

Der Alte hörte es nicht mehr, steckte zuerst seinen Kopf hinaus, richtete sich dann auf und trat nun vor das Haus. Es war zu hören, wie er mit einem Mann sprach, der aufgeregt auf ihn einredete.

Nach einer Weile kehrte er wieder zurück. »Alles schon vorbei, liebe Leut. Die Roten haben gewonnen. Spartakus regiert München.«

Der Inspektor wollte aufstehen. Erst jetzt bemerkte er, dass er sich bei seinem Hechtsprung am Arm verletzt hatte. Die Türklinke hatte seinen Ärmel aufgerissen und eine schmale, aber heftig blutende Wunde hinterlassen.

»Kommens«, sagte die Frau, »ich bind Ihnen was drum.« Sie

führte Kajetan in die Wohnung im Erdgeschoss, wo sie aus einer Schublade ein Stück Stoff nahm, das sie ihm über die Wunde legte.

»Schaut schlimmer aus, als es ist«, sagte sie erleichtert. »Sie werdens überleben, Herr.«

Kajetan sah sie dankbar an und sank auf einen Stuhl. Ihm war plötzlich schlecht geworden. Er atmete tief ein. Nach einigen Minuten hatte sich sein Magen wieder beruhigt. Erst jetzt fiel ihm ein, dass er seit dem frühen Morgen noch nichts gegessen hatte.

Die Frau schien es zu bemerken. Sie bot ihm ein Stück Brot an, das er sich hungrig in den Mund steckte.

»Sonst ist nichts mehr da«, erklärte sie entschuldigend. Der alte Mann hatte sich ans Fenster gestellt und sah nach draußen. »Ein Kreuz ists«, sagte er bedrückt. »Jetzt wird die Gaudi erst richtig losgehen. Ach, manchmal denk ich mir, frühers, beim Prinzregenten, wars doch besser. Wann nur der verfluchte Krieg nicht gewesen wär.«

»Du kommst mir so vor wie der, der wo in eine Wirtschaft geht und einen Schweinsbraten mit Knödel bestellt, aber sagt: Statt dem Schweinern möcht ich ein Rind und statt dem Knödel ein Kraut«, meinte die Alte nüchtern.

Ihr Mann sah sie verwundert an, warf einen hilflosen Blick auf Kajetan und dachte angestrengt nach. »Also … da komm ich jetzt nicht mit, Mamma.« Sie seufzte.

51

Kajetan hatte wenig später die Wohnung der beiden verlassen. Er schaute sich um. Das Leben auf den Straßen hatte sich längst wieder normalisiert; fast schien es, als wäre alles nur ein verrücktes Hirngespinst gewesen. Er war unschlüssig. Sollte er zurück zur Polizeidirektion gehen und Gnott zur Rede stellen?

Er schüttelte den Kopf. Nein. Gnott würde sich herausreden können: Der Soldat müsse das missverstanden haben oder würde phantasieren. Kajetan hätte ihm nicht das nachweisen können, dessen er sich fast sicher war. Er dachte nun auch darüber nach, wann Gnott in seine Abteilung versetzt worden war. War es nicht kurz nachdem vor gut anderthalb Monaten die Meldung vom Tod des Beamten der Staatsanwaltschaft hereingekommen war? Welches Spiel spielte Gnott?

Er hätte sich besser nach Hause begeben, sich dort auf das Kanapee gelegt, sich endlich ausgeruht und über alles, was ihm in den letzten Tagen widerfahren war, nachgedacht. Warum er jetzt trotzdem den kurzen Weg zur Maximilianstraße ging, vor dem Vier Jahreszeiten stehenblieb und zu den Fenstern des obersten Stockwerks sah, wusste er nicht genau.

Er sprang zurück. Ein offener Lastwagen, auf dessen Ladefläche einige erschöpft wirkende Soldaten saßen, war in schneller Fahrt nach Osten unterwegs. Als Kajetan das Treppenhaus des Nebeneingangs betrat, hörte er nach wenigen Schritten nichts mehr davon, was auf der Straße vor sich gehen mochte.

Während der Inspektor bei seinem ersten Besuch noch den Eindruck hatte, es herrsche wenn nicht reges, aber doch immerhin Leben in diesem Gebäude, so war nun kein Mensch zu sehen. Der weiche Teppich schluckte den Schall seiner Tritte.

Die Tür zu den Räumen des »Vereins zur Pflege deutscher Kunst« war angelehnt. Kajetan stutzte; auch der geräumige Vorraum, in dem die Sekretärin gesessen hatte, war leer.

Ratlos sah er sich um. Zwei Türen führten zu den anderen Räumen. Sie schienen gepolstert, denn die Stimme, die er nun hinter einer der Türblätter hörte, war kaum zu verstehen. Zögernd näherte sich der Inspektor; er lauschte angestrengt. Schließlich klopfte er an. Eine ruhige Stimme antwortete.

Kajetan drückte die Klinke runter und schob die Türe langsam auf. Er starrte in den Lauf eines Gewehrs.

»Heb deine Hände«, sagte der Soldat mit der roten Armbinde, »du bist festgenommen.«

52

Auf dem Weg zum Revolutionsgericht in der Haidhauser Kirchenschule erfuhr Kajetan, was vorgegangen war.

»Stell dich nicht dümmer, als du bist«, hatte der Soldat mürrisch gesagt, als Kajetan ihm darlegte, dass er sich in das Hotel begeben habe, um einen Kriminalfall aufzuklären. »Die Polizei gibts nicht mehr. Die Direktion ist gestürmt worden.«

Doktor Levermanns Truppen hatten, obwohl zahlenmäßig unterlegen, den Putsch der Konservativen niedergeschlagen, während die republikanischen Soldaten unschlüssig in ihren Unterkünften auf den Einsatzbefehl warteten und sich teilweise den Rebellen angeschlossen hatten. In der ungeheuren Erregung, die nach dem Überfall der Putschisten auf den Landtag und nach der Verhaftung einiger Politiker herrschte, nutzten Levermanns Männer die Gunst der Stunde und übernahmen die Macht.

Mehr, als dass der »Verein zur Pflege deutscher Kunst« die Zentrale der Putschisten war und den Umsturz vorbereiten half, konnte Kajetan aus dem wortkargen Soldaten nicht herausbringen.

»Was mit dir geschieht, erfährst früh genug«, hatte er geschlossen und zur Eile gedrängt. Er hatte recht.

Das Revolutionstribunal war in einem der Klassenzimmer eingerichtet. Ungelenk las der Ankläger vom Blatt. Kajetan, Paul, von Beruf Polizeiinspektor, sei als Mitglied des Thule-Geheimbundes, welcher sich als »Verein zur Pflege deutscher Kunst« getarnt habe, der verräterischen Sabotage gegen die Räterepublik, der Durchführung willkürlicher Beschlagnahmungen und Plünderungen mit Hilfe gefälschter Stempel sowie der Vorbereitung des Hochverrats angeklagt.

Richter Kronseder, ein noch junger Mann, dem die Herkunft aus einer der ärmeren Vorstädte deutlich anzusehen war, wirkte überfordert.

»Er sagt, er sei nur in seiner Eigenschaft als Polizist in den Räumen des Thule-Bundes gewesen und habe keine Ahnung gehabt, was wirklich dort vorgegangen sei«, wandte er sich fragend an seine Beisitzer. Einer lachte sarkastisch auf.

»Jetzt sag bloß, dass du das auch noch glaubst. Vielleicht erzählt der uns gar noch, dass er gegen diese Verbrecher ermittelt habe? Das wär ja das erste Mal, dass die Polizei die Richtigen angeht!«

Mit fahrigen Bewegungen kratzte sich Kronseder am Hals. »Es klingt tatsächlich unwahrscheinlich …«

»Unwahrscheinlich?«, unterbrach ihn einer der Beisitzer höhnisch.

»Hältst jetzt endlich einmal dein Maul?«, fauchte der Richter und wandte sich wieder an den Inspektor. »Erzähl Er uns, wegen was Er dort ermittelt haben will.«

Bevor Kajetan beginnen konnte, war besagter Beisitzer wütend aufgesprungen. »Ich glaub dem kein Wort! Das geht jetzt schon den ganzen Tag so mit dir! Obwohl die Beweise auf dem Tisch liegen, lässt du die Leut entweder aus oder behandelst sie, als tätst allerweil noch in deinem Kramerladen stehn. Weißt, was ich dir sag? Für diese Geschichte bist du nicht der Rechte!«

»Na, dann machs halt selber! Ich hab mich nicht drum gerissen!«, gab Kronseder gereizt zurück.

Der Beisitzer kniff die Augen böse zusammen. »Wenn da nicht gar was anderes dahinter ist …«

»Was … was soll da dahinter sein?«, begann der Richter zu stottern. Verblüfft sah Kajetan von einem zum anderen. Sein Bewacher saß, das Gewehr auf dem Schoß, ungerührt neben ihm und begann sich Tabak in seine Pfeife zu stopfen.

Der Beisitzer stemmte seine Arme auf den Tisch und beugte sich zu Kronseder, dessen Gesicht Farbe zu verlieren begann. »Was da dahinter sein soll? Musst da so viel drüber nachdenken? Ich sags dir ins Gesicht, Kronseder: Wie du das da machst, gefällt mir nicht! Was ist denn mit dem Grafen, der unseren Präsidenten über den Haufen geschossen hat? Weil er von ein paar Kugeln geritzt worden ist, lässt du ihn gemütlich in seiner Krankenkammer liegen, wo er das beste Essen von den Seinigen kriegt, und der beste Doktor von der ganzen Stadt ist Tag und Nacht um ihn. Und mit all den anderen, was geschieht mit denen, die wir heut erwischt haben? Da braucht bloß einer zu sagen, dass ihn heut der Föhn drückt, dann lässt der Richter Kronseder ihn gleich wieder aus. Er muss nur versprechen, dass er vorbeischauen wird, wenns ihm bessergeht, damit wir ihn aburteilen können!«

»Ist doch nicht wahr!«, verteidigte sich Kronseder verletzt. »Das war doch bloß mit dem alten Kunstmaler, den ich hab heimgehen lassen. Außerdem hats heut einen Föhn. Ich spür ihn auch schon den ganzen Tag!«

»Ha!«, lachte der Beisitzer bitter und verließ polternd den Raum.

Der zweite Beisitzer wand sich unruhig auf seinem Stuhl und wich dem Blick des Richters aus.

»Ja. So … Was, äh, geschieht jetzt?«, sagte Kronseder hilflos.

»Einen neuen Beisitzer brauchen wir halt«, meinte der andere Mann. »Seine Ordnung muss es schon haben.«

»Du …?«, wandte sich der Richter an den Soldaten. »Tätst du vielleicht …?«

Dieser nahm die Pfeife aus dem Mund und schüttelte den Kopf. »Wirklich nicht.«

»Tja … dann …« Kronseder zögerte und sah auf den Tisch.

»… dann wär die Verhandlung zu Ende, nicht wahr?«, sagte Kajetan schnell und stand auf. Er versuchte ruhig zu wirken. Bevor Kronseder ergeben nicken konnte, wurde die Tür des Klassenzimmers aufgerissen. Der Beisitzer und zwei Männer traten ein. Einen von ihnen kannte Kajetan bereits.

»Genosse Kronseder«, rief einer der Männer, der offensichtlich das Sagen hatte, »du bist deines Amtes enthoben und meldest dich augenblicklich beim Kommandanten! Du auch!« Er hatte auf den anderen Beisitzer gedeutet.

»Zu Befehl, Herr … äh, Genosse Seidl.« Kronseder, der bleich geworden war, erhob sich und ging wankend zur Tür. Der andere Beisitzer folgte ihm kopfschüttelnd.

Seidl und die beiden Männer nahmen am Richtertisch Platz. Der neue Richter warf einen kalten Blick auf den Angeklagten. Kajetan fühlte, wie ihm der Schweiß aus den Poren brach. Er bekam Angst.

»Ich bin informiert«, begann Seidl. »Er streitet also ab, Mitglied dieser Bande gewesen zu sein?«

Kajetan nickte beunruhigt. »Ich erheb Einspruch gegen den Beisitzer Hölzl!«, rief er. Seidl sah ihn überrascht an.

»Wieso?«

»Er ist wegen Einbruchs verurteilt worden. Ich habe ihn überführt. Er wird nicht unabhängig sein!«

Seidl wandte sich an seinen Nachbarn. »Ist das wahr? Wenns das ist, dann kannst dich gleich schleichen. Das lass ich mir nicht nachsagen, dass …«

Hölzl war rot angelaufen.

»Der lügt doch! Merkst nicht, dass er bloß probiert, seinen

Kopf aus der Schling zu ziehen?«, rief er erregt. »Er hats mir anhängen wollen. Aber ich bin nicht verurteilt worden!«

Es stimmte. Die Verhandlung hatte noch nicht stattgefunden. Es musste Hölzl gelungen sein, im Chaos der vergangenen Tage aus dem Untersuchungsgefängnis zu fliehen.

»Na gut«, Seidl nickte, »ich glaub dir eher als ihm. Aber weh dir, wenn ich dahinterkomm, dass es stimmt!«

»Tuts nicht!«, bekräftigte Hölzl erleichtert.

»Also weiter. Ich will keine Zeit mehr verlieren«, kam Seidl dem Inspektor, der etwas sagen wollte, zuvor. »Ich glaub ihm auch nicht, dass er mit dem Thule-Bund nichts zu tun hat. Außerdem liegt gegen ihn noch anderes vor.«

»Was, bitte schön?«

Der Richter machte eine befehlende Handbewegung. »Holts den Genossen rein, der das bezeugt hat!«

Einige Minuten vergingen. Fieberhaft überlegte Kajetan, wie er sich aus dieser Situation retten konnte. Hölzl würde die Chance nutzen, sich an ihm zu rächen. Dann kehrte der Soldat mit dem Zeugen zurück. Kajetans Atem stockte. Er riss die Augen auf. Er konnte nicht glauben, was er sah.

»Es stimmt, Genossen«, bekräftigte Gnott ruhig, »dieser Mann hat gegen die Revolution in besonders infamer Weise konspiriert.«

Seidl lehnte sich zufrieden zurück. »In welcher Form, Genosse Gnott?«

»Er hat versucht, euch einen feigen Mord anzuhängen. Er hat alles getan, um zu beweisen, dass die Genossen einen Journalisten ermordet haben, weil dieser angeblich etwas herausgefunden hat, was sich gegen die Revolution richtet.«

Kajetan rang nach Atem. Sein Puls flog. Er sprang auf. »Herr Kollege, Sie wissen doch, dass ich nie … ich …«

»Setz dich augenblicklich, und halt den Mund«, herrschte Seidl ihn an und wandte sich wieder an Gnott.

»Weiter?«

»Außerdem hat er Beweise dafür konstruiert, dass der Genosse Levermann hinter dem Attentat auf den Präsidenten steckt.«

Das schien auch Seidl kurzfristig die Sprache zu verschlagen. »Was …?!«, rief er aus. »Der Genosse Levermann soll den …? Mir scheint, dann ist es wohl das Beste, ihn gleich in die Irrenanstalt in der Nußbaumstraß zu schaffen.«

»Durchaus nicht, Genosse Seidl. Inspektor Kajetan gilt als einer der fähigsten Beamten, den die Münchner Polizeidirektion hat.«

»Gnott, spinnens jetzt komplett?«, keuchte Kajetan.

»Was?«, fragte Gnott kühl. »Dass Sie das sind? Habens das nicht auch selber allweil raushängen lassen?«

Seidl verlor die Geduld.

»Die Sach ist klar. Genossen, wir sind uns einig?« Er sah nach links und rechts. Die beiden Männer nickten.

»Wa … wa …?«, stotterte Kajetan fassungslos.

»Er ist der gegen ihn erhobenen Anklage überführt und wird zum Tode verurteilt«, sagte Seidl. Unmerklich zuckten seine Lider.

Kajetan starrte ihn ungläubig an. Auf einen Wink Seidls ergriff der Wachsoldat seinen Arm, zog ihn hoch und führte ihn aus dem Raum.

Gnotts Gesicht ließ keine Regung erkennen. Auch er wirkte nun plötzlich angespannt.

53

Die erste Nacht und den darauffolgenden Tag hatte Kajetan wie in Trance zugebracht. Seine Versuche, die Wachsoldaten dazu zu bewegen, ihn erneut dem Richter vorzuführen, hatte er bald aufgegeben. Die Soldaten lachten ihn aus; und dann hatte ihn einer der anderen Gefangenen am Revers gepackt und ihn angebrüllt, er solle endlich mit diesem Unsinn aufhören. Der Inspektor hatte sich daraufhin auf eine Pritsche gesetzt, die Knie an seinen Körper gezogen und seinen Kopf zwischen seine Arme gesenkt. Er war verzweifelt. Vom Essen, das die Gefangenen erhielten, hatte er nichts angerührt. Schließlich war das Licht, das durch einen Schacht in den Karzer der Schule fiel, wieder schwächer geworden. Die Gefangenen hörten, wie sich in den frühen Abendstunden die Schule mit Männern zu füllen schien. Lastwagen um Lastwagen war in den Hof der Schule gefahren. Dem Klang ihrer Stimmen nach zu urteilen, herrschte unter den Soldaten eine gereizte Atmosphäre.

Dann war die Nacht hereingebrochen. Ein Wachsoldat hatte den Gefangenen eine Schale mit Suppe gebracht. Kajetan nahm einige Löffel davon, bis sich sein Magen verkrampfte. Eine trübe Glühbirne erleuchtete den Raum. Die Gefangenen schwiegen und hingen ihren Gedanken nach. Von draußen war das dumpfe Klacken schwerer Schritte zu hören. Die Soldaten sprachen in kurzen, abgehackten Sätzen miteinander. Vermutlich wechselten nun die Bewacher. Kajetan fühlte noch immer den Schock, den er nach seiner Verurteilung erlitten hatte. Er zitterte leicht; langsam jedoch schien sein Gehirn wieder klare Gedanken fassen zu können. Kajetan sah sich um. Jeder der vier Männer, mit denen er in der Zelle saß, war zum Tode verurteilt worden. Zwei der Gefangenen waren bei der Razzia in den Räumen des Thule-Geheimbundes festgenommen worden. Sie trugen noch Stempel bei sich, mit denen die Unterschrift des Oberkommandierenden der Roten Armee gefälscht werden konnte. Der dritte Verurteilte war mit seinem Wagen vor dem Hotel ergriffen worden. Hinter dem Verdeck hatten die Soldaten eine größere Menge Waffen gefunden, und er war so unvorsichtig gewesen, Schriftstücke, die ihn als Mitglied des Thule erkennen ließen, in seiner Jackentasche aufzubewahren. Zwei der Männer hatten sich auf Holzpritschen gesetzt und starrten teilnahmslos zur Decke. Der dritte Gefangene schlief bereits tief. Keiner von ihnen schien Angst zu haben.

Im Haus war nun offenbar wieder Ruhe eingekehrt. Von fern schlug die Turmuhr der Johanniskirche. Es war kurz vor Mitternacht. Kajetans Unruhe war gewachsen. Außerdem verspürte er nun ein immer dringenderes Bedürfnis. Er stand auf und klopfte an die Tür.

»Was ist?« Die Stimme des Mannes war undeutlich. Trotzdem hatte Kajetan den Eindruck, sie bereits einmal gehört zu haben.

»Ich muss aufs Häusl!«

Eine Weile rührte sich nichts. Der Wachhabende schien sich entfernt zu haben. Wieder klopfte Kajetan. Ein Schlüssel wurde im Schloss gedreht. Die Tür öffnete sich. Der Wachsoldat stand im dämmrigen Kellergang und hatte seine Waffe auf ihn gerichtet. Kajetan trat einen Schritt vor.

»Na, na! Wirst schon nicht gleich in die Hosen ma … Wer ist denn das?« Der Soldat stutzte. Erst jetzt erkannte ihn der Inspektor.

»Sie …?«

»Ja, wie …«, sagte der Betriebsrat Eckert und senkte die Stimme, »… wie kommen Sie denn da hinein? Sie sind doch der Inspektor, der wo mir seinerzeit …« Kajetan atmete erleichtert auf. Eckert versperrte die Tür hinter ihm. »… der wo mir seinerzeit in der Druckerei geholfen hat, den Bazi zu überführen? Und jetzt sitzens da herin? Da kann doch was nicht stimmen? Was habens denn angestellt, dass Sie im Loch sitzen? Und grad in dem?«

Hastig erklärte Kajetan, dass er verhaftet wurde, weil er sich auf der Suche nach dem Mörder eines jungen Mannes zufällig in den Räumen des Thule-Bundes aufgehalten hatte.

»Und des hat man Ihnen nicht geglaubt? Hättens sich doch gerührt. Ich hätt freilich für Sie ausgesagt!«, beteuerte der Betriebsrat.

»Woher soll ich denn wissen, dass Sie bei den Roten sind, Eckert? Gesehen hab ich Sie auch nirgends.«

»Ich bin ja erst heut Abend von der Guldeinschule rübergeschickt worden!«

»Na, dafür war der Hölzl Beisitzer bei der Verhandlung. Könnens Ihnen ausrechnen, wie der gestimmt hat?«

»Allerdings«, knurrte Eckert. Sie waren bei der Toilette angekommen. »Jetzt gehns erst einmal aufs Häusl. Ich muss mir was ausdenken, Herr Inspektor.«

Kajetan trat ein. Er war aufgeregt. Aber was würde Eckert für ihn tun können?

Als er den Abort verließ, hatte sich der Betriebsrat wirklich etwas einfallen lassen.

»Passens auf, Herr Inspektor«, flüsterte er, »aus dem Haus bringen kann ich Ihnen jetzt nicht, das würd uns beiden den Kragen kosten. Aber Sie müssen aus dem Loch da drüben. Für die, die da sitzen, schauts düster aus. Die sind morgen früh dran und sollen noch heut Nacht rüber in die Luitpoldschule gebracht werden. Kommens, ich bin grad allein. Der Kurti ist Gott sei Dank vorhin schnell rüber zu seiner Frau, weil die gleich vis-à-vis wohnt. Der sagt nichts, weils sonst aufkommt. Ich pack Sie in die andere Zelle, wo sie die eingesperrt haben, die morgen noch mal vorgeführt werden sollen. Und danach sehen wir weiter. Und kein Wort zu niemandem! Auch nicht zu den Gefangenen!«

54

Kajetan sah sich erstaunt um. Die Gefangenen schienen guter Laune zu sein. Neugierig musterten sie den Ankömmling, erkundigten sich, wie er heiße, und stellten sich ebenfalls vor. Ihre Namen, erklärten sie, seien auf einer Liste entdeckt worden, die Soldaten im »Vier Jahreszeiten« gefunden haben.

»Manz!«, sagte einer der Gefangenen, ein nicht mehr junger, etwas dicklicher und kurzatmig wirkender Mann. Kajetan erwähnte mit keinem Wort, dass er bereits von ihm gehört hatte. Er wusste, dass er, wenn sich seine Ahnung bezüglich der Lösung des Mordfalls Meininger bestätigen sollte, nun auf der Hut sein musste. Aus dem Hintergrund des Raums, der von der Deckenbirne nur schwach beleuchtet wurde, trat eine Frau auf ihn zu. Auch sie kannte der Inspektor bereits.

»Frau Weinbaum?« Kajetan blickte sie verwundert an.

»Ich muss zugeben«, sagte sie mit einer etwas gezwungenen Freundlichkeit, »dass ich Sie bei unserer ersten Begegnung beinahe falsch eingeschätzt habe. Ich war sogar versucht, Herrn Lohmann vor Ihnen zu warnen. Zum Glück war das Telefon wieder unterbrochen, sonst hätte ich Ihnen Unrecht getan. Ich freue mich, dass Sie doch noch zu uns gefunden haben. Na, was gibts draußen Neues?«

Kajetan musste eingestehen, dass er es nicht wusste. Auch vom Generalstreik, der wenige Stunden nach seiner Verhaftung ausgerufen wurde, hatte er keine Ahnung.

»Ich frag mich, ob das ganze Theater wahr ist«, sagte einer der Gefangenen kichernd, der sich als Student der Malerei vorgestellt hatte. »Da sind der Levermann und seine Bagage an der Macht, und was tun die roten Dummköpf als Erstes? Einen Generalstreik ausrufen! Sie streiken praktisch gegen sich selbst! Hat die Welt schon mal so etwas gesehen?«

»Nun«, erklärte ein älterer weißbärtiger Mann, der von den anderen mit »Professor« angesprochen wurde, »auch die Arbeiterschaft hat ihre Mythen, ihre fast religiösen Rituale. Eines davon ist der Generalstreik.«

»Einerseits haben sie recht«, widersprach Manz, »andererseits zeigt er aber auch, wie wenig sie die jetzige Situation verstehen und wie wenig sie sich ihrer Macht bewusst sind.«

Der Student sah neugierig auf den Professor, der nachdenklich den Kopf wiegte. Manz wandte sich an Kajetan.

»Und was hat man Ihnen zum Vorwurf gemacht?«

»Wenn ich das wüsste.«

»Wie hat denn die Anklage gelautet?«

»Dass ich ein Konterrevolutionär sei, wenn ich es richtig verstanden habe.«

Ein schallendes Gelächter hallte durch den Raum. Manz schlug ihm freundschaftlich auf die Schulter. Kajetan lächelte gezwungen. »Dann noch einmal herzlich willkommen in unserem Kreis. Und wie haben Sie konspiriert, wenn man fragen darf?«

»Ich habe dem Herrn Levermann den Mord am Präsidenten anhängen wollen, sagen sie, und …«

Der Student prustete los. Manz schüttelte erheitert den Kopf. »Genial! Und, ist es Ihnen gelungen?«

Kajetan antwortete nicht, sondern machte stattdessen eine vielsagende Miene. Der Professor beugte sich vor.

»Es klingt tatsächlich, als wäre es eine hervorragende Idee. Ich bin mir aber nicht ganz sicher«, dabei wandte er sich an seine Mitgefangenen, »ob das noch nötig war.«

»Wie meinen Sie das, Herr Professor?«, wollte Manz wissen. Auch Kajetan sah ihn mit gespieltem Interesse an.

»Nun«, erklärte der Professor dozierend, »sind Levermann und seine antinationale Bewegung, der ja auch im Kern der Präsident zuzurechnen war, nicht eh bereits genügend diskreditiert? In der Betonung dieser Frage war unsere Propaganda äußerst erfolgreich. Ich frage mich, ob es der völkischen Bewegung mittlerweile nicht sogar nützte, wenn sie sich selbst mit dieser Befreiungstat brüsten würde?«

Kajetan dachte kurz nach und entschloss sich, den Beleidigten zu spielen.

Der Professor bemerkte es und lenkte lächelnd ein. »Aber Sie haben bestimmt Bestes im Sinn gehabt! Eine großartige Idee, ohne Zweifel.« Wieder schüttelte er amüsiert den Kopf.

»Das meine ich auch«, pflichtete Manz bei. »Doch mich würde trotzdem interessieren, wie Sie das angestellt haben, dass der Levermann den Präsidenten aufs Pflaster hat schicken lassen! Eine köstliche Vorstellung! Obs aber unserem Toni Arco so recht wär, wage ich zu bezweifeln. Wo er doch so gern den Helden spielt...«

Der Professor streifte ihn mit einem ungehaltenen Blick.

Frau Weinbaum lächelte vielsagend. Auch Kajetan setzte ein verhaltenes Grinsen auf.

»Der Arco war bei Thule?«, fragte er in beiläufigem Ton.

Der Professor winkte mit einer entschiedenen Bewegung ab. »Nein. Das war nicht möglich. Leider, wie ich persönlich betone, denn Halbjüdlingen ist der Zutritt nicht erlaubt. Er wäre es gerne gewesen.«

»Dann wollte er sicher mit seiner Tat beweisen, dass auch Halbjuden zu vaterländischer Gesinnung fähig sind?«

»Nicht nur das. Obwohl seine Mutter eine Oppenheimer war, hat er seine Tat mit seinem Hass auf alles Jüdische begründet! Dennoch, die Statuten lassen es nicht zu. Thule hätte aber auch viel größere Probleme bekommen, wenn er Mitglied gewesen wäre. Wir haben die Sache anders gelöst.«

»Ah ja?«, sagte Kajetan und blickte ihn fragend an.

»Wir erlaubten ihm, Mitglied des Thule-Kampfbundes zu werden.«

»Aber«, überlegte Kajetan laut, »was ist damit gewonnen? Käme das an die Öffentlichkeit, so stünde doch wiederum Thule als Urheber des Attentats fest?«

Der Professor lächelte erneut. »Verzeihen Sie, wenn ich das sagen muss: Sie dürfen unsere Justizorgane nicht überschätzen, ganz abgesehen davon, dass sich unsere Ziele natürlich auch in diesen Kreisen einer gewissen Zustimmung erfreuen. Der Kampfbund war selbstverständlich illegal; er ist nie öffentlich in Erscheinung getreten.«

Kajetan nickte anerkennend. »Eine ausgezeichnete Lösung.«

Manz hob den Finger. »Dennoch, egal, ob Arco nun Halbjude war oder nicht, ist der Hut vor ihm zu ziehen!«

»Das gestehe ich zu«, sagte der Professor mit leichter Ungeduld. »Ohne die Vorbereitungen der Kameraden des Bundes jedoch, wäre sein Unternehmen nicht erfolgreich gewesen.«

Kajetan fühlte, wie sein Puls schneller schlug. »Zweifellos. Die Absprache mit den Soldaten der Eskorte des Präsidenten war die entscheidende Voraussetzung.«

»Selbstverständlich! Nur die Zuverlässigsten konnten in Frage kommen. Diese Phase der Vorbereitung war mit Sicherheit die schwierigste.«

»Es wurden Mittel gefunden, um sie zu lösen, wie man weiß«, stellte Kajetan fest.

»Ja. Und sie waren, gemessen am Gewinn der Aktion, weniger kostspielig, als wir zunächst vermuteten. Geradezu lächerlich gering.«

»Ein Idealist also?«

»Nein. Wo wäre nicht Eigennutz im Spiel. Aber jemandem die Verpachtung eines Lokals zuzuschanzen, die sich dieser sonst nie hätte leisten können, war wahrlich nichts, was titanische Anstrengungen erfordert hätte. Ein Anruf beim Besitzer der Brauerei, ein Hinweis auf Gemeinsames …« Der Professor lächelte eitel. »Nun, für unseren Kollaborateur hat sich damit ein Traum verwirklicht, der mit Geld nicht zu messen ist. Er hätte alles dafür gegeben. Schließlich ist er im Grunde ja ein, sagen wir, einfach gestrickter Charakter …«

Manz hatte eine Augenbraue hochgezogen. »Nun, wo käme die Bewegung auch hin, wenn sie nur aus Akademikern bestünde?«, sagte er mit verhaltener Aggressivität. »Noch dazu aus solchen, die sich ungern selbst die Hände schmutzig machen?«

Der Professor fuhr aufgebracht herum.

»Ihre alte Leier!«, fauchte er. »Ich will es nicht mehr hören! Geistige Vorarbeit ist ebenso bedeutend wie direktes Handeln!« Er wandte sich ärgerlich ab. Manz schien noch keineswegs besänftigt.

»Das will ich nicht bestreiten. War es aber der Professor, in dessen Haus die Vorbereitungen stattfanden? Was hat er uns wissen lassen, als darüber beraten wurde?«

»Reden Sie nur!«, stieß der Professor aufgeregt hervor. »Haben Sie Frau und Töchter? Haben Sie Familie? Verantwortung? Jeder trägt seinen Teil zur gemeinsamen Sache bei, jeder nach seiner Fasson. Dass fast alle meiner Studenten Mitglieder völkischer Organisationen sind, ist schließlich mein Verdienst, nicht wahr?« Er hatte sich bei diesen Worten an den Studenten gewandt, der eifrig nickte. »Ist das nichts wert, mein lieber Manz?

Ich verzichte darauf zu analysieren, welche persönlichen Gründe für Ihre Ressentiments gegen Akademiker verantwortlich sein könnten.« Er lächelte boshaft. Manz schluckte.

»Meine Herren!«, mischte sich Frau Weinbaum nun ein. »Ich bitte Sie! Lassen wir uns doch nicht von solchen Dingen entzweien! Das größte Verdienst gebührt letztlich jenen, die den Mut hatten, unseren Bund ins Leben zu rufen!«

»So ist es«, stimmte Kajetan zu.

»Sie haben recht«, murmelte der Professor, und auch Manz und der Student nickten nachdenklich.

»Allen voran Baron von Bottendorf!«

»Sie haben recht, Frau Weinbaum«, wiederholte der Professor. »Wer würde daran zweifeln?«

Nun erfüllte nachdenkliches Schweigen den Raum. Manz schien noch immer verärgert und starrte griesgrämig zu Boden. Nach einer Weile hob der Professor den Finger und lauschte.

»Was ist das?«, flüsterte er. Sein Atem ging schneller. Vom Treppenhaus her näherten sich die Schritte mehrerer Personen. Gedämpft waren kurze Befehle zu hören. Auch Kajetan lauschte angestrengt. Nun waren die Schritte vor der Zellentür angelangt.

»Um Gottes willen«, keuchte Manz.

»Nein, die Zelle dort hinten«, sagte eine Stimme. Sie gehörte Eckert, erkannte Kajetan. Die Schritte entfernten sich.

»Was haben sie vor?«, fragte der Student ängstlich.

»Sie scheinen die Gefangenen der Zelle am Ende des Flurs abzuholen«, flüsterte der Professor heiser. »Verflucht! Wo bleiben Lohmanns Männer?«

Der Student stürzte zur Tür und versuchte durch das Schlüsselloch zu sehen. Nach wenigen Minuten passierte der Trupp wieder die Zellentür.

»Sie haben sie mitgenommen!«, sagte der Student mit bebender Stimme. »Was geschieht mit ihnen?« Er sah mit entsetztem Blick zu den anderen. Der Professor schaute weg. Auch Frau Weinbaums Gesicht wirkte im Licht der schwachen Lampe fahler als zuvor. Ehe der Junge zu schreien beginnen konnte, hatte sich Manz mit einem Hechtsprung auf ihn gestürzt und ihm den Mund zugehalten. Der Student fiel kraftlos zu Boden und begann leise zu wimmern.

»Beruhigen Sie sich«, forderte Frau Weinbaum die anderen auf.

»Das sagen Sie so einfach!« Der Professor zog ein Tuch aus seiner Tasche und wischte sich damit über die Stirn. »Wenn alle Unterlagen aus der Zentrale ausgewertet werden, könnte der Ankläger morgen entdeckt haben, dass die gefälschten Plakate in unserem Druckatelier …«

»Beruhigen Sie sich, Herr Professor«, wiederholte Frau Weinbaum, »auf Lohmann ist Verlass. Glauben Sie mir.«

55

Lastende Minuten verstrichen. Manz ging unruhig in der Zelle umher, und auch der Professor schien nervös zu werden. Der junge Mann hatte seinen Kopf in seinen Armen vergraben und wimmerte noch immer vor sich hin. Kajetan beobachtete Frau Weinbaum verstohlen. Ihr Gesicht war bleich, ließ jedoch keine Regung erkennen.

Die Turmuhr schlug wieder. Manz zählte mit. »Verflucht«, ächzte er, »bereits zwei Uhr. Lohmann wird uns doch nicht …«

»Still!«, zischte Frau Weinbaum plötzlich. Kajetan sah auf. Die Gefangenen starrten zur Tür. Soldaten! Wieder waren die Geräusche einer Gruppe von Männern zu hören, die sich vom Treppenhaus her näherten.

Manz war erstarrt stehengeblieben. Die Augen des Professors weiteten sich, und in die des Studenten schossen Tränen. Er wandte sich ab. Auch Kajetan wurde unruhig. Was hatte das zu bedeuten? War Eckerts Information falsch? Wurden jetzt auch sie in das Luitpoldgymnasium gebracht und dort …?

Ein Schlüssel schob sich ins Schloss. Die Tür wurde aufgestoßen. Eine Gruppe von Rotarmisten stand im Türrahmen. Der Professor erhob sich mühsam.

»Endlich!«, sagte Frau Weinbaum kühl. »Seid ihr verrückt geworden? Wieso kommt ihr erst jetzt? Was ist passiert?«

Einer der Soldaten winkte ungeduldig. »Das erfahren Sie später. Schnell. Wir dürfen keine Zeit mehr verlieren.«

Als Frau Weinbaum mit raschen Schritten auf die Tür zuging, berührte sie kurz die Schulter des Studenten, der immer noch nichts begriffen hatte.

»Ich gratuliere«, sagte sie. »Sie scheinen tatsächlich ein Künstler zu sein. Ihre gefälschten Ausweise sind großartig.«

Nun ging alles sehr schnell. Kajetan fühlte einen heißen Schmerz in seiner Brust, als er an der Leiche von Eckert, dessen Hals eine klaffende, noch immer blutende Wunde aufwies, vorbei in das Treppenhaus hastete.

Die Posten vor der Kirchenschule ließen den Trupp ungehindert passieren. Als er in die Schloßstraße einbog, rissen sich die Soldaten die roten Binden von den Ärmeln und trieben zur Eile an. An der Äußeren Wienerstraße warteten zwei Automobile mit laufendem Motor. Die Fahrer öffneten hastig die Türen.

56

Ein glasig blauer Himmel tauchte aus der Nacht. Über dem Gebirge hingen bewegungslose, violett geränderte Wolkenfetzen. Durch das hohe schwarze Geäst der Straßenbäume raste die Sonne mit den Flüchtenden um die Wette. Nun tauchten sie wieder in ein dämmriges Tal ein.

Die Fahrer schalteten, die Motoren heulten auf. Die Wagen quälten sich bald darauf die Pass-Thurn-Steigung hinauf.

Kajetan erwachte. Er sah aus dem Fenster. Wo befand er sich?

»Na? Gut geschlafen?« Manz lächelte ihm freundlich zu.

Kajetan nickte und versuchte sich zu orientieren.

»Der andere schläft immer noch.« Manz deutete mit dem Daumen auf den Soldaten, der neben ihm im Fond des Automobils lag, tief in die Lehne gesunken war und leise schnarchte.

»Wo … wo sind wir?«, fragte Kajetan und richtete sich auf.

»Bereits kurz vor Perthenzell.«

»Vor Perthenzell? Wir fahren zum Baron von Bottendorf?«

Manz nickte. »Hatten Sie schon mit ihm zu tun?«

Kajetan schüttelte den Kopf. »Und Sie?«

»Ich hatte einmal die Ehre, mit ihm ein Gespräch zu führen. Ein außergewöhnlicher Mann.« Es gelang Manz nicht, seinen Stolz zu verbergen.

»Ich bin auch neugierig, seine Bekanntschaft zu machen«, log Kajetan. »Ich tät gern wissen, ob alles wahr ist, was man sich über ihn erzählt. Ich bin etwas skeptisch veranlagt.«

»Dazu besteht kein Anlass. Der Baron von Bottendorf ist die herausragende Persönlichkeit der vaterländischen Bewegung; er hat den Thule-Bund ins Leben gerufen.«

»Aber auch er wäre doch nur einer der vielen selbsternannten nationalen Führer, wenn es nicht die mutigen Männer und Frauen geben würde, die alles Notwendige am Ort durchführen.«

Manz lächelte geschmeichelt. »Sicher, sicher. Maulhelden wie den Professor gibt es genug.«

»Das wird er nicht gerne hören.«

»Das glaube ich allerdings auch«, erwiderte Manz trotzig. »Aber es ist so. Wer hat denn die gefälschten Bezugskarten hergestellt, die die gesamte Lebensmittelversorgung in der Stadt durcheinandergebracht haben? Das war nicht der Professor mit seinen untalentierten Pinselreitern aus der Akademie. Das waren wir, in unserer Druckerei. Das war zwar nur abends möglich, aber schließlich gibt es noch Kräfte in der Arbeiterschaft, auf die Verlass ist. Meinen Sie, dass das ungefährlich war?« Kajetan verneinte energisch.

»Aber es ist keinesfalls so«, fuhr Manz fort, »dass Baron von Bottendorf sich nicht auch in Gefahr begeben hätte. In seiner Wohnung traf sich, um nur ein Beispiel zu nennen, jene Gruppe von Offizieren, die den Anschlag auf den Präsidenten vorbereiteten.«

»Das kam aber glücklicherweise nie an die Öffentlichkeit.«

»Nein, natürlich nicht. Staatsanwalt Hahn, der die Ermittlungen führte, konnte vermeiden, dass derartige Spekulationen stattfanden. Außerdem waren die Treffen als Zusammenkünfte des Offiziers-Wirtschaftsbundes getarnt.«

»Raffiniert«, heuchelte Kajetan, »aber wenn sich Jean Klepsch nicht angeboten hätte, dann …«

»Dann hätte sich ein anderer gefunden, dessen bin ich sicher.

Bei Klepsch jedoch war von Vorteil, dass er im Krieg Lohmanns Adjutant war.«

»Zunächst war er aber doch bei den republikanischen Soldaten?«

»Das stimmt«, bestätigte Manz. »Aber das musste ja nichts heißen. Er war leicht dazu zu gewinnen, im entscheidenden Moment die Rückendeckung des Präsidenten freizugeben, damit Toni Arco ungehindert an ihn herankommen konnte. Woher Arco übrigens den vom Präsidenten persönlich unterzeichneten Passierschein hatte – dreimal dürfen Sie raten. (Wenn Löw das erfährt, dachte Kajetan, trifft ihn der Schlag.) Trotzdem drohte das Ganze für kurze Zeit in ein Fiasko auszuarten.«

»Ich bitte Sie! Die Aktion war doch erfolgreich.«

Manz senkte die Stimme. »Wenn es unter uns bleibt – ich zweifle manches Mal daran. Möglicherweise wäre auch anders zu erreichen gewesen, was wir uns in diesen Tagen zurückerobern müssen. Der Präsident war politisch am Ende, und die Mehrheitssozialisten arbeiteten mit uns zusammen. Aber davon wollte ich nicht sprechen. Nein, Klepsch war der Schwachpunkt. Eines Tages erhielt ich nämlich Besuch von einem jungen Mann, der sich als Journalist vorstellte und der mir Unterlagen zum Komplott gegen den Präsidenten anbot! Seinen Andeutungen konnte ich entnehmen, dass er hinter Klepsch her war – und er bezog sich dabei auf die Vernehmungsprotokolle! Obwohl der Staatsanwalt peinlich darauf achtete, dass ihr Inhalt nicht an die Öffentlichkeit kam, musste es diesem Verrückten gelungen sein, an sie heranzukommen! Staatsanwalt Hahn, der natürlich sofort davon unterrichtet wurde, hatte auch gleich einen konkreten Verdacht, wo die undichte Stelle war. Hahns Verdacht erwies sich als begründet, und wir handelten …«

Und ersäuften den Armen in der Isar, brachte Kajetan den

Satz in Gedanken zu Ende. Es fiel ihm immer schwerer, seine Maske zu wahren.

Manz schwätzte weiter. »Selbstverständlich wurde auch Klepsch sofort gewarnt, und wir machten ihm klar, dass wir ihn, wenn irgendetwas an die Öffentlichkeit käme, nicht mehr stützen könnten. Er war außer sich, sah seine neue Existenz gefährdet. Was er jedoch unternommen hat, war so dilettantisch, dass die Polizei auf ihn aufmerksam wurde. Es war vor allem ein Beamter der Kriminalpolizei, vor dem wir uns in Acht nehmen mussten. Sie werden vermutlich wissen, um wen es sich handelt. Sagten Sie nicht, dass Sie in der Polizeidirektion tätig waren? Glücklicherweise hatten wir bereits zu einem früheren Zeitpunkt entschieden, diesem Narren einen unserer Leute beizustellen, um zu verhindern, dass der Hintergrund unserer Aktionen zur Unzeit aufgeklärt wird. Doch zuletzt stellte sich heraus, dass der junge Journalist, von dem ich sprach, mit einem Dichter Kontakt hatte und dieser überall in der Welt tönte, er würde in seinem neuen Stück die Hintergründe des Anschlags auf den Präsidenten mitteilen. Wir wussten zunächst nicht, ob er im Besitz der Unterlagen war. Dann aber stellte sich heraus, dass unsere Vorsicht mehr als berechtigt war.«

»Darüber also will Raths schreiben …«, dachte Kajetan laut.

»Wollte er schreiben«, korrigierte Manz trocken.

Die Wagen hatten den Perthenzeller Bahnhof bereits passiert. Hinter einer Kehre tauchte auf einem Hügel das massige Perthenzeller Münster auf, das aus einer gedrängten Ansammlung ziegelrot gedeckter Bürgerhäuser ragte. Nach wenigen Minuten überquerte der kleine Konvoi die Ache und bog in den schmalen Fahrweg ein, der nach Hallberg führte. Der Soldat schnarchte noch immer.

»Nun, dann hat ja alles bestens geklappt, Herr Manz. Natürlich ist, wie Sie zu Recht sagten, die Frage, ob es nötig gewesen wäre, den Präsidenten zu erschießen.«

»Vielleicht hätte sich das Problem tatsächlich von selbst gelöst. Vielleicht aber auch nicht. Der Präsident war ein gefährlicher Mann. Ich erinnere mich an eine Situation in Heißenstett, wo bereits zu Jahresende einmal geplant war, ihn auszuschalten. Dort war eine Versammlung angekündigt, auf welcher der Präsident sprechen sollte. Wir wussten, dass die meisten Zuhörer gegen ihn waren, und hatten vorgesehen, die Versammlung gegen ihn aufzuwiegeln und ihn, wenn es schon nicht so funktioniert hätte mit den Berliner Spartakus-Leuten, im Chaos zu entführen und zu …«

»Aber das ist nicht so gelaufen. Wieso nicht?«

»Zunächst hat alles hervorragend geklappt. Wir hatten schon vor dem Saaleingang agitiert. Die Stimmung schien bestens geeignet für unser Vorhaben. Bis er auf die Bühne trat und zu sprechen anfing …«

»Was ist dann passiert?«

In Manz' Gesicht war noch immer die Enttäuschung sichtbar, die er damals empfunden hatte. »Schon nach einigen Sätzen herrschte Stille. Unsere Störer wurden zur Ruhe gerufen! Die Aggression richtete sich plötzlich gegen uns, während man ihm atemlos zuhörte! Er hat es, so unglaublich das klingen mag, geschafft, die Menschen nur mit der Kraft seiner Rede in seinen Bann zu ziehen. Er war ein Magier!« Manz schüttelte den Kopf, als könnte er dies noch heute nicht fassen. In seiner Stimme klang so etwas wie Bewunderung, als er weitersprach. »Es war, als hätte er jeden Einzelnen bei seinen Sorgen gepackt und ihm das, was ihn zuvor noch uns zugehörig machte, mit Worten gewendet, so dass seine Meinung plötzlich die zwingend eingängige war! Er war großartig, er war ein Meister der Rhetorik, er war, neben Liebknecht, Deutschlands Jean Jaurès! Und er war am besten, wenn wir versuchten, ihn mit Zwischenrufen zu stören. Wenige Worte, eine gut dosierte Bosheit, und er hatte alle Sympathien auf seiner Seite. Er fing unsere Rufe blitzschnell auf, schleuderte sie in die Luft, packte sie, drehte, wendete sie, fettete sie ein und ließ sie schließlich, noch eh man sich von seinem Staunen erholt hatte, in seinem Kaftan verschwinden, um gleich darauf statt ihrer etwas ganz anderes, irgendein Karnickel oder einen alten Hut, hervorzuziehen und an sein Publikum weiterzugeben. Nein, niemand, der den Präsidenten erlebt hat, glaubte, dass dieser je aufhören würde, für seine Ideen zu kämpfen. Niemals!«

Kajetan zuckte mit den Schultern. »Wer weiß?«

»Natürlich hatten auch wir unsere Zweifel. Aber die Tat war bereits beschlossen, wie der Präsident noch im Amt war und es so aussah, dass er es noch länger bleiben würde. Und außerdem herrschte noch immer eine grenzenlose Wut auf ihn, weil er auf einem Kongress in Bern die Holnstein-Papiere veröffentlicht hatte.«

»Welche Papiere? Ich hab nie davon gehört.«

»Ein Briefwechsel zwischen dem Reichskanzler und der Obersten Heeresleitung«, dozierte Manz herablassend, »in dem schon bei Kriegsbeginn die Verteilung der zu erwartenden Kriegsbeute festgelegt wurde. Diese Briefe deuten an, dass das Deutsche Reich keinesfalls gegen seinen Willen in den Krieg eingetreten ist, sondern seinen Ausbruch nach Kräften gefördert hat.«

Kajetan hatte offenen Mundes zugehört. »Bei Ihnen lernt man aber allerhand«, sagte er bewundernd.

Wieder genoss Manz das Lob. Er sah aus dem Fenster. »Wir sind gleich da«, erklärte er und deutete auf ein Gebäude, das noch etwa einen Kilometer entfernt in milchigen Umrissen aus dem Morgennebel blinkte. »Da oben, wohin bereits die Sonne scheint, da ist die Villa des Barons. Das Haus Schönblick.«

57

Die beiden Automobile bogen in langsamer Fahrt auf die mit einer dünnen Schneeschicht bedeckte, großflächige Erdterrasse neben dem Hauptgebäude ein. Mit steifen Gliedern stiegen die Befreiten aus. Kajetan trat einige Schritte auf den Rand der Terrasse zu. Er war überwältigt. Während das weiß gestrichene Gebäude die Morgensonne bereits schmerzhaft reflektierte, füllte ein fast endloses Meer aus stahlgrauem Nebel das Talbecken. Der von glitzerndem Schnee bedeckte Waldhang unterhalb der Villa schien lautlos in die Tiefe zu gleiten. Unter der reglosen, wattigen Decke war nichts zu erkennen; im Tal herrschte dämmrige Dunkelheit.

»Herzlich willkommen!«, rief Gassner, der die Terrasse betreten hatte. »Der Herr Baron möchte euch – und Sie, Frau Weinbaum – persönlich begrüßen.«

Die Begleitsoldaten sahen einander erfreut an. »Uns auch?«

»Selbstverständlich, Männer«, bestätigte Gassner gönnerhaft. »Bitte mir folgen zu wollen.« Er wies auf das Portal der Villa.

58

Die Ankömmlinge hatten in der Halle in einer Reihe Aufstellung genommen. Auf der Galerie öffnete sich eine Tür. Baron von Bottendorf trug eine der Reichswehr ähnliche Uniform, die offenbar maßgeschneidert war. Mit gemessenem Schritt trat er auf die Stufen der zur Halle führenden, offenen Treppe.

»Herzlich willkommen in Haus Schönblick!« Kurz leuchtete das Gesicht des Barons auf, als er Frau Weinbaum mit einem Handkuss begrüßte und ihr, die sich dadurch offenbar geehrt fühlte, die Hand tätschelte.

»Wären Sie mir sehr böse, lieber Herr Baron, wenn ich mich gleich zurückziehe? Ich bin entsetzlich müde!«

»Wie könnte ich, gnädige Frau!« Er deutete auf die Treppe zur Galerie. »Ruhen Sie sich aus!«

Sie nickte ihm freundlich zu und ging nach oben. Sie schien sich im Haus bereits auszukennen. Der Baron wandte sich den Männern zu.

»Mein lieber Herr Professor! Manz! Und Sie, guter Höß, haben die Aktion geleitet. Ich freue mich aufrichtig.« Er schüttelte ihnen die Hände. »Aber Ihre Begleiter kenne ich noch nicht.«

Der Professor legte die Hand auf die Schulter des scheu lächelnden Studenten. »Das ist Herr Nystedt, einer meiner Studenten. Und das ...«

Kajetan stellte sich vor.

»Polizeidirektion? Interessant, sehr interessant«, bemerkte der

Baron und wandte sich an die vier Soldaten. »Bei euch, Männer, ist Titel und Name unwichtig. Euch im Rock der nationalen Ehre zu sehen, sagt mir mehr über euch, als Name und Titel dies vermögen würden. Ich freue mich aufrichtig, Sie alle zu sehen. Die Operation ist also geglückt?«

»Leider nicht hundertprozentig, wie wir das ansonsten von Kamerad Lohmann gewohnt sind«, sagte der Professor mit bedrückter Miene und warf einen Blick zu Höß.

»Was ist geschehen?«

»Die Aktion hatte sich wegen eines unvorhergesehenen Zwischenfalls verzögert. Um ein Haar wären wir enttarnt worden, als wir uns in der Nähe der Schule auf die Aktion vorbereiteten. Ein Soldat, der zu den Bewachern gehörte, hielt sich aus irgendwelchen Gründen nicht an seinem Platz auf. Er schöpfte Verdacht. Wir hatten keine andere Möglichkeit, als ihn schließlich unschädlich zu machen. Als wir ankamen, mussten wir sehen, dass die Mannschaft der Roten Armee, an deren Stelle wir die Gefangenen abholen wollten, eben das Haus betrat und es kurz darauf mit vier Männern wieder verließ. Wir mussten anschließend noch warten, um nicht verdächtig zu wirken. Unser Informant hat uns aus unerklärlichen Gründen auch nicht mehr davon unterrichtet, dass die Gefangenen getrennt wurden. Er sprach zuvor nur von einem Gefangenen, der gesondert gehalten wurde und den wir keinesfalls befreien sollten.«

»Wissen Sie, was aus den vier Männern geworden ist?«

Höß schüttelte den Kopf. »Leider nicht. Wir konnten noch nicht…«

»Heute Morgen habe ich von Exekutionen gehört«, fiel ihm der Baron ernst ins Wort, »die im Luitpoldgymnasium durchgeführt worden sind.«

»Das ist… das ist…«, stotterte Höß.

Der Professor sah den Baron bestürzt an. Manz hielt sich erschrocken die Hand vor den Mund. Die Soldaten sahen zu Boden. Nystedt schien nicht recht zu begreifen.

»Ja, das ist keine gute Sache, mein lieber Höß.« Aus der Stimme des Barons klang leichter Tadel. »Aber ich kann Sie beruhigen. Bei den Opfern handelt es sich unter anderem um zwei Gefreite des 7. Husarenregiments, denen die Erschießung von Sanitätern zur Last gelegt worden ist.« Der Baron genoss die Erleichterung seiner Gäste. »Nun jedoch, lieber Herr Manz, wie ist die Lage in München? Als Mann der Presse haben Sie doch stets einen guten Zugang zu internen Vorgängen?«

Manz schüttelte den Kopf. »Durch meine Verhaftung wurde ich natürlich daran gehindert...«

Der Baron schnitt ihm das Wort ab. »Was können Sie mir berichten, lieber Höß?«

Der Angesprochene nahm eine militärische Haltung ein. »Levermann ist seiner Absetzung zuvorgekommen, Herr Baron. München ist kopflos.«

»Das wissen wir bereits, lieber Höß«, sagte Bottendorf mit leichter Ungeduld. »Und die Rote Armee? Wie viel Männer hat sie unter Waffen?«

»Schwer zu schätzen, Herr Baron.«

»Das ist keine befriedigende Antwort. Was denken Sie, Manz?«

»Es kann tatsächlich nicht mit letzter Sicherheit gesagt werden. Der Oberkommandierende, der Matrose Bergmüller, scheint gelernt zu haben. Nachdem er mit seiner Truppenparade auf der Ludwigstraße vor einer Woche aller Welt gezeigt hat, dass die Rote Armee gerade einmal jämmerliche fünftausend Mann auf die Füße bringt, gab es in den letzten Tagen keine Verlautbarungen mehr über Truppenstärke und Bewaffnung.«

Höß pflichtete ihm nickend bei.

»Dennoch, was schätzen Sie?«, wiederholte Bottendorf. »Versuchen Sie es.«

Manz legte die Stirn in Falten und dachte nach. »Zehntausend? Der junge Bergmüller gewinnt an Ansehen, und die Armee lockt mit gutem Sold.«

Der Baron winkte ab. »Zehntausend? Dann ziehen wir davon die Hälfte ab, die sich tatsächlich einem Kampf stellen wird.«

Manz schien sich nicht sicher. »Entscheidend wird sein, wie sich das Umfeld verhält.«

»Sehr richtig«, lobte der Baron. »Aber hier gibt es vermutlich keine Probleme mehr. Die Situation in den Garnisonen außerhalb Münchens ist mehr als desolat; sie dürfte im Handstreich bereinigt sein. Die Truppen in Dornstein und Achbruck sind bereits von unseren Leuten und der Bevölkerung entwaffnet.«

»Nun«, warf Höß ein, »Innburg mussten wir noch umfahren. Die Brücke sei bewacht, wurde uns gesagt.«

»Das war mit Sicherheit unnötig. Die Brücke über den Inn wird nur noch von einem Mann bewacht – dem Vorsitzenden des Soldatenrats selbst. Die anderen verlassen die Garnison nicht mehr. Nein, von dort erhält Bergmüller nicht länger Unterstützung. München wird fallen, ob er nun fünf- oder zehn- oder gar fünfzehntausend Mann hat.«

»Wenn es überhaupt zum Kampf kommt, Herr Baron. Schließlich wäre es Selbstmord, und Bergmüller ist kein Dummkopf. Außerdem hat die Rote Armee nach dem Rücktritt Levermanns keine Legitimation mehr.«

»Es sei denn, Bergmüller handelt ohne Levermanns Einverständnis, nicht wahr?« Der Baron lächelte überlegen. »Wozu aber bestimmte Voraussetzungen nötig wären.«

»Wenn Sie verzeihen, verehrter Baron, ich habe meine Zweifel. Bergmüller gilt als sehr intelligent. Immerhin ist es ihm gelungen, innerhalb von nur zehn Tagen eine Armee von mehreren tausend Männern aufzubauen.«

Wieder lächelte der Baron schlau. »Ich weiß. Und er gilt als äußerst konsequent. Auch das weiß ich. Aber er hat eine fatale Schwäche, nämlich einen geradezu abenteuerlichen Stolz. Und genau der wird es sein, wo wir ihn packen. Wir werden ihm die Entscheidung abnehmen. Wenn die ersten Roten, die wir antreffen, an die Wand gestellt worden sind, wird die Rote Armee kämpfen. Sie wird nicht anders können. Dafür werden wir sorgen.«

»Und dann?«, meldete sich einer der Soldaten zu Wort.

»Tja«, antwortete der Baron mit fetter Zufriedenheit, »was dann? Was denken Sie?«

Der Soldat lachte. »Dann gehts ans Köpfrasieren!«

Der Baron schien etwas indigniert und schwieg. Der Professor hatte dem Soldaten mit unmerklichem Kopfschütteln zugehört und wandte sich an den Baron.

»Aber man wird doch mit Verhandlungen versuchen, Blutvergießen zu vermeiden? Auch zum Schutz der eigenen Leute.«

»Sie werden mir nicht etwa sentimental, mein lieber Herr Professor?«

»Natürlich, ich bin kein Fachmann für militärische Angelegenheiten«, verteidigte dieser sich, »aber selbst dem größten Schwachkopf müsste doch eingehen, dass mit zehn- bis fünfzehntausend Leuten und einem Minimum an schwerer Artillerie nicht einer Überzahl von, wie ich höre, mehr als fünfzigtausend Mann in bester Ausrüstung widerstanden werden kann. Außerdem, die Räterepublik gibt es de facto nicht mehr. Auch wenn es nicht zum Kampf käme, könnte sie keine Woche mehr durchhalten. Das Lebensmittelembargo war wirksamer als jeder Dilettanten-Putsch.«

Mit seinen letzten Worten hatte er Höß, der daran beteiligt war, mit einem verächtlichen Blick gestreift. Der Soldat lief rot an und öffnete den Mund.

Bevor er beleidigt widersprechen konnte, hob Bottendorf die Hand.

»Sie haben nicht unrecht. Sogar mehr als das. Aber Sie dürfen davon ausgehen, dass wir darüber nachgedacht haben und keinerlei Belehrungen von irgendeiner Seite benötigen.«

»So war es nicht gemeint! Lieber Herr Baron ...!«

»Es ist gut, dass Sie es angesprochen haben, doch, lieber Professor. Weil es sich tatsächlich um anderes dreht. Gar nicht so sehr darum, dass Levermann und Bergmüller bereits jetzt Tote auf Urlaub sind. Die Köpfe sind im Grunde unwichtig. Meinetwegen hätten sich die Anführer der Räterepublik unter den Schoßröcken ihrer Schwabinger Künstlergeliebten vergnügen, von Revolution schwärmen und später in der Schweiz kluge Bücher über die Zukunft der Menschheit schreiben können. Unter ihnen sind sogar einige, denen ich Geist und Kultiviertheit nicht abstreiten will. Sehen Sie sich Heßstätter an! Einer der größten Geister, die wir haben! Was sind die biederen Bierschädel der Mehrheitssozialisten dagegen? Heßstätter hat über Whitman und Wilde gearbeitet, über Proudhon, Tolstoi und Shakespeare und hat Kontakt zu den namhaftesten Gelehrten unserer Zeit! Ein brillanter Geist! Höchst amüsant dazu! Auch Levermann können wir davon nicht ausnehmen. Ein exzellent ausgebildeter, politisch hochtalentierter Mann, noch dazu mit der bemerkenswerten Courage, im biederen München den Spartakus aufzubauen. Nein, um das Köpfrasieren geht es nicht so sehr, sowenig es sich vermeiden lassen wird. Folgen Sie mir, lieber Herr Professor?«

»Ich folge Ihnen, Herr Baron. Sie haben mich jedoch erst teilweise überzeugen können. Worum also geht es stattdessen?«

Der Baron verschränkte seine Arme vor der Brust, wandte sich halb ab und sah gedankenverloren aus dem Fenster. Die Soldaten hatten sich das alles verständnislos angehört und traten von einem Bein auf das andere. Kajetan stand starr da; mit gezwungener, steinerner Miene hatte er die Worte des Barons verfolgt. Er fror plötzlich und versuchte ein Zittern zu verbergen. Sein Gehirn arbeitete fieberhaft. Der Baron hatte sich wieder umgewandt. »Was tut ein Vater, dessen Sohn ungeraten zu werden droht? Wenn er ihn liebt, dann wird er nicht mit dem Rohrstock sparen. Verstehen Sie mich?«

»Ich beginne damit.«

»Das freut mich. Sehen Sie, glauben Sie etwa, dass alles, was in München seit Kriegsende geschehen ist, daher rührt, weil da ein paar idealistische Wirrköpfe Versammlungen im Hinterzimmer vom Gasthof Soller annoncieren, die dann noch dazu schlecht besucht sind? Oder weil der eine oder andere dahergelaufene Journalist, der im Hofbräuhaus nach einem Tee verlangt, seine Artikel geschrieben hat? Weil ein Heßstätter den Münchnern die Köpfe mit Tolstoi und Mirabeau vollschwätzt? Nein, alle diese Gestalten würden noch immer in ihren Zirkeln von der Veränderung der Welt schwärmen, wenn ihre Ideen nicht auch die des Pöbels gewesen wären. Ich bin keiner von denen, die von der Verführbarkeit der Massen sprechen. Denn die Masse ist das Tier, das von widernatürlicher Gleichheit und schrankenloser Freiheit träumt. Sie hat die Revolution hervorgebracht, nicht ihre wenigen, meist ziemlich untalentierten Führer. Diese sind nichts anderes als die Fleisch gewordene Akkumulation dieses massenhaften, gottlosen Ungehorsams. Waren es die Offiziere von Stand, die in die Rote Armee eingetreten sind, oder waren es die Kares und Luckes aus Giesing, der Au, dem Westend oder aus den aufgelassenen Lehmgruben in Haidhausen? Die Lümmel aus der Vorstadt sind es, die sich frech anmaßen, die Ordnung unseres Volkes auf den Kopf zu stellen. Nein, das Pack will, was es tat. Es gibt keine Entschuldigung dafür. Es gilt also, und damit komme ich zum Kern Ihrer Frage, dem Pöbel eine Lektion zu erteilen. Er muss Angst in die Hosen kriegen. Verstehen Sie nun, warum wir trotzdem auf München marschieren, obwohl – und da haben Sie im Grunde recht – durch Verhandlungen mit den gemäßigten Führern der Räterepublik Blutvergießen vermieden werden könnte?«

Der Professor nickte. »Sie haben eine Vision«, stellte er beeindruckt fest.

»Wir alle haben sie«, sagte der Baron weihevoll und bedachte die Soldaten mit dunklen Blicken. Sie nickten dümmlich. Kajetan zitterte heftig.

»Und nun entschuldigen Sie mich, meine Herren. Ich habe vor, in etwa einer Stunde mit einer der Einheiten, die die Umschließung Münchens verstärken soll, aufzubrechen. Möchten Sie dabei sein oder sich noch etwas ausruhen? Wie Sie wollen. Herr Gassner wird Ihnen eine Unterkunft zuweisen.«

Er hob die Hand und ging zur Treppe. Dort hielt er an und trat einen Schritt in Kajetans Richtung.

»Übrigens, Sie sagten, Sie seien in der Polizeidirektion tätig? Sie kannten doch den Kameraden Gnott?«

»Gnott? Doch, ich entsinne mich.«

Das Gesicht des Barons wurde ernst. »Eine betrübliche Nachricht. Kamerad Gnott ist vorgestern enttarnt worden.«

»Ist … er …?«

»Ja. Er ist heute Morgen exekutiert worden. Schade um ihn, nicht wahr? Ein guter Mann. Wir konnten ihn in den Kreis um Levermann platzieren, und gleichzeitig sorgte er im Polizeipräsidium dafür, dass unsere Pläne nicht durchkreuzt wurden. Schade. Sehr schade.«

59

Langsam löste sich Kajetans Erstarrung. Ein unbestimmtes Gefühl sagte ihm nun, dass er dieses Haus sofort verlassen musste. Er war in Gefahr; spätestens dann, wenn Lohmann in Perthenzell eintreffen würde, würde seine wahre Identität ans Tageslicht kommen. Während seine Mitreisenden es vorzogen, ein Bad zu nehmen und sich einige Stunden auszuruhen, begab er sich ins Tal. Der Verwalter hatte ihm angeboten, ihn mit dem Wagen des Barons ins Tal zu fahren, was der Inspektor jedoch abgelehnt hatte. Ein geradezu körperlicher Widerwillen hatte sich bei ihm eingestellt, wenn er nur Bottendorfs Namen hörte. Gassner hatte Verständnis dafür, dass Kajetan nach den Strapazen der vergangenen Tage durch eine Wanderung zur Ruhe kommen wollte, und beschrieb ihm den Weg.

Als die Villa hinter einer verschneiten Wand hoher Tannen nicht mehr zu sehen war, kniete sich Kajetan auf den Boden. Mit beiden Händen griff er in den Schnee und rieb sich damit das Gesicht. Eine wohltuende Kälte breitete sich in seinem Körper aus; seine Nerven beruhigten sich. Er machte sich auf den Weg.

60

Wachtmeister Stöckl trat von einem Fuß auf den anderen. Er beobachtete, wie sich der Platz vor dem Bahnhofsgebäude immer mehr mit jungen Männern füllte, die sich an einem Freistand neben einem Militärlastwagen drängten, um dort ein Gewehr und eine Anzahlung auf den Sold in Empfang zu nehmen. Aus der Bahnhofsgaststätte ertönten bereits laut lachende, betrunkene Stimmen. Auch immer mehr Perthenzeller fanden sich in festtäglicher Aufmachung ein, um der Verabschiedung der Truppe beizuwohnen. Die Perthenzeller Blaskapelle hatte damit begonnen, sich neben einem mit Reisig bekränzten Rednerpodium auf ihren Auftritt vorzubereiten.

Aber das war es nicht, was er immer wieder mit besorgtem Blick beobachtete.

Die kleine, magere Alte stand in der Mitte des Platzes und schien nicht zu bemerken, was um sie herum vor sich ging. Sie reagierte nicht und sah ins Leere, als ärgerliche Stimmen sie aufforderten, zur Seite zu gehen.

Stöckl konnte sehen, dass Tränen über ihre knochigen Wangen rannen. Ihre Lippen schienen Worte zu formen. Der Wachtmeister trat unauffällig in ihre Nähe. Nun wurde ihre Stimme lauter. Er konnte hören, was sie wie in Trance wiederholte.

»Seids ihr Narren«, flüsterte sie. »Gott, seids ihr Narren …« Immer mehr junge Männer drängten an ihr vorbei. Sie hob ihre Stimme. »Seids ihr Narren. Gott, seids ihr Narren.«

Einer der bereits Bewaffneten hatte es jetzt gehört. Böse drehte er sich zu ihr um.

»Seids ihr Narren«, wiederholte sie.

Der Bewaffnete machte einen anderen Soldaten auf sie aufmerksam.

»Halts Maul, alte Schachtel!«, rief der junge Mann roh und ging einen Schritt auf die Frau zu.

Jetzt griff Stöckl ein. Er stellte sich zwischen sie und die beiden Männer und berührte ihren Arm. »Geh weiter, Sali, du bist doch sonst eine der Gscheiteren.«

Sie hob den Kopf zu ihm und sah durch ihn hindurch.

»Lasst sie in Ruh«, sagte Stöckl zu den beiden Männern, »sie ist blind.« Sie zogen mürrisch ab. Er atmete auf und führte die alte Frau zur Seite.

»Ich soll gscheit sein?«, sagte sie mit zitternder Stimme. »Gib der Herrgott, dass ich niemals so gescheit werd, wies ihr alle miteinander seids …«

»Freilich, Sali.« Er sah sich um, bis er entdeckt hatte, was er suchte.

»Heda, Hansi!«, rief er über den Platz. Ein schmächtiger, sommersprossiger Junge, der sich gerade bei der Waffenausgabe angestellt hatte, wandte sich neugierig um.

»Geh einmal her da, Hansi!«, sagte Stöckl mit einer Stimme, die keinen Widerspruch zuließ. Der Junge kam zögernd näher. »Bring deine Großmamm heim, Hansi. Sie ist schlecht beieinander! Auf der Stell!«

»Des geht doch nicht!«, versuchte der Junge zu protestieren. »Ich muss doch … der Zug fährt in einer halben Stund weg!«

Stöckl sah ihn streng an. »Ist des jetzt bei uns der Brauch, dass man sich um die eigenen Alten nicht mehr kümmert? Was sind denn das für neue Tänz?«

»Wann doch der Zug geht! Wann ich doch den Sold brauch!«, erwiderte der Junge verzweifelt.

Stöckl ließ die alte Frau los und ging einen Schritt auf ihn zu. Der Junge hob schützend die Hand vors Gesicht.

»Wenn du nicht auf der Stell die Großmamm heimbringst, dann patz ich dir eine, dassd drei Tag nichts mehr hörst«, sagte der Wachtmeister und holte drohend aus.

»Aber … aber …«

»Marsch!«, brüllte Stöckl so laut, dass der Junge entsetzt zusammenfuhr. Hastig nahm er seine Großmutter am Arm und brachte sie weg.

Der Gendarm sah ihm erleichtert nach.

»Herr Wachtmeister!«

Stöckl drehte sich um. »Ja, so was!«, rief er erfreut. »Der Herr Inspektor! Grüß Sie Gott!« Sie schüttelten sich die Hände. »Aber sagens«, fragte er dann misstrauisch, »was tun Sie denn bei uns herunten?«

»Eine lange Geschicht, Herr Wachtmeister, eine ganz lange. Und nicht die, die Sie sich vielleicht jetzt denken. Ich erzähls Ihnen, wenn das ganze Theater vorbei ist.«

»Ein Theater, das ist es, womit die Leut es verwechseln«, pflichtete ihm der Gendarm bei. »Bloß weiß keiner, obs gut ausgeht.«

»Wirklich nicht?«

»Recht habens«, sagte Stöckl bitter. »Wir müsstens eigentlich wissen.« Er nickte nachdenklich und sah wieder über den Platz. Noch immer strömten junge Männer herbei. Der Lärm hatte zugenommen; aufgeregte Gespräche, lautes Gelächter und betrunkene Jauchzer waren zu hören.

Von Hallberg kommend, bogen nun mehrere Autos auf den Platz ein. Stöckl und Kajetan sahen, wie aus einem der Wagen Gassner sprang und die Tür zu den Rücksitzen öffnete.

»Wie gnädig ers nur grad wieder hat, der Gassner, dieser Schnallenchauffeur. Und was für eine fesche Uniform er trägt!«, bemerkte der Wachtmeister verächtlich. Alle Blicke waren nun auf den Baron gerichtet, der aus dem Wagen stieg und sich zufrieden umsah. Militärisch grüßend ging er unter dünnem Beifall zum Rednerpult.

»Hoch!«, rief Gassner laut. Einige folgten seinem Beispiel.

Der Baron winkte bescheiden ab und gab ein Zeichen. Ein lautes Kommando ertönte.

Die Bewaffneten stellten sich in Reih und Glied auf; einigen schien es bereits schwerzufallen. Baron von Bottendorf stützte seine Arme auf das Rednerpult. Er holte tief Luft. »Ihr Männer der bayerischen Berge, ihr Bauern des Hochlands, Kameraden! In dieser Stunde, in der ich das Wort an euch richte, rasen durch unser Land gewaltige Stürme. Von landfremden Elementen entfesselt, übt die Revolution einen beispiellosen Terror aus. Eine winzige, nur auf Zerstörung bedachte Schar von Phantasten und Kriminellen hat unser Land an den Rand eines Bürgerkriegs gebracht und München zu einem Tollhaus gemacht. Brave Bürger schmachten im Kerker, Unschuldige werden gemeuchelt, das Revolutionstribunal wütet. Helft uns, schallt es von den Türmen Münchens! Rettet uns, jammern Frauen und Kinder! Eilt uns zu Hilfe, wimmert es über die Telegrafendrähte!« Bottendorf hielt kurz inne, um sich der Wirkung seiner Rede zu versichern. Er schien zufrieden. Wieder holte er tief Luft. »Landsleute! Bayern! Die Stunde ist da, wo wir eins sein müssen! Wo Schlagworte nichts mehr zählen, wo Bauern und Bürger sich nicht mehr gegeneinander aufhetzen lassen, wo es kein Oben und Unten mehr gibt und nur noch jenes gemeinsame Band sie eint: das Band des Blutes, das Band des Stammes …«

Wachtmeister Stöckl beugte sich zu Kajetans Ohr. »Interessant!«, murmelte er, ohne den Blick vom Rednerpult zu nehmen.

»Was?«, wollte Kajetan wissen.

»Der Baron ist, unter uns gesagt, türkischer Staatsbürger.«

»Hörens auf!«

»Ich weiß es aus der Anmeldekartei. Deutschstämmig, aber türkischer Staatsbürger. Außerdem hats einmal kurz vor dem Krieg eine Anfrag aus Berlin gegeben.«

»Weswegen?«

»Betrug und Urkundenfälscherei. Ist aber anscheinend eingestellt worden. Was allerdings noch besteht, ist seine Entmündigung.«

»Hörens auf«, flüsterte Kajetan entgeistert. »Das gibts doch nicht.«

»Ich bin heut nicht so aufgelegt zum Witzerzählen, Herr Inspektor … Lassens mich weiter zuhören.«

»… und kaum sind diese Rufe von Not und Verzweiflung verklungen«, sagte der Baron nun, »erhebt sich in dieser höchsten Gefahr wieder ein Sturm. Von wahrhaft heroischem Mut besessen und beseelt, stehen überall im Lande Bauern, Arbeiter und Bürger auf! Es sind keine Lotterbuben, Vorstadtschlawiner und verschmockte Jüdlinge! Tapfere, brave Männer sind es, die ihre Häuser und Höfe verlassen und ihr kostbares Leben in die Waagschale werfen, um ihren Brüdern und Schwestern zu Hilfe zu eilen. Ernst glüht aus ihren Gesichtern, feste Entschlossenheit und stolze Vaterlandsliebe. Stolz, ich gestehe es«, er legte dabei die flache Hand auf seine Brust, »ist auch das, was mich in dieser Stunde beseelt. Stolz darauf, einer der Eurigen zu sein, in deren Augen ich diesen unüberwindlichen Willen zum Sieg aufleuchten sehe. Ich sehe in euch die Gewissheit, dereinst vor der Geschichte bestanden zu haben, ich sehe die Entschlossenheit, der jüdischen Frechheit die Stirn zu bieten. Ich sehe nur eines: Sieg! Jawohl, Sieg!«

»Dass das den Leuten allerweil noch nicht weh tut?«, knurrte Stöckl. Kajetans Antwort ging im Sturm eines Beifalls unter. Als sich der begeisterte Tumult gelegt hatte, bat Bottendorf den Pfarrer auf das Podium.

Der Priester trat rasch hinauf, tauchte einen Wedel in einen von einem Ministranten bereitgestellten Topf und besprengte die Soldaten mit Weihwasser. Sie bekreuzigten sich.

»Heut hat ers aber pressant. Und die Glocken hat er auch nicht läuten lassen«, wunderte sich Stöckl, nachdem er beobachtet hatte, dass der Pfarrer das Podium auffallend schnell wieder verlassen hatte. »Im Vierzehnerjahr hat er noch eine Predigt aufgezündet, dass die Gewehre fast von selber losgegangen sind. Na ja, wer wär seinerzeit nicht närrisch gewesen?« Die Musik hatte eingesetzt. Die Formation löste sich auf; die Soldaten schwenkten ihre Hüte und drängten auf den Bahnsteig.

»Gehn wir, Herr Inspektor«, meinte Stöckl. »Das Wichtigste hab ich vergessen, Ihnen zu sag … Was habens denn?«

»Das gibts doch nicht!«

»Was?«

»Kommens mit, Herr Wachtmeister! Das ist der Sauhund, hinter dem ich die ganze Zeit her bin!«, keuchte Kajetan. Er schob die vor ihm stehenden Menschen grob zur Seite und rannte mit weitausgreifenden Schritten zum Bahnsteig. Besorgt folgte ihm der Wachtmeister.

»Klepsch!«, schrie Kajetan heiser. Die Soldaten, von denen einige bereits betrunken waren, drehten sich ihm zu und sahen ihn erstaunt an. Auch Klepsch, der bereits auf der Waggontreppe stand, blickte erstaunt in die Richtung, aus der der Ruf gekommen war.

»Klepsch Schani!

»Was willst?«, fragte der Soldat verblüfft. Dann erkannte er den Inspektor, der sich nun mit heftigen Bewegungen durch die murrende Menge kämpfte.

»Klepsch, ich verhafte dich wegen …«

Der Soldat stieg eine Stufe höher und lachte höhnisch. »Halts Maul, du Narr!«

Der Inspektor kämpfte sich weiter vor. Er stieß einige Männer zur Seite, aber der Pulk, der sich ungeordnet in den Waggon drängte, war zu dicht. Trotzdem kam er näher.

»Bleib da! Sofort!«

Klepsch lachte. »Freilich! Du Arschloch!«

»… ich verhafte dich wegen Mordes an Eugen Meininger!«, wiederholte Kajetan mit sich überschlagender Stimme. Die Soldaten, die seine Worte verstanden hatten, stutzten.

»Kameraden«, rief Klepsch in die Menge, »das ist ein Närrischer. Ein Roter, den ich von München her kenn! Hauts ihm eine drauf!«

Nun drehten sich alle Männer zu Kajetan. Schon stürzte sich einer auf ihn, zerrte ihn am Kragen und holte zum Schlag aus.

»Polizei! Was ist da los?«, dröhnte Stöckls Stimme durch den Lärm.

»Das ist ein Roter! Hauts ihm eine rein, der Sau!«

»Was? Ein Roter?«, rief der Wachtmeister theatralisch, ging rasch auf den Inspektor zu und riss ihn mit einer harten Bewegung vom Bahnsteig. »Sie sind verhaftet!«

Ein schmächtiger Held folgte den beiden und versetzte Kajetan einen schmerzhaften Tritt.

Hastig zerrte Stöckl den Inspektor nach draußen. Dort ließ er ihn los und sah ihn ärgerlich an. »Sinds denn ganz deppert geworden?«, fragte er schwer atmend.

»Das … das ist der Mann, nach dem ich die ganze Zeit schon such«, erklärte Kajetan, »und da in Perthenzell läuft er direkt vor meiner Nase herum. Ich werd narrisch!«

»Ich glaubs Ihnen ja, Herr Inspektor. Aber habens denn überhaupt kein Gespür dafür, wo Sie sich befinden? Sehns denn gar nichts um sich herum?«

Kajetan antwortete nicht. Stöckl hatte recht.

»Schauens Ihnen lieber an«, sagte der Wachtmeister nach einer Weile und deutete mit dem Daumen in die Richtung des Ortes, »was ich heut in der Früh für einen Fang gemacht hab. Kommens mit auf die Gendarmerie. Mein Kollege wird für mich den Außendienst übernehmen.«

Vom Bahnsteig ertönte das Abfahrtssignal. Als Kajetan und Stöckl den Weg zum Ortszentrum hinaufgingen, kam ihnen atemlos ein schmächtiger, sommersprossiger Junge auf dem Fahrrad entgegen.

»Ich hab die Großmamm heimgebracht. Ich bin doch ned … bin ich zu spät?«

»Hättst dich geschickt«, sagte Stöckl ungerührt.

Der Junge brach in Tränen aus. »Sie … Sie gemeiner …«, rief er in hilflosem Zorn.

»Na, na! Aufpassen, Mannderl, gell?« Stöckl grinste zufrieden und ging weiter.

61

Wachtmeister Stöckl hatte die Tür zur Arrestzelle im Keller aufgesperrt und weidete sich an Kajetans verblüfftem Gesichtsausdruck.

»Na?«, sagte er stolz. »Gebens zu, dass die Perthenzeller Gendarmerie mindestens genauso gwieft ist wie die Münchner?«

»Vor allem gibt es sie noch«, antwortete Kajetan, nachdem er sich von seiner Überraschung erholt hatte.

»Ich habe sie heut in der Früh festgenommen«, erklärte Stöckl. »Weil ich mir gedacht hab, dass heut eine Mordsgaudi sein wird wegen dem Abmarsch der Freiwilligen, bin ich schon recht zeitig raus. Es ist noch finster gewesen, wie ich sie mit ihrem Bruder erwischt hab, wie sie grad mit dem Radl nach Hallberg zurückfahren wollten. Was sie um diese Zeit gesucht haben, hab ich noch nicht rausbringen können. Ihren Bruder hab ich laufen lassen. Liegt ja nichts vor gegen ihn.«

»Also, jetzt bin ich platt. Die Jule …« Kajetan nahm sich einen Schemel und setzte sich vor das Mädchen. Er musterte sie. »Gell, da schaust?«

Sie schien bester Laune zu sein. Ja, gab sie bereitwillig zu, sie habe das Durcheinander in der Polizeidirektion ausgenutzt, um zu fliehen. Da kein Zug mehr fuhr, sie außerdem kein Geld bei sich gehabt habe, sei sie eben zu Fuß gegangen und erst um Mitternacht des drauffolgenden Tages in Hallberg angekommen. Zu Fuß zu gehen habe ihr nichts ausgemacht.

»Unglaublich«, staunte der Inspektor. Sie zuckte gleichmütig mit den Schultern.

»Und du? Hast jetzt schon alles rausgebracht?«, fragte sie mit leichtem Spott. Kajetan nickte.

»Und? Wer war es? Wer hat den Eugen auf dem Gewissen? Ich weiß es.«

Kajetan betrachtete sie. Irgendetwas an ihrem Verhalten war eigenartig. Hatte sie nicht erst gestern erfahren, dass ihr Geliebter nicht mehr am Leben ist? Er erinnerte sich an ihren Zusammenbruch in der Münchner Polizeidirektion. Er konnte doch nicht gespielt sein! Warum aber wirkte sie nun so kräftig? Fast fröhlich?

»Ich auch, Jule. Es war Schani. Den ich von Anfang an in Verdacht hatte. Aber wie hast du es rausgefunden?«

»In der Nacht, in der sie dem Eugen sein Haus angezündet und ihn umgebracht haben, war ich daheim, und die Christine auch. Und kein Schani war da über die Nacht. Wie ihr euch in der Direktion darüber unterhalten habt, dass Schani sie als Alibi genannt hat, wusste ich, dass er gelogen hatte, dass er es war. Und warum er es getan hat, ist mir jetzt klar. Dir wahrscheinlich auch, oder?«

»Ja, das weiß ich jetzt ebenfalls«, bestätigte ihr der Inspektor. »Es hat allerdings lange gedauert. Ich kann mich an keinen Fall erinnern, der schwieriger als dieser gewesen wär.«

»Sagst mir es, was du rausgebracht hast?«

»Der Eugen Meininger ist nur zum Schein auf den Auftrag der Zeitung eingegangen, die Vergangenheit des Präsidenten auszuforschen. Er war ja nicht blöd. Und er hat sich vermutlich ziemlich geärgert über die Herablassung, mit der man ihn behandelt hat. Also hat er zunächst beschlossen, die Urheber dieses Gerüchts bloßzustellen.«

»Nicht schlecht, Inspektor«, sagte sie und nickte anerkennend. »Ja, es stimmt. Aber jetzt kommt was, was du nicht weißt: Er war zufällig Zeuge des Anschlags auf den Präsidenten. Er hat genau gesehen, dass die Wache an der Ecke der Prannerstraße die Position gewechselt hat, damit der Mörder an ihn rankommen hat können.«

»Und der Wachtposten, der die Stellung gewechselt hat, war der Schani.«

»Das war der Schani, genau. Der Schani ist nie ein überzeugter Roter gewesen. Er hat von nichts anderem geträumt als von einer eigenen Wirtschaft. So haben sie ihn eingefangen. Wird nicht schwer gewesen sein, denk ich mir; ihm war alles wurscht, wenn er damit zu dem kam, was er haben wollte …«

Sie plaudert mit mir, als würden wir im Wirtshaus sitzen und über das Wetter reden, dachte Kajetan.

»… Eugen hat erkannt, dass die Urheber des Gerüchts dieselben Leute sind, die auch hinter dem Anschlag auf den Präsidenten stehen, dass es sich dabei um eine Art Geheimbund gehandelt hat, auf deren Mitgliederlisten man alle wohlhabenden Münchner Geschäftsleute und fast die gesamte bayerische Aristokratie gefunden hat, und dass ganz oben Baron von Bottendorf stand. Nicht der Präsident war ein geflohener Bankrotteur, der sich einen Tarnnamen zugelegt hat – das alles trifft auf den Baron zu! Das wars, was er beweisen wollte. Und er wollte dem Herrn Stein zeigen, dass er sich in ihm getäuscht gehabt hat.«

»Auf seiner Suche nach Beweismaterial ist er schließlich auch im Albergo gelandet, wo ihr euch kennengelernt habt, nicht wahr?«

Sie nickte. »Doch dann muss der Schani irgendwie rausgekriegt haben, dass der Eugen hinter ihm her ist. Ich möcht bloß wissen, wie. Wir waren so vorsichtig. Selbst wenn ihm die Christine einmal etwas gesagt hätt, dann wär das zwar anfangs ein Grund zur Eifersucht gewesen, hätt ihn aber noch lang nicht wissen lassen, dass Eugen an der Aufklärung des Attentats arbeitet.«

Kajetan beugte sich nach vorn, stützte seine Ellbogen auf seine Oberschenkel und legte die Fingerspitzen aneinander. »Dafür weiß ich es, Jule. Der Eugen ist zwar ungeheuer raffiniert vorgegangen, hat es sogar geschafft, an die Vernehmungsprotokolle des Staatsanwalts ranzukommen, aber er hat einen Fehler gemacht. Er hat ja leben müssen, und außerdem war er in München noch ein Nichts als Journalist. Er hat gedacht, mit der Enthüllung der Hintermänner könnte er groß rauskommen, und hat das Material einer Münchner Zeitung angeboten, einer linken, wie er dachte. Dort sind aber Leute gesessen, die sofort diesen Geheimbund alarmiert haben. Und so wusste es auch Schani gleich. Wo Eugen gewohnt hat, hat er von dieser Zeitung erfahren und nicht dadurch, dass er dir aus Eifersucht nachspioniert hat.«

»So also ist das gewesen.« Sie senkte den Kopf, und eine schmale Trauer verdunkelte ihr Gesicht.

»Er ist einfach nicht vorsichtig genug gewesen. Er war noch zu kurz in der Stadt, um dieses Geflecht zu durchschauen.«

Sie richtete sich wieder auf. Der Inspektor rätselte noch immer, warum sie sich verhielt, als würde alles schon viele Jahre zurückliegen. Unauffällig warf er einen Blick auf ihr Gesicht. Jules ruhende, selbstbewusste Schönheit schien durch die Erfahrungen in den vergangenen Tagen sogar noch gewonnen zu haben. Sie haben ihr ihren Geliebten weggenommen, dachte Kajetan, wieso leidet sie nicht? Er fand keine Erklärung.

»Nun, Jule, natürlich bist du nicht mehr verhaftet. Du kannst heimgehen. Aber warum hast das alles nicht schon früher gesagt? Jetzt ists zu spät. Der Schani ist über alle Berg und lässt sich mit dem Baron zusammen als Kriegsheld feiern.«

Sie machte keine Anstalten, sich zu erheben, und sah ihn amüsiert an. »Du täuschst dich.«

»Ah ja?«, fragte er müde. »Und warum täusch ich mich wieder einmal?«

Ein Glanz umgab das Mädchen.

»Weil der Zug nicht auf München kommen wird.«

Kajetan hob irritiert den Kopf.

Dann winkte er ab.

»So hättst dus wohl gern«, sagte er niedergeschlagen, »und ich, weiß Gott, auch.«

»Was meinst du denn damit?« Stöckl war näher getreten. Seine Stimme klang belegt.

Sie drehte sich zu ihm um. »Wie ichs gesagt hab. Dass der Zug nicht in München droben ankommt. Und der Schani auch nicht.«

»Lassens doch, Herr Wachmeister.« Kajetan schüttelte den Kopf. Aber das interessierte Stöckl jetzt.

»Und wieso nicht, Jule?«, forschte er weiter.

»Wirst schon sehn.« Die junge Frau hob den Kopf und lächelte ihn mitleidig an. Kajetan wurde ungeduldig.

»Lassens doch, Herr Stöckl. Wie soll denn so ein verhungertes Gestell einen Zug aufhalten können?«

Er erhob sich und wollte zu seinem Mantel greifen. In dem Moment sah er Stöckls Gesicht. Es war bleich geworden.

»Was habens denn?«, fragte er alarmiert.

»Die Jule könnt es freilich nicht tun«, sagte der Wachtmeister, »aber ...«

»Aber was?«

»Ihr Bruder ...« Stöckl schluckte.

»Was ist mit ihrem Bruder. Jetzt redens doch endlich!«

»Heut Morgen, Herr Inspektor, wie ich sie erwischt hab – da war sie nicht allein, sondern mit ihrem Bruder zusammen. Beide sind sie mit dem Rad von der Pass Thurner Richtung gekommen.«

»Ja und? Warum erzählen Sie mir das?«

Auf Stöckls Stirn hatten sich Schweißperlen gebildet. »Weil der Bruder vor dem Krieg bei der Eisenbahn war. Er ist Streckengeher gewesen. Und wissens, wo? Zwischen Pass Thurn und Gmeinau! Eine Strecke, wo die Gleise über eine Schlucht führen und noch dazu das steilste Gefälle aller Bahnen im Reich haben.«

Kajetan starrte den Wachtmeister an. »Sie meinen, dass ihr Bruder …«

Stöckls Stimme wurde lauter. »Sie kann freilich nichts anstellen. Aber der Hans, der kennt die Strecke auswendig.« Der Wachtmeister machte einen Satz nach vorn, packte Jule an den Schultern und schüttelte sie.

»Seids ihr jetzt komplett narrisch geworden, ihr Riemerischen? Was habts ihr gemacht?« Er hob die Hand. Jule lächelte noch immer.

»Da wirds rot aufgehen. Wie beim Weltgericht, Stöckl.«

»Und du«, die Stimme des Wachtmeisters überschlug sich, »du bist der Herrgott, Jule?« Er riss sie heftig von ihrem Stuhl. »Über hundert Leut sitzen da drin!«

»Herr Wachtmeister!« Kajetan war aufgesprungen und hatte Stöckls Arm, der bereits zum Schlag ausgeholt hatte, gepackt. Der Wachtmeister atmete schwer. »Wir müssen sofort zum Bahnhof!«, rief er heiser und stürzte zur Tür.

Kajetan zweifelte noch immer. »Jetzt beruhigen Sie sich halt. Die macht doch nur Sprüch!«

Stöckl riss seinen Mantel vom Haken und zog ihn sich rasch über. »Beruhigen? Sie kennen die Riemerischen nicht! Den Riemerischen kannst alles nachsagen, aber nicht, dass sie Sprüch machen!«

Kajetan beugte sich zu Jule, die sich wieder aufgerichtet hatte. Gelassen erwiderte sie seinen Blick.

»Stimmt das?«

Das Mädchen nickte. »Wär das eine Gerechtigkeit, wenn der davonkommt? Dass ich mir den Meinen nehmen lass, und lass mir das gefallen? Dass ich ein altes Weib werd, das bis ans End so was brav tragt? Nein.«

»Aber die anderen, Jule!«

»Sind auch nichts Besseres. Der Gassner vielleicht? Gar der Herr Baron? Die Dummköpf, die für drei Mark am Tag schon wieder zum Leutzusammenschießen ziehn, kaum dass der Krieg aus ist?«

»Dummheit ist das! Aufgehetzt sinds worden!«

»Und können deswegen nichts dafür?«

»Was sonst?«

»Nein!« Ihr Gesicht wurde hart. »Drauf ist sich leicht rausreden, allerweil wird sich drauf rausgeredet! Und wenn noch so viele draufgehen dabei, allerweil gibts eine Ausred, es könnte einer nichts dafür, er sei halt verführt worden. Nein! Ein jeder will, was er tut. Und ein jeder muss tragen, was er angestellt hat.«

Stöckl fluchte rau. »Herr Inspektor, in Himmelherrgotts Namen! Ist jetzt Zeit zum Philosophieren? Es geht um jede Minute.«

Kajetan nickte.

»Und was habts ihr gemacht, dass der Zug nicht ankommt?« Er packte sie an den Schultern. »Jule!«

Ihre Augen wurden schwarz. »Wirst schon sehen. Ganz Perthenzell wirds sehen«, sagte sie tonlos.

Kajetan wich zurück. Er zog sich mit hastigen Bewegungen den Mantel über. Während er ihn zuknöpfte, musste er auf einmal an Irmi denken. Ein plötzlicher Zorn platzte in seinem Kopf.

Tu es nicht, sagte die Vernunft, es ist unnötig.

Schone sie, sagte das Mitleid.

Er schaute sie nicht an. Seine Stimme war heiser. »Kannst du eigentlich eins und eins nicht mehr zusammenzählen, Jule? Schmeißt dein Leben weg und spannst dabei nicht, dass der Meininger nichts anderes wollt, als über dich an den Schani rankommen.«

Er stockte und erschrak über seine Bösartigkeit, riss sein Gesicht herum und stierte sie an. Sie bewegte sich nicht. Ihr blasses Gesicht war wächsern geworden, und sie blickte starr an ihm vorbei. Ihre Brust bewegte sich nicht.

Kajetan floh vor ihrem Anblick und wandte sich hastig zur Tür. Stöckl schloss mit steinerner Miene die Zellentür auf und vermied es, den Inspektor anzusehen. Dann begannen sie zu laufen.

Nein!!!, schrie ihr ganzer Körper, als sie wieder allein in der Zelle saß.

Nein! Das war wirklich. Ich bin mit ihm gegangen, da war kein Licht, kein Weg und kein Steg zu sehn, nur ein Schwarm Stern hat uns geleuchtet, und er war an meiner Seit, war mein Licht und meine Sonn, unds Gras hat einen Duft gehabt, und wie ich nackt glänz, sagt er, wie bist du schön, und ich brauch nicht herabschauen auf mich und sag bloß, dass es stimmt, und auf einmal fällt alles von ihm, was geheim ist am anderen, und wir brechen ein in ein fremdes Land, mit einem Himmel und Wärm und Sonn Tag für Tag … Ich möcht zu ihm, Gott, bloß noch zu ihm.

62

»Gehns weiter, Herr Wachtmeister, redens doch nicht so einen Krampf daher! Wer sollt denn so was Damisches tun?« Bahnhofsvorsteher Wendler winkte ärgerlich ab. »Die schöne neue Elektrische in den Graben fahren!«

»Die gibts bald nimmer, deine schöne Elektrische«, rief Stöckl, »wenns nicht sofort angehalten wird.«

»Wer soll so was Damisches tun, hab ich gefragt!«

Stöckl verdrehte verzweifelt die Augen. »Der Riemer!«

»Der Hans? Jetzt ist der Blödsinn komplett! Der Hans war vor dem Krieg einer meiner besten Leut!«

Kajetan mischte sich ein. »Jetzt erzählens nicht von vorm Krieg, Herr Vorsteher! Wo könnt man einen Zug entgleisen lassen? Welche Stell wär am besten dafür?«

Wendler war noch immer nicht überzeugt. »Entgleisen? Ich soll Ihnen sagen, wo man einen Zug entgleisen lassen könnt?«, fragte er verärgert. »Ich kümmer mich drum, dass er eben nicht entgleist! Verstehens das? Außerdem, warum sollt der Hans so was tun?«

»Das erzähl ich Ihnen danach!«, rief Stöckl und fügte einen Fluch hinzu. »Also gut, weil er … weil er ein Roter ist.«

»Ein Ro…?« Wendler schluckte.

Kajetan atmete tief durch.

»Jetzt schickens Ihnen, Herr Vorsteher. An welcher Stelle könnte einer, wenn er einen Zug entgleisen lassen will, was manipuliert haben?«

Der Bahnhofsvorsteher glaubte langsam, dass es sich um keinen Aprilscherz handelte. Entsetzt sah er von einem zum anderen. Dann überlegte er.

»Wenn ich einen Zug entgleisen lassen … Nein.« Er schüttelte den Kopf.

»Wir wissen schon, dass es Ihnen nicht leichtfällt! Aber jetzt müssens …«

In den Augen des Bahnhofsvorstehers schimmerte plötzlich ein eigenartiger Eifer. Er hob die Hand. »Lassens mich überlegen! Also, bis Pass Thurn geht die Streck langsam bergauf. Da liegen außerdem Bischofsfeld und Reuth dazwischen, wo der Zug noch leicht aufgehalten werden könnt. Aber hinter Pass Thurn gehts den Berg runter nach Gmeinau. Hat der Zug den Pass verlassen, kann ihn niemand mehr aufhalten. Es gibt keine Signale mehr dazwischen. Und wenn jetzt einer …« Er stockte. »Die Lautenbachbrücke! Und das ausgerechnet, wo der junge Stangassinger heut seine erste Fahrt mit der neuen Lok hat!«

Wendler stürzte in den Nebenraum. Der diensttuende Beamte sah erstaunt auf.

»Kastner, hat Bischofsfeld freigegeben?«

»No freilich. Hätten wir sonst den Zug rausgelass…?«

»Fragens in Bischofsfeld an, ob Reuth freigegeben hat!«, unterbrach ihn Wendler.

Kastner zog die Augenbrauen missmutig zusammen und setzte sich umständlich an das Morsegerät.

Wendler sah ihm eine kurze Zeit zu, dann schob er ihn beiseite. »Gehns!«, fauchte er. »Bei Ihnen dauert mir das zu lang.«

»Was ist denn auf einmal los?«, protestierte Kastner beleidigt.

»Was wird los sein! Ein Närrischer möcht die neue Elektrische in den Graben fahren lassen.« Schweiß trat auf die Stirn des Bahnhofsvorstehers. Dann hatte er die Nachfrage eingegeben.

»Was …?« Kastner stand mit offenem Mund in der Mitte des Raums.

»Nix was! Sinds so schwer von Begriff? Wir müssen den Zug aufhalten!«

»Das kann ich nicht glauben! Herr Vorsteher, das hats ja noch nie gegeben! Dabei ist das heut die erste Fahrt vom jungen Stangassinger!«

Die Antwort tickte aus dem Morsegerät.

Wendler riss den Punktstreifen heraus. »Was? Reuth hat freigegeben? Herrgott!« Erneut hämmerte er auf die Morsetaste.

»Was tuns denn?«, fragte Stöckl. »Rufens doch gleich Pass Thurn an!«

»Lassens mich in Ruh, wanns nichts davon verstehn«, entgegnete Wendler ungehalten und traktierte weiter das Gerät.

Wieder vergingen einige Minuten, in denen der Bahnhofsvorsteher erklärte, dass das Streckentelefon nur von Station zu Station reiche.

Kastner, der mittlerweile ebenfalls begriffen hatte, dass die Sache ernst war, sah auf die Wanduhr. »Es ist dreiviertel neun. Der Zug müsst jetzt bald in Pass Thurn einfahren.«

Aus dem Morsegerät tickerte eine weitere Antwort. Wendler wischte sich den Schweiß von der Stirn. »Bischofsfeld sagt, dass Reuth sagt, dass Pass Thurn ebenfalls bereits freigegeben hat. Die Kette ist aktiviert. Jetzt wirds knapp. Der Zug darf Pass Thurn nicht verlassen.«

»Sag ich ja«, meinte Kastner. »Es wär schad um den Stangassinger. Heut früh hat ihm seine Walli noch extra eine Brotzeitwurst reingebracht, weils doch seine erste Fahrt ist.«

Wendler stöhnte auf. »Kastner, wenns wüssten, wie wurscht mir jetzt die Wurst von der Walli ist, Sie tätens nicht glauben.«

Kastner wandte sich beleidigt ab. Stöckl und Kajetan sahen

einander an. »Was geschieht jetzt, Herr Vorsteher?«, wollte der Wachtmeister wissen.

»Ganz einfach, meine Herren. Alles hängt nun davon ab, ob die Streckentelefonkette Pass Thurn erreicht, bevor der Zug in der Station ist. Wenn wir mit der Nachricht zu spät kommen, hat Gmeinau schon freigegeben und der Zug ist auf der Strecke in das Lautertal. Wie spät haben wir, Kastner?«

»Da hängt die Uhr. Neun vor neun.«

»Wenn sich der Lokführer genau an die Zeit hält, müsst der Zug jetzt in Pass Thurn einfahren. Wenn nicht, ist er entweder noch davor oder ...«

»Oder was?«

»Oder schon drüber hinaus, ganz einfach. Dann ist er nicht mehr aufzuhalten, vorausgesetzt, dass Gmeinau freigibt. Aber warum sollt Gmeinau ausgerechnet heut nicht freigeben?« Er fuhr herum, riss den Streifen aus dem Gerät und wurde blass. »Gmeinau hat freigegeben! Der junge Stangassinger hat die Zeit nicht eingehalten! Er ist zu schnell! Ich habs immer gesagt! Gebts dem keine Lok in die Pratzen!« Er setzte sich krachend auf einen Stuhl und fuhr sich durchs Haar.

»Was ... was heißt das jetzt?«

Wendler sah erschüttert auf. »Dass alles aus ist. Ganz einfach«, flüsterte er.

63

In ruhiger Gleichmäßigkeit setzte der Riemer Schritt vor Schritt in den klirrenden Schnee. Der Weg führte steil nach oben und war ziemlich anstrengend. Dennoch gingen Atem und Pulsschlag des Bauern, als würde ein in ihm verborgenes mechanisches Werk seine Bewegungen antreiben. Er spürte den eiskalten Höhenwind nicht.

Im unteren Teil der Gnotschaft hatte in den vergangenen Tagen eine kräftige Frühlingssonne bereits braungelbe apere Flächen in das Schneeland gesengt; unter den Eisbrüchen trieb gurgelndes Schmelzwasser hervor und bedeckte die Wege mit Schlamm. Noch trieben keine Knospen und blühte nichts.

Die über mehrere hundert Meter fast senkrecht in die Tiefe abfallenden Felswände des Hohen Götschen waren von Adern milchig weißer Schmelzbäche überzogen; als würde der Berg aus weißen Wunden bluten, stürzten die Wasser, von kristallener Gischt umgeben, tosend in die Tiefe.

Längst hatte sich der Nebel zu wattigen Fetzen zersetzt, und nur in der dunklen Kehlschlucht war ein letzter Rest. Doch auch hier würde er sich um die Mittagszeit auflösen.

Über Tal und Hochland wölbte sich der Himmel in einem Blau, das umso dunkler wurde, je länger man zuvor auf die grell reflektierende Schneefläche gesehen hatte. Das höher gelegene Gemeindegebiet, wo auch das Riemerlehen war, befand sich noch unter einer dünnen Decke schweren, sulzigen Schnees.

Als der Riemer zuvor den Ort durchquert hatte, grüßten ihn einige Hallberger Frauen, die gerade den Kramerladen verlassen hatten. Er habe den Gruß nicht erwidert, erzählten sie später, und sei wie ein Schlaftrunkener an ihnen vorbeigegangen. Und auch der Müller, der ursprünglich an diesem Tag mit ihm sprechen wollte, vermied es, den Bauern anzusprechen. In den vergangenen Tagen hatte er vergeblich um Worte gerungen, mit denen er dem Riemer erklären wollte, dass er dem Baron einen noch vom alten Riemer unterzeichneten Schuldschein abgetreten hatte.

Der Riemer hatte die Gnotschaft hinter sich gelassen und erreichte nun die Anhöhe, die das Dorf und die weiter oben gelegenen Rodungen voneinander trennte. Auf der höchsten Stelle hatte man einen Blick in den Talkessel und die ihn umgebenden Berge, und in früheren Jahren war der Riemer oft an dieser Stelle stehengeblieben, hatte auf diese majestätische Szenerie geblickt und dabei gespürt, wie sie ihn mit ihrer Großartigkeit ausfüllte.

An diesem Tag hielt der Riemer jedoch nicht inne, sondern ging stattdessen schneller voran. Was hatte er erwartet? Ein rauschhaftes, triumphales Rachefest ohne Ende? Eine blöde Enttäuschung breitete sich in ihm aus. Der Tag war nicht groß, nichts war anders als in den Tagen und Wochen zuvor. Zwar dröhnte das rauschende Konzert des Schmelzwassers, das schon seit einiger Zeit die Luft erfüllte, lauter, doch der Himmel hatte sich nicht geöffnet, hatte nicht Donner und Sturm über das Land getrieben. Nichts glänzte, brannte; die Erde war kalt und starr und tat sich nicht auf. Das Land spie ihn aus. Er hatte verloren, und der Bauer war nur darüber verwundert, dass seine Niederlage eine so ungeheuerliche war.

Nüchtern gestand er sich ein, dass es keinen Ausweg mehr geben würde. Man hatte sie beide gesehen, wie sie von Pass Thurn gekommen waren, und nur sie beide konnten die Täter sein, nur sie beide hatten einen Grund für diese Tat. Jule war bereits verhaftet. Es gab keine Rettung. Aber auch wenn es sie gäbe, würde er mit dieser entsetzlichen Schuld nicht mehr weiterleben können. Er war zum Mörder geworden.

Der Riemer dachte nicht länger darüber nach, ob es einen anderen Weg gegeben hätte. Als Jule in der Nacht an die Tür gepocht hatte, die Füße von der langen Wanderung blutig geschunden, fast erfroren, als sie völlig entkräftet in seine Arme gefallen war und ihm ihre Klage um den Toten ins Ohr wimmerte, hatte es ihm das Herz zerrissen.

Was ist der Mensch bloß für ein dünns Geschöpf, hatte sie gesagt und sich im Schmerz vor und zurück gewiegt, und bricht so leicht, Hansl! Sie haben mir genommen, was mein Glück gewesen ist, ich hab ein Leben zuvor gehabt, und jetzt schmeißen sie mir einen Haufen dürre Knochen wie gebrochene schwarze Äst hin. Hansl! Ich bin so lustig zuvor gewesen, alle Welt ist mir hell erschienen, kurz und köstlich sind mir Nacht und Tag gewesen, und leicht wie eine Feder war ich bei jedem Schritt, weil ich eine Lieb gehabt hab. Und jetzert treib ich dahin wie ein dürres Holz in der Ache und find keinen Halt mehr, kein Stein ist mehr da, kein Ast, auf den ich mich retten könnt.

Die Geschwister hatten sich zueinander gebeugt, näher und näher, weinten und redeten sich mit heiserem Geflüster in Schmerz, Hitze und Hass, bis keiner mehr »Halt!« hätte rufen können und am Ende zwei grausame Richter beschlossen: Wir vernichten die, die uns vernichtet haben, wir entzünden ein ungeheures Feuer, dessen Schein aller Welt das Unrecht zeigt, das sie an uns begangen, und das zeigt, dass wir uns nicht gebeugt haben.

Von einer schwarzen Kraft angetrieben, waren sie in der

Nacht zum Pass Thurn aufgebrochen. Wie vorsichtiges Wild umgingen sie jede Gefahr. Vom Pass stiegen sie in das Lautertal. Hans hatte das Werkzeug noch, mit dem er mit ruhigen und überlegten Bewegungen die Gleisnähte auf der Brücke zu öffnen begonnen hatte.

64

Lokführer Stangassinger war angespannt. Als der Zug die Station verlassen hatte und sich die Gleise in das Tal zu senken begannen, hatte er die Fahrt verlangsamt. Nun verstärkte sich das Gefälle. Wie er es bei den Ausbildungsfahrten gelernt hatte, legte er die Bremsen ein. Ein metallenes Kreischen drang augenblicklich in das Innere des Lokstandes. Ein rötlicher Schimmer, der von einem Schweif glühender Funken von Rädern und Gleisen rührte, flimmerte über die Schneeflächen entlang der dampfenden Gleise. Das Herz des jungen Mannes schlug heftig. Fast körperlich konnte er nun spüren, wie die Lok von ihrem eigenen Gewicht in die Tiefe gezogen wurde. Der Lärm der metallenen Bremsen wurde stärker. Längst war nichts mehr von den wüsten und betrunkenen Gesängen der Bewaffneten zu hören. Das Gefälle nahm zu. Auf der rechten Seite des schmalen Gleisdammes vertiefte sich die dämmrige Schlucht. Nach zwei – oder waren es drei? – Biegungen würde er die Lauterbachbrücke erreicht haben. Der Schub des Zuges verstärkte sich; er schien schneller zu werden. Stangassinger spürte, wie sich Schweiß auf seiner Stirn bildete. Er bremste noch mehr und löste ein infernalisches Kreischen aus. Der Gestank heißglühenden Metalls drang in den Führerstand.

Fast hätte er die kurzen, trockenen Detonationen der Warnkapseln überhört. Stangassinger wurde eiskalt. Er wusste sofort, was dies zu bedeuten hatte, und leitete eine Vollbremsung ein. Ein heftiger Ruck ging durch den Zug. Aus den Waggons erscholl ein entsetzter vielstimmiger Schrei. Die Räder drehten sich nun nicht mehr und schabten mit höllischem Getöse an den Gleisen entlang. Noch immer, mit fast unveränderter Geschwindigkeit, rutschte der Zug in die Tiefe.

Wenige Meter vor der Brücke kam er schließlich zum Stehen. Der Streckengeher war bereits zur Seite gesprungen und lief keuchend auf Stangassinger zu. Die Soldaten hatten die Fenster geöffnet und schrien empört.

Stangassinger wollte seine Kappe lässig in den Nacken schieben, als wären derartige Zwischenfälle für ihn als bewährten Lokführer nichts Besonderes. Aber er ließ es bleiben. Seine Hände zitterten wie Espenlaub. »Was … was ist denn mit der Brücke?«, fragte er.

Eine Lasche habe sich geöffnet, berichtete der Streckengeher, er habe sie gerade eben, in letzter Sekunde, wieder festschrauben können. Dem Himmel sei Dank, fügte er hinzu, dass der Bahnhofsvorsteher von Gmeinau heute Morgen noch einmal einen Streckengeher nach Pass Thurn schicken ließ, obwohl das eigentlich bloß für Kriegszeiten angeordnet sei.

Gassner war wichtigtuerisch nach vorn gekommen und hatte sich beschwert.

»Technische Sicherheitsmaßnahme«, hatte Stangassinger nur geantwortet und die Fahrt fortgesetzt, nachdem die Türen wieder geschlossen waren.

Die weitere Fahrt bis Achbruck verlief ohne Zwischenfälle. Der Lokführer, dessen Strecke hier endete, stieg aus. Seine Knie zitterten noch immer leicht. Er setzte sich in den Betriebsraum des Bahnhofs, griff in seine Tasche, holte die Wurst heraus, die ihm seine Frau mitgegeben hatte, und biss herzhaft hinein.

65

Als die Nachbarn und wenig später die Hallberger Feuerwehr dort eintrafen, war das Riemerlehen bereits nicht mehr zu retten. Es blieb nur noch, die panisch herumirrenden Tiere, die der Bauer freigelassen hatte, einzufangen. Stallung und Scheune waren bereits eingestürzt, und nun fiel auch das Gebälk des Wohnhauses krachend in sich zusammen und brach durch die Decke in die unteren Kammern, wo sich das Feuer schmatzend ausdehnte. Im ganzen Tal war die steile Rauchsäule zu sehen.

Der Körper des Riemers wurde jedoch nie gefunden. Im Kehltal, hieß es, habe man ihn kurz nach dem Feuer gesehen, wie er in die Götschenwand eingestiegen sei, um vermutlich nach Gollheim im Österreichischen zu gelangen. Auf der Oberen Alm glaubte der Senner festgestellt zu haben, dass Unbekannte sich längere Zeit dort aufgehalten hatten, und ein Bauer aus Matrei, dessen Schwester in einen Bischofsfelder Hof eingeheiratet hatte, wusste von einem Sonderling, der sich in der Perthenzeller Gegend sehr gut ausgekannt haben musste, der seinen Namen aber nie nannte und, als ihn der Ortsgendarm ernsthaft befragte, über Nacht aus dem Dorf verschwand. Während in den Ötztaler Alpen Geschichten von einem Unbekannten, welcher sich bei schlechtem Wetter zu einer Wanderung über den Gletscher machen wollte, sich dort jedoch nie wieder sehen ließ, in Umlauf waren, führte die Tessiner Wirtin Anna Tschan eine Klage gegen einen Wanderarbeiter, dessen Hinterlassenschaft auf seine Herkunft aus der Gegend um Perthenzell schließen ließ, was den mit der Suche befassten Wachtmeister Stöckl zu der gereizten Feststellung brachte, dass nicht jeder Perthenzeller Bazi gleich der Verschollene sein müsse, schließlich gebe es, wie überall, nicht nur einen Halunken im Bezirk. Die Tschan beschrieb den Mann, der zuletzt in Gresso gesehen wurde (was heißt: in der Nähe des Grenzübergangs), als einen zumeist fröhlichen jungen Mann, der jedoch nicht ganz gesund zu sein schien. In den Bergen der Margaride westlich des Rhonetals wunderte sich der Schäfer Agulhon über einen schweigsamen Mann, der nur gebrochen französisch sprach und ihm zu verstehen gab, Nahrung und Unterkunft gegen Hilfe auf dem Hof eintauschen zu wollen. Der Schäfer erzählte einem reisenden Zimmerergesellen, welcher zwar aus Nürnberg stammte, in Perthenzell jedoch Verwandte hatte, dass sich der Mann später mit einer Witwe Couderc zusammengetan habe und mit ihr ins Hinterland der Septimanie fortgezogen sei, was aber, wie man hörte, nicht gutgegangen sei. Die Beschreibung hätte auf den jungen Bauern gepasst.

Es ist jedoch zu vermuten, dass er beim Überqueren der Grenze unterhalb des Götschenfirns erfror. Es war ja noch Winter, der in diesem wie in den folgenden Jahren bis ins späte Frühjahr dauerte.

GLOSSAR

Bamberger Harmoniesäle	Nach Bamberg zog sich der von Mehrheitssozialisten dominierte Landtag zurück, nachdem in München nach dem Attentat auf den Präsidenten die Befürworter einer Räterepublik das Sagen hatten.
Der Fall Apfelböck	Dieses (in Ort und Zeit natürlich nicht präzise) Bild ist nach einem aufsehenerregenden Kriminalfall gestaltet, der sich im Jahr 1919 im Münchner Stadtteil Haidhausen zutrug: Ein junger Mann tötete seine Eltern, die seinem Wunsch nach einer Karriere als Filmschauspieler entgegenstanden.
die Totenuhr tickt in der Wand	Holzwurm, der das Gebälk zerstört.
Gnotschaft	vom mittelhochdeutschen Genoten, d.h. die gemeinsam etwas Nützenden, Genießenden. Vergleiche auch: Genossen, Eidgenossen, Hugenotten etc.
Hauserin	Frau, die den Haushalt führt. Hier: Bäuerin, Gattin.
Herbergen	Arme-Leute-Häuser in den Vorstädten Au, Giesing und Haidhausen, meist einstöckig und zu großen Teilen aus Holz gebaut.

Jaurès, Jean	Führer der französischen Sozialisten. Auch im Ausland populärer, radikaler Kriegsgegner, der sich strikt gegen den Kriegseintritt Frankreichs wandte. Er wurde 1914 ermordet; als Täter wurde ein, wen sollte es wundern, geisteskranker Einzeltäter verurteilt.
Lehen	»geliehenes« Gehöft. Vor Säkularisation und Bauernbefreiung Eigentum geistlicher oder weltlicher Herren.
Mehrheitssozialisten, Unabhängige Sozialisten, Spartakus, Radikale, Räterepublikaner etc.	Während des 1. Weltkrieges spaltete sich die sozialdemokratische Bewegung über den – von den Mehrheitssozialisten gebilligten, den Linken um Karl Liebknecht jedoch verurteilten – Kriegseintritt des Deutschen Reiches. Dem radikalsten Flügel der »Unabhängigen Sozialisten«, dem Spartakus-Bund, entstammte die um die Jahreswende 1918/19 gegründete KPD. Der Idee einer Räterepublik stand eine Mehrheit der organisierten Münchner Arbeiterbewegung nahe – ihre Ausrufung darf also nicht (wie v. a. im Dritten Reich üblich) als das Werk angeblich »landfremder Kaffeehaus-Literaten«, usw. bezeichnet werden. Außerhalb der Arbeiterschaft, z. B. in der Bauernschaft, fand das Konzept einer Räte-Demokratie kaum Widerhall.
Metteur	eine Art Vorarbeiter in einer Setzerei.
Republikanische Schutztruppe	Einheiten, die nach der Münchner November-Revolution (1918) formiert, doch schon bald von konservativ eingestellten Kräften infiltriert wurden.

Schützen kleine, ortschaftlich gebundene und bereits im ausgehenden Mittelalter gegründete, im Grundsatz defensiv angelegte Volkswehreinheiten. Erlitten verheerende Verluste beim Sturm auf München 1705, weigerten sich teilweise, gegen die aufständischen Tiroler 1809 vorzugehen. Ihr Einsatz bei der Niederschlagung der Räterepublik 1919 ist (in offensichtlich gestellten Fotos) zwar auffällig gut dokumentiert, dürfte aber nicht ihrem tatsächlichen militärischen Gewicht entsprechen. Ihr Einsatz scheint teilweise auch dem Nachweis gedient zu haben, dass die blutige Niederschlagung der Räterepublik eine innerbayerische Angelegenheit war, was faktisch nicht richtig ist: Die Besetzung der Stadt lag in den Händen württembergischer bzw. Reichstruppen; die bayerischen Freicorps kamen teilweise gar nicht zum Einsatz.

Vertreibung der Lutherischen Noch im 18. Jahrhundert wurden aus den Tälern um Salzburg Tausende von Bauern und Bürgern, die den protestantischen Glauben angenommen hatten, vertrieben. Sie fanden in Franken, Brandenburg und Britannien Zuflucht.

Ziegelei in Föhring Bereits vor der Jahrhundertwende ließen sich Hunderte von italienischen Arbeitern in den östlichen Vorstädten nieder. Sie fanden hauptsächlich Arbeit in den Ziegeleien, die während des Bau-Booms um die Jahrhundertwende Hochkonjunktur hatten. Einige dieser Ziegeleien bestanden noch bis in die 70er Jahre dieses Jahrhunderts.

Walching

Roman

1

»Lassens die Leut doch reden, Herr Inspektor«, meinte der Schuster, »die reden heute über dies und morgen über was anderes.« Ein Lächeln, das, wie er wusste und wollte, nichts bedeutete, zog kurz kuriose Linien über sein Gesicht. »Heute sinds für den König, morgen für den Eisner, und übermorgen ist alles wieder umgedreht. Grad wies ihnen eingesagt wird. Der Mensch ist dumm. Das ist sein Glück. Ist es nicht so?«

Den Mann, der ihm gegenübersaß und der sich wieder und wieder an seinen spitz zulaufenden Kinnbart fasste, schien das wenig zu trösten. »Und was reden sie, die Leute?«

Der Schuster, der einen Lederschuh genommen hatte, ihn ins Licht der über ihm hängenden Lampe hielt und ihn von allen Seiten besah, überhörte die Frage. Er wiegte anerkennend den Kopf. »Ein sauberes Schuhwerk, Herr Inspektor.«

Das hatte er schon einmal gesagt.

»Die Leut? Mein Gott ...« Er legte den Schuh wieder ab, nahm den zweiten und hielt ihn ebenfalls zum Licht. Dann fixierte er eine Stelle genauer, indem er den Kopf leicht zurücklegte und seine Brille über die Stirn schob. »Hier fehlt es. Schauen Sie!« Er deutete auf die Naht der Schuhspitze. »Nichts Grobes«, fuhr er beruhigend fort, »aber es müsst halt anständig gemacht werden. Haben Sie es sehr pressant damit, Herr Inspektor?«

»Wie?« Der Angesprochene hatte gerade anderes im Sinn gehabt.

»Ich könnts Ihnen auf der Stell herrichten. Setzens Ihnen derweil 'nüber zum Ofen, draußen ist eh ein grobes Wetter heut. Dass einer ein Dach über dem Kopf hat und dass er nicht zu frieren braucht, ist doch noch allerweil das Wichtigste. Ist es nicht so?« Wieder lächelte der Schuster sein kunstvoll geschäftsmännisches Lächeln. Soll keiner sagen, Geschäftsleute hätten keinen eigenen Kopf für das, was in der Welt um sie herum vor sich geht. Sie haben nur gelernt, ihre Meinung nicht wie eine Annonce in der Zeitung wichtig zu machen.

Der Inspektor sah nach draußen. Zwei dunkel gekleidete Frauen gingen rasch nah an der holzgefassten Schaufensterscheibe der Schusterwerkstatt vorbei und wischten mit im Wind flatternden Mänteln für Sekunden Schatten über sein Gesicht. Er stand auf. »Wenn ich in einer Stunde noch mal kommen tät?« Er knöpfte sich die obere Reihe seines Mantels zu.

»In einer Stunde? Da bin ich allerweil fertig, Herr Inspektor«, antwortete der Schuster zuversichtlich und, wie es schien, etwas lauter als zuvor, »schnappens ein bisserl frische Luft? Habens auch recht.«

Hund, falscher. Der Inspektor lächelte freundlich und öffnete die Tür, die ein schnarrendes Klingeln hören ließ. Der Wind warf sich ihm ohne Warnung entgegen. Er schloss die Tür, die noch mal, nun leiser, Laut gab, und fühlte durch die Scheiben, die den grauen Tag spiegelten, den Blick des Schusters. Der Inspektor zog seinen Hut tiefer über die Stirn. Dann ging er die Gasse hinunter. Eine alte Frau kam ihm entgegen, hielt das wollene Kopftuch vor ihren Mund und sah kurz gleichmütig auf.

Die Gasse, auf der mit Mühe zwei schmale Fuhrwerke nebeneinander Platz finden mochten, führte hinunter zum Fluss, der die Altstadt von den erst während der Industrialisierung errichteten Gebäuden trennte. Eisgraupel führender Wind tanzte launisch in der nebligen Luft, fegte heftig, als wolle er die Menschen, die sich zu dieser Zeit ihm aussetzen mussten, für diesen Vorwitz ohrfeigen, fiel dann wieder mild ab, um sogleich wieder zu heftigerer Bö zu erwachen.

Was reden die Leute, Schuster?

Gehens zu, Herr Inspektor, was soll ich denn schon wissen?

Wissen Sie eh nicht alles schon selber?

Der Alte hatte recht. Dass halb Dornstein in Aufregung war wegen dieser Geschichte, wusste er, und was sie reden, konnte er sich denken. Er wollte es gar nicht hören. Stattdessen hätte der Schuster sagen sollen: Die da heut über Sie höhnen, Herr Inspektor, sind die wenigsten. Ich zum Beispiel, der Schuster Lettermann von Dornstein, Fischergassl Numero neunzehn, denk da anders und bin beileib nicht der Einzige, und ich sag Ihnen offen und ehrlich, dass Sie sich wegen der paar Schreihälse heut Morgen auf dem Stadtplatz rein gar nicht aufzuregen brauchen. Nämlich, weil das Urteil des Dornsteiner Landgerichts gegen die ledige Hausmagd Waginger Anna, geboren in Tyrlaching, Post daselbst, lediges Kind der Magd Waginger Appolonia, herumgeschickt, bedrückt, getratzt, ausgeschmiert von windigen Burschen und manch nobligem Herrn ihr Lebtag lang und angeklagt des Diebstahls, weil dieses Urteil, jawohl, gerecht war.

Weil sie ohne jeden Zweifel überführt wurde, aus der Bügelwäsche ihres Hausherrn, des angesehenen Dornsteiner Privatiers Thaddäus Zunhammer (unter Saufbrüdern: Taddädl), einen irrtümlicherweise verbliebenen Hundertmarkschein genommen und nicht, wie es Pflicht gewesen wäre, diesen wieder abzugeben. Weil ihr verzweifelter, unter Rotz und Tränen vorgebrachter Einwand, sie sei von ihrer Herrschaft seit jeher schikaniert und sekkiert worden und sei ihr Lebtag ein Nichts und Niemand gewesen bei ihnen und hätt ihre Arbeit alleweil zur schönsten Freud jeder Herrschaft getan und nichts nachgefragt und gewollt, als dass man sie ehrenachtet und sei trotzdem der Herr Privatier ihr nachgestiegen in die Waschküch und hätt gesagt: Wo ist meine Kragennadel, Annerl, wo hast du sie versteckt, da oder dort, und hat ihr überall hingetatscht mit faulem Gered auch an die geheimen Stellen und sie es sich wegen ihrer Anstellung gefallen hat lassen und … Weil dieser Einwand völlig zu Recht vom Landrichter als erstens ohne Belang, zweitens als außerordentlich infame, dem Eigenschutz dienende Behauptung zu werten sei, welche als Verleumdung strafverschärfend wirken müsse.

Weil der so beleumdete Hausherr zumindest eine schwere Ohrenerkrankung haben müsse, nachdem er bei den von seiner Hausmagd stockend vorgebrachten Anwürfen aus dem Fenster des Gerichtssaales gesehen hatte, als verstünde er kein einziges Wort. Zwar war es eigenartig, aber doch zutiefst verständlich, wenn statt des Gatten die ehrengeachtete Frau Privatier Zunhammer (und die, falls dieses Detail jemanden interessieren sollte, zum Freundeskreis ihres Hauses auch die Familie des Landrichters zählen durfte) mit aus dem Gesicht springender wütender Verletztheit, zornrot im Gesicht, in die Höhe schoss und dies alles als Gipfel der Schlechtigkeit zurückwies.

Und weil es vor allem der unbestechlichen und, der Staatsanwalt betonte dies mehrmals, »meisterhaften« Ermittlungsarbeit des Inspektors zu verdanken sei, dass diese Untat gesühnt werden konnte.

»Meisterhaft …« Der Inspektor prustete und grinste schief. Der Wind warf Eis.

Was, du meisterhafter Ermittler, ist schon dabei, einfach zur Landwirtschaftsbank von Dornstein zu gehen und dort gesteckt zu bekommen, dass die brave Haut ihren Schatz striktement dorthin gebracht, etwas von einer seltsamen Beerbung gestammelt hatte und ihn auf ihr Aussteuerkonto einbezahlt hatte?

»Bin ich doch nichts und hab ich doch nichts und die Schönste bin ich auch nimmer und …«, hatte sie gesagt, »Lauter! Machens gefälligst Ihren Mund auf!«, der Richter, »… auch nimmer und vielleicht nimmt mich einmal ein braver Mann, wenn ich nimmer gar so notig dasteh«, und »Arms Wurm«, hatten die Zuhörer geflüstert und schließlich mit Empörung reagiert, als sie endlich vom Gericht für Wochen ins Zuchthaus und ihr Lebtag in die Schande geschickt wurde. Doch die so überraschend aufwallende Gerechtigkeitsliebe der Dornsteiner hatte gewiss mit nichts anderem als mit der außerordentlichen Unbeliebtheit der sich weiß was einbildenden Privatiersgattin zu tun. Was hatten denn dieselben Zuschauer gesagt, als vor einiger Zeit jener auswärtige Student mit seinem, in irgendeinem Hetzblatt veröffentlichten Gedicht, »Klassenjustiz« überschrieben, mehr als hart abgeurteilt wurde? »Richtig«, hieß es da, »wo kämen wir denn da hin«, und »Soll sich bloß nicht mehr bei uns blicken lassen, der Revoluzzer, der«.

Der Inspektor war bei der steinernen Brücke angekommen, die auf der Gegenseite gerade von einem Gespann mit gleichmütig vorantrottenden Pferden angefahren wurde. Die aus Granitblöcken errichtete schmale Brücke bog sich leicht über den dunklen Fluss, den an den Ufern mehrschichtige, dünne Eisbrüche, totes Geäst und hellbraune, vom Wasser bewegte Gräser säumten.

Der Inspektor beobachtete nun, wie ihm zuerst zwei Pferdeköpfe, grauen Dampf aus den Nüstern stoßend, dann der schwarz behutete Kopf des Fuhrmannes entgegenwuchsen. Auf der höchsten Stelle stand das Fuhrwerk wie ein Denkmal, hinter dem sich die bis nah an den Fluss gebauten Arbeiterhäuser im Nebel verloren. »Hüah!«, schrie der Mann rau, kümmerte sich nicht um den zur Seite weichenden Fußgänger und rollte dann mit taubem Geknatter vorüber. Nichts hallte in der engen, zum Stadtplatz führenden Gasse, in die das Fuhrwerk nun einbog und bald, still, als wäre alles nur eine wunderliche Erscheinung gewesen, in einer Kehre verschwand.

Der Inspektor betrat die Brücke und blieb auf ihrer Mitte stehen. Fragile Balkone der Altstadthäuser ragten über die Tiefe; in Sichtweite, doch schon in der Unschärfe der nebeligen Luft wurde die Zeile der Flusshäuser von einer exakt waagrechten, alle Linien der alten Landschaft verachtenden Eisenbahnbrücke unterbrochen.

»Wie dumm«, dachte der Inspektor und erschrak, als er bemerkte, dass er laut gesprochen hatte. Er hatte plötzlich das Gefühl, hinter den Fenstern der Uferhäuser verborgene Zuschauer könnten ihn für einen feig zögernden Selbstmörder halten.

Sie haben Ihre Pflicht getan, Herr Inspektor. Sie haben getan, was getan werden musste.

Den Inspektor fror. Wütende, langanhaltende Windstöße krallten sich durch seinen Mantel, dann hatte sich, mit einem Herzschlag, die Wahrheit vor ihm aufgebaut: Das Urteil war natürlich völlig unangemessen, und er hatte, mit einer Mischung aus Ehrgeiz und Feigheit, an der Vernichtung dieser armseligen Existenz mitgewirkt. Die empörten Blicke, die gezischten Beschimpfungen, dass es doch die Kleinsten stets am härtesten träfe, sie galten nicht nur der falschen Strenge und dem Hochmut der Richter und dem bebenden, dummen Triumph der Privatiersgattin, sie hatten auch den Inspektor getroffen.

Auf dem Platz vor dem Landgericht, den er anschließend zu überqueren hatte, hatten sich noch einige Gruppen erregt debattierender Zuhörer aufgehalten. Ein zornig kläffender Köter wieselte um seine Beine und schnappte nach seinen Waden, bis ihn jemand zurückrief. »Ein braves Hunderl«, hatte eine gemütvolle Stimme bemerkt, und als der Inspektor, der bei dem Tanz auf dem nassglatten Boden den Stand verloren hatte, sich umwandte, sah er in Gesichter voller Verachtung.

Der Wind hatte erneut die Richtung gewechselt und war etwas schwächer geworden. Von der Neustadt flogen Stimmfetzen und das Geräusch einer Säge heran. Dann legte sich wieder ein matter Frieden über das Flusstal, bis es von einem langgezogenen Pfeifen durchschnitten wurde. Feines, schnell nahendes metallisches Stampfen, das zunächst noch von den Gebäuden der Altstadt verschluckt wurde, öffnete sich für Sekunden zu krachend rhythmischem Lärm. Dann hatte der Zug die Brücke überquert.

Nun stand die Luft reglos. Flussnebel und Wolken hatten sich fast augenblicklich gehoben und ließen nun sich steil in die Höhe windende Rauchsäulen erkennen. Eine Tür in einem der Häuser der Arbeiterstadt hatte sich geöffnet, doch niemand trat heraus. Der Inspektor kehrte um. Wieder überfiel ihn jämmerliche Scham in heißen, pochenden Wellen. Er schniefte, beschleunigte seine Schritte, lief.

»Schon fertig«, begrüßte ihn der Schuster. Die Schuhe standen bereits im für Abholer bestimmten Regal, doch nach hastiger Suche musste der Inspektor gestehen, dass er, in all der Aufregung – »jaja«, sagte der Schuster verständnisvoll – seinen Geldbeutel vergessen hatte. Dass ihm so etwas passieren müsse. Dass es ihm peinlich sei.

»Zahlen Sie, wenn Sie das nächste Mal vorbeikommen … Sie sind ja ein ehrlicher Mann.«

Als der Inspektor die Werkstatt verlassen hatte, fingerte der Schuster ein abgegriffenes Buch aus einer Schublade, befeuchtete einen Stift mit der Zunge und trug ein: »Insp. Kajetan, Polizei Dornstein, 23 Mark Schuld …«

Der Inspektor hatte unterdessen bereits die Oberstadt erreicht. In der schmalen Gasse, in die er einbog, um ein Überqueren des Marktplatzes zu vermeiden, drängte sich zitternd ein melancholischer Köter, das Fell krank zerfressen, heran und begleitete ihn einige Schritte. Als der Inspektor keine Notiz von ihm nahm, ließ er enttäuscht ab.

Die massige Front der Bezirksinspektion tauchte auf. Die Schultern fröstelnd zusammengezogen, ging Kajetan auf das Portal zu. Eine lächerliche Sicherheit umgab ihn, als er das Tor hinter sich schloss.

Was in der vergangenen Nacht in einem kleinen Dorf unweit Dornsteins vor sich gegangen war, wusste er noch nicht. Auch nicht, dass er bereits erwartet wurde.

2

Vom nördlichen Flachland und von den Vorgebirgen im Osten und Westen durch niedrige, bewaldete Urgebirge abgetrennt, lag das Walchinger Tal zu Füßen eines hoch aufragenden Kalksteinmassivs; wie urzeitliche Zitadellen sahen dessen Gipfel auf das wie von Kinderhand verschüttete Gewürfel der Dorfhäuser. Den runden Talkessel unterteilte ein Fluss, der in den Sommern in friedlichem Gleichmut die Quellbäche der Höhen aufnahm, in jedem Frühjahr jedoch zur reißenden Gottesgeißel wurde. Sein Wasser verfärbte sich in der Talmitte von silbrigem Weiß in fauliges Grünbraun; er durchwand verspielt und unbeirrbar den Sumpf eines verlandeten Sees und setzte dann seinen Weg nach Norden fort.

Einst hatte ein gewaltiger See, von Moränenmassen der letzten Eiszeit aufgestaut, diesen Talkessel am Rande der Alpen gefüllt. Wenige Filzflächen, von Bauern und Gütlern zum Torfabstich genutzt, ein unergründlich dunkler Toteissee und der Sumpf am Talende zeigten seine Tiefstellen an. Quellen und Brunnen flossen reichlich; nur einmal, so erzählten die Alten, seien sie in einem heißen Sommer sämtlich versiegt.

Die Ernte auf den Feldern brannte, Menschen und Tiere drohten zu verdursten, bis endlich, in der Augustmitte dieses elenden Jahres, ein großes Unwetter die Qualen von Natur und Kreatur beschloss. Drei Tage dauerten die Sturzgüsse an. Eine derartige Finsternis herrschte, dass sogar in der Tagesmitte in den Stuben

Kerzen angezündet werden mussten. Brücken von jahrhundertealtem Bestand wurden in die Fluten gerissen; nur das höher gelegene Kirchdorf wurde vom Hochwasser verschont, das bei den tiefer gelegenen Höfen längst die aus Feldstein und Kalkmörtel gemauerten Fundamente unterspült hatte und zu den Fenstern hereinschwappte. In das Rauschen des endlosen Regens krachten Blitzschläge und hefteten lidschlaglang bleiche Gesichter starr an die Dunkelheit; der über Häuser und Höfe rollende Donner ließ die Erde erbeben. In kurzen Minuten, in denen wieder das mächtige Rauschen hochzog, war das Geläut der Pfarrkirche zu hören: Zwei Höfe waren vom Blitz getroffen und standen bereits in hellen Flammen. Die Alten beteten, die Kinder scharten sich eng um ihre Mütter; Bauern und Knechte, nun Brüder, errichteten Hochwasserbarrieren, die, kaum waren sie erbaut, sogleich wieder unterspült und fortgerissen wurden, und zerrten das brüllende Vieh aus den brennenden Ställen, blind vor Glut und der Angst, von einem sich kreischend aus dem Bund lösenden Balken erschlagen zu werden.

In der Nacht des dritten Tages flauten die Güsse endlich ab. Der Morgen fand Menschen, die sich in seltsamer Zärtlichkeit aneinander gedrängt hatten und die keinen Hass, keine Wut, gegen nichts und gegen niemand, empfanden und wie Kinder in diesen friedlichen Tag blickten. Gleichmütig, als hätte es die Sintflut nie gegeben, stieg die Sonne höher und höher in den gelben und hellgrünen Tag, sangen die Vögel und suchten die Bienen nach Nektar und war die Welt so selig und voller inwendigem Glück wie das Gesicht jenes ertrunkenen Mädchens, das in den Morgenstunden im zerschlagenen Gewirr des Mühlrechens aufgefunden worden war. Das Unheil der vergangenen Tage für ein herrliches Spiel haltend, war es zu nahe an das Ufer des schlammigen Waldbaches gegangen, trat dort auf einen längst unterspülten Graswasen und war, ohne dass auch nur ein Schrei zu hören gewesen wäre, sogleich fortgerissen worden.

Am Fuß des über dem schwarzen Kragen des Bergwaldes zerklüfteten Kalksteingebirges fand sich die größte Quelle, halb im Schatten eines glatten, beinahe senkrecht aufsteigenden Felsens und umstanden von Bäumen mit hellgrünem, schattenspendenden Blattwerk. Des Nachts, so erzählen alte Geschichten, im brausenden Getöse der »Wilden Jagd«, tränken dort die Pferde der grausamen Jäger. Und wirklich, als hätten Urväter auf der Suche nach den Schätzen der Gebirge einen Stollen geschlagen, doch statt funkelnder Edelsteine nur einen nächtlichen See entdeckt, führte eine Öffnung tief in das Innere des Berges.

Zu bestimmten Stunden des Hochsommers fielen die Strahlen der Sonne, gebrochen von wiegendem Laub, auf den Grund des Quelltümpels. Wo der schwarzgrüne Kessel über helleres Gestein abfloss, flatterten Grasfetzen und dünnes, abgestorbenes Geäst tänzelnd in verblockt wirbeligem, nun eisweißem Wasser.

Das Walchinger Tal war seit Urzeiten bewohnt. Auf einer kleinen Anhöhe, die einmal als Halbinsel in den eiszeitlichen See geragt haben musste, fand der frühere Pfarrherr von Walching kleine, aus Ton geformte Spindelscheiben, die von gelehrten Herren in München der Hallstatt-Kultur zugeordnet wurden. Über romanischem Grundriss war nach einem den Ort verheerenden Brand eine barocke Kirche errichtet worden; im Portal war eine groteske Figur eines fröhlichen, altmodisch sündhaften Dämons zu sehen, doch nur dies und der Ortsname wiesen noch darauf hin, dass hier einst Romanen siedelten. Was sonst noch zu finden sein mochte im mäßig fruchtbaren Talboden, war längst in Generationen überbaut, zerpflügt und zerstört worden. In den Köpfen der Menschen jedoch, bei winterlichen, kienspanbeleuchteten Erzählungen, lebten geisterhafte

Bilder fort, als seien nicht schon fast zweitausend Jahre vergangen, vor denen die wilde Frau Berscht und mancherlei Wiesen- und Walddämonen verehrt wurden.

Im 17. Jahrhundert hatte man, mehrere hundert Meter über dem Talgrund und dort, wo die steilen Hänge des Bergwalds in die Felslandschaft des Hochgebirges übergingen und wo bereits in alten Zeiten ein geistlicher Fürst nach Silber schürfen ließ, ergiebige Blei- und Galmei-Adern entdeckt. Walching erlebte eine Blüte, denn der Bedarf an Erzen für Krieg und Mechanik war ungeheuer gestiegen. Bergarbeiter aus den Revieren um Innsbruck und aus Venetien siedelten sich an, misstrauisch beäugt von Bauern und Obrigkeit. Sie hatten gelernt, für ihre Rechte zu kämpfen, waren so mancher Zauberei mächtig, stellten sich gut mit den im Berg wohnenden Geistern und glaubten an nichts. Am Klang des geschlagenen Steins hörten sie, wann dessen Ergiebigkeit zu Ende gehen musste. Immer neue und kurzzeitig ergiebige Stollen wurden in den Berg getrieben, bis das Bergwerk zum Ende des 19. Jahrhunderts schließlich aufgelöst wurde.

Zuletzt hatte ein vermögender Mailänder sich in zunehmender Verwirrung um all seinen Reichtum gebracht und sich, verbrecherisch verschuldet bei den Stollenholz liefernden Talbauern, in einer Frühlingsnacht davongemacht. Die Knappenhäuser, die Schmelzen und Hammerstuben verfielen rasch. Die aus dicken Kalksteinquadern errichteten Verwaltungsgebäude im Ortskern blieben wie das vergessene Gepäck vertriebener Riesen bestehen. Das Haus des ehedem mächtigen Bergrichters wurde zum Siechenhaus, später zur Gendarmerie, und das unbedacht bis nah an den Grundwasserspiegel gebaute Kellergewölbe blieb – wie je – das Gefängnis.

Im Tal wohnten etwa 700 Menschen. Bis dicht an den Dorfplatz waren die Höfe gebaut, und während diese ihre Rückseite mit Stallungen und Misthaufen zumeist dem Platz zuwandten, öffneten sich die Türen des Gasthofs, des Kramers, der Schule, der Gendarmerie und einiger Geschäfte zur Dorfmitte. Der Turm der Pfarrkirche überragte die Dorfhäuser, und die stille Insel des Friedhofs umrundete das Gotteshaus. Dahinter stand das kleine Krankenhaus. Es hätte sich niemand gefunden, der diese Nähe als etwas anderes als höchst Praktisches empfunden hätte. Krankheit galt zumeist nur als eine Vorform des Sterbens, und wer sich, vielleicht zerbrochen im Absturz eines Baumschlittens oder bis nah an den Tod verwundet von den Granatsplittern vor Verdun, als Krüppel zum Ende seines Lebens schleppen musste, wurde auf den Höfen gehalten und mit dem Nötigsten versorgt.

Von Norden erreichte die aus der Kreisstadt Dornstein kommende Straße den Platz. Im Osten, vorbei am Dorfbrunnen und an einer Reihe hoher Platanen, verließ eine andere Schotterstraße den Ort, wand sich, zwischen im späten Sommer prangenden Feldern, Ähren in blühendem Mohn, über eine Hügelkuppe zum Nachbardorf; zuvor zweigte, noch im Tal und bei einem während der Pestzeit errichteten Kreuzstein, eine schmälere Straße ab. Dieser Weg war nicht breiter, als es für ein Fuhrwerk nötig war; er führte über trollblumengesäumte Bachläufe ins Oberland, stieg zunächst in engen Kehren durch ein steiles Waldstück, welches die Uferböschung des eiszeitlichen Sees bewuchs.

Auf diesem Plateau, das an den steilen Waldhängen des südlichen Massivs endete, und das im Norden von der Schlucht des Waldbachs begrenzt wurde, hatten sich noch etwa ein Dutzend Höfe an weitverstreuten Rodungen angesiedelt. Vorbei am höchstgelegenen Gehöft, einem aufgegebenen Sägewerk, nun als Viehpfad oder Holzdrift dienend, stieg der Weg hoch zum alten

Bergwerk. Kurz vor den weit in die Tiefe geschütteten Abraumhalden zweigte noch einmal ein Pfad ab, passierte rindengedeckte Holzfällerhütten, stieg zunächst noch im Schatten des Waldes, dann endlich den Blick auf das Tal öffnend über weißes Gestein, begleitet von Kiefern, grün und rot prangendem Almrausch und einzelnen schiefgestürmten Tannen, schließlich auf harte Grasflächen und verlief sich auf den Sommeralmen.

Vom Gipfel, auf den kein Weg mehr führte, hatten Hirten und Jäger Sicht auf die maßlose Weite der im Wolkenmeer schwimmenden Gebirgsketten des Südens, waren die roten Türme der Dolomiten zu erahnen, das Abfallen des Berglandes ins Lombardische zu den Häfen von Triest und Venedig zu erträumen. Dann und wann trug der Gratwind Töne aus den Tälern empor, und dort, wo die Hand in den Himmel greifen konnte und wo sich nur wenige Schritte weiter Schründe auftaten, aus deren Tiefen mit ewigem Schnee moderkalter Luftstrom zog, schien die Welt zu Ende.

Jedoch keine Lichtung, keine Höhle, keine Quelle im Kar und kein verfallenes Gemäuer waren vergessen. So abweisend das Hochgebirge für Fremde wirken musste, so sehr war dieses Gebiet Schutz und Versteck für die in den Tälern lebenden Menschen in Zeiten, als Krieg und Verfolgung herrschten, als feindliche Talpasch-Truppen marodierend Höfe brandschatzten oder eifernde Rechtgläubige das Dorf nach Hexen und Zauberern durchkämmten.

Das alles war lange vorbei. Es hatte die brüchigen Farben der Bilder in alten Geschichten angenommen, und wem Natur und Liebe eine schöne Stimme gegeben hatten, wurde meist hochgeachtet, denn die Dörfler liebten Gesang und Geschichten. Doch Wohllaut und Reim endeten für immer vor Verdun, auch wenn noch die fröhliche Ausfahrt der Rekruten, nach der Ernte, mit

Wiesenblumen und Gelächter, die Menschen in neugierig gekosteten Rausch versetzte. Auf diesen fernen Feldern ging keiner mehr aufrecht, sangen Schrapnelle heran, fuhren durch Fleisch, Muskeln, Gebein, durchrührten blitzend Augen und Hirne, zerstießen Seelen und führten, unter flirrend lothringischer Sonne, Fliegen und Gewürm in tote, überrascht geöffnete Münder, an deren Rändern das Blut bereits zu mehlig schwarzer Kruste getrocknet war.

Auch jene Wochen, in denen Münchner Arbeiter, Soldaten und die Bauern des Flachlands den König vertrieben, wurden in Unruhe und Verwirrtheit durchlebt. Freilich hatten die Walchinger damals keinen großen Rumor zelebriert, wurde kein Großbauer an die Laterne geknüpft (weil es gar keine Straßenbeleuchtung gab, und weil dieser und jener ein Geschwisterkind oder ein Firmpate der Hälfte derer war, die da im Gasthaus tolle Reden führten?), wurde kein Fensterglas zerschlagen und kein Gebäude angesteckt (weil die Handwerksgesellen und Bauernknechte nur zu gut wussten, dass sie es sein würden, die sie wieder aufzubauen hätten?). Auch der Pfarrer von Walching war geschützt durch die kraft ihrer anerkannt heiligmäßigen Redlichkeit allseits geachtete Haushälterin, welche damit drohte, jeden der gottlosen Bauernbündler und Bolschewisten mit eigenen Händen zu erwürgen, wenn diese es wagen sollten, »insern hochwirningen geistlingen Herrn« ein Leid anzutun.

Aber warum war nun, als dies alles vorüber war, kein Frieden mehr möglich? Kein versöhnlicher Trinkspruch, wie er auch nach der wildesten Rauferei üblich war, und der die Zankhähne wieder zueinander führte? War denn viel mehr geschehen, als dass einige im Dorf für eine sozialistische Revolution eintraten, und die anderen dies für einen ausgemachten Schmarren hielten? Vor allem der Pfarrer schien tödlich beleidigt. Entsetzt hatte er die gottlosen weltanschaulichen Eruptionen in seiner Gemeinde miterleben müssen; seiner Gemeinde, die er so gut im Griff seiner stets trefflich präparierten sonntäglichen Predigten wähnte, und die ihm nun den Alptraum von der Wiederkehr der Montgelas'schen Freigeisterei bescherte.

Ein nutzloser, unguter Keil war zwischen die Menschen geschlagen. Von jenem, der beim Schmied den Hammer schwang, war nun zu fürchten, er könne ihn im nächsten Moment als Mordwaffe benutzen, und von einem anderen, der am Wetzstein sein Messer schliff, gingen düstere jakobinische Anmutungen aus. Das Morgengeläut klang dem einen wie Frieden, dem anderen wie Krieg. Geräusche, Gelächter, Wörter – hörte einer daraus Glück und Hoffnung, so vernahm der andere Lüge und Drohung. War es die Erfahrung des Krieges, die plötzlich die Idee aufbrachte, es könne Wichtigeres geben als das Leben? Die Glorie einer Nation etwa? Wenn in bebender Zärtlichkeit geborenes Leben nicht mehr zu sein schien als ein, je nach Nutzen und verrückter Laune, beliebig verfügbares Futter für Gewehrkugeln und Granaten, war es dann nicht wertlos? Musste es dann nicht Höheres geben, das dem einen Sinn gab, wenn Leben so beiläufig, so grausam zerstoßen werden durfte? Der Gott in den Kirchen schwieg, und die anderen, uralten, waren zu Figuren in kinderschreckenden Märchen verkommen. Mürbe zerfiel, was Jahrhunderte gegolten hatte, ein gefährliches, uraltes Flechtwerk aus Fremdheit und Irrsinn schien sich wieder auszubreiten, und die Zeit löste sich aus der bedächtig kreisenden Spirale, schoss jetzt kalt und ziellos voran.

3

Bereits im Spätherbst war auf Gipfeln und Hochalmen Schnee gefallen. Längst waren die auf die Höhen führenden Steige nicht mehr passierbar, und unter dem die Pfade bedeckenden Schnee lauerte die Gefahr, auf eine Fläche vereisten Schneewassers zu treten, den Halt zu verlieren und in die Tiefe zu fallen. Nur die Spuren des Bergwilds führten, furchtlos und unbedacht, vorbei an Steilhängen über atemberaubenden Tiefen.

Schon seit Tagen hatten die Dörfler den Schnee gerochen, bis auch hier, in den ersten Dezembertagen des Jahres 1922, sich die herbstbraunen Flächen des Bauernlandes mit dünnem, in der Sonne glitzerndem Weiß bedeckten. Noch waren die Furchen der Äcker darunter zu erkennen, hackten späte Krähen darauf nach der Saat, und noch war es ein Leichtes, mit wenigen Strichen des Reisigbesens vor den Läden des Dorfplatzes das nun zunächst weiß, dann nassgrau verfugte Kopfsteinpflaster freizulegen. Im Oberland jedoch mussten die Wege bereits mit großen, hölzernen Pflügen geräumt werden und kamen die dort lebenden Kinder des Morgens mit Skiern zur Schule.

Die Arbeit auf den Feldern war nun endgültig beendet. Die Tage waren ruhiger geworden und die bedächtige, feierliche Heimeligkeit der Adventszeit legte sich auf Gesichter und Bewegungen. Noch mühevoller als zuvor tappten die Alten, sich auf Stöcke stützend, durch den Ort, und noch bitterer wurden die früh hereinbrechenden Abende für die, die der erst vor einigen Jahren zu Ende gegangene Krieg oder ein anderes Schicksal freudlos und einsam gemacht hatte. Die Kammern der wohlhabenden Bauern waren gut mit Lebensmitteln gefüllt, und das gehackte Brennholz war hoch an die Häuserwände geschichtet. Die Störnäherinnen hatten Arbeit, stapften von Hof zu Hof, flickten, besserten aus und verteilten die jeweils erfahrenen Neuigkeiten mit hintersinnigem Bedacht. Das höllische Charivari von Krampus und Berschten war längst vergessen, als hätte der unbeirrt heranstapfende Winter alle Tollheit zu Stille und Frieden gezwungen.

An diesem zweiten Adventssonntag hatte die Dämmerung schon früh eingesetzt. Eine dichte Wolkendecke, die im Oberland bis an die Erde stand, hatte das Tal überspannt; es war kalt geworden, und ein feiner, dann wieder heftiger Wind trieb weiche Flocken und Graupel über die Flächen, verlor sich mit dünnem Singen im Bergwald und wuchs, nach Sekunden der Stille, wieder an.

Dort, wo sich der steile Waldweg durch den Oberland und Dorf trennenden Wald bald zur ersten Rodung öffnen würde, gingen drei Männer. Noch boten die massigen nassglänzenden Stämme Schutz. Dennoch kroch Kälte heran, brannte sich unter die wollenen Umhänge, deren zerfranste Ränder vereist über den Boden schleiften, durch Leinenhose und Hemd an die Haut. Ihre schlechten Schuhe hatten die Männer mit Lappen umbunden; längst waren sie zu starren, das Gehen beschwerlich machenden Klötzen gefroren. Die Männer gingen langsam. Sie schwiegen, und nur dann und wann kam keuchender Atem, Husten und ein Fluch über ihre Lippen.

Der Weg ebnete sich wieder. Die merklich hellere Fläche der Rodung lag vor ihnen. Wieder fegte Wind mit Gewalt heran, zerrte an den Umhängen, flappte die Hutränder tief über die Augen und wieder zurück.

Überrascht standen die Männer still und verkniffen die Gesichter zu schützender Grimasse, welche die braun zerfressenen Zahnreihen des Oberkiefers sehen ließen, als gälte es, ein Untier abzuwehren. Dann setzten sie ihren Weg fort. Der närrisch wechselnde Schneewind, einmal zärtlich und beinahe lind, dann wieder mit bösartiger Wucht, riss urplötzlich die Sicht auf ein Gehöft am oberen Waldrand auf, das, wie ein stilles Grenzhaus, das Tor zum Waldland zu bewachen schien. Kurz war warmer Lichtschein aus einem der Fenster zu erkennen gewesen, bevor die Wolkenwand sich wieder verschloss. Die Männer gingen schneller, stolperten, rissen das eine und andere Mal haltsuchend an den Umhängen des anderen, voller Hoffnung auf die Wärme einer Bauernstube, auf freundliche Reden und köstliche, von der Bäuerin in Fett gebackene Krapfen. Ein Hund schlug zornig an. Die drei Männer, die nun den Platz vor dem Gehöft erreicht hatten, kümmerten sich nicht darum. Auch darauf, dass aus dem Wohnhaus kein Ton zu hören war, achteten sie nicht. Sie stellten sich nebeneinander auf: ein, soweit es unter dem Umhang zu vermuten war, schmächtiger Mann mit tiefliegenden, zigeunerischen Augen, dessen zottig dunkle Haare unter dem Hut über die Stirn fielen, dann eine etwas kräftigere, rundgesichtige und an den Wangen über den Bartstoppeln mit Ruß beschmierte Gestalt und ein junger Mann mit breitem Gesicht, eingefallenen Wangen und traurigem Blick, der jetzt einen zerdrückten, früher einmal goldfarbenen Stern hervornestelte, ihn ungeschickt glattstrich und sich vor die Brust hielt.

»He holla, die Klopfer sind da!«

Der Erste hatte es gerufen. Längst hätte sich die schwere Eingangstür öffnen, Bauer und Bäuerin und dahinter eine Schar neugieriger Kinder hervortreten müssen, doch nichts geschah. Die Männer sahen sich an. Dann begannen sie.

»Wir ziehen daher
so spaad in der Nacht
weil heut ist die heilige Klöpfelnacht …«

Schon der Einsatz ging gründlich daneben; einer der Männer schien gar nur die Lippen zu bewegen, und was den Kehlen der beiden anderen Wanderer entkam, wäre auch beim besten Willen nicht als Gesang zu bezeichnen gewesen. Die Tonlage schien sich von Silbe zu Silbe zu verändern, und die Stimmen der Männer klangen laut, wie von Rauch und Schnaps gebeizt und waren ohne jede Schönheit.

»Wir ziehen daher
über Wiesen und Klee
und hüten dem Bauern sein
Korn und sein Vieh
seine Rinder und Ross',
Schafeln und …«

Sie schwiegen.

»… und Säu!«, flüsterte der Untersetzte.

Der andere winkte ab. Nichts hatte sich bewegt, und nichts außer das Gebell des Hundes und das zornige Gerassel seiner Kette war zu hören. Dann schwieg auch er, atmete keuchend und stand, starr auf die Ankömmlinge blickend, abwartend da.

Der Zigeunerische machte eine kleine Kopfbewegung zu den anderen und ging auf die Haustüre zu. Sofort schlug der Hund wieder an, und als nun alle drei zum Haus gingen und die Tür vorsichtig öffneten, steigerte er sich zu tobendem Gekläff.

»Ist niemand daheim?«, rief der Vorangegangene in den düsteren Flur, dessen hinterer Abschluss sich im Dunkeln verlor. Der Hund war nur noch von fern zu hören.

»Ist niemand daheim?!«, wiederholte der Mann, wartete aber keine Antwort mehr ab und öffnete eine Tür.

Zögernd betraten sie die Stube. Die Flamme des Kienspans, dessen Licht sie von der Weite aus gesehen hatten, war schon fast bis zur in der Wand eingelassenen Halterung heruntergebrannt. Der Raum war noch warm, aber im Ofen schien bereits kein Feuer mehr zu brennen. Es war still. Die Männer sahen sich vorsichtig um. Saß in der Nische hinter dem großen Ofen vielleicht ein Ahne, vergessen und versponnenen Geschichten nachhängend, schweigend, blind versonnen in Gesichte der Vergangenheit?

Die Tür zur Küche stand offen. Auf dem offenen Herd knisterte leise herabgebrannte Glut. »Da!« Einer hatte die Tür zur Speisekammer entdeckt, sie aufgerissen und auf ein Regal gezeigt: Da standen, säuberlich aufgereiht, Töpfe, Kannen, trocknendes Obst und eine Schale voller Krapfen, die von der Bäuerin wohl bereits vorbereitet waren. Eine kleine Fensternische erleuchtete den niedrigen Raum, in dem die Männer nun in Töpfe und Kannen griffen, sich schmierig die Münder stopften mit Krapfen, Topfen und Käse und zuletzt einen Krug voller Rotwein – den die Bauern als Medizin gegen die weitverbreitete Blutarmut vieler Kinder aufbewahrten – entdeckten. Der Zigeunerische kicherte, setzte den Krug an und trank mit heftigen Zügen. Dann erstarrte er. Ein Geräusch!

Auch die anderen hielten inne und horchten. Der Hund bellte nur noch selten.

»Schschtt!«

Vorsichtig den Riegel mit den Fingern sichernd, öffnete der Zigeunerische die Tür und betrat, geduckt wie ein witterndes Tier, die Tenne.

Er schloss die Tür hinter sich. Es war dunkel; durch den Spalt der geöffneten Haustür fiel ein fahler Lichtschein nicht weiter als bis zur Mitte des Ganges. Zornig über das rauschende

Pochen seines Blutes starrte der Zigeuner gespannt nach hinten, erkannte die Umrisse einer Holztreppe und dahinter die in Remise und Stall führende Tür. Sie stand einen Spalt offen und schlug nun, da wieder ein heftiger Windzug das Gehöft umheulte, knarrend ins Schloss

4

Wenn Kriminalrat Pointner bei öffentlichen Aufmärschen Befehle rief, bei Beerdigungen verdienter Dornsteiner Bürger mit würdigen Worten die Taten der Dahingeschiedenen beschrieb, wirkte er trotz seiner kleinen, rundlichen Statur als respektheischende Persönlichkeit. Viel davon war jetzt nicht mehr zu erkennen. Sein Gesicht hatte die übliche leichte Rötung verloren, winzige Schweißperlen hatten sich auf seiner Stirn gebildet. Seine Virginia war ausgegangen. Das war ihm zuwider. Doch was er noch viel tiefer hasste, waren Aufregungen.

»Verzeihung, Herr Kriminalrat, ich …«

Inspektor Kajetan war schnell an den Tisch des Vorgesetzten getreten und machte eine verlegene Handbewegung, mit der er andeuten wollte, dass er sich, als Kriminalrat Pointners zorniger Ruf endlich zu ihm durchgedrungen sei, im Aktenarchiv aufgehalten hatte. In diesem dämmerigen, stockig riechenden Raum, in dem er sich die meiste Zeit aufzuhalten hatte, wenn er nicht gerade, selten genug, zu Ermittlungen geringer Bedeutung abkommandiert wurde. Dass man ihn, den wegen zwielichtiger Verfehlungen von München an die Dornsteiner Polizeiinspektion Strafversetzten, sonderlich schätzte, konnte nicht behauptet werden, wenngleich die lobenden Worte des Landrichters sich herumgesprochen hatten.

»Es gibt keinen Grund, sich auf Lorbeeren auszuruhen, Kajetan.« Der Kriminalrat sog an seiner eben angezündeten Virginia. »In Walching«, er blies den Rauch aus und setzte erneut an, »in Walching ist ein junges Ding tot aufgefunden worden.«

»Mord?«

»Mord«, bestätigte Pointner ungeduldig, »würde es die Kriminalpolizei kümmern, wenn sie in der Sturmgrube ersoffen wär?«

Kajetan sah zum Fenster.

»Und ums gleich kurz zu machen: Sie fahren dorthin und ermitteln. Das wird Sie bestimmt nicht überfordern, auch wenn ein Münchner sich mit den Berglern nicht so gut auskennt. Die Täter sind nämlich bereits festgesetzt. Es sind also nur noch gewisse Formalitäten. Von denen ich allerdings erwarte …«

Er sog erneut und blies den Rauch in den Raum.

»Jawohl, Herr Kriminalrat?«

»… dass sie mit äußerster Zuverlässigkeit ausgeführt werden.« Bevor Kajetan »Jawohl, Herr Kriminalrat« antworten konnte, fuhr Pointner schnell fort:

»Sie fahren noch heute rein.«

Pointner schien das Erstaunen des Inspektors bemerkt zu haben. »Heute noch«, sagte er bestätigend, »es geht auf die Feiertag' zu, und ich will keine Unruh im Bezirk. Sie wissen, dass ich so etwas dick hab.« Wieder stieg eine Rauchwolke zur Decke.

»Wissen Sie überhaupt, wo das liegt?«

Kajetan nickte schnell. Er wusste es nicht. Natürlich war der Name dieses Ortes schon in den Akten aufgetaucht: Tödlich zu Sturz gekommen ein Fuhrmann auf der Straße von Fraunreuth nach Walching. Der Delinquent geboren in Vill, Gemeinde Walching, Post daselbst, Bezirk Dornstein. Die Anklage gegen wildes Berschtentreiben in den Raunächten vor dem Anwesen des Trauner, Weiler Höllbach, Gemeinde Walching, Bezirk Dornstein …

»Eine Pfarrei, südlich von Dornstein, nicht weit von der Grenze. Packens Ihr Zeug, Sie übernachten in der Post. Zwar«, unterdrückte Pointner ein Husten, das für Sekunden seinen kräftigen Körper aufzublasen schien, »zwar scheint die Sach an sich schon klar zu sein, aber schauns trotzdem nach Zeugen und all dem, was ich für den Rapport nötig hab. Noch Fragen?«

»Jawohl, Herr … nein, Herr Kriminalrat.«

Die Hand mit der Virginia machte eine Bewegung zur Tür.

»Ach ja, und noch was: Ihren Rapport will ich so bald wie möglich, und wenn Sie ihn im Postauto schreiben müssen. Informieren Sie mich außerdem sofort, wenn sich Ungewöhnliches ergeben sollte.«

»Ich hab gedacht …«

»Da schau her.«

Kajetan schwieg verletzt.

»Ungewöhnliches halt, Kajetan. Nichts ist gewiss außer dem Sterben, nicht wahr?«

»Jawohl.«

»Wegtreten.«

Kajetan ging schnell aus dem Zimmer des Kriminalrats, durchquerte das Vorzimmer und wollte eben auf den Gang treten, als sich gleichzeitig die Tür öffnete und die Schreibhilfe des Kriminalrats lächelnd vor ihm stand.

»Du musst nach Walching, gell?«, sagte sie leise, ging wieder zurück und wies ihn, ihr zu folgen. Auf dem breiten Flur war niemand zu sehen.

»Wieso weißt du schon wieder alles?« Er sagte es mit gespielter Verwunderung.

Sie zuckte hochnäsig die Schulter. »Mir kommt halt nichts aus, Paule.«

»Spaß beiseite, Agnes«, er wurde wieder ernst, »wieso schickt er gerad mich? Der Wimmer und der Aschenbrenner, die kennen sich doch da unten viel besser aus.«

»Der Wimmer ist seit heut im Krankenstand.«

»Und der Aschenbrenner?«

»Ist auf dem Gericht.«

»So.«

»Ja.«

»Aha.«

»Sei doch froh, kommst an die frische Luft«, sagte sie tröstend und berührte seinen Arm, »aber pass auf.«

»Auf was?«

»Die Walchinger sind Dickschädel. Ein Granitblock ist ein Badschwamm dagegen.«

»Hast du etwa Verwandte da unten?«

Sie gab ihm eine zärtliche Ohrfeige. »Nein … aber kannst du dich noch an den Aufstand erinnern, den die Walchinger dagegen gemacht haben, dass die Eisenbahn durch ihr Tal gebaut werden sollt?«

»Das waren die Walchinger?«

»Das waren die Walchinger«, bestätigte sie, »und deswegen musst du mit dem Postauto fahren. Es fährt um vier Uhr ab.«

»Dann wird es nichts mit uns heut Abend, Agnes. Ich hab mich drauf gefreut.«

»Bist ja nicht aus der Welt. Schick dich, mach mir keine Schand und poussier nicht mit anderen Weibern, hast du gehört?«

Er schnappte in gespielter Empörung nach Luft, aber sie hatte bereits die Tür geöffnet und wiederholte nun mit lauter Stimme: »Um vier Uhr, Herr Inspektor! In einer guten Stunde sind Sie drin. Alles Gute! Wiederschaun, Herr Inspektor.« Sie zwinkerte ihm noch kurz zu, ging in das Vorzimmer und schloss die Tür.

Kajetan ging den dämmerigen Flur entlang, stieß an die niedrige Schwelle zum Treppenhaus, stolperte, hielt sich am Türrahmen fest und lächelte selig.

5

Der Kondukteur, ein hagerer Mann, aus dessen hohlwangigem Gesicht die Spitzen eines schwarzen Schnurrbarts standen, hatte sich halb umgedreht und seine Passagiere gemustert, als suche er nach einem entsprungenen Zuchthäusler, der sich ausgerechnet mit seinem Postbus davonmachen wollte. Der Motor lief bereits.

Fast alle Bänke waren besetzt. Zwei ältere Frauen unterhielten sich leise über den schmalen Mittelgang hinweg, rafften, als nun eine junge Bäuerin einstieg, ihre Röcke zur Seite und griffen sich unter das Kinn, als wollten sie den Knoten ihrer Kopftücher lockern. Die junge Bäuerin trug einen offensichtlich schweren Korb und führte mit der anderen Hand ein etwa vierjähriges Kind, das wiederum einen kleinen Jungen, fest in wollene Jacke und Hose gepackt, mit sich zog. Ihr folgten zwei ältere Mädchen, deren lange Zöpfe aus den Kopftüchern hingen. Sie wich den verhaltenen Blicken der Männer aus, bugsierte ihre Fracht auf einen der hinteren Sitze und schien einem der älteren Mädchen etwas zuzuzischen. Unmittelbar hinter dem Fahrer hatte eine städtisch gekleidete Frau mittleren Alters Platz genommen. An ihrer Seite saß ein schüchtern dreinblickender, dicklicher Junge.

Der Fahrer erhob sich, fixierte ein letztes Mal seine Passagiere, legte im Zurücksinken den Gang ein und fuhr los. Während die Straßen der Stadt noch schneefrei waren, säumten jetzt, nachdem die Außenbezirke der Stadt bereits hinter leichten Erhebungen verschwunden waren, niedrige Schneewehen die breite, geschotterte Chaussee, die in großzügigem Bogen nach Süden wies. Die Sonne, die in den Nachmittagsstunden aus den Wolken gebrochen war, warf bereits lange Schatten, als der Wagen den Saum eines Waldstücks erreichte. Von beiden Seiten neigten sich die kahlen Äste über die enger gewordene Straße, die sich bald wieder auf eine weite Ebene öffnete. Kajetan sah aus dem Fenster. Wie sich in der nun hügeliger werdenden weißen Fläche einsame Gehöfte, einzelne Wegbäume und dann und wann ein langsames Fuhrwerk in den Blick drehten, als säße er auf einem undenklich weiten Karussell, lenkte ihn ab. Ein alter Mann ging auf der rechten Wegseite und stieg weit in die Wächten, als ihn der Postwagen überholte und ihn kurz mit neblig warmen, nach Stadt und Ferne duftenden Auspuffgasen verhüllte.

»Bittschön, Herr!« Die junge Bäuerin war, an ihm vorbei, aufgestanden und ging nun schwankend nach vorne. Der Fahrer nahm den Blick nicht von der Straße, als sie ihm etwas zuflüsterte, trat dann auf die Bremse und schimpfte. Als der Wagen stand, holte die Frau mit hochrotem Gesicht ein weinendes Kind und ging mit ihm an den Straßenrand, wo es sich erbrach. »Immer das Gleiche«, brummte der Fahrer noch einmal, als er die Fahrt endlich fortsetzen konnte.

Immer mehr Fahrgäste hatten in kleinen Orten, deren Namen der Kondukteur nicht sonderlich laut ausrief, den Wagen verlassen. »Öha!«, das ist ein Ruf, mit dem die Fuhrleute die Pferde zum Halten bringen, hatte ein älterer Bauer gerufen, als er in einen munteren Schwatz vertieft, fast das Aussteigen vergessen hätte. Alles lachte befreit, und auch der griesgrämige Fahrer musste schmunzeln. Über den Kuppen der Landschaft näherte sich das Gebirge, dessen Gipfel noch den roten Schein der untergehenden Sonne fingen. In den enger werdenden Talböden war die Dämmerung schon weit fortgeschritten, und das mochte der

Grund gewesen sein, warum das Fahrzeug in einer nach unten führenden Kurve plötzlich zum Schlingern kam. Die Fahrgäste hielten den Atem an. Schwitzend werkte der Kondukteur, um den Wagen wieder aus einer hohen Wächte zu lenken. Langsamer fahrend, erreichte er schließlich eine Anhöhe, von der sich ein weites, fast rundes Tal öffnete. Der Himmel im Westen warf blassrotes Licht auf ferne Wolkenbänder. Schemenhaft waren die Gebäude des Dorfes zu erkennen.

»Walching, letzte«, rief der Fahrer und lenkte den Wagen auf den Dorfplatz.

An: Mrs. Hakansen Philomena, Manheim Pennsylvania, Vereinigte Staaten von Amerika.

Von: Mayr Adam, Post Walching, Kreis Dornstein Obb. Deutschland.

Lb. Schwester und lb. Schwager!

Ich danke Euch für Euren lb. Brief. Wie geht es dir lb. Mena und dem kleinen Tomerl. Er muss schon groß sein und Ihr habt gewiß viel Freud an ihm. Denkst Du noch an Deine Heimat. Aber in Amerika ist es bestimmt schöner und Du hast ja auch einen braven Mann gefunden. Ich habe noch nicht gehochzeitet. Ich bin halt nichts Rares mehr mit meinen fünfundvierzig Jahren. Mein Salär als Wachtmeister ist nicht so gut daß sich eine die Finger danach abschlecken möcht. Denkst Du noch an deine Heimat. An die Mooshütten die wir im Wald gebaut haben und du immer so eine Angst vor den Schlangen gehabt hast und der Hr. Pfarrer uns erwischt hat beim nackert sein am Gumpen. Dies Jahr war der Herbst wie ein Wunder so schön, rot alle Bäum und eine Sonn wie im Frühjahr. Vor etliche Tag hat es geschnieben und alles ist still und todt. Bei den Berschten am Nikolaustag hab ich streng auf dem ki-wif sein müssen, damit sie nichts anstellen. Sie werden jedes Jahr wilder. Die Bäckin hat bei mir Klag geführt deswegen Du kennst sie ja die Bäck Agerl ihr Mann ist auch schon verstorben und der Egid von der Wagau hat bei ihnen eingeheiratet. Er ist ein rechter Lapp und hat nichts zum Lachen bei der Agerl heißt es aber ich hab nichts gesagt.

Aber nichts Schlimmeres kann man sich denken als was in der zweiten Adventsnacht über uns gekommen ist. Das Erber Sannerl von der Wieser Kat dem Erber sein angenommenes Kind ist erschlagen worden. Die Kat ist auch schon gestorben und wer der Kindsvater war hat sie nimmer gesagt. Gestern Nacht ist der Erber vom Oberland Du kennst den Simon mit dem Hr. Bürgermeister auf die Wach gekommen und der Erber war ganz auseinander und hat geschrien, das sollt ihr mir büßen, und gesagt, daß das Sannerl erschlagen worden ist. Wir sind gleich rauf in der Nacht und alles war taghell von den Lichtern und in all dem Rumor war die Erberin still wie ein Stein. Der Hutter vom Oberland Du kennst ihn hat Fußstapfen gefunden zur Lötzermahd und da haben sie die Mörder herausgeholt, bis ich dazwischen gegangen bin weil sie sie gleich erschlagen möchten haben sie geschrien. Was tun die Leut allerweil so und wenn sie einen Grund haben erschlagen sie andere wie Vieh und sagt alles, es war keine Untat. Je mehr sie in die Kirch rennen desto mehr denk ich mir, du bist auch einer, dem müßt ich bloß den Säbel geben und du tätst deinen Nachbarn den Kopf abhauen. In der Früh hab ich nach Dornstein telefoniert und der Hr. Kriminalrat Pointner hat mir gesagt, ich soll ja nur Wacht halten und daß keine Unruh ist im Dorf und daß er einen Inspektor hereinschickt. Das Telefon ist auch neu gemacht worden beim Hr. Bürgermeister und elektrisch hat er auch und bildet sich mords was drauf ein, aber viele sagen da braucht es nicht so viel Licht und ist die Binder Frieda beim Schmelzbräu schon an das Elektrische gekommen und fast verstorben daran …

6

Mit einem zornerfüllten Schrei hatte Luk die Tür des Gasthofs aufgedroschen und die Menge auf dem Dorfplatz zum Schweigen gebracht. Nun stand seine hohe, hagere Gestalt vor schwach ausfallendem Licht. Er hob einen Laib Brot wie eine Monstranz in die Höhe. Dann ging er los.

»Der spinnerte Luk!« Die Menschen, die sich vor der Gendarmerie angesammelt hatten, wichen zurück. Luk ging in schrecklicher Feierlichkeit auf zwei junge Männer zu, die seine Absicht erahnten und sich ihm in den Weg stellen wollten. Er durchbohrte sie mit Augen von derartiger Wildheit, bis sie schließlich mit gesenkten Köpfen zur Seite traten.

»Was willst du, Luk?!«, schrie Wachtmeister Mayr, der zuvor verzweifelt versucht hatte, der tobenden Menge den Zugang zum Gefängnis zu versperren. Der Verrückte antwortete nicht, hielt den Brotlaib höher und kam langsam näher.

Der Wachtmeister wollte einen Schritt auf ihn zugehen, rutschte jedoch auf der obersten Stufe der kleinen Vortreppe aus und fing sich an der Türklinke. Wie benommen öffnete er die Tür zum Gefängnis, ließ den Mann hinein und stellte sich mit verwirrtem Gesicht wieder davor. Er suchte nach Worten, hob die Hände, doch niemand sagte ein Wort. Dann tauchte Luk hinter ihm wieder auf, die Untiere hatten ihn nicht zerrissen, und ging, nun mit einem glucksend anwachsenden Gelächter, wieder zurück.

Vor der Tür des Gasthofes drehte er sich um.

»Schießts!«, schrie er und hob die Hände. »Schießts!«

Er lachte und verschwand im Gasthof. Dann brach wie ein geborstener Damm erneut Empörung auf. »Lass uns rein, Adam, wir machen kurzen Prozess!« Der Wachtmeister hob hilflos die Hände. Dann sah er den Postbus.

»Mörder! Grattler! Hängt sie doch gleich auf!«, tönte es wieder, doch Mayr hörte nicht mehr hin. Er prüfte den Sitz seines Säbelgurts, hob den Kopf und eilte zur Haltestelle.

Das musste der Inspektor sein.

»Sie sind gewiss von der Bezirksinspektion, Herr Inspektor…?«

»So ist es.«

»Wachtmeister Mayr Adam, Herr Inspektor.« Der Dorfpolizist hatte sich leicht verneigt.

»Kajetan, Kriminalinspektor. Habe die Ehre… Sagen Sie, bei Euch gehts ja zu wie auf dem Viehmarkt.«

Der Wachtmeister wandte sich um. »Jetzt gehts endlich heim, herrgottnochmal! Wo schon der Herr Inspektor da ist! Wie steh ich denn da!«, rief er erbost.

Das schien zu wirken.

»Bitteschön, Herr Inspektor«, er drehte sich wieder zurück, »gehen wir doch gleich rüber zum Bürgermeister, der wartet schon auf uns.«

Er deutete auf ein Gebäude – »dort, bitteschön, Herr Inspektor« – gegenüber der Gendarmerie. Dass es sich um ein Gemeindeamt handelte, war nur an einem handgemalten, bereits verblassten Schild zu erkennen, welches über den Türsturz genagelt war. Neben dem Eingang hing eine Anschlagtafel: eine vergilbte Wahlaufforderung, ein neuerer Aushang über die Pflicht zur Ablieferung von Waffen, gemäß Reichsgesetz Numero soundso.

Bürgermeister Thomas Lindinger war gleichzeitig der größte Bauer im Dorf. Er befand sich in der Mitte der Fünfziger, hatte eine kräftige Statur und bewegte sich mit großbäuerlicher Würde. Was dieser Tage jedoch über das Dorf hereingebrochen war, erfüllte ihn mit Unruhe. Er erhob sich von einem Stuhl und ging schnell auf die beiden Ankömmlinge zu, wobei er den Wachtmeister ignorierte.

»Habe die Ehre, Herr Inspektor. Lindinger, mein Name, Bürgermeister von da.«

Kajetan ergriff die kräftige Hand und stellte sich vor.

»Hocken Sie sich doch hin, Herr Inspektor.«

Der Bürgermeister wies auf einen Stuhl und nahm wieder Platz. »Adam …!«

Der Wachtmeister sah irritiert zum Bürgermeister.

»… der Mantel!«

Jetzt begriff Mayr und half Kajetan, der dies abwehren wollte, aus dem Mantel.

»Jetzt sagen Sie einmal selber, Herr Inspektor«, begann der Bürgermeister, »darf es so etwas geben? So eine furchtbare Geschichte grad jetzt, wo es auf die Feiertage zugeht.«

Mayr nickte bestätigend.

»Aber«, fuhr Lindinger fort, »viel Müh werden Sie nicht haben. Diese Grattler, die wo das Dirndl umgebracht haben, haben wir schon eingesperrt.«

»Ist mir schon gesagt worden. Meinen Respekt! Wenns nur immer so leicht gehen tät.«

Der Bürgermeister genoss das Lob, wurde dann jedoch wieder ernst. »Na, so wild war es nicht. Vom Erberhof, wo die Sanne daheim war …«

»Sanne, das ist das Mädchen, das …«

»Die Erber-Sanne, so ist es. Die erschlagen worden ist. Also, vom Erber aus sind Fußspuren weggegangen. Denen sind wir einfach nach, ich, der Wachtmeister, der Erber, der… Wer war noch dabei, Adam?«

»Der Hutter, der Bäck, der Steinberger und…«

»… die fallen uns schon noch ein, die anderen. Die Spuren sind direkt zum Heustadel bei der Lötzermahd gegangen…«

Kajetan beugte sich fragend vor.

»Die Lötzermahd ist dem Lötzer seine Mahd«, erklärte der Bürgermeister nachsichtig und setzte hinzu, langsamer sprechend, »das ist die Wiese vom Lötzerbauern im Oberland.«

»Verstanden«, nickte Kajetan mit leichter Ungeduld, »redens nur weiter. Im Heustadel haben Sie also die Täter gefangen. Wie viel waren es?«

»Drei«, hatte der Bürgermeister geantwortet, obwohl Kajetan den Wachtmeister angesehen hatte, »wir haben sie ins Dorf runtergebracht und im Keller von der Gendarmerie eingesperrt.«

»Dann werden sie ja alles bereits zugegeben haben, nehm ich an.«

Lindinger hob die Augenbrauen besorgt und sah zum Wachtmeister. »Noch… nicht, Herr Inspektor«, stotterte Mayr. Der Bürgermeister seufzte, fingerte nach einem Bleistift und legte ihn wieder fort. »Aber dafür sind Sie ja jetzt da, Herr Inspektor«, sagte er hoffnungsvoll. Als Kajetan nicht sofort darauf antwortete, setzte er hinzu: »Ich möcht halt, dass bald wieder eine Ruhe ist in unserer Gemeinde. Muss jetzt so eine Gaudi sein, grad jetzt, wo es auf die Feiertage zugeht…«

Kajetan unterbrach ihn. »Was sinds denn für welche?«

»Was?«

»Na, die ihr erwischt habt?«

»Die haben sich schon seit ein paar Tagen in der Gegend rumgetrieben. Gedacht hat sich keiner was, weil um die Zeit allerweil die armen Schiffsleut als Sternsinger auf Klöpflreis gehen …«

»Auf was?«

»Klöpflreis«, erklärte der Bürgermeister, »das ist ein alter Brauch. Da gehn arme Leut von Haus zu Haus, sagen dem Bauern ein Sprüchl auf und kriegen was zum Essen. Oder auch ein paar Kreuzer, wenn ein Geld im Haus ist. Sie kommen meist von Oberndorf, auf der anderen Seite vom Jochberg liegt das …«

»Ach so.«

»… aber ich muss sagen, früher«, der Bürgermeister seufzte wieder und sah nach draußen, »früher, da war das noch ganz was anderes, da …«

»Wann ist die Tote denn gefunden worden?«

»Um …«, begann der Bürgermeister, doch Kajetan winkte ab und wandte sich an den Wachtmeister. Dieser nahm unwillkürlich Haltung an.

»Um, warten Sie, so um sechs Uhr dürfte das gewesen sein.«

»Was heißt das: dürfte?«

»Weil der Erber gegen sieben zum Bürgermeister gekommen ist …«

Jetzt konnte sich Lindinger wieder einmischen: »… war ganz auseinander und hat geschrien: Die Sanne haben sie umgebracht, die Sanne ist tot! Ich sitz grad mit meiner Frau beim Nachtmahl, da geht die Tür auf und der Erber kommt herein und …«

Von draußen war wieder lautes Geschrei zu hören. Mayr war ans Fenster getreten und hatte in die Dunkelheit geschaut. Nun unterbrach er Lindingers Erzählung. »Thomas … Herr Inspektor, ich muss rüber. Da sind wieder ein paar beim Gefängnis. Besoffene, fürcht ich.«

Kajetan nickte besorgt. Der Wachtmeister verließ schnell den Raum.

Der Inspektor wandte sich wieder dem Bürgermeister zu, der sich ebenfalls erheben wollte. »War die Sanne dem Erber seine Tochter?«

»Nein. Ein Pflegekind. Das haben hier viele Bauern. Meist sinds ledige Kinder oder Waisen aus der Verwandtschaft.«

»War sie Waise?«

Lindinger schüttelte den Kopf. »Sie ist von einer Dirn auf dem Erberhof, die schon vor dem Krieg gestorben ist. An der Bleichsucht. Furchtbar.«

»Und einen Vater gibts nicht?«

»Nur dummes Gerede.«

»Über den Bauern?«

»Auch über den Erber, freilich. Was die Leut halt so daherreden.«

»Und ist was dran?«

»Sagen wir es einmal so: dabei war ich nicht.« Er lächelte vielsagend.

»Wie alt war sie eigentlich, die Sanne? Susanne, nicht wahr?«

»Gute sechzehn. Auf den Hof hätte sie aufpassen sollen, derweil der Bauer mit der Frau und den Kindern im Dorf auf Besuch waren.«

»Zu Besuch wo?«

»Bei ihr seiner Mutter, der alten Kramerin, die seinerzeit das Geschäft am Kirchplatz gehabt hat.«

Von draußen war wieder lautes Geschrei zu hören, das auch dem Bürgermeister Sorgen zu bereiten schien. Kajetan überlegte kurz, ob er dem armen Wachtmeister zu Hilfe kommen sollte. Dann aber war plötzlich Ruhe.

»Der Erber, ist das eigentlich ein ›Großer‹?«

Lindinger machte eine abwinkende Handbewegung und schien belustigt. »Der Erber? Ein ›Großer‹? Gotteswillen, nein.

Hungerleider sinds. Da oben leits ja nicht einmal einen Knecht, so notig ist alles. Nein«, er schüttelte, nun wieder ernst geworden, den Kopf, »beim Erber, das war nie was und wird nie was. Und jetzt auch noch den Verdruss mit der Sanne …«

»Gut, Herr Bürgermeister, wir lassen es für heute gut sein. Ich dank erstmal.«

Doch Lindinger schien noch nicht ganz zu Ende gekommen zu sein. »Die Sanne war«, sagte er schnell, »wie soll ich das sagen, also … sie war schon … ein bisserl damisch. Ein nettes Dirndl, aber ein bisserl damisch.«

Kajetan hatte bereits seinen Mantel geholt, setzte sich jetzt aber noch einmal. »Wie war sie?«

»Damisch. Wirr. Im Kopf drin, verstehens?« Der Bürgermeister senkte die Stimme eifernd, »nicht, wie halt Weiber hie und da sind, sondern …«

Die Tür hatte sich wieder geöffnet, und Mayr trat wie ein siegreicher Feldherr in den Raum. »Ah, Adam … ist jetzt endlich eine Ruh draußen?«

Der Wachtmeister nickte, als sei es ein Kleines für ihn gewesen, die beiden baumstarken Betrunkenen davon abzubringen, zu den Gefangenen vorzudringen. Doch die Anstrengung stand ihm noch ins Gesicht geschrieben.

Kajetan zog sich endgültig an und nahm seinen kleinen Koffer. »Gut gemacht, Herr Wachtmeister. Und gute Vorarbeit ist ja auch schon geleistet worden. Ich mein, wir werden nicht allzu große Schwierigkeiten haben.«

Mayr nahm Haltung an, als würde ihm soeben ein Orden überreicht. »Durchaus, Herr Inspektor.«

»Wo schlaf ich denn, Herr Bürgermeister?«

»In der Post drüben. Ich zeigs Ihnen …«

»Das brauchts nicht. Bevor ich mich hinleg, möcht ich nur

noch die drei Arrestanten in Augenschein nehmen … wenn sie noch da sind.«

»Mir kommt keiner aus, Herr Inspektor«, antwortete der Wachtmeister stolz. Der Bürgermeister sah, sich beherrschend, zur Decke.

7

Das Treppenhaus hinter dem Hauptraum der Gendarmerie war schwach beleuchtet. Der Wachtmeister suchte umständlich einen Schlüssel aus einem umfangreichen Bund und öffnete dann die Tür zum Keller.

»Gebens acht, Herr Inspektor. Die Treppe ist ziemlich steil.« Mayr nahm die Petroleumlampe, die er zuvor abgestellt hatte, und ging voraus. Die Tritte seiner genagelten Schuhe knallten auf den steinernen Stufen. Die Treppe endete, soweit dies im schwachen Schein der Lampe auszumachen war, in einem hohen, gewölbten Raum. Es war kalt, und die Luft roch nach toter Erde.

»In diesem Loch bringt ihr die Gefangenen unter?«

Mayr sah erstaunt zu ihm. »Es ist ja nur für ein paar Tage«, begann er entschuldigend. Dann fuhr er zurück. »Eh.« Mit großer Geschwindigkeit war eine Ratte über den Steinboden in eine Nische hinter der Treppe gerannt. Auch Kajetan trat angeekelt zurück. Mayr fasste sich. »Hier, Herr Inspektor.«

Im Lichtkreis der Lampe tauchte ein Gitter auf, das einen in die Tiefe des Gewölbes führenden Raum absperrte. Kajetan sah nichts als eine breite, stählerne Pritsche, von der nasswelkes Stroh herabhing und auf der einige Stoffbündel zu liegen schienen.

»Ihr Licht, Herr Wachtmeister.«

Mayr gab es ihm. Kajetan hob es höher, um einen besseren Blick auf das Innere der geräumigen Zelle zu haben. Da flog ein verheertes Gesicht heran und presste sich an die Eisenstäbe. Eine

Hand krallte sich in den Halskragen Kajetans. Er wich entsetzt zurück.

»Zurück!«, schrie der Wachtmeister, »oder ich brenn dir eine drauf!« Seine Hand fuhr zu seinem Säbel.

»Lasst uns aus!!«, ächzte eine Stimme. Nun war auch Bewegung in das reglose Bündel auf der Pritsche gekommen. Aus dem Dunkel löste sich eine weitere Gestalt und ging zögernd zum Licht. Auch der Dritte richtete sich von der Pritsche auf, blieb jedoch abwartend sitzen.

In maßlosem Zorn versuchte der Mann, sein Gesicht durch die Stäbe zu pressen. Die Kanten des Gitterstabes verzerrten sein Gesicht zu einer abstoßenden Fratze.

»Zurück!!«, wiederholte der Wachtmeister mit bebender Stimme und zog seinen Säbel.

»Lass!«, bellte Kajetan, der einen Schritt zurückgetreten war und der fassungslos die Szenerie beobachtet hatte. Mayr schaute ihn an. »Kommen Sie!« Kajetan machte eine herrische Bewegung und ging nach oben. Zögernd folgte ihm der Wachtmeister. Kajetan blieb auf der Mitte der Treppe stehen. Im abfallenden Licht der Lampe sah er noch die wie toll kreisenden Arme des Gefangenen, dessen Wut nun in ein heulendes Wimmern übergegangen war. Tapsend folgte der Wachtmeister dem Inspektor nach oben. Zitternd verschloss er die Tür zum Keller.

»Wachtmeister«, sagte Kajetan mit scharfer Stimme, »nur eines: Die Gefangenen werden auf der Stelle ärztlich versorgt und kriegen eine warme Suppe!«

Mayr nickte verdattert. »Heut noch, Herr Insp…?«

Kajetan packte zornig die Hand des Wachtmeisters und hob sie mit der Lampe an dessen Gesicht.

»Heut noch! Gute Nacht!«

8

Als sich die Tür am oberen Ende der Treppe geschlossen hatte, erwachte der Gefangene wieder zum Leben, rüttelte erneut an den Gitterstäben und fluchte.

»Lass sein, Mauritz«, sagte einer der Gefangenen. Der Angesprochene ließ die Stäbe los und ging langsam tastend zu seiner Liegestatt. Es war dunkel. Allein durch eine kleine, nach oben führende Luke schien schwach das Mondlicht.

»Was … war das für einer, der da mit dem Wachtmeister gekommen ist, Hans?«

»Weiß nicht, Mauritz.«

»Das war ein Höherer.«

Sich selbst bestätigend, nickte Mauritz. Hans' Stimme kam aus der Dunkelheit, zögernd: »Wegen dem bissel Speis-Ausräumen? Das glaub ich nicht.«

Mauritz senkte den Kopf. Dann drehte er sich wieder zum Lichtschacht. »Die wollen uns was anhängen«, sagte er ruhig, »nämlich das mit der Dirn.«

»Was?«

»Das wollen die. Tät sonst ein Höherer kommen?«

»Aber … das waren wir nicht, Mauritz!«

Mauritz hatte sich nicht bewegt. Er sprach weiter mit überlegter Stimme, als wolle er etwas ergründen.

»Das wissen wir, ja.«

Hans schwieg. Der Dritte war nicht zu hören.

»… Mauritz?«

»Was?«

»Mauritz … du weißt es … genau?!«

»Was …? Dass …« Mauritz schnappte überrascht nach Luft, dann begriff er.

»Nichts, Mauritz, nichts«, wollte Hans noch zu ihm sagen, da flog Mauritz schon auf ihn zu, tappte wütend, reißend, suchend nach ihm, ergriff ihn, warf ihn zu Boden und schlug auf ihn ein. Nun kam Bewegung in den dritten Gefangenen. Er stand auf, packte nun mit zunächst tastendem, dann festem Griff den tobenden Mauritz und schleuderte ihn an die Gitterstäbe.

9

Kajetan betrat den breiten, von einem flachen Gewölbe überspannten Hausgang des Gasthofes, stampfte sich Schneereste von den Schuhen und blieb einen Moment unschlüssig stehen. Wie aus weiter Ferne hörte er das Scheppern von Töpfen und Pfannen und dazwischen eine deutliche, herrische Frauenstimme. Dann flog eine Tür im hinteren Bereich des Ganges auf.

Weinend lief ein Mädchen heraus und verschwand durch die Hintertür, verfolgt von ärgerlichem Geschimpfe. Kajetan ging nach hinten und wäre fast mit einer sich energisch bewegenden Frau zusammengestoßen. Der zornige Ausdruck ihres schönen Gesichts verflog, als sie den Inspektor sah.

»Die Wirtin?«

Sie nickte freundlicher. »Und Sie sind der Herr Inspektor. Der Thomas hat mir schon Bescheid gesagt.« Sie trocknete sich ihre Hände an der Schürze ab. »Kommens mit. Ich zeig Ihnen, wo Sie schlafen.«

Der Schlüssel des zum Dorfplatz ausgerichteten Zimmers steckte. Sie öffnete die Tür, ließ den Inspektor vorbeigehen und folgte ihm dann, einen prüfenden Blick auf Bett und Boden werfend. »Ist es so recht?«

»Ist es.« Kajetan legte seinen kleinen Koffer auf eine Anrichte.

»Hätt der Herr Inspektor noch einen Gust auf ein Nachtmahl?« Sie zählte auf, was sie ihm noch zubereiten könne, ihn aufmerksam betrachtend. »Geröstete Kartoffeln mit Speck, ja«, sagte Kajetan, »und einen Schoppen Roten. Das wär jetzt recht.«

»Gern.« Sie lächelte freundlich. Beim Hinausgehen drehte sie sich noch einmal kurz um und sagte, sich entschuldigend: »Man hat halt ein Kreuz mit den Dienstboten. Unsere Burgi ist ein gutes Ding, aber den Kopf hat sie allerweil woanders. Da muss einer schon mal andere Saiten aufziehen.«

Kajetan winkte verstehend ab. Als sie hinausging, schwang ihr schwerer Rock samten patschend an den Pfosten des Türstocks.

Der Inspektor zog seinen Mantel aus und hängte ihn an einen Haken. Das Zimmer war klein. Neben dem Bett, auf einer kleinen Anrichte, über der ein Spiegel angebracht war, stand eine Keramikschale mit einem Wasserkrug, und ein sauberer, doch bereits stark abgetretener Teppich, aus Stoffresten gewebt, bedeckte die dunklen Bohlen des Bodens. Eine matte Glühbirne unter einem einfachen Lampenschirm erleuchtete den Raum.

Er ging nach unten und betrat die Gaststube. Auch sie war schwach erleuchtet, und der Inspektor sah nicht sofort, dass im hinteren Bereich des großen Raums ein einsamer Gast saß. Kajetan nickte ihm zu, doch der Mann schien ihn nicht zu bemerken. Offenbar groß gewachsen, mit langen weißen Haaren, die ihm in Strähnen bis auf die Schultern fielen, starrte er finster versonnen vor sich hin, wie abwesend und dennoch auf geheimnisvolle Weise den Raum füllend.

Kajetan setzte sich in die Nähe des Kachelofens, der noch Wärme ausstrahlte. Die Tür neben der Schänke öffnete sich. Die Wirtin kam herein, nickte ihm freundlich zu, nahm ein Glas aus einem Schrank und goss Wein ein.

»Kriegt der Luk noch etwas?«, sagte sie laut, ohne den Kopf zu wenden.

»Der Luk geht«, antwortete dieser; es klang böse, was die

Wirtin aber nicht zu betreffen schien. Dann stand er auf und ging mit langsamen, gleichmäßigen Schritten weg. Die Wirtin brachte den Wein.

»Zum Wohl, Herr Inspektor.«

Sie bemerkte, dass Kajetans Blicke dem seltsamen Gast gefolgt waren. »Sie müssen sich nichts denken«, sagte sie im Weggehen, »das ist bloß der Luk.« Sie machte eine kreisende Fingerbewegung auf ihrer Stirn. »Ein Spinnerter ...«, ergänzte sie und zuckte mit den Schultern, als wolle sie sagen: So einen muss man lassen, wie er ist. Dann war sie in der Küche verschwunden.

»Ist das Geröstl fertig, Burgi?«, hörte Kajetan ihre strenge Stimme, und eine andere antwortete in unverständlichem, doch eilfertigem Ton.

10

Kajetan öffnete das Fenster seiner Schlafkammer und sah auf den Dorfplatz hinab. Nur einige Fenster der den Platz begrenzenden Gebäude waren noch erleuchtet, und unter ihm fing ein kleiner Hof das Licht der über dem Eingang angebrachten Lampe, deren Schein sich bald auf der von grauem Mondlicht überfluteten Fläche verlor.

Kälte hatte sich pelzig über die Haut seines Gesichtes gezogen; gierig atmete Kajetan Luft ein und fühlte plötzlich, wie all die Unbill der vergangenen Tage von ihm abzufallen schien. Er wollte es halten, dieses linde, durch die Adern strömende Glücksgefühl, doch es blieb in schmerzender Entfernung. Er schloss das Fenster und begann sich auszuziehen.

Er hörte nicht, wie sich unter ihm die Tür des Gasthofs öffnete. Die Hausmagd des Gasthofs, sie hatte sich eine dicke Schulterdecke umgeworfen und trug einen Topf, überquerte mit schnellen Schritten den Dorfplatz und klopfte an das Tor der Gendarmerie. Mayr musterte sie mit müden Augen. »Was kommstn erst jetzt?«

»Jetzt täts noch pressieren für die Bagage«, maulte die Magd. Der Wachtmeister brummte etwas, hob den Deckel des Topfes, in dem eine nicht sonderlich dicke Suppe schwappte, holte den Schlüssel und ging mit ihr zur Tür, die in das Kellergefängnis führte. Er hängte die Lampe an einen Haken im Vorraum und ging wieder nach oben.

»Ist schon zugesperrt, Adam, gellja?«

»Ist mir schon mal einer ausgekommen?«, fragte der Wachtmeister mürrisch. »Jetzt gibst denen deine Suppe, und wenn was ist, schreist mir einfach. Und stell dich nicht so an. Der Inspektor hats angeschafft.«

Die Magd nickte und stieg zögernd in die Tiefe. Unten angekommen, sah sie sich ängstlich um. Dann ging sie langsam auf das Gitter zu und blieb einen Meter davor wie festgewachsen stehen.

Die Männer bewegten sich und kamen zögernd ans Licht. »Suppe gibts«, flüsterte eine Stimme. Die Magd streckte die Hand mit einem gefüllten Napf aus. Sie bewegte sich voller Vorsicht. Wie dürre Zweige wuchsen sechs Hände zwischen den Gitterstäben hervor. Als alle Männer die Suppe ungläubig in ihrer Hand hielten, ging sie schnell zurück zum Treppenabsatz und setzte sich.

Die Männer schlürften gierig. Ab und zu warfen sie einen freundlichen Blick zu ihr. Burgi sah mit weit geöffneten Augen zu. Dann rutschte sie eine Stufe höher. »Schauts ned a so.«

Einer der Gefangenen sah auf.

»Ich liaßt euch verhungern.«

»Dann hältst besser dein Bappn«, fauchte Mauritz zurück.

»Schmeckts euch?«

Hans sah auf, sah sie eine Weile an und nickte dann mit warmen Augen. »Gut«, sagte er leise.

»Weil ich hab nämlich reingebiselt.«

Die beiden Männer erstarrten. Auch der dritte Gefangene senkte den Napf und sah ungläubig auf.

Burgi schnellte hoch und ging hastig einige Schritte nach oben, als misstraue sie der Festigkeit der Gitterstäbe.

Mauritz, in maßlosem Zorn, schleuderte seinen Napf nach

ihr. Die Magd, in deren blödem Gesicht sich Triumph und Angst mischten, raffte nun ihre Röcke und lief hoch; der zweite Napf britschte an ihre Beine und fiel klappernd über die Steinstufen zurück.

»Mörder!! Adam! Hilfe, Adam!!«

11

Als Kajetan am nächsten Morgen den Gastraum betrat, lebte das Haus bereits. Der gekachelte Ofen, neben dem er Platz nahm, strahlte sanfte Wärme aus, und in der Mitte der eisblumenblinden Fensterscheiben hatten sich kleine, runde Klarflächen gebildet.

»Guten Morgen, Herr Inspektor. Gut geschlafen?« Die Wirtin stand im Türrahmen. Sie hatte noch einen dicken, wollenen Umhang um die Schultern geschlungen und trug, wie Kajetan kurz sehen konnte, dicke, wollene Strümpfe.

»Ich bring Ihnen gleich einen Kaffee«, fügte sie an das Nicken Kajetans und verschwand wieder in der Küche.

Kurze Zeit später erschien sie wieder, mit den Ellbogen die Klinke drückend, mit einer Schale dampfenden Kaffees. »Die Dienstboten sind noch im Stall«, erklärte sie, stellte die Schale ab, warf ihm einen freundlichen Blick zu und ging wieder zurück.

Kajetan umfasste die Schale mit beiden Händen. Sie war heiß. Nun brachte die Frau einen Teller mit Wurst, etwas Butter und dunklem Brot. »Frisch ist es bei uns, gell?«

»Das macht einen guten Schlaf, Frau Wirtin.«

»Das ist wahr.« Sie lächelte. »Den haben Sie gewiss nötig, gell? Fehlt noch was? Ach, das Besteck.« Sie ging zu einer kleinen Anrichte neben dem Ausschank und kramte ein Messer und einen kleinen Löffel hervor, legte sie auf Kajetans Tisch, wobei sie den Inspektor mit einem prüfenden Blick bestrich. Dann ging sie wieder in die Küche.

Kajetan nahm einen Schluck und hörte, wie die Ofenklappe geöffnet und Holz nachgeschürt wurde. Dann kam die Wirtin zurück, setzte sich leicht abgewandt, mit Blick zur Tür, an Kajetans Tisch und verschränkte die Arme fröstelnd vor der Brust. »Furchtbar, die Sache mit der Sanne, gell?«

Kajetan nickte kauend.

»Grad jetzt, wo es auf die Feiertag zugeht. Wo doch sonst Jahr und Tag nicht so was passiert bei uns.« Sie redete schnell. »Meinens, dass sie zum Tod verurteilt werden?«

»Das«, schluckte Kajetan, »wird der Richter in Dornstein entscheiden, Frau Wirtin.«

Sie nickte und fuhr leiser fort: »Furchtbar ... das arme Ding ... noch keine sechzehn, und so ein Leben ist schon vorbei ... So wie in der Stadt ist der Kaffee freilich nicht bei uns, gell, Herr Inspektor?«

»Grad recht ist er, Frau Wirtin. Da wirds einem warm.«

Sie lächelte leicht, kam aber sofort wieder zu ihrem Thema. »Ja, die Sanne ... sie war so was, wie soll ich sagen, so was Feines. Das hat ihr keiner gewünscht, dass sie so jung schon sterben muss ...«

»Ein wenig verrückt soll sie gewesen sein. Ist das wahr?«

Die Wirtin riss die Augen überrascht auf. »Die Sanne? Gehns, wer sagt denn so was? Verrückt? Nein! Halt ein bisserl anders, sagen wir mal, gell. Aber doch nicht narrisch! Ein bisserl ernst für ihr Alter, mag sein. Aber so viel hats ja auch nicht zum Lachen gehabt. Keine Eltern mehr ... hat schon früh fest arbeiten müssen beim Erber.«

»Hat sie es da eigentlich gut gehabt, beim Erber?«

»Da hats nie was gegeben. Er hat sie gehalten wie sein eigenes Kind.«

»Und der Vater, ich mein: der leibliche Vater, der ist nie aufgetaucht?«

Die Wirtin schloss die Arme fester um ihre Brust. »Nein. Boshafte Leut sagen, dass sie vom Bauern selbst ist, dass er nämlich seinerzeit was mit der Magd gehabt hätt. Aber«, sagte sie mit energischer Überzeugung, »ich glaub das nicht. Ich will auch gar nichts gesagt haben.«

»Ich hab auch gar nichts gehört, Frau Wirtin.« Kajetan lächelte, wurde jedoch gleich wieder ernst, als er die Augen der Frau auf sich gerichtet sah.

»Ein bisserl ernst war sie, ja. Als Kind nie! Da war sie lustig und allerweil freundlich. Einmal hat sie sogar ein eigenes Gedichterl bei der Primiz vom Gabler Jakob aufsagen dürfen.«

»Ein Gedicht?«

»Selber geschrieben, jawohl! Oh, die Sanne war eine Gescheite, das kann man ruhig laut sagen.«

Kajetan bemühte sich, sie nicht zu unterbrechen, und murmelte ein halblautes »Da schau her«.

»Aber verrückt«, wiederholte die Wirtin, »verrückt, nein. Ich hab sie gern gemocht«, setzte sie bewegt hinzu, »furchtbar ...« Dann stand sie plötzlich auf, ging zu einem der Fenster und sah für Minuten unbewegt hinaus. Sie weinte leise. Kajetan hörte betroffen ihr Schluchzen.

»Frau Wirtin ... nehmen Sie sich das doch nicht so zu Herzen ...«

Sie senkte langsam den Kopf, ohne ihn anzusehen. Schließlich nahm sie ihre Schürze und schnäuzte sich kräftig. »Es sind bloß die Nerven ... entschuldigens, Herr ... so ein junges Leben ... und alles schon vorbei ...«

Von einem entfernten Teil des Gebäudes erklangen nun eine laute Stimme und ungeduldiges Klopfen. Sie sah auf, fasste sich und ging zur Tür. »Der Vater … er ist recht krank …«, sagte die Wirtin beim Hinausgehen.

Der Kaffee war kalt geworden.

12

Noch warf die Morgensonne flache Lichtbahnen über den Dorfplatz, auf dem bereits lebhaftes Treiben herrschte. Ein schweres, mit Baumstämmen beladenes und von zwei Ochsen gezogenes Gespann war, vom Oberland kommend, mit knirschenden Kufen auf den Dorfplatz eingebogen. Es fuhr langsam am Schulhaus vorbei, vor dessen Tor einige Kinder ihre Skier abschnallten, sie an die Mauer stellten und schnell ins Innere des Gebäudes eilten. Frauen liefen, noch mit Schulterdecken gegen die Morgenkälte geschützt, zwischen den Lebensmittelgeschäften umher, als ein moderner Personenwagen den Platz von Norden erreichte und ihn in einer kleinen Kehre nach Süden wieder verließ. Einige Männer hatten ihren Hut gegen das Wageninnere gehoben; die Insassen des Fahrzeugs waren jedoch hinter dichten Reifkristallen an den Seitenfenstern verborgen.

Wo das Krankenhaus war, hatte Kajetan sich von der Wirtin beschreiben lassen. Von neugierigen, respektvollen Blicken begleitet, überquerte er den Platz und betrat den Friedhof. Dessen rückwärtiges Tor führte auf einen kleinen Platz, an dem das Eingangsportal des Krankenhauses unschwer zu erkennen war. Dass die Aussegnungshalle eine direkte räumliche Verbindung zu dem Gebäude hatte, ließ ihn schmunzeln. Dann aber malte er sich aus, was er in wenigen Minuten sehen würde. Er wusste, dass ihm das, was ihn erwartete, noch nie leichtgefallen war.

Eine Krankenschwester in Nonnentracht hatte ihm die Tür

zum Sezierraum geöffnet. Das Zimmer war kahl, der Anstrich nicht mehr der jüngste, und der Boden war mit hellen Steinplatten bedeckt. An einer der Wände verlief eine längliche Anrichte, auf der allerlei medizinisches Gerät lag. Kajetans Blick fiel auf einen Mann mit Arztkittel, der vor einem der hohen Fenster stand und sich nun zu ihm umdrehte. »Kommen Sie herein, Herr Inspektor. Notsch mein Name. Habe die Ehre.«

Kajetan, der sich ebenfalls vorstellte, hatte für einen kurzen Moment das Gefühl, diesen Namen schon einmal gehört zu haben. Der Arzt wies seine ausgestreckte Hand freundlich zurück und ging zu einem Waschbecken. »Das muss nicht sein, Herr Inspektor …« Er wies erklärend auf einen Tisch, auf dem der mit einem Laken bedeckte Körper eines Menschen lag.

»Schwester, ich wäre dann so weit.«

Während sich die Nonne entfernte, zog Notsch seine Handschuhe aus und hielt seine Hände unter den Wasserstrahl. Kajetan ging einige Schritte zur Bahre. Nun kam der Arzt zu ihm, sah ihn kurz fragend an, und zog das Tuch zurück.

Sterbeschmerz hatte das Gesicht des Mädchens entstellt. Sein Mund war leicht geöffnet, wulstig drängte die Zunge durch die Zahnreihen, und hinter halbgeöffneten Lidern war das stumpfe Weiß der Augäpfel zu sehen. An beiden Seiten des Kehlkopfes waren blutunterlaufene Flecken zu erkennen, und an der Rückseite des Halses, oberhalb des Nackens, verliefen längliche, verschorfte Hauteinrisse.

Natürlich war kein Scherz angebracht, schon gar nicht dieser. »Die Leut sterben früh bei euch, Herr Doktor.«

»Ich brings nicht um«, entgegnete der Arzt scharf.

»Nein, ich …«

»Das tun die Leut schon selber, da brauchens mich nicht.«

Doch Notsch schien zu erkennen, dass dem Inspektor sein

missglückter Satz peinlich war, und er fuhr versöhnlicher fort: »Glauben Sie mir, dass ich früher auch vom gesunden Landleben begeistert war. Seit ich hier bin, vergeht jedoch kaum eine Woche, wo ich in dieser vermeintlichen Erholungslandschaft nicht wieder einen zusammenflicken müsste. Der eine kommt unter die Baumstämme, der andere fällt vom Heuwagen, der dritte kriegt ein Scheit über den Kopf wegen irgendeiner Eifersuchtsgeschichte. Und nicht zu vergessen, was der Krieg hinterlassen hat an lahmen und versplitterten Gliedern ...«

Kajetan, der immer wieder das Gesicht des toten Mädchens betrachten musste, räusperte sich. Auch der Doktor blickte wieder auf den Körper. »Nein ... aber das hier ...« Er zog das Tuch wieder hoch.

»Und ... der Befund?«

»Sie wollen es sicher auf Deutsch hören?«

Der Inspektor nickte.

»... erwürgt. Einfach erwürgt. Hier ...«

Er hob das Tuch und wies auf die Würgemale.

»War sie noch ...?«

»Nichts. Die Kleine hat noch nie was Ernstliches mit einem Mann gehabt.«

»Und das hier?«

»Einrisse, die durch die Fingernägel des Mannes entstanden sind.«

»Ein Mann? Ist das schon sicher?«

Die Tür öffnete sich, und eine andere Schwester, eine breit und kräftig gebaute Frau, trat ein, ohne den beiden Männern einen Blick zuzuwerfen. Sie ging mit festem Schritt an eine der Anrichten.

»Ein Mann, ja, dessen bin ich mir sicher. Keine Frau hat so viel Kraft ...«

Die Nonne hatte resolut eine offensichtlich verklemmte Tür der schweren Anrichte krachend aufgerissen.

»... so viel Kraft, um ...«

Der Arzt schwieg für einige Sekunden und räusperte sich. Die Schwester hatte ein Leichenhemd genommen und begann nun, es der Toten überzustreifen. Notsch trat ans Fenster, Kajetan folgte ihm. Hinter dem Krankenhaus begannen bereits die Felder. In einiger Entfernung, nahe am dunklen Saum des Bergwaldes, standen einige Höfe auf einer Anhöhe. Ein schmaler Weg, der wie eine krakelige Tuschelinie den Hügel emporstieg, verlor sich auf gleißend weißer Fläche.

»Todeszeit – was meinen Sie?«

Notsch nahm die Brille ab und putzte sie an seinem Kittel ab. »Ist schwierig.«

»Wieso?«

»Weil es eiskalt war in dem Zimmer, in dem sie gefunden wurde.«

»Und das bedeutet was?«

Wieder öffnete sich die Tür des Sezierraums, und eine andere Schwester rief aufgeregt: »Herr Doktor! Der Allingerin gehts schlechter!«

»Sofort! Kommen Sie, Herr Inspektor.«

Notsch wies den Inspektor mit einer Handbewegung zur Tür. Auf dem Flur ging der Arzt etwas schneller. »Das heißt, Herr Inspektor, dass unter diesen Umständen keine exakten Messungen mehr möglich sind.«

»Das müssen Sie mir genauer erklären.«

»Nun, maßgeblich ist – das muss ich Ihnen als Polizist ja nicht erklären – die Totenstarre. Demnach müsste das Mädchen zwischen zwei und vier Uhr gestorben sein. Sie war nämlich bereits starr, als ich sie zum ersten Mal gesehen hab.«

»Und?«

»Sie war starr, jawohl – aber kältestarr. Verstehen Sie mich?«

»Wenn ein Arzt also nicht genau hinsieht …«

»Oder nicht in Erfahrung bringen kann, wann und ob ein Fenster geöffnet oder geschlossen worden ist …«, ergänzte der Arzt, »dann ist seine Todeszeitbestimmung entweder falsch oder – was ebenso richtig sein kann – sie stimmt. Auf jeden Fall kann er es nicht mit Bestimmtheit sagen.« Der Arzt beschleunigte seine Schritte.

»Dann kann das Mädchen also sowohl bereits am Nachmittag als auch am Abend ermordet worden sein?«

»Sie sagen es. Das heißt vermutlich für Sie, dass Sie es nicht mit einem Mord im Affekt zu tun haben, nicht wahr?«

Etwas in der Stimme des Arztes ließ Kajetan aufhorchen.

»Wenn es nicht Zufall, sondern Überlegung war, die Todeszeitbestimmung zu erschweren – dann ja.«

Der Arzt nickte. Er war nun an einer Tür angekommen und griff zur Klinke. »Ich muss jetzt zur Allingerin. Sie entschuldigen mich?«

13

Die Walchinger Gendarmeriestation bestand aus einem einzigen, etwa 30 Quadratmeter großen Raum, den man sogleich durch die Haustür betrat. Die Wände waren mit Leinöl gestrichen. Drei Fenster, größer als die der Dorfhäuser, erhellten den Raum und malten dort, wo das noch flache Licht des Tages auf den speckglatten Verputz fiel, bizarr verzogene Geometrie in das dunkle Wandgrün. Das Inventar bestand aus schlicht gezimmerten Wandschränken, einem Stuhl und einem Tisch. Die der Tür gegengesetzte Wand war gänzlich frei bis auf ein Portrait eines im Dienst umgekommenen Vorgängers des Wachtmeisters. Unter der Fensterseite verlief eine Wandbank; auf der anderen Seite der Tür stand noch einmal ein großer Schrank, in einfacher Manier getäfelt und, wie auch das andere Mobiliar, mit dunklem, schon an vielen Stellen geplatztem Bierlack gebeizt.

Kajetan hatte sich einen der Stühle genommen und las, mit einer Hand auf den Schreibtisch gestützt, Mayrs Bericht. Der Wachtmeister stand. Dass der Bürgermeister, kaum dass Kajetan die Gendarmerie betreten hatte, ebenfalls eingetroffen war und wichtig Platz genommen hatte, störte den Inspektor.

»Mit der Rechtschreibung ham Sies nicht so, Herr Wachtmeister, gell?«

Mayr wurde rot.

»Gut«, Kajetan schlug die Mappe mit den handgeschriebenen

Blättern zu, »in Ihrem Bericht steht, dass Sie um dreiviertel sieben«, Mayr nickte jeweils, »vom Bürgermeister benachrichtigt worden sind und mit ihm und einigen anderen Dorfbewohnern zum Hofe des Erber gefahren sind …«

»Ich hab schnell eingespannt und …«

»Erst der Wachtmeister, Herr Bürgermeister, bitte.«

Lindinger schluckte.

»… und dort etwa eine halbe Stunde später eingetroffen sind, wo Sie das Opfer in Augenschein genommen haben.«

»Jawohl, Herr Inspektor.«

»Wo und wie Sie die Leiche aufgefunden haben, steht allerdings nicht da. Das tät mich aber interessieren …« Er sah zum Wachtmeister hoch. »… und reden Sie, wie Ihnen der Schnabel gewachsen ist. Ich versteh Ihnen schon.«

Mayr holte Luft. »Auf dem Bett in der Kammer, Herr Inspektor.«

»Gut. Weiter?«

»Das Bett war aufgeschlagen, aber Nachthemd hat sie keines angehabt.«

»Wär doch auch etwas früh am Abend gewesen, nicht wahr? War sie nackert?«

Der Wachtmeister verneinte, und auch der Bürgermeister schüttelte den Kopf. »Das Stallgewand hat sie angehabt, Herr Inspektor.«

»Wenn ich was sagen darf, Herr Inspektor«, mischte sich der Bürgermeister wieder ein und wartete nicht auf die Zustimmung des Inspektors, »das war schon komisch.«

»Was war komisch?« Der Inspektor hatte sich über die Schulter zu ihm gedreht.

»Dass sie das Stallgewand angehabt hat. Das Stallgewand«, erklärte Lindinger, »hat man bei der Stallarbeit an. Den Schurz aber zieht einer aus, wenn er ins Haus rübergeht.« Mayr nickte bestätigend.

»So? Und, Herr Wachtmeister«, er wandte sich wieder diesem zu, »was ist Ihnen noch aufgefallen?«

»Also, vor dem Haus, da…«

»Bleiben wir erst noch im Haus drin. Die Fenster, waren sie geöffnet, geschlossen oder was? Steht alles nicht drin im Rapport.«

»Da… da kann ich mich nicht mehr entsinnen.«

»Offen, Adam. Ich weiß es genau«, griff der Bürgermeister wieder ein.

»Nun, Herr Wachtmeister?«

Mayr zuckte hilflos mit den Schultern.

»Offen. Das hat auch der Doktor gesagt«, sagte Kajetan ungeduldig, »wo haben Sie Ihre Augen?«

»Die, die ganze Aufregung…«

»Es war furchtbar.« Kajetan sah nicht zum Bürgermeister, sondern öffnete wieder die Kartonmappe. »Blaue Fleck am Hals…«, las er laut, »Totenstarre bereits eingetreten…«

»Jawohl, bereits einge…«

»Wie hat sich der Bauer verhalten?«

»Der war ganz auseinander, der Erber.«

»Was hat er gesagt?«

»Nein. Er hat getrenzt wie ein kleines Kind, auch die Bäuerin.«

»Und gar nichts gesagt? Auch im Zorn?«

»Nein… nicht, dass ich mich entsinnen könnt.«

»Denkens nach. Sie auch, Herr Bürgermeister. Oft rutscht einem was raus in einer solchen Situation.«

Auch der Bürgermeister schüttelte bestimmt den Kopf. Doch Mayr schien sich nun an etwas zu erinnern. »Hinterher schon, Herr Inspektor.«

»Dann raus damit.«

»Sie haben doch gemeint, wir sollen erst im Haus …«

»Jetzt redens schon. Was hat der Erber gesagt?«

»Des werds mir büßen, hat er gesagt. Allerweil wieder.«

»›Des werds mir büßen‹? Er hat in der Mehrzahl gesprochen?«

»Also ich hätt da nichts gehört dergleichen.« Der Bürgermeister hatte den Kopf geschüttelt.

»Doch, Thomas: ›Des werds mir büßen‹«.

»Der Erber konnte aber doch noch gar nicht wissen, dass es mehrere Täter waren?«

»Das stimmt. Dass mehrere Fußspuren vom Haus rüber zur Lötzermahd gingen, hat er erst später gesehen.«

»Das ham Sie geschrieben …« Kajetan las wieder im Bericht des Wachtmeisters, »… gut. Und weiter? Sie sind den Spuren nach, die zum Heustadel geführt haben.«

»Jawohl. Da drin sind sie geflackt. Sie waren arg besoffen und haben sich kaum gewehrt und dann …« Der Wachtmeister suchte nach Worten, »… haben sie, eh, ein paar Schläg gekriegt von den Bauern. Aber das hab ich dann gleich unterbunden, gell, Thomas?«

»So war es, Adam, so und nicht anders.«

Kajetan schloss die Mappe endgültig und hob die Stimme.

»Gut. Dann schauen wir uns die Brüder doch einmal ganz genau an. Bringens uns doch bittschön die Vaganten einzeln rauf, Herr Wachtmeister.«

Mayr nahm kurz Haltung an und verließ den Raum.

Der Bürgermeister seufzte und sah zum Fenster. Die Sonne hatte an Kraft gewonnen; das zauberische Blumengewirr auf den Glasflächen war abgetaut und log einer wintermüden Fliege Sommerwärme vor. In ruhigem Gleichmaß schlug der Perpendikel der Wanduhr und mischte sich in das stumpfe Krachen verbrennender Holzscheite im Ofen.

»So eine Gaudi«, schüttelte Lindinger den Kopf, »grad jetzt …« Aus dem Flur waren das Klirren der Schlüssel und Schritte zu hören. Mayr öffnete die Tür und brachte den ersten Gefangenen.

Kajetan, der sich ein Blatt Papier und einen Stift genommen hatte, sah auf und erschrak. »Um Gottes willen! Ein paar Schläg nur, haben Sie gesagt?«

Wieder überzog eine leichte Röte das Gesicht des Wachtmeisters. Der Gefangene sah, etwas nach vorne gebeugt, zu Boden. Eine Gesichtshälfte war blutunterlaufen. An der Schläfe hatte sich eine dunkle Kruste getrockneten Blutes gebildet. Ein erdiger Gestank ging von ihm aus; seine Kleidung war schmutzig und an einigen Stellen eingerissen. Die schwarzen, bereits von Grau durchwirkten Haare standen wirr in die Höhe.

»Setz dich.« Kajetan wies auf einen Stuhl. Mayr ließ den Mann nicht aus den Augen, als dieser langsam Platz nahm.

»Name? Und von wo gebürtig?«

Der Mann öffnete den Mund, schloss ihn wieder und schob die Unterlippe hoch. Dann antwortete er mit erschöpfter Stimme. »Pizzini Johannes. Von Oberndorf.«

»Von wo sonst …«

»Ich möcht Ihnen bitten, Herr Bürgermeister, dass Sie jetzt nicht mehr unterbrechen.«

Der Bürgermeister schluckte überrascht und zog die Augenbrauen hoch. Kajetan fuhr schnell fort: »Von Beruf ist er was?«

»Schiffmann.«

»Was tut er da?«

»Im Sommer«, antwortete der Mann mühsam und beugte sich tiefer zu Boden, »da ziehn wir die Plätten übern Fluss.«

»Und im Winter?«

»Da … gehn wir auf die Reis. Als Spielleut. Machen Klöpflgäng …«

»Fällt euch nichts besseres ein? Habts keine andere Arbeit? Keine Familie, der ihr abgeht, wenns so lang rumstreunts?«

Der Gefangene hob den Blick. Kajetan fuhr hastig fort. »Freilich«, predigte er, »wenns an der Arbeitsamkeit fehlt, dann wär ein Weibsbild ja dumm, sich mit euresgleichen einzulassen.«

»Wies meinen …«

»Herr Inspektor!«, sagte der Wachtmeister in scharfem Ton und gab dem Mann einen Stoß. »… Herr Inspektor …«, wiederholte dieser eingeschüchtert. Kajetan wehrte ungeduldig ab.

»Pizzini, jetzt erzählt er mir mal, warum Ihr in das Haus rein seid – dass ihr im Haus gewesen seid, wird ja nicht geleugnet, nicht wahr?«

Der Mann atmete in kurzen Stößen. »… Wir haben halt so einen Hunger gehabt.«

»Aber ihr kriegt doch von den Bauern allerweil was zum Essen, wenns auf Reis seids?«

»Frühers, ja … aber heutzutag werden wir meistens weitergejagt.«

»Warum das?«

»Die Leut halten nimmer auf die alten Bräuch.«

Der Bürgermeister lachte verächtlich auf und schwieg sofort, als er Kajetans Blick wahrnahm.

»War die Haustür offen?«

Der Gefangene nickte.

»Ja? Ist uns das Maul zugewachsen?«

»War offen, ja …«

»Gut. Ihr seids rein – und wie ists dann weitergegangen?«

»Wir … sind halt rein, und wie wir gespannt haben, dass niemand daheim ist, sind wir in die Speis.«

»Hat euch das nicht gewundert, dass niemand daheim war?«

»Schon …«, der Mann hob leicht die Schultern, »… aber

wir haben uns nichts gedacht. Wir haben ja so einen Hunger gehabt.«

»Das hast schon gesagt. Gut. Und dann, wie ihr dem Bauern sein Geselchtes verdrückt habt, da … was?«

Der Gefangene sah überrascht auf. »Geselchtes haben wir keines nicht gefunden.«

»Oder was auch immer ihr in der Speis gefunden habt …«

»Wo ist es denn gewesen?«

»Was?«

»Das Geselchte?«

»Herrgottnochmal, lass mich doch zufrieden mit deinem Geselchten. Was weiß ich, wo der Bauer sein Geselchtes hat, vielleicht hat er gar keins gehabt? Also … wie ihr grad beim Schmaus wart, ist die Tür aufgegangen und die Dirn hat euch dabei erwischt …«

Wieder sah Pizzini hoch. Er versuchte etwas zu entgegnen, doch der Inspektor war nun in Fahrt gekommen. Seine Stimme hatte an Lautstärke zugenommen. »… und sie hat geschrien und Euch angedroht, dass sie Euch anzeigt und …«

»Na …«

Kajetan beugte sich vor und schrie dem Mann ins Gesicht. Erschrocken weiteten sich dessen Augen; sein Atem ging schnell und laut, seine Hände zitterten, und in leichten Konvulsionen bewegten sich die Beine. »… und dann hat sie einer von Euch, oder alle drei miteinander, dazu gebracht, dass sie den Mund hält. Für immer!«

Pizzini wollte aufspringen, doch Mayrs harter Griff drückte ihn auf den Stuhl zurück. »Nein!!«, schrie der Spielmann empört. Kajetan, dessen Mund nur noch wenige Zentimeter von dem Gesicht Pizzinis entfernt war, schrie weiter: »Wer von euch wars? Raus damit! Du! Du warst es! Gibs zu! Ein jeder siehts dir an, wiesd dich windest und drehst! Dabei springts dir raus aus deim Gesicht, das schlechte Gewissen und dass dich die schlechte Tat wie ein Felsbrocken drückt …«

Pizzini bebte vor Empörung und wachsender Angst. Dann sank er zusammen und überließ sich einem verzweifelten Schluchzen. Sein Mund formte tonlos Wörter.

»Waas? Pizzini?!!«

Kajetan beugte sich herab und hielt sein Ohr an den Mund des Gefangenen. Speichelfäden platzten. Ein plötzliches, heftiges Würgen überfiel den Spielmann, hart krümmte sich sein Körper aus dem Griff des Wachtmeisters zu Boden. Dünne Essensbrocken in trüber, glasiger Flüssigkeit platschten auf den hölzernen Boden. Kajetan fuhr zurück.

»Wachtmeister …«

»Ja …?« Mayr hatte Pizzini hochziehen wollen.

»Lassens ihn.«

Pizzini lag auf den Knien und stützte sich auf die Hände. Die würgenden Attacken ließen langsam nach. Der Inspektor richtete sich auf; auch der Bürgermeister löste sich aus seiner Erstarrung und verzog verächtlich den Mund. »Drecksau, elendige«, sagte er leise.

»Wachtmeister, wir kommen so nicht weiter. Bringens den Pizzini zurück. Ich will erst einmal die ganze Bagage sehen. Holens den Nächsten, bitte.«

»Zu Befehl.«

Mayr packte den gebrochenen Mann, der sich den Schleim von Mund und Bart wischen wollte, zog ihn mit festem Griff hoch und führte ihn aus dem Raum.

»Direkt ekelhaft, nicht wahr, Herr Inspektor? Wenns um den eigenen Hals geht, wird gejammert. Aber vorher gibts kein Erbarmen nicht mit so einem jungen Menschen …«

Kajetan antwortete nichts darauf. Er ging langsam an das Fenster, öffnete es und holte tief Luft. »Das ist doch alleweil so, Herr Bürgermeister. Ich kenns nicht anders.«

Der Bürgermeister schüttelte langsam den Kopf. »Nein, nein, nein. Dass des grad jetzt geschehen muss …«

»Meinens, im Sommer gefällt einem das Sterben eher?«

»Schon, da hams recht. Aber grad so eine Gaudi. Früher hats so etwas nicht gegeben, nicht, dass ich mich jetzt entsinnen könnt …«

»Meinen Sie?«

»Vor dem Krieg, da war das anders, glaubens mir.«

»Ich weiß nicht recht.«

Der Bürgermeister ignorierte Kajetans Zweifel und redete weiter.

»Die Klöpfl-Leut, die Berschtn, und all das. Es ist ein uralter Brauch bei uns da drinnen. Die Sänger haben wunderbare Stimmen gehabt, und die Bauern haben gern gegeben. Aber seit dem Krieg … ist, scheints, alles anders geworden. Die neue Zeit, heißts … Man kennts sich manchmal gar nimmer aus. Den König jagens weiter«, er sah den Inspektor an, als müsse dieser die Empörung über diese Ungeheuerlichkeit teilen, »der Bauer gilt rein gar nichts mehr. Heutzutag kommen bloß noch die Hungerleider von Oberndorf rüber, weils keine Arbeit mehr haben, seits dort die Eisenbahn gebaut haben. Singen könnens auch nicht, daherkommen tuns wie die Bettler …«

»Sinds ja auch.«

»Gewiss … Die Gant steht über jedem zweiten Hof. Der Jud bringt die Leut ums Geld …«

»Dabei habts Ihr doch gar nicht so viel gespürt vom Krieg da herinnen? Ich mein: Verhungert, wie in der Stadt drin, ist doch keiner von den Bauern?«

Eine leise Verächtlichkeit klang aus dem Geräusch, als der Bürgermeister Luft aus der Nase stieß. »Die Städter kommen zu uns her, sehen die großen Höfe, sehen das Vieh, die Felder … aber was an Steuern draufgeht, sehens nicht. Und wer in den Gemeindehäusern mehr stirbt als lebt, weil die Gemeinde die Armen nicht mehr unterhalten kann, sieht keiner. Und, dass Sie nicht meinen: Fast auf jedem Hof hats einen oder zwei gegeben, die nicht mehr heimgekommen sind vom Feld. Junge Leut, die den Hof hätten übernehmen sollen, die oft schon verheiratet gewesen sind, Kinder gehabt haben. Was meinens, was da los war beim Postwirt. Zwei Söhne! Gefallen! Jetzt ist es nur noch der Alte, der auch schon gar hinfällig ist, und die Schwiegertochter schmeißt alles ganz allein. Sie weiß bis heut nicht, ob ihr Mann noch irgendwo am Leben ist.«

»Vermisst?«

Der Bürgermeister nickte. »So heißt es. Freilich lebt er nicht mehr. Aber sie will es nicht glauben. Sie bildet sich ein, dass er in irgendeinem Lazarett vegetiert und nichts mehr weiß …«

Kajetan, der lange auf die blendende Fläche des Dorfplatzes gesehen hatte, wandte sich nun wieder um. Langsam gewöhnten sich seine Augen an die Dunkelheit. Es stank. Er nahm eine alte Zeitung und wischte das Erbrochene mit schnellen Bewegungen weg, als wieder Mayrs Schritte zu hören waren. Auch bei diesem Gefangenen, einem hageren, schnurrbärtigen Mann, waren die Spuren der Misshandlung noch deutlich zu sehen. Schwarzes, von einigen weißen Strähnen durchsetztes Haar hing ihm über die Stirn. Die Tränensäcke waren angeschwollen, die Augäpfel rot gerändert. Mayr, dessen Atem schwer ging, hatte ihm die Hände auf dem Rücken gefesselt und hielt das Ende der Kette in der Hand.

»Wozu die Ketten, Herr Wachtmeister?«

»Weil das der Verreckteste von allen ist. Der wollt mich unten schon anspringen«, antwortete Mayr schwer atmend.

Kajetan wies zum Stuhl. Der Wachtmeister stieß den Gefangenen nach vorne und drückte ihn auf den Sitz. Der Mann wehrte sich kaum dagegen, doch sah er, anders als Pizzini, Kajetan direkt ins Gesicht.

»Name, und von wo gebürtig?«

Die Stimme des Mannes klang ruhig. »List Mauritz, von Oberndorf.«

»Ist Schiffmann im Sommer und geht im Winter auf Bettelreis.« List nickte, ohne den Blick von Kajetan zu nehmen.

»Er scheint auch noch stolz drauf zu sein?«

Der Gefangene hob die Augenbrauen. »Es schaut halt ein jeder, wie ers zu was bringt.«

»List«, sagte Kajetan und machte eine ärgerliche Handbewegung, »ich komm gleich zur Sach. Der Pizzini hat bereits zugegeben, dass ihr am Sonntagnachmittag beim Erber eingedrungen seid und dort die Speis ausgeräumt habt …«

List nickte langsam.

»Und dann hat einer von euch, oder alle miteinander, die dort anwesende Dirn umgebracht«, Kajetan hatte im gleichen, fast unbeteiligten Tonfall gesprochen, »erschlagen. Mit einem Holzscheit.«

»Nein.« List verzog keine Miene.

»Was nein? Mit einem Schürhakl?«

»Nein. Nicht mit dem Schürhakl …«

Kajetan hielt die Luft an. List fuhr fort: »Mit gar nichts. Wir haben sie nicht umgebracht. Wir haben gar keine Dirn nicht gesehen.«

Mayr gab Kajetan ein Zeichen. »Herr Inspektor …!«

»Ja?«

»Erwürgt, Herr Insp…«

Kajetan winkte ab. »Schon recht, Wachtmeister. Ich weiß schon, was ich frag. Ach…!«

In Lists Augen lag Spott.

»… der List ist ein ganz Schlauer«, bemerkte der Inspektor scharf, »dann erzählt er mir jetzt einmal, wie er meint, dass es gewesen ist. Wahrscheinlich hören wir jetzt, dass sie sich selber abgekragelt hat.«

Der Bürgermeister lachte auf, schwieg aber sofort wieder. List versuchte, sich gerade zu setzen.

»Gehns, Wachtmeister«, wandte sich Kajetan an Mayr, »nehmens ihm doch die Ketten ab. Das brauchts doch wirklich nicht. Diesem Krischperl werden wir doch Herr werden.«

Mayr zögerte. »Er wollt mich unten schon anspringen!«

»Das wird er sich aber da nicht trauen. Machens die Ketten los.«

Mayr zögerte. Dann begann er, am Fesselschloss zu hantieren. Es sprang auf. Schnell zog List seine Hände nach vorne, schnellte in tierhafter Geschwindigkeit hoch und wollte zur Tür rennen. Mayr sprang ihm nach, erwischte ihn am Mantelkragen und schleuderte ihn zu Boden. Auch Kajetan war mit einigen Schritten bei ihm. Mit ungeheurer Kraft riss List an den Griffen der beiden Männer, bis nun auch der Bürgermeister aufsprang und den Tobenden an den Beinen packte. List lag eine Sekunde still, zog dann blitzschnell eine Hand hoch und krallte sich in Kajetans Haar. Kajetan spürte, wie harte Nägel sich in seine Kopfhaut stachen. Er holte aus und schlug List mit äußerster Wucht ins Gesicht, bis sich der schmerzhafte Griff lockerte.

Mayr hatte bereits wieder einen Arm geschlossen und zog das zweite Handgelenk in die Fessel. Lists Brustkorb hob und senkte sich heftig. Seine Augen waren geschlossen. Mayr zerrte ihn wieder zum Stuhl. Noch immer hatte List seine Augenlider fest zusammengepresst. Seine Backenknochen mahlten heftig; seine Lippen waren nur noch ein blutloser Strich.

Kajetan hatte sich wieder auf seinen Stuhl fallen lassen und ordnete sein Haar mit den Händen. Mayr vermied es, ihn triumphierend anzusehen.

»Nächstes Mal hör ich auf Sie, Herr Wachtmeister.«

»Jawohl, Herr Inspektor.«

»Nun … List? Wie man sieht, bist du die Friedlichkeit in Person. Zorn und Gewalttat sind dir völlig fremd. Jetzt sind wir gespannt, wie du dich da rausredest.«

List bewegte sich noch immer nicht. In harten Zeichnungen fiel das Sonnenlicht in den Raum.

»Uns pressierts nicht, List.«

Nun öffnete der Gefangene seine Augen. Seine Stimme klang jetzt leiser. »Wir haben sie nicht umgebracht.«

»Wenn ich sag: Uns pressierts nicht, dann heißt das nicht …«

List hörte nicht, sondern unterbrach ihn. »Freilich sind wir in die Speis rein. Wir haben halt einen Mordshunger gehabt. Von den paar Kücheln wirst ned satt.«

»Und dabei hat euch die Dirn überrascht.« Kajetan atmete hörbar aus. Eine wachsende Ungeduld klang aus seiner Stimme. List schien sich jedoch nicht davon beeindrucken zu lassen.

»Nein.«

»Sie hat euch alles freiwillig gegeben.«

»Nein. Da war kei…«

Kajetan war aufgesprungen und brüllte List unvermittelt an. »List! Du lügst, wennsts Maul aufmachst!«

Der Gefangene wich zurück. Mayr verstärkte den Griff auf die Schulter des Mannes.

»Nein! Nein! Und dreimal: Nein!« bebte List. »Wir haben keine Dirn nicht gesehen und keine Dirn nicht umgebracht!«

»Aber auf dem Hof seids gewesen! Zur selben Zeit, wie das Mädl umgebracht worden ist! Eure Fußspuren sind direkt vom Haus zu eurer Liegstatt gegangen!« Kajetans Stimme war immer unkontrollierter geworden. Mayr griff nun mit beiden Händen zu. Die Schuhe des Mannes scharrten wild auf dem Boden.

»Für euch wamperte Bauern und breitarschige Gendarm sind wir vielleicht der letzte Dreck«, schrie List in unbändigem Zorn, »aber keiner von uns bringt wen um …«

Der Bürgermeister war mit einem Satz aufgestanden und hatte List klatschend ins Gesicht geschlagen. »Du … du Hundskrüppel, du!«, presste er schweratmend hervor.

Kajetan war außer sich. Er packte den Lindinger und riss ihn zur Seite. »Weg! Himmelherrgottsakrament! Bin ich hier im Irrenhaus? Was fällt Ihnen ein? Mayr!«

»Ja … jawohl?«

»Abführen. Der Kerl ist völlig verstockt. Aber das wird ihm nichts nutzen.« Kajetan holte Luft und versuchte sich zu beruhigen. »Den Nächsten. Und Sie, Herr Bürgermeister, lassen uns jetzt am besten allein. Verstehens mich?«

Lindinger beherrschte sich, nahm seinen Hut und sagte mit gleichmütiger Stimme, deren Erregung jedoch noch zu fühlen war: »Ist ja auch nicht meine Sach. Sie werdens dann schon richten …« Er wandte sich zur Tür. List, den Mayr schon zum Ausgang gebracht hatte, drehte sich nun noch einmal um. Er grinste plötzlich.

»Ihr brauchts einen, gell?«

Kajetan riss den Mund auf.

»Und wir kommen euch grad recht. Dann gibts ein paar Bettelleut weniger, mit denen die anständigen Leut was teilen müssten …«

»Raus!!«

List lachte, als Mayr ihn fest in das Dunkel des Ganges riss. Wortlos verließ nun auch der Bürgermeister den Raum. Gedämpft waren die Schritte der beiden Männer auf den Kellerstufen und das Geklirr der Ketten zu hören. Dann herrschte völlige Stille. Kajetan eilte zu seinem Stuhl, überflog die wenigen Notizen seines Heftes, schob sie verärgert zurück, stand auf, ging zum Fenster, öffnete und schloss es, ging wieder in die Mitte des Raumes.

14

Mit teilnahmslosen Augen im schmutzverschmierten Gesicht stierte der Gefangene zu Boden. Mayr hatte ihm keine Ketten angelegt. Widerstandslos hatte er sich nach oben führen lassen.

»Hörst du nicht? Name? Wo geboren?«

Der Mann regte sich nicht. Kajetan sah erstaunt zum Wachtmeister. Dieser zuckte die Schultern und schien auf eine Anweisung zu warten, dass er den Mann zur Räson zu bringen hätte. Der Inspektor erhob sich und ging zu dem Mann, der zusammengesunken auf dem Stuhl saß.

»Ich hab gefragt: Name? Wo geboren?«

Mayr stieß ihn heftig an. »Du sollst deinen Namen dem Herrn Inspektor sagen! Hundsfott!«

Kajetan sah aufmerksam in das bewegungslose Gesicht des Gefangenen. »Hört der nicht?«, wandte er sich zweifelnd zum Wachtmeister, der ratlos die Schultern hob.

»Meinst du vielleicht«, sprach er wieder zu dem Sitzenden und griff an dessen Schulter, »das hilft? Wir kriegens ja doch raus. Wirst dich wundern, wie schnell das geht.«

Kajetan richtete sich wieder auf und ging mit langsamen Schritten hinter ihn. Der Mann bewegte sich nicht. Der Inspektor ging weiter, verfolgt von den erstaunten Blicken des Wachtmeisters. Kajetan war nun bei der Eingangstür angekommen, stand kurz still und ging mit gleichmäßigen Schritten zurück. Wieder blieb er für eine Weile hinter dem Gefangenen stehen und entfernte sich in der gleichen Weise, um es bald danach zu wiederholen. Dann trat er wieder hinter den Rücken des Mannes. Im selben Moment krachte mit ohrenbetäubendem Laut ein metallener Aschenbecher zu Boden.

Mayr, der seinen Blick in diesem Moment bei dem Gefangenen hatte, zuckte heftig zusammen. Der Gefangene hatte jedoch nicht reagiert. Kajetan ließ ratlos die Hände sinken, hob den Becher vom Boden auf, stellte ihn auf den Tisch und beugte sich erneut zu dem Gefangenen, dessen Blick durch ihn hindurchzugehen schien. Ein eigenartiger Mantel, dachte Kajetan kurz. Enttäuscht nahm er auf seinem Stuhl Platz.

»Tja, Wachtmeister … die Streckbank gibts ja heut leider nicht mehr … Was ist?«

Mayr hatte ihm ein Zeichen gegeben, holte tief Luft und brüllte: »Ruki werch!!«

Die Hände des Gefangenen! Sie zuckten, und im Gesicht des Mannes schien für den Bruchteil einer Sekunde ein Blitz auf. Mayr richtete sich stolz auf.

»Ein Russ, Herr Inspektor!«

Kajetan sah ungläubig zu Mayr und dann zu dem Gefangenen, bis sich das Gefühl ordnete, das der ungewöhnliche Kragenschnitt bei ihm ausgelöst hatte: Der Mann trug einen Mantel der russischen Armee. Er hatte diese Mäntel gesehen, als auf die russischen Kriegsgefangenen, die sich der Eisner-Revolution angeschlossen hatten, Treibjagd gemacht wurde und von denen nach Tagen das Gerücht durchsickerte, sie wären in einer Kiesgrube im Norden Münchens erschossen worden.

»Ein Russ, Wachtmeister?«

Mayr nickte stolz.

»Ich glaub, Sie haben recht. Aber woher können Sie russisch, Wachtmeister?«

Mayr lächelte geschmeichelt. »Viel mehr kann ich gar nicht. Was einer halt so können muss, im Ausland, gell.«

»Was wars denn, was Sie geschrien haben?«

»Hände hoch! Herr Inspektor.«

Kajetan nickte fahrig. Er hatte seine Augen nicht vom Gesicht des Gefangenen gelassen. Nun waren dessen Augen erwacht …

15

Doktor Notsch hatte lange mit dem Mann in russischer Sprache gesprochen. Der Gefangene schien ihm zu vertrauen. Leise und zögernd, doch ausführlich antwortete er auf die Fragen des Doktors.

Schließlich lehnte sich Notsch zurück. »Wie Sie vermutet haben, Herr Inspektor. Er stammt aus der Nähe von Charkow und ist bei Slobowka Lesna in Gefangenschaft geraten. Im November '18 ist er mit vielen seiner Kameraden befreit worden, ist in der Gefangenschaft schwer erkrankt und konnte zunächst nicht in seine Heimat zurück. Bis er schließlich mit fünfzig Kameraden im Mai '19 in Haft genommen worden ist. Er hat sich dann – wie, hat er nicht gesagt, vermutlich wollte er niemanden belasten – retten können. Alle anderen sind jedoch in einer Kiesgrube erschossen worden … Und er sagt auch, dass auf dem Hof kein Mensch gewesen sei. Nikogo, towarischtsch?« Mit diesen Worten hatte Notsch sich wieder an den Gefangenen gewandt.

Dieser schüttelte müde den Kopf. »Nikogo. Njet.«

»Und er hat gesagt, dass sie nur etwas zu essen und zu trinken genommen hätten und dann weggerannt seien.«

Kajetan nickte. »Ist ihm zu glauben?«

»Ja.«

»Was macht Sie so sicher, Herr Doktor?«

»Das weiß ich selber nicht, Herr Inspektor.« Notsch richtete sich wieder auf und sah Kajetan ins Gesicht. »Als Arzt kriegt man so ein Gespür … Aber fragen Sie mich nicht, was das für eines ist. Vielleicht kommt es daher, dass man oft Menschen in Situationen erlebt, wo das Lügen keinen Sinn mehr macht … Wars das dann, Herr Inspektor?«

Kajetan nickte. »Ja … Mayr, bringens den Mann wieder nach unten. Und den Pizzini hoch.«

Der Wachtmeister tat, wie ihm geheißen. Der Doktor, der sich mit eigenartiger Umständlichkeit den Mantel angezogen hatte, war an der Tür stehen geblieben und ließ die beiden Männer vorbei, wobei er den Gefangenen kurz berührte. Als beide im Dunkel des Ganges verschwunden waren, ergriff er die Türklinke. »Herr Inspektor«, sagte er vorsichtig.

»Herr Doktor?«

»Ich glaube nicht, dass Sie die Richtigen gefangen halten.«

»So?«

»Ich weiß es wiederum nicht. Ich bin mir aber sicher.«

»Glauben hat keinen Nutzen.«

»Sagens das nicht zu laut.« Notsch lächelte fein.

»Irgendeinen Anlass werden Sie doch haben – außer Ihrem starken Glauben?«

»Ich glaub an nichts mehr, Herr Inspektor. Und das Träumen ist auch nicht mehr meine Sach«, schüttelte er den Kopf und fügte hinzu: »Redens einmal mit dem alten Luk.« Er öffnete die Tür.

»Dem Verrückten?«

»Wer ist nicht verrückt, auf seine Weise? Luk ist es, ohne Zweifel, aber er ist anders verrückt. Er wohnt in der Sägemühle am Großwald. Reden Sie mit ihm. Guten Tag, Herr Inspektor.« Er ging hinaus und gab dem Bürgermeister die Klinke in die Hand.

Die Neugier stand Lindinger ins Gesicht geschrieben. »Ich

hab den Doktor hergehen sehen. Was ist denn passiert? Und entschuldigens wegen vorhin, Herr Inspektor. Sich von so einem Grattler beschimpfen zu lassen, hab ich nicht aushalten können …«

Kajetan winkte ab. »Schon recht, Herr Bürgermeister. Was los war? Der Doktor hat uns was vom Russischen übersetzen müssen.«

»Vom Russischen?«

»Sie sagen es.«

Der Bürgermeister setzte sich auf den Stuhl. »Jetzt wirds Tag! Das sind doch keine … Russen?«

»Einer von ihnen. Ein früherer Kriegsgefangener.«

»Aber … die habens doch seinerzeit alle …« Er sprach nicht weiter. Der Inspektor nickte ernst.

»Einer ist ihnen scheints ausgekommen.«

Der Bürgermeister schien es immer noch nicht glauben zu wollen. Er schüttelte den Kopf. »Jetzt wirds Tag«, wiederholte er, »jetzt sind die Bolschewiken schon bei uns herunten …«

Kajetan hörte nicht zu. Er hatte beschlossen, eine uralte Methode anzuwenden; es würde keine sonderlich schöne Methode sein, doch Pizzini würde darauf hereinfallen. Er war das schwächste Glied der Kette.

Wieder öffnete sich die Tür zum Gang. Kajetan ging hinter den Schreibtisch und setzte sich, während der Wachtmeister den Gefangenen wieder auf den Verhörstuhl führte. Der Inspektor sah kalt auf.

»So, Pizzini! Jetzt hätten wir deine Freunderl auch ausgefragt. Und dabei ist uns so einiges recht komisch vorgekommen.« Kajetan sprach jetzt mit lauter, befehlender Stimme.

»Wie … wie meinens des?«

»Herr Inspektor …!«, bellte der Wachtmeister wieder. Pizzini sah ihn erschrocken an und fügte dann ein verschüchtertes »Herr Inspektor« hinzu.

»Ich meins, wie ichs sag! Ich sag dir auch noch, dass meine Geduld nimmer lang anhält. Also noch mal: Es ist Sonntag um, sagen wir mal, halb fünf. Du und deine Freunderl dringen – verbotenerweise! Das allein gibt schon eine saubere Straf! – in den Hof vom Erber ein. Das gibst du zu. Ja?«

»Ja … ja.«

»Und jetzt erzähl weiter, Pizzini.«

»… Wie ichs schon gesagt hab.«

»Ich wills aber noch mal hören.«

»… Wir haben gefragt: Ist niemand daheim? Und dann sind wir in die Speis …«

»Alle gleichzeitig?«

»Ja … ja.«

»Weiter?«

»Nichts. Wir haben uns was zum Essen genommen und …«

»Wart ihr die ganze Zeit zu dritt in der Speis?«

Pizzini stockte. Kajetan bemerkte es.

»Ich hab dich was gefragt, Pizzini!«

»Ja … ja. Ich denk schon, ja.«

»Die anderen sagen aber«, setzte Kajetan sofort nach, und seine Stimme war um Grade schärfer geworden, »dass du einmal allein rausgegangen bist aus der Speis!«

Pizzini sah überrascht zu Kajetan, dann zum Wachtmeister und zum Bürgermeister, der angespannt auf seinem Stuhl zugehört hatte. Dann wuchs eine entsetzliche Ahnung in seinen Augen. »Das … das ist ja nicht wahr«, rief er nun, »das ist eine Lüg! Der Russ kann ja gar nichts gesagt haben, der kann ja gar nicht …«

»Da hast Pech gehabt, Pizzini. Der Wachtmeister Mayr spricht perfekt russisch! Also!? Du bist allein rausgegangen? Wohin?« Pizzini sah nicht, wie Mayr das Lob seiner Sprachkenntnisse bescheiden abzuwehren versuchte. Ratlos flogen seine Blicke im Raum herum, stotternd suchte er nach Worten.

»Ihr … Ihr wollts mich … reinlegen …«

Kajetan erhob sich mit einer heftigen Bewegung, ging um den Tisch herum und packte Pizzini an den Schultern. »Manderl!«, schrie er in den entsetzten Blick des Mannes, »weißt du eigentlich, was dir blüht? Weißt, wie das ist, wenn einer zum Richtplatz kommt und einem der Pfarrer die letzte Beicht abnimmt? Und wie dann, wenns unters Messer geschoben werden, sogar die hartgesottensten Bazi nach ihrer Mama schreien und in die Hosen bisln? Und weißt du, was du für ein Volldepp bist, wenn du«, Kajetan schüttelte ihn heftig, »wenn du die anderen deckst, die dich ans Messer liefern wollen? Der Pizzini ist allein raus!, haben sie gesagt. Alle zwei! Ich habs auf Deutsch, und ich habs auf Russisch!!«

Pizzini zitterte heftig. Hohe, unverständliche Laute drangen aus seinem Mund und gingen in ein lautes Schluchzen über. Kajetan lockerte seinen festen Griff und nahm eine Hand zurück. Er fiel in einen ruhigen, verständnisvollen Ton.

»Schau her, Pizzini …« Der Gefangene schluchzte lauter. »Schau her, Pizzini, ich glaubs denen eh nicht. Du bist ja im Grund ein anständiger Lapp …«

Das Weinen des Mannes ging in ein gequältes Wimmern über. »… ein anständiger Lapp, der in Not gekommen ist, und der dafür nichts kann.«

Wieder weinte Pizzini hemmungslos. Dann suchte er nach Worten. »Ich … kann ja nichts dafür. Vergant habens mich …«

»Vergant hams dich, ja, Pizzini.«

Behutsam wiederholte Kajetan dessen Worte. »Ich versteh

dich gut … Schau, Pizzini«, nahm er ihn wieder an beiden Schultern, »keiner erfährts, wenn du uns sagst, wers gewesen ist. Es kann nur einer gewesen sein, hat der Doktor festgestellt. Und die unschuldig sind, kommen bald wieder heim. Schau her, Pizzini«, Kajetan suchte die abgewandten und verweinten Augen des verzweifelten Mannes, »schau her, ich werd persönlich mit dem Richter reden, dass er dir bloß eine niedrige Straf gibt. Werd ihm sagen, dem Richter, dass du uns am meisten geholfen hast, und dass sowas belohnt gehört, und dass man einen braven Mann, der halt einmal ausgerutscht ist, nicht gleich so ganz hart …«

Nun stieß es ruckartig aus Pizzinis Mund. »Der Mauritz wars … der hat … es getan …« Mayr und der Bürgermeister hielten den Atem an und sahen zu Kajetan.

»Sie hat euch erwischt, gell, Pizzini?«

»Und …«

»Und da ist der Mauritz zu ihr hin …?«

»Ja … ist raus … und hats gepackt …«

»Am Hals gepackt?«

»Weils … gleich still war … und …«

»Der Mauritz ist raus und hat sie am Hals gepackt, Pizzini?«

»Ja … aber wir … haben nicht … genau gesehen … wie …«

»Aber der List Mauritz hat es getan?«

»… Ist raus … und …«

Pizzini konnte nun nicht mehr sprechen. Er zitterte an allen Gliedern. Kajetan nahm seine Hände von ihm, ging wieder zu seinem Sitz und blickte kühl auf den Weinenden.

»Wachtmeister, das langt mir fürs Erste. Bringens ihn retour.«

»Zu Befehl.«

Mayr zog den Gefangenen von seinem Stuhl und musste ihn beim Gehen stützen. Sie standen bereits im Türrahmen, als Kajetan sie, einer plötzlichen Eingebung folgend, zurückrief.

»Halt! Pizzini – kannst du dich noch erinnern, wie sie angezogen war?«

Der Angesprochene wandte sich langsam um, ohne zum Inspektor zu sehen. Er schüttelte den Kopf.

»Irgendwas wirst du doch gesehen haben? Einen Rock, ein Kopftuch?«

»Wenns doch so finster gewesen ist …«

»Aber dass sie einen Rock angehabt hat, das hast du doch gesehen?«

»… einen Rock, jawohl … und ein Kopftuch, ja …« Pizzini wollte sich wieder zur Tür drehen.

»Bleib noch, Pizzini! Und dass sie auch helle, lange Haar gehabt hat, hast du doch auch gesehen? So was leuchtet doch im Finstern? Helle, lange Haar, Pizzini?«

»Ja … lange Haar … helle Haar …«

»Helle Haar wie ein Engel?«

»… Engel … ja …«

»Gut. Abführen.«

Mayr schien etwas sagen zu wollen, führte aber schließlich doch den Gefangenen nach unten. Der Inspektor saß unbewegt und blickte starr geradeaus.

Nun kam Bewegung in den Bürgermeister. Er stand auf und kam näher. »Meinen Respekt, Herr Inspektor!«, sagte er anerkennend. Kajetan antwortete nicht.

»Das hätten wir dann auch«, fügte Lindinger nach kurzem Erstaunen hinzu und ging einen Schritt zur Tür, »bin ich froh, dass wir die Bagage bald los sind. Soll ich wegen dem Transport in Dornstein anrufen, Herr Insp…«

»Nein!!«

»Aber ich müsst eh …«

»Nein, hab ich gesagt! Können Sie nicht hören?« Kajetan

schrie in plötzlichem Zorn. Er sah den Bürgermeister wütend an, sprang hoch, lief zum Wandhaken, riss seinen Mantel herab und drängte Lindinger zur Seite.

»Jetzt«, fauchte er, »brauch ich erst einmal frische Luft. Saubere Luft, Herr Bürgermeister. Da herin stinkts nämlich!«

Er öffnete mit einem Ruck die Tür, ging hinaus und ließ sie krachend zufallen.

16

Noch wüteten Zorn und Enttäuschung in ihm, als er den Dorfplatz überquerte, um zum Gasthof zu gehen. Das Gesicht des Mädchens, das Kajetan auf dem Tisch des Krankenhauses gesehen hatte, war von kurzgelocktem, tiefschwarzem Haar umrahmt! Das wussten auch Mayr und der Bürgermeister. Warum hatten sie ihn nicht darauf hingewiesen?

Aus einem der Räume des Schulhauses flog dünner Kindergesang über den fast menschenleeren Platz. Er mischte sich mit dem fernen Kreischen einer Säge und eine unsichtbare Luftader mit dem Geruch frisch geschnittenen Holzes, kalten Holzfeuerrauches und warmen Kuhmists zog vom unteren Dorfteil heran. Wieder hatte Kajetan das Gefühl, als würden ihn hinter angedampften Fensterscheiben neugierige Augen beobachten, und das Gefühl des winterlichen Friedens ließ ihn unberührt.

Die Tür der Metzgerei öffnete sich, und eine junge Frau, die einen schweren Korb schleppte, ging mit schnellen Schritten auf ihn zu.

»Sind Sie von Dornstein?«

»So ist es.«

»Entschuldigens, ich sollt Ihnen von der Herrschaft einen schönen Gruß ausrichten, und er lässt anfragen, ob Sie heut auf d' Nacht Zeit haben täten?«

»Wozu, bittschön?«

»Für zum Essen bei ihm.«

»Welche Herrschaft?«

»Der Herr Major.«

»Kennt der mich denn?«

Das Mädchen nickte bestimmt.

»Glaub schon.«

Kajetan überlegte kurz.

»Gut – wenn mir nichts dazwischenkommt, sagst dem Herrn Major, dass ich kommen tät. Wo wohnt sie denn, deine Herrschaft?«

Sie wechselte den schweren Korb auf den anderen Arm und wies auf eine Gasse zwischen der Schreinerei und der Bäckerei. »Da hinten«, sagte sie hastig, »diese Straß entlang. Es ist das letzte Haus.«

Nachdem sie Kajetan auch noch den Weg zum Erberhof beschrieben hatte, lächelte sie scheu und ging schnell weg.

17

Natürlich hätte er sich von einem Einspänner zum Oberland bringen lassen können, doch Kajetan hoffte, durch diesen Fußmarsch Ordnung in seine Gedanken zu bringen. Es gelang ihm nicht.

»Viel Müh werden Sie nicht haben«, klangen ihm die Worte des Kriminalrats nach, »die Täter sind schon festgesetzt.«

Was aber war das Geständnis des Pizzini wert? Kajetan war lange genug in seinem Beruf, um Zweifel an der Aussage des schwächlichen Mannes zu entwickeln. Aber hatte dieser sich vielleicht nur getäuscht, als er das Mädchen beschrieb? Vielleicht hatte Pizzini tatsächlich gesehen, dass List sich entfernte, und draußen ein Getöse vernommen? Und sich den Rest zusammengereimt, um seiner Gefangenschaft ein Ende zu machen? Welche Bedeutung hatte es, dass der Bürgermeister das ermordete Mädchen als »närrisch« bezeichnet hatte, die Wirtin dies dagegen verneinte? Und was sollte der Hinweis des Doktors auf den Dorfnarren? Die Unmöglichkeit der Todeszeitbestimmung aufgrund eines – was zu dieser Jahreszeit nicht üblich war – geöffneten Fensters? Der spontane Ausruf des Bauern: »Das werds ihr mir büßen!«, wo er doch zu diesem Zeitpunkt noch nicht wissen konnte, dass es sich um mehrere Täter gehandelt hatte? War vielleicht alles nur eine verwirrende Melange von Zufällen?

Die Sonne stand bereits hoch am Himmel, und der breite, offenbar häufig befahrene Weg, der zunächst in eine kleine

Senke führte, um dann den das Tal begrenzenden Waldgürtel zu erreichen, war baumlos. Von Kufen und eisenbeschlagenen Rädern aufgerissener Schotter war unterbrochen von glitzernden, glatten Platten. Kajetan ging schnell, mit kurzen, sichernden Schritten; als er an einer Eisfläche fast den Halt verloren hätte, verlangsamte er seine Bewegungen. Die Hitze nahm zu, er schwitzte.

Nach mehr als einer halben Stunde, in der er nur einem alten Mann begegnet war, der mit fliegenden dunklen Rockschößen auf einem Bockschlitten ins Tal glitt, stand der Inspektor am Rand der Erber'schen Rodung. Die Beschreibung des in einiger Entfernung auftauchenden Gehöfts stimmte.

Es unterschied sich in seiner Bauweise nicht von den anderen Gebäuden des Tales: Das Erdgeschoss war aus grob behauenen Feldsteinen errichtet. Der an manchen Stellen abgeplatzte hellgraue verwitterte Verputz legte ein vielfarbiges, in kalkhellem Mörtel eingelegtes Gesprengsel von Steinen unterschiedlicher Größe frei. Das Obergeschoss bestand aus Wänden, deren vom Regen vieler Jahrzehnte grau gewaschene Balken sich zu einem kunstlosen Verbund zusammenfügten. Die Stallung war ebenfalls bis zum Obergeschoss gemauert; der von einer breiten seitlichen Zufahrt erreichbare Heuschober war jedoch nur von langen, senkrecht und mit schmalen Ritzenbrettern abgedichteten Planken verschlagen. Der Hauseingang war von matt glitzernden, grob gehauenen Granitstürzen gerahmt. Die Tür stand einen Spalt offen.

Kajetan trat zuerst in die dunkle Tenne, dann in die Stube. Warmes Licht durchflutete den niedrigen Raum. Auf dem Boden nahe des schlicht gemauerten Ofens saß ein Kind, das nun ängstlich von seinem auf den Bohlen verstreuten Spiel aufsah.

»Mama!«

Die Verbindungstür zur Küche öffnete sich. Eine Frau, nicht mehr jung, kam herein. Sie trocknete sich die Hände an der Schürze. Leichte Unruhe lag in ihren Augen. »Ja?«

»Die Erberin?«

»Ja …?« Sie war misstrauisch.

»Kriminalinspektor Kajetan aus Dornstein. Wegen der Sach mit Ihrer Pflegetochter wär ich da.«

Sie erstarrte sekundenlang, gab dann jedoch dem Kind einen Wink. »Hol den Vater, g'schwind.«

Widerspruchslos lief das Kind aus dem Raum. Seine Schuhe klapperten auf dem Steinfußboden der Tenne, dann war das Schlagen einer schweren Tür zu hören.

»Hockens Ihnen hin. Mein Mann ist grad im Stall draußd.«

Kajetan dankte mit einer leichten Kopfbewegung und nahm an einer an der Fensterseite verlaufenden Bank Platz. Auf dem Tisch unter dem Herrgottswinkel stand ein kleiner, mit Kerzen bestückter Tannenkranz.

»Den zweiten Advent habts noch gar nicht angezündet?«, versuchte Kajetan ein Gespräch.

»Uns wars nicht zum Feiern.« Sie sah unruhig zur Tür.

»Ist das … ein Bruder?«

Kajetan hatte die Bilder mit verstorbenen Angehörigen unterhalb des Kruzifixes betrachtet und darunter das Bild eines jungen Mannes in Matrosenuniform entdeckt.

»Ja. Er ist vermisst.«

»Er war bei der Marine, nicht wahr?«

Sie nickte.

Nun waren die Schritte des Bauern zu hören, und gleich danach öffnete sich die Tür der Stube. Der Erber, ein kleiner, stämmiger Mann mit schwarzem, leicht gekraustem Haar, band seine Arbeitsschürze ab und hängte sie an einen Haken.

»Was möcht Er?«

»Weger der Sanne ist der Herr da, Simon. Er ist von der Polizei in Dornstein.«

Kajetan ging ihm entgegen und reichte ihm die Hand. »Inspektor Kajetan. Wies Ihnen Ihre Frau sagt, wegen der Sanne bin ich hier. Mein Beileid …«

In das Gesicht der Frau schoss heftige Bewegung. Schnell hatte sie sich jedoch wieder gefangen. Der Bauer zeigte keine Regung, als er kurz die Hand des Inspektors ergriff.

»Und da gibt es noch ein paar Dinge, die ich wissen muss.«

»Aber«, sagte der Erber verwundert, »die sind doch schon eingesperrt?«

»Trotzdem. Es braucht halt alles seine Ordnung.«

Der Bauer nickte, ohne Kajetan anzusehen. »Wies meinen. Gehts in die Küche«, wies er seine Frau an, die darauf das kleine Mädchen an der Hand nahm und die Stube verlassen wollte.

»Ihre Frau kann ruhig dabei sein.«

»Das brauchts nicht.« Er machte eine ungeduldige Kopfbewegung, worauf die Erberin mit ihrem Kind verschwand.

»Wollen wir uns nicht hinsetzen, Erber? Da redt sichs besser.«

Der Bauer schien zunächst unschlüssig, dann nahm er am Tisch Platz und wies den Inspektor an, dasselbe zu tun. »Wir haben dem Mayr doch schon alles gesagt«, wiederholte der Erber. Kajetan ging darauf nicht mehr ein. Die Verschlossenheit des Bauern berührte ihn unangenehm.

»Erber … Ihr seids also am Sonntagnachmittag ins Dorf, derweil …« Irritiert sah er, wie der Bauer schnell eine auf der Bank liegende Zeitung umschlug und sie auf die Fensterbank schob. »… die Sanne allein daheimgeblieben ist. Wen habt ihr da besucht?«

Die Bäuerin kam mit einer kleinen Schale mit Adventsgebäck

herein und stellte sie auf den Tisch. Dann nahm sie, obwohl es dem Bauern sichtlich nicht angenehm war, ebenfalls Platz. »Das haben wir dem Adam, dem Wachtmeister, doch schon alles gesagt.« Auch aus ihrer Stimme klang eine eigenartige Abwehr.

»Trotzdem. Erzählens mir die Sache noch mal.«

Der Bauer legte die Arme auf den Tisch, legte die Finger ineinander und knetete sie mit festem Druck. »Wir haben«, begann er mit etwas lauterer Stimme, »die Mutter von meiner Frau besucht. Sie ist im Dorf daheim.«

»Da waren wir die ganze Zeit«, ergänzte die Erberin mit Bestimmtheit.

»Du bleibst draußd!«, fauchte der Bauer das Kind an, das zögernd die Tür zur Küche geöffnet hatte. »Mei Spielsach ...«, sagte es schüchtern. Die Erberin stand schnell auf, hob zwei zerzauste Puppen vom Boden auf und reichte sie dem Kind. »Da! Und geh ned an Ofen, Wabn, gell?« Das Kind verschwand.

»Bis wie lang wart ihr da, Erber?«

»Bis gutding fünf, viertelüberfünf.«

Die Bäuerin rückte näher an ihren Mann und sah den Inspektor an. »Das haben wir so bei uns«, erklärte sie, »allweil am zweiten Advent besuchen wir die Mutter. Und am Heiligabend noch mal. Es freut sie halt.«

Kajetan hatte sich ein Gebäckstück genommen, als die Erberin noch einmal hinzusetzte: »Und dort waren wir die ganze Zeit, gell, Simon?«

Der Bauer wich ihrem fragenden Blick aus. »Die Mutter zeugts Ihnen, wenns nicht glauben.«

»Warum sollt ich nicht?«

Der Erber zog die Augenbrauen hoch, sah zur Seite und zuckte leicht mit den Schultern.

»Ich glaub euch«, versicherte Kajetan, »doch gehn wir weiter:

Danach seids alle wieder heim. Wie lang brauchts ihr vom Dorf herauf? Eine halbe, dreiviertel Stunde?«

»Zu Fuß, ja.«

»Und ihr seids zu Fuß gegangen?« Beide nickten.

»Dann seids heimgekommen um – sagen wir mal – dreiviertel sechs. Was ist dann geschehen?«

Sie erzählten nun, sich gegenseitig ergänzend, was an jenem Abend sich zugetragen hatte. Sie taten es in fast gleichgültigem Ton, schmückten nichts aus, und dennoch konnte sich Kajetan genau vorstellen, wie der frühe Abend des zweiten Adventsonntags verlaufen sein musste. War es zunächst die Bäuerin, die erzählte, so wurde sie zunehmend schweigsamer und in sich gekehrt, während ihr Mann weitersprach.

Das Bellen des Hundes, dessen Hals durch die Kette bis auf das rohe Fleisch aufgescheuert war, sei nur noch ein verzweifeltes, heiseres Heulen gewesen, als sie ankamen, und die weit geöffnete Haustür und Dunkelheit der Räume hätten bereits eine schlimme Ahnung hervorgerufen. Der Bauer sei eilig vorausgegangen, hätte eine Petroleumlampe entzündet und laut gerufen: »Sanne!« Bereits auf den Steinplatten des Hausgangs hätte er zerfließende Eisbrüche entdeckt. Während seine Frau in der Stube einen neuen Kienspan aufgesetzt hätte, sei er, mit zorniger werdenden Rufen, auf die Suche nach seiner Pflegetochter gegangen, die auf das Haus hätte aufpassen sollen. Die Tiere im Stall seien unruhig gewesen, und auch hier hätte er vergebens nach Sanne gesucht. Als er zum Haupthaus zurückgegangen sei, hätte er bereits seine Frau schreien gehört. »Die Speis! Simon!« Was denn damit sei, hätte er gefragt, und, dass sie ausgeräumt sei, alle Schalen zerhauen und … hätte sie weinend geantwortet. Er hätte sich die Verheerung angesehen und dann sei, obwohl er es hinter zornigen Rufen verborgen hätte, Angst in ihm gewachsen. Mit einer bösen Sicherheit wäre er dann die Treppe zum Obergeschoss gelaufen, hätte die Tür zu Sannes Schlafkammer, dann die der anderen Kammern aufgerissen und sie schließlich gefunden. Langsamer sei seine Frau ihm nachgekommen und beim Anblick des toten Mädchens weinend zusammengebrochen. Dann hätte sie entsetzt zu ihrem Mann geschaut, der in diesem Moment mit ungläubigem und gänzlich blödem Gesicht erstarrt sei …

Die Bäuerin hatte nun jede Beherrschung verloren. Sie hatte ihre Hände vor ihr Gesicht geschlagen und weinte leise. Der Erber, von der Bewegtheit seiner Frau berührt, suchte ungeschickt tastend ihre Schulter. »Das arme Ding … das arme … sie hat doch …«, schluchzte die Erberin, »hat doch … keinem Menschen was … zuleid getan …«

Kajetan räusperte sich. »Ich muss mir ihre Kammer einmal anschauen.«

Aus seinen Gedanken gerissen, stand der Bauer schwer auf und ging zur Tür, nachdem er Kajetan bedeutet hatte, ihm nach oben zu folgen. Auch die Bäuerin, die sich ihre Tränen mit ihrer Schürze abwischte, war aufgestanden.

Sannes Kammer grenzte direkt an die Stallung. Der Raum war klein und niedrig. Nur ein schmales Bett, ein einfach gezimmertes Tischchen mit einer Schublade, eine Anrichte mit einem Wasserkrug, einer Schale und einem kleinen, fleckigen Spiegel hatten darin Platz. Ein winziges Fenster, das durch die mit Kalkfarbe bemalten Balken geschlagen war, warf Licht herein. In die gemauerte Rückwand war eine schmale Tür zu einem schmalen Wandschrank eingelassen. Kajetan öffnete sie. Der Schrank war, bis auf einige wenige Hemden und einen festen Rock, leer. Unter der Anrichte stand ein Paar offensichtlich neuer Schuhe, und in der Schublade des Tischchens lag nichts als ein kleines, in schwarzes, abgewetztes Leinen gebundenes Gebetbuch. Kajetan öffnete es. Ein Zettel fiel heraus.

»Üb immer Treu und Redlichkeit«, las er, »bis an Dein kühles …« Er legte es zurück. Die Bäuerin schniefte leise, dann sagte sie mit beherrschter, doch zärtlicher Stimme: »Sie hat von der Lehrerin immer solche Fleißzetterl gekriegt.«

»Sie hätt auch Gedichterl geschrieben, ist mir gesagt worden?«

»Krämpf waren das«, sagte der Erber kurz.

»Kann ich welche lesen?«

Der Erber schwieg zunächst und schien zu bereuen, was er dem Mädchen in einer zornigen Minute angetan hatte. »Ich habs in den Ofen reingeschmissen …«

»Wieso?«

»Weils nie den Kopf bei der Arbeit gehabt hat.«

»Das war«, ergänzte die Bäuerin, »wie ihr im Herbst Vieh ausgekommen ist, das wo sie nicht mehr hat finden können.«

Kajetan horchte auf. »Sie hat Vieh gehütet?«

»Die Schaf hats gehütet«, erklärte die Erberin, »und da hats nie was gegeben. Bis vor gut sechs Wochen. Da sind ihr auf einmal zwei abgegangen. Der Mann ist mit ihr noch auf die Such gegangen, aber sie hats nimmer finden können.«

»Sie war so in ihrem … Dings, dass sie gar nimmer gewusst hat, wo sie die Schaf überall getrieben hat«, nickte der Bauer.

»Und da hat ihr der Mann die Gedichterl verbrannt. Heut tuts ihm gewiss leid«, sagte sie. Wieder erfasste sie ein Schluchzen.

»Und da, auf dem Bett«, deutete Kajetan, »ist sie dann gelegen, wie ihr sie aufgefunden habt?«

Der Bauer wandte erstaunt den Kopf. »Nein, nicht da …« Er räusperte sich.

»Wie?«

»Das ist seine Kammer – der Sanne seine Kammer.«

»Ja, und?«

»Sie haben der Sanne seine Kammer sehn wollen.«

»Aber – wo ist sie denn dann aufgefunden worden, Erber?«

»In der … vorderen Kammer.«

Kajetan war vorausgegangen und deutete auf eine der Türen, die zu den im vorderen Gebäudeteil liegenden Zimmern führen musste. »Hier?«

Der Bauer nickte, kam näher und öffnete die Tür. »Sie hat da herin nichts verloren gehabt«, sagte der Erber hart in die Stille.

»Da … da schlafts ja Ihr, Erber?«

»Sie hat da herin nichts verloren gehabt.«

Das Zimmer war sauber und aufgeräumt. Zwei schmale Betten standen nebeneinander. Auch hier fand sich wieder eine kleine Anrichte mit einer Schale und einem Krug Wasser, daneben jedoch ein breiter, bemalter Tuchschrank. Kajetan öffnete ihn einen Spalt. Er war mit hellen Tüchern und der Festtagskleidung der Bauersleute gefüllt.

»Wo ist sie gelegen?«

Die Bäuerin, die an der Tür stehen geblieben war, deutete auf das linke Bett.

»War eine Unordnung, wie ihr sie gefunden habt?«

»Wir haben nicht darauf geachtet …«, sagte die Erberin leise, doch dann schien ihr etwas einzufallen, »außer … ich hab mir eingebildet, dass jemand im Kasten war und unser Hochzeitsgewand ausgeräumt hat.«

»Aber es ist nichts gestohlen worden?«

Beide schüttelten den Kopf. »Nur«, fügte die Bäuerin zögernd hinzu, »ich hab mir halt eingebildet, dass ich das Gewand anders zusammengelegt hab. Aber es täuscht sich eins leicht …«

Kajetan sah sich um. Unterhalb des Fensterbrettes entdeckte er eine feuchte Stelle. »Woher kommt das, Erber?«

»Es hat reingeschneit.«

»Wann?«

»Damals …«

»Ihr habts bestimmt nicht vergessen, das Fenster zuzumachen?« Beide schüttelten den Kopf. Sie gingen wieder nach unten. Kajetan bat den Erber, ihn in den Stall zu führen.

»Gibt es eigentlich noch einen anderen Zugang zum Haus – außer der Haustür?«, wollte Kajetan wissen, als sie wenig später das düstere Gewölbe betraten. Der Bauer deutete auf ein Tor im hinteren Stallbereich. »Wenn man bei dieser Tür rausgeht, dann kommt man wieder auf die Straß.«

»Machen Sie sie mir auf.«

Der Erber ging nach hinten und griff an den Riegel. Er stutzte plötzlich.

»Was ist, Erber?«

»Der Riegelbogen ist herausgetrieben …«

»Wie kann so was passieren?«

Der Bauer betrachtete ratlos die ausgerissene Halterung.

»Wenn einer von außen dagegendrückt, nicht wahr?« Kajetan zog die Tür auf. Er blickte auf eine verschneite Fläche, auf der nichts außer den wirren Spuren kleiner Tiere zu sehen war.

Als er sich umwandte, blieben seine Augen an einer kleinen Vertiefung hängen. Dort, wo der Schneewind unter dem Vordach eine kleine Wächte angehäuft hatte, war der Abdruck eines Schuhes zu sehen, freilich schon von feinem Flugschnee überweht. Für die Zuordnung zu einem bestimmten Sohlenprofil wäre er nicht mehr zu gebrauchen gewesen. Der Bauer hatte nichts von Kajetans Beobachtung bemerkt.

Als er sich wenig später von den Bauersleuten verabschiedete, drehte er sich im Türrahmen um. »Sagts, Erber, hier heroben haust doch der Luk?«

Die beiden sahen sich an. »Der Luk?«

»Der spinnerte Luk, wie ihr ihn heißt, jawohl. Wo find ich den?«

Der Bauer schien zu zögern und sah wieder zu seiner Frau. Sie wandte sich zu ihrem Kind und strich ihm die Haare aus dem Gesicht. »Aber … der ist närrisch.«

»Ich weiß, Erber. Wo also find ich ihn?«

Zögernd beschrieb der Bauer den Weg zum alten Sägewerk. Kajetan verabschiedete sich.

18

Im Bergwald, den Kajetan nach anstrengender Wanderung erreichte, strich merklich kühlerer Wind über sein eben noch schweißnasses Gesicht. Nach einer steil nach oben führenden Kehre öffnete sich der Wald zu einer Lichtung, die an einer Seite in eine Schlucht abzufallen schien. Mit blinden, teilweise zerschlagenen Fensterscheiben, bröckelndem Putz und vom Wetter grau gegerbten Läden stand die alte Sägemühle vor ihm. Überwehte, doch noch deutlich sichtbare Spuren, die ihn den ganzen Aufstieg begleitet hatten, führten zu einer Seitentür. Ein Habicht krächzte hinter den Wipfeln. Kajetan klopfte.

Niemand antwortete. Er öffnete die Tür und betrat eine düstere Halle. Berge von fauligem Sägemehl ließen wenig Sicht frei auf die alte Mechanik der Mühle. Eine mächtige Achse, die das Mühlrad über lose herabhängende Transmissionsbänder und ein Gewirr von Zahnrädern unterschiedlicher Größe mit den Sägevorrichtungen des oberen Stockwerks verbinden musste, ragte in den Raum.

»Luk?«

Kajetan ging weiter. Er hatte, da seine Augen sich nun etwas an das dämmerige Licht gewöhnt hatten, eine nach oben führende Treppe entdeckt und trat auf den ersten Absatz. Als er nach oben sah, erschrak er.

Am oberen Ende der Treppe stand eine hohe Gestalt. Drohend hob sie ein Beil.

»Tu das weg!« Luk bewegte sich nicht. »Ich muss dich was fragen, Luk.« Der Inspektor zwang sich zur Ruhe. Er stellte seinen Fuß langsam auf die nächste Stufe. Luk hob das Beil. Schnell zog Kajetan seinen Fuß wieder zurück.

»Dir will ich doch nichts, Luk! Ich bin von der Polizei! Ich will dich wegen der Erber Susanne etwas fragen, Luk.«

»Es denkt mancher, er wär ein Vogel …«

»Was?«

»… und könnt fliegen und fällt hin und ist tot.«

»Was … meinst du damit, Luk?«

Der Verrückte fuhr in merkwürdig pastoralem Singsang fort, ohne sein Beil zu senken: »Und sagt ihm der Herrgott, dass er gelogen hätt zu die Menschen und lachts aus, und da hüt einer seine Schaf und ist gut allweil und streichelts und stürzens ihm allesamt ins Loch und finden nimmer heraus. Und da weints und weints und steigt in das Loch und bleibts bei die Schaf und träumts, es wär ein Vogel.« Er lachte.

Der Inspektor gab auf. Kopfschüttelnd drehte er sich um, warf noch einmal einen kurzen Blick zurück und ging. Fluchend öffnete er das Tor. Die Helligkeit blendete ihn. Dann hatten sich seine Augen daran gewöhnt.

An Mrs Philomena Hakansen, Manheim, Pennsylvania

So gehn mir, je älter ich werd, die Ding mit den Leuten immer mehr ans Gemüt. Einmal in meinem Leben hätt ich gedacht, jetzt wird die Zeit lichter und nur närrischer ist sie geworden seit dem Krieg. Sei du nur froh daß du fort bist von da, weil es ist gar kein verstehn mehr und wird alles bloß noch zur Maschkerad, es nutzt kein Reden mehr und kein Stillsein, drum schweig ich davon, aber muß immer reden und machen und fragen und Rat geben und sie laßen mich nicht mehr aus, und die Sach mit der armen Erber Sanne ist noch verzwickter geworden wie ich mir gedacht hab. Der Inspektor von Dornstein hat die Vaganten scharf ins Verhör genommen und einer hat dann endlich zugestanden, daß sein Komplize es gewesen ist, hat aber angesagt, dass das Mädl falsche Haar gehabt hat weil er sich verschaut hat im Finstern. Wie ichs dem Inspektor angeben wollt, ist er schon fortgewesen und hat der Bürgermeister über ihn geschimpft, daß er nicht ganz grecht wär und er zur Straf nach Dornstein her versetzt worden wär und ich sollt ja aufpaßen.

Die Bäckin hat ihn gesehen, wie er zu Fuß ins Oberland ist und auch gesagt, was mords was für einer er sein sollt und ob der schon grecht ist. Ich aber mein, dass er ein feiner Mensch ist, einer wo genau hinschaut, aber sich nichts sagen läßt und Verlaß drauf ist was er tut. Und dann geht auf einmal ein komisches Gered über den Erber umher, weiß keiner genaues, aber tut jeder, als wüßt er, daß die Sanne sein lediges Kind gewesen wär und sie es aufbringen hätt wollen. So gut sind die Leut und so bös könnens auf einmal sein, liebe Mena. Ist dann der noble Herr Major, der wo nach dem Krieg ins Jaidhaus gezogen ist, noch zu mir gekommen und hat sich erkundigt wies so geht allerweil und mit den Mordbuben, wann sie wegkommen, weil sie so eine Unruh bringen und wollt dann noch wissen, wo der Inspektor hingegangen wär. Sag ich, zum Erber wahrscheinlich, und will er wissen, was er dort sucht. Sag ich, was weiß ich, er ist halt ein Genauer und sagt er, das wär recht und ich hab bei allem, was die Leut gesagt haben, ein seltsames Gefühl gekriegt und sollt auch recht kriegen dabei.

19

Das Tal verlor nun alle Farben. Die Sonne, deren verglimmendes Licht in der Dämmerung in leuchtendem Violett über den Bergzügen im Westen stand, erreichte das Seitental nicht mehr. Fast augenblicklich war Kälte vom Flusstal und von den Hängen herangezogen. Als Kajetan nach kurzem Fußmarsch das Haus des Majors erreicht hatte, hob sich nur noch die dunkle Silhouette des Gebirges vor dem Nachthimmel ab.

Das »Jaidhaus« war in völlig anderer Weise als die meisten Gebäude des Tals gebaut. Über zwei hohen Geschossen stach ein steiles Dach empor, aus dessen Seiten Gauben wuchsen. Die der Straße zugewandte Hausseite war über die gesamte Breite mit einer Veranda versehen, deren Verglasung wohl im Sommer zu entfernen war. Das Geländer des kanzelartigen kleinen Balkons über dem Eingang war mit ausgeschnittenen Ornamenten verziert. Von Efeu umrankte hohe Fenster waren erleuchtet und warfen lange Lichtrauten auf den unberührten Schnee.

Kajetan öffnete das dünne Türblatt der Veranda und schlug einen Türklopfer. Ein verängstigtes Gesicht erschien. Das Mädchen, das ihn auf dem Walchinger Dorfplatz angesprochen hatte, begrüßte ihn respektvoll, versuchte einen ungeschickten Knicks und nahm seinen Mantel.

Eine Tür der geräumigen Treppenhalle, deren Wände mit Jagdtrophäen behängt waren, öffnete sich. »Herr Inspektor! Herzlich willkommen in unserem bescheidenen Heim!« Der Major, dessen Bewegungen und Tonfall unzweifelhaft auf seine soldatische Vergangenheit verwiesen, schüttelte ihm die Hand. »Ich freue mich, dass Sie Zeit gefunden haben. Gestatten, Rupp.«

Kajetan nannte ebenfalls seinen Namen. Der Major war gut einen Kopf größer als er; eine sehnige, doch schmalschultrige Gestalt, deren länglicher Kopf auf ein seltsam fliehendes Kinn zulief.

»Bescheidenes Heim! Sie sind gut, Herr Major«, sagte Kajetan anerkennend und wies auf das nicht eben dörfliche Armut ausdrückende Interieur des Raumes. Der Major winkte geschmeichelt ab. »A. D.! Major a. D., Herr Inspektor«, sagte er seufzend und wies ihn in ein angrenzendes Zimmer, »leider außer Diensten … Machen Sie es sich bequem, Herr Inspektor, bitte sehr.«

Sie befanden sich nun in einem Raum, dessen eine Seite fast zur gesamten Breite mit einem Bücherregal bedeckt war. An den anderen Wandflächen hingen Gemälde mit Jagdszenen; in der Mitte des Raumes befand sich eine kleine Sitzgruppe mit niedrigem, städterischem Mobiliar.

»Nun, aber in Walching scheint Sie jeder nur als Herr Major zu kennen.«

Wieder lächelte der Major und wies auf einen Sessel. »Bitte sehr«, er nahm ebenfalls Platz, »einen Cognac? Sie sagen mir doch nicht nein und wollen mir etwas von ›im Dienst‹ erzählen? Lies'che!«, rief er dann, ohne die Antwort des Inspektors abzuwarten. Dass die Stimme des Majors übergangslos von beeindruckender Freundlichkeit in befehlenden Ton wechselte, fiel dem Inspektor unangenehm auf. Schon stand das Mädchen im Türrahmen. »Lies'che! Einen Cognac für den Herrn Inspektor und für mich«, herrschte Rupp sie mit leichter Ungeduld an und fügte hinzu, als sie ihn ängstlich fragend ansah, »unter dem Spiegelschrank, rechts. Stell dich doch nicht gar so an.«

»Re… rechts«, wiederholte das Mädchen scheu und lief fort. Wieder seufzte der Major. Er sah, dass Kajetan die mächtige Bücherwand bestaunte. »Herrlich, nicht wahr?«, sagte er stolz, erhob sich und zog einen der Bände heraus, »Johann Wolfgang von Goethe. Leipziger Ausgabe.«

»Ihnen wirds gewiss nicht langweilig, Herr Major. Mit den vielen Büchern?«

Der Major setzte sich wieder und lächelte. »Ach, wenn man nur die Zeit dazu fände, Herr Inspektor.«

Liesi brachte zwei Gläser mit Cognac. »Zum Wohl, Herr Inspektor!« Der Major hob das Glas.

»Zum Wohl, Herr Major.«

»Lies'che, wir können dann bald essen, ja?« Das Mädchen nickte, knickste wieder und ging schnell hinaus. »Ich hab das Lies'che noch nicht lang«, erklärte der Major, das Glas abstellend, »eine Aphrodite ist sie gerade nicht, aber kochen, Herr Inspektor, kochen kann sie exzellent… Der Cognac…?«

»Sehr gut, Herr Major, sehr gut!«

»Da sehen Sie, was die richtigen Beziehungen wert sind! Französischer Cognac!«

Kajetan überlegte, welche Beziehungen das gewesen sein mögen, und ob er nun einen nutzlosen Abend mit einem bemitleidenswerten Hagestolz verbringen würde, der nur von den herrlichen Tagen seiner Militärzeit erzählen würde.

20

Der Himmel über dem Tal war sternenklar. Vom nahen Bergwald klang das feine Rascheln der Zweige, als würde sich in den Höhen ein mächtiger See bewegen; es brach wieder ab und führte plötzlich wieder das Geräusch des Flusses heran.

Nur der Widerschein des Mondlichts auf der Fläche der Rodung und den Mauern hob den Hof des Erber aus der Dunkelheit hervor. Kein Licht brannte mehr zu dieser Stunde, und lediglich das leise, seltene Geklirr der Stallketten wies darauf hin, dass das Gebäude von lebenden Wesen bewohnt war.

Mit verschwiegenem Ächzen öffnete sich die Haustür. Eine Gestalt verließ beinahe lautlos das Anwesen. Sie horchte einige Sekunden in die Nachtstille und ging dann langsam auf den höher führenden Weg. Der Hund hatte kurz angeschlagen, doch irgendetwas, vielleicht ein bekannter, gezischter Laut, hatte ihn sogleich zum Schweigen gebracht.

Die Gestalt bewegte sich mit schweren, sichernden Männerschritten eilig vorwärts. Sie hielt, nun bereits außer Sichtweite des Hofes, noch einmal an, sah wie witternd um sich und zog im Weitergehen den dunklen Umhang fester an sich.

Der Weg war nun nicht mehr geräumt; vor einigen Tagen waren jedoch noch mit schweren Stämmen beladene Schlitten gezogen worden, und wenngleich die tiefen Furchen bereits überweht waren, so zeigten sie doch unzweifelhaft den Weg an, der nun wie durch einen finsteren Dom führte. Der nächtliche

Wanderer holte nun ein Windlicht unter seinem Umhang hervor, entzündete die Flamme und setzte seinen Weg fort.

Dann öffnete sich der schwarze Wald, und am Rande einer kleinen Lichtung, unter wilder, verschneiter Verwachsung, tauchte die verlassene Sägemühle in den Lampenschein.

Eine Fußspur führte zu einer der Seitentüren. Ein Eisenring löste klickend eine Verriegelung. Die Schritte des Mannes klangen stumpf auf dicken Bohlen, als er eilig in den hinteren Gebäudeteil ging. Er kannte den Weg. Er sah nach oben, wo sich eine Tür geöffnet hatte und schwacher Lichtschein die Gestalt eines großgewachsenen Mannes umriss.

»Wer ist es?«, rief eine ruhige, doch gefährlich wachsame Stimme. Der Eindringling hob das Windlicht und zeigte sich.

»Hock dich hin, Erber.« Luk hatte bereits auf einem Stuhl seiner winzigen Kammer Platz genommen und sah, dass der Bauer zögerte. »Es taugt einer zu nichts, der vergisst, wenn er müd ist.«

»Wenn ichs nur sein könnt, Luk«, sagte der Erber und setzte sich auf eine Bank. Dann hob er den Kopf. »Heut war einer da von Dornstein, wegen der Sanne, und hat nach dir gefragt.« Luk nickte unmerklich.

»Und«, fuhr der Bauer fort, »war er heroben? Hast ihm was gesagt?«

Eine Zeit lang war nur das schwere Atmen des Luk zu hören.

»Sag, Luk.«

»Ich hab gesungen, Erber.«

Der Erber verstand nicht.

»Gesungen hab ich …«

»Und?!«

»Nicht geredet! Erber, hörst nicht, was ich red?« Luks Stimme klang müde. Der Bauer nickte erleichtert. »Es wird gefährlich«, sagte er. »Sag ihm«, hier machte er eine Kopfbewegung nach oben, »dass er sich eine Zeit lang nicht mehr so weit herunten blicken lassen soll. Am besten versteckt er sich ein paar Tage im Silberloch droben, und«, er holte einen kleinen Leinensack aus seinem Umhang, »gibst ihm das. Ein paar Äpfel sind drin, ein Brot, ein bisserl Geselchtes.«

»… ist recht, Erber.« Luk sprach wie im Traum.

»Packst du es noch, Luk? Wirst ja auch nicht jünger?«

»Lass dich das nicht kümmern«, antwortete Luk nach einer Weile, in der er einer fernen Musik zu lauschen schien, »… aber mir ist, als drücken sie uns jetzt wieder zurück in die Erd, Erber.«

»Ha?«

»Wir werden wieder Geister, Erber. Geister, die müssen ohne Licht leben und spüren nichts mehr, kein Frühjahr, kein Sommer.«

»Wie … wie ist er denn beinand?«, ging der Bauer nicht darauf ein.

»Genauso wie einer, der noch lebt und spürt, dass er längst tot ist.« Die Blicke der beiden Männer trafen sich. Luk schien nun aus seiner Versunkenheit aufgetaucht zu sein und hatte die Hände um die Lehne seines Stuhls gekrallt. Der Erber erhob sich und wandte sich zur Tür; dort angekommen, drehte er sich noch einmal um. »Luk«, sagte er zögernd, »der Zettel neulich – den hast doch du geschrieben?«

Der Alte schüttelte den Kopf.

»Nein?!« Ein fürchterlicher Gedanke keimte auf.

»Wo hast dein Gewehr, Luk?«, ächzte der Erber nach einer Weile. Der alte Mann antwortete nicht.

»Gib mir dein Gewehr, Luk!«

»Das kriegst nicht.«

Wütend griff der Erber nach seinem Windlicht, öffnete die Tür und lief polternd hinaus. Bald waren seine Schritte verklungen. Dumpf und fern ächzte die Außentür. Dann war es still.

Luk stand auf, löschte die Kerze, tappte einige Schritte zu seinem Stuhl und ließ sich hineinfallen. Er sah zum Fenster, durch dessen eisblinde Scheiben nun blaues Licht stärker zu werden schien. Dann begann er, sich langsam nach vorne und wieder zurück zu wiegen. Mitleidlos stampften Schmerzen und das Gefühl bitterer Einsamkeit heran. Der Kopf des Alten sank tiefer. Luk riss die Hände vor sein Gesicht und weinte.

21

»Wenn er nichts kann, der Franzos, außer …«, zwinkerte der Major und lächelte anzüglich, »… das kann er: den köstlichsten Wein der Welt herstellen. Noch einen Schluck, Herr Inspektor? Ich seh, Sie kommen auf den Geschmack!«

Der Major hatte recht; ein wohliges Gefühl hatte ihn umfangen. Liesis Gericht war hervorragend gewesen, und der Major hatte sich mit Erinnerungen aus seiner Dienstzeit zurückgehalten und stattdessen von fernen Ländern, von Literatur und anderen Köstlichkeiten erzählt.

»Ach ja«, seufzte Rupp.

»Wie meinens?«

»Zum Wohl, Herr Inspektor!«

»Zum Wohl, Herr Major!«

»A. D., Herr Inspektor!«

Hat er es nicht hier tausendmal schöner als in irgendeiner langweiligen Garnison, wollte Kajetan wissen.

»Ach ja«, seufzte Rupp erneut, »das Leben auf dem Land, lieber Herr Inspektor, ist ohne Zweifel ein Jungbrunnen. Gut, man ist hier von –, sagen wir mal – eher einfacheren Menschen umgeben, aber – es ist im Grund ein braver, gutwilliger Schlag hierzulande. Nicht eben … nicht eben an höheren Dingen interessiert, aber ehrlich, geradeheraus und treu. Die meisten jedenfalls. Zum Wohl, Inspektor!«

»Zum Wohl, Herr Major!«

»Und dann die frische Luft! Glauben Sie mir, da wachsen einem ganz neue Kräfte zu«, zwinkerte der Major. Übergangslos bellte er: »Lies'che!« Augenblicklich erschien die junge Frau wieder an der Tür. »Lies'che! Richtens noch eine Flasche her, ja?«

Liesi entfernte sich, bevor Kajetan abwinken konnte. Der Major wandelte sich sofort wieder vom Befehlshaber zum Gastgeber. »Die frische Luft, ja …«, erinnerte er, »zum Wohl!«

Liesis Auftritt hatte Kajetan ernüchtert. Rupps Erzählungen, seine Schilderungen von sonnigen, südlichen Ländern, von seinen Begegnungen mit bedeutenden Personen, mit Künstlern, Politikern, tönten ihm plötzlich wie kaltes Knattern. »Wenn man noch eine kriegt, Herr Major!«

»Wie? Ach ja, diese schreckliche Sache!« Rupp war sofort bereit, das Thema zu wechseln. Fast, als hätte er darauf gewartet. »Eine Tragödie! Wie kommen Sie denn vorwärts? Die Täter sind doch, meines Wissens, schon alle hinter Schloss und Riegel?«

Kajetan stellte das Glas ab und wiegte den Kopf.

»Das schon, Herr Major …«

»Sie sagen das so zögernd?«

»Nun … sie sind alles andere als geständig.«

»Ach was!!«

Komm, dachte Kajetan. Und der Major kam mit den Dingen, die er den ganzen Abend schon loswerden wollte. »Ach ja … die kleine Sanne, das arme Kind … Sie hat gelegentlich hier ausgeholfen, wenn ich größere Gesellschaften hatte … Ein nettes, liebenswürdiges Ding. Ein bisschen – nervös – vielleicht?« Nervös? Will schon wieder einer die arme Gedichterlschreiberin für verrückt erklären?

»Mit etwas zu viel Phantasie … Sie hats ja auch nicht leicht gehabt. Keine Eltern mehr … Und wer weiß, wie der Pflegevater sie behandelt hat.«

»Nach dem, was ich bisher erfahren hab«, räusperte sich Kajetan, »nicht sonderlich schlecht.«

»Nun ja!«

»Das klingt, als …«

»Nun ja, sie hat einmal gewisse Andeutungen gemacht!«

»Interessant. Welche?«

»Nun«, senkte der Major die Stimme, »ich kann mich täuschen, aber ich glaube – ganz unter uns, Herr Inspektor – ich glaube, der Pflegevater ist nicht ganz koscher, wenn Sie den Ausdruck verzeihen.«

»Wie? Dass er … etwas mit ihr gehabt hat? Oder was meinen Sie damit?«

Der Major riss die Augen auf und hob entsetzt die Hände. »Um Himmels willen, ich meine gar nichts, Herr Inspektor!« Er nahm einen Schluck. »Aber da gibt es ebenso eigenartige Gerüchte … Er soll sich zwar immer recht um das arme Ding gekümmert haben, aber da soll auch ein gehöriges Maß an schlechtem Gewissen dabei gewesen sein – sagt man!«

»Interessant.«

»Der Erber, ja«, fuhr Rupp versonnen fort, »ein seltsamer Mensch. Mit der Religion hat ers gar nicht, sagt man. Und die alte Geschichte, die kennen Sie sicher?«

»Alte Geschichte?«

»Der Erber«, Rupp beugte sich nach vorne, »war Bauernrat! Hier, in diesem Nest. Lächerlich war das – eine Revolution in dieser Gegend. Wo die Leute an Kommunion denken, wenn sie das Wort Kommunismus hören!«

»Der Erber? Bauernrat – in Walching?«

»Ist das nicht verrückt? Stellen Sie sich vor, die haben es nicht einmal fertiggebracht, dass der Pfarrer die Glocken hat läuten lassen, wie der – wie hab ichs im ›Miesbacher Anzeiger‹ gelesen – der Eisner auf der Prannerstraße ausgerutscht ist! Hahaha! Zum Wohl, Herr Inspektor!«

»Zum Wohl, Herr Major!«

»Hab ihn übrigens«, lehnte der Major sich wieder zurück, »persönlich gut gekannt, den jungen Arco-Valley! Ganz anders als sein Bruder. Tüchtiger Kerl! Hätt ihm niemand zugetraut, dass er diesen galizischen Aufwiegler abschießt!«

»Waren Sie denn seinerzeit in München?«

Der Major nickte, und während er nun von seinen Heldentaten bei der Besetzung Münchens schwadronierte, musste Kajetan an jene Begebenheit denken, die schließlich zu seiner Strafversetzung nach Dornstein geführt hatte.

Er wohnte damals, im Mai 1919, in der Giesinger Nockherstraße. Ein junger Kerl aus der Nachbarschaft hatte sich nach der Revolution den Roten angeschlossen und war beim Einmarsch der Weißen Garden denunziert worden, was in jenen Tagen einem Todesurteil gleichkam. Der Bub, er war noch keine 18 Jahre alt, versteckte sich im Speicher einer Herberge, wurde dort mehrere Wochen von seiner Familie verköstigt und konnte sich, als auch dieses Versteck zu unsicher geworden war, durch einen beherzten Sprung in den unterirdischen Mühlbach in Sicherheit bringen. Er wurde nach Wochen halb verhungert aufgegriffen; glücklicherweise kam er nicht mehr vor das Standgericht, dennoch wurde er einem harten Verhör unterzogen, in dem er angab, dass auch der Inspektor Kajetan, wie alle Leute aus der Nachbarschaft, von seinem Versteck gewusst hätte. In seiner angstvollen Verwirrtheit glaubte er, dass ihm dies Sicherheit geben würde, doch diese Aussage, die Kajetan nicht sehr ernsthaft bestreiten konnte, hatte schließlich ein dienstliches

Verfahren in Gang gesetzt, an dessen Ende er vor die Entscheidung gestellt wurde, den Polizeidienst zu quittieren oder einer Versetzung nach Dornstein zuzustimmen.

»Alles mitgemacht, Herr Inspektor«, sagte der Major mit lauernden Augen, »die Befreiung, den ... ach ja. »Er seufzte. »Und jetzt sitzen wir halt hier in unserem schönen Walching ...«

»Ihre Gattin ... ist ...?«

»Gattin? Wie kommen Sie darauf? Nein, ich lebe allein hier.«

»Nun, weil Sie gesagt haben: sitzen wir?«

»Nein, nein«, lachte der Major, »das ist offenbar so eine Angewohnheit von mir. Wenn ich wir sage, meine ich natürlich mich – was ist?!«

Liesi stand wieder im Türrahmen und gab scheu ein Zeichen. »Sie möchten herauskommen, Herr Major.«

»Was?!«, sagte der Major in unbeherrschtem, plötzlichem Ärger, stand dann aber auf, »Sie entschuldigen mich einen Moment, Herr Inspektor.«

Das Mädchen hatte sich wieder zurückgezogen, und Kajetan konnte durch einen Spalt der offenen Tür sehen, dass der Major einen offenbar heftigen Disput mit einem jungen Mann führte. Beide standen im Dunkel der Veranda; die Stimme des Besuchers klang leise, die des Majors zornig. Schließlich schloss sich die Tür der Veranda wieder, und der Major kam wieder zurück, seine Erregung nur mühsam beherrschend. Er bemerkte Kajetans fragenden Blick und winkte ab.

»Unbedeutend, Herr Inspektor, völlig unbedeutend«, sagte er und ließ sich in den Stuhl fallen. Unwillen und Müdigkeit hatten von Kajetans Körper Besitz ergriffen. Schließlich erhob er sich, bedankte und verabschiedete sich. Der Major bot ihm an, ihn zum Gasthof zu bringen, doch Kajetan lehnte ab. Die frische Luft würde ihm, der Alkohol nicht sonderlich gewohnt war, guttun, meinte er, und der Major nickte verstehend. Als beide sich die Hände zum Abschied reichten, stand Liesi still, mit Augen wie weißer Stein, im dämmerigen Dunkel des Flurs.

22

Schon nach wenigen Schritten hatte sich eine Tannenwand vor das hellerleuchtete Haus des Majors geschoben. Der Weg führte in leichter Steigung bergab. Kajetan hatte sich ein Windlicht von Rupp erbeten, doch die Nacht schien ihm, der nur auf den kleinen Lichtkreis zu seinen Füßen achtete, schwarz, und Kälte kroch langsam durch das Leder seiner Schuhe. Er ging schneller. Die leichte Benommenheit, die der Wein bei ihm verursacht hatte, wich von Schritt zu Schritt; er fühlte die Haut seines Gesichts erkalten. Stechender Frost biss, seine Atemzüge brannten mit winzigen eisigspitzen Stacheln in Mund und Nase. Er beschleunigte seine Schritte. Fern schrie eine Eule.

Der Weg war leicht zu erkennen. Zwar waren die Fahrrinnen bereits wieder von angewehtem Flugschnee überdeckt, doch zeigten die leicht erhöhten Wehen am Wegrand deutlich, wo das freie Feld begann.

Es war wieder still, kein Wind bewegte sich, nur dann und wann trugen hohe Luftströme von fern Geräusche eines bellenden Hundes heran. Noch führte der Weg in den Talgrund, wo nun dünner Nebel sich auszubreiten begann. Nach wenigen Schritten schien es, als sei auch der Himmel wolkenbedeckt. Kajetan empfand eine eigenartige Taubheit; zwar hörte er das kristallene Knistern unter seinen Schuhen, doch schien dieses Geräusch mehr und mehr vom Pochen seines Herzens übertönt zu werden.

Nun führte der Weg wieder durch ein Waldstück. Der Nebel hatte sich verdichtet. Mattschwarze Stämme schoben sich heran, dann drehten sich wieder mit Schnee beladene Tannen in den Lichtkreis. Schnee rutschte in der Dunkelheit von Ästen, peitschend schnellten sie in die Höhe. Dann schien die Straße wieder auf eine freie, leicht abschüssige Fläche zu führen.

Da strauchelte Kajetan plötzlich. Heftig mit den Armen rudernd, versuchte er, sein Gleichgewicht zu halten. Es half nichts, er fiel schwer zu Boden und begrub die Lampe unter sich. Das Licht erlosch augenblicklich. Mit geweiteten Augen starrte Kajetan in die Finsternis. Er richtete sich auf und tappte vorsichtig weiter, nachdem er sich beißend kalten Schnee vom Gesicht gewischt hatte.

Der Inspektor versuchte nun, sich an der leichten Erhöhung der Seitenwehen zu orientieren. Es gelang ihm einige Meter; dann jedoch fühlte er, dass der Schnee unter seinen Füßen höher wurde. Er ging einige Schritte zurück und taumelte erneut, als er in eine kleine, schneeverwehte Mulde rutschte. Fluchend richtete er sich auf, ging einige Schritte in verschiedene Richtungen, bis er den Eindruck hatte, wieder auf festem Grund zu stehen. Er hob beide Hände wie ein Blinder und stapfte mit tastenden Schritten weiter.

Die seitlichen Wächten waren verschwunden. Oder konnte er sie nur nicht mehr erfühlen? Obschon er sich sicher war, in dieser Gegend auf keinen Abgrund zu stoßen, hatte er nun Angst. Sein Puls flog, in seinem Körper hatte sich Hitze ausgebreitet, Schweiß kristallisierte sich auf seiner Stirn. Langsam bewegte er sich in undurchdringlicher Dunkelheit vorwärts. Der Boden war wieder fest geworden. Feines, wenige Zentimeter hohes Schneegestäube schien auf der Fläche zu liegen.

Da klickte ein seltsames Geräusch. Kajetan, der wieder schneller gegangen war, achtete nicht darauf. Er hielt erst an, als er es erneut hörte, diesmal lauter, nun gefolgt von einem zweiten, dritten.

Er lauschte ins Nichts. Ein leises, fernes und gläsernes Rascheln schien nun anzuwachsen und versank wieder in der Stille.

Alles schwieg. Dann brach ein infernalisches Getöse aus. Kajetan schrie entsetzt auf, und in sein Kreischen mischte sich das Krachen der Eisplatten des Toteissees. Schwappend öffnete sich das Wasser. Kajetan hörte bereits nichts mehr, fühlte nur noch, wie das eisige Wasser über ihm zusammenschlug. Ein unendlicher Schmerz schoss auf ihn ein.

23

Das kleine Krankenzimmer war schwach beleuchtet. Am Fußende des Bettes stand eine Nonne, sah bekümmert auf die Sterbende und dann zu Dr. Notsch, der sich über das Gesicht der alten Bäuerin beugte.

»Allingerin, hörst mich?«

Die Bäuerin öffnete leicht die Augen und wandte ihren Blick zum Doktor. »Jetzt…«, flüsterte sie tonlos, »gehts dahin mit mir…«

»Geh weiter, Allingerin«, sagte Notsch und legte seine Hand auf die der alten Frau, »du hast es doch noch allerweil gepackt.«

»Dass… des Sterben… so lötz… sein muss«, flüsterte die Allingerin, »… so … lötz…«

»Habts einen Wehdam, Allingerin. Ich geb dir noch was, gell«, tröstete der Arzt und gab der Krankenschwester einen Wink. Die Nonne ging schnell aus dem Zimmer.

»Lass ned aus, Allingerin«, sagte Notsch wie beschwörend, »lass ned aus. Deine Leut brauchen dich noch. Wenn dein Bub heimkommt…«

»Dank dir schön… Doktor«, flüsterte sie, und matt glomm eine Zärtlichkeit in ihren Augen, »… aber der Bub kommt nimmer… ich habs geträumt, Doktor… dass er nimmer kommt…«

»Geh weiter, Allingerin.«

»Geträumt, dass der an meinem Bett gestanden ist und gesagt hat, ›Mama, ich bin tot, ich komm nicht wieder‹, mein Bub – und dann hab ich geweint… und mein Mann hat schon… gesagt, jetzt bin ich narrisch geworden… aber ich hab ihn gfragt, meinen Buben, obs… wehgetan hat, und er hat gesagt: ›Ja, Mama, so weh…‹«

Der Arzt fasste die welken Hände der Bäuerin.

»Und seit dem Tag… mag ich nimmer leben… Doktor…«

Der Arzt räusperte sich leise. »Jetzt bist halt müd geworden, Allingerin. Schau, morgen…«

Sie unterbrach ihn.

»Müd, ja…«

»Hast dein Lebtag nichts anderes getan als gearbeitet, Allingerin. Ich kenn dich ja nicht anders…«

»Mein armer Bub…«, begann die Bäuerin leise zu schluchzen. Eine Nonne öffnete die Tür, lief aufgeregt an das Bettende und rief gepresst: »Herr Doktor! Schnell!«

Notsch legte ärgerlich den Finger auf seinen Mund. »Sinds doch still! Was ist?«

»Im Gefängnis… schnell…«

Der Arzt erhob sich. Er fuhr noch einmal sacht über die Hände der Allingerin, die nun in tiefer Versunkenheit lag. »Sie bleiben hier«, wies er die Schwester an und verließ den Raum.

Vor der Gendarmerie hatte sich bereits eine kleine Gruppe von Menschen angesammelt, als der Arzt, der eilig einen kleinen Koffer gepackt hatte, dort ankam. Er betrat die Gendarmerie. Die Tür zum Treppenhaus war weit geöffnet, und aus dem Keller drangen Stimmen. Er hastete die Stufen hinab und sah, wie der Wachtmeister gerade einen Körper aus dem Verlies schaffte und ihn auf den Steinboden legte. Es war Pizzini.

Seine Arme baumelten leblos. Auf der Zellenpritsche saß der Russe mit versteinertem Gesicht; vor ihm kniete Mauritz List, sein Gesicht schluchzend zwischen seinen Händen verborgen.

24

Die Kälte brannte wie Feuer. Kajetan kämpfte wie ein Besessener gegen den Wunsch zu sterben, der sich wie ein Schraubstock um seine Brust legte und ihm den Atem nahm. Blind krallte er sich an den Rand des Eislochs, der ihm, als griffe er in Glas, die Finger zerschnitt. Sofort brach er wieder ein. Er konnte nicht mehr schreien, nur heiseres, keuchendes Stöhnen kam aus seinem Mund. Er versuchte zu schwimmen und fühlte, wie seine Kräfte rasch nachließen.

Da fassten seine rudernden Arme plötzlich einen Baumstamm. Er klammerte sich daran und kroch an ihm hoch. Der Stamm wippte leise, schien aber noch mit dem Ufer verbunden zu sein. Hier, in Ufernähe, war nun kein Eis mehr vorhanden. Kajetan legte sein Gesicht an die scharfen Eiskrusten des Stammes, zog sich weiter an ihm entlang und fühlte dann plötzlich Boden unter sich. Wimmernd kroch er das strauchbewachsene Ufer empor.

Wieder war ein leichter Wind aufgekommen. Er hatte die Nebeldecke aufgerissen und Fetzen des Nachthimmels freigelegt. Unbewegt standen Sternenfelder und der Mond am Himmel. Ein Hund heulte auf. Die Lichter eines Gehöfts schienen nicht mehr weit entfernt zu sein. Kajetan fühlte nun keine Kälte mehr. Taumelnd lief er zum Licht.

Er musste wie ein von den Toten Auferstandener gewirkt haben. Die Bäuerin, die sich nur ein Schultertuch umgelegt hatte und ansonsten bereits im Nachthemd war, erschrak und bekreuzigte sich, führte ihn aber sofort zum Ofen und legte ihm Decken über die Schulter. Als Kajetan heißen Tee getrunken hatte und wieder Wärme in sich spürte, erzählte die Bäuerin, dass ihr Mann ins Dorf gerufen worden sei, weil Fürchterliches geschehen sei, und es kein Ende mehr nähme mit den schrecklichen Sachen in der Welt.

25

Kajetan war von einer seltsamen Klarheit erfüllt, als er kurz darauf, angetan mit Hemd, Hose und Schuhen des Bauern, zum Gasthof eilte und dort die Kleider wechselte. Mit stechender Deutlichkeit nahm er Geräusche wahr und sah wie durch Glas die Mienen der Männer, die in der Gendarmerie Pizzinis zerschlagenen Körper umstanden. Der Doktor hatte ihn nach oben bringen lassen.

Kajetan trat näher. Pizzinis Gesicht war blutüberströmt. Eine klaffende Wunde zog sich von der Schläfe zum Hals.

»Ist er tot?«

»Nein«, der Doktor wandte sich nicht um. Er fühlte den Puls Pizzinis.

»Kriegen Sie ihn durch?«

Der Arzt wiegte den Kopf. »Er muss sofort rüber ins Krankenhaus.«

»Worauf wartens dann?!!«

»Auf die Tragbahre! Soll ich ihn im Rucksack transportieren?«, antwortete der Arzt schneidend. In diesem Moment kamen zwei Männer mit einer Bahre zur Tür herein. Notsch wies sie an, den Verletzten vorsichtig auf die Bahre zu legen, und verließ mit ihnen den Raum.

Der Bürgermeister hatte bei Kajetans Wutausbruch einen verständnislosen Blick mit Mayr gewechselt. Kajetan hatte es bemerkt.

»Alle raus«, fauchte er ungehalten, »Bürgermeister, schickens die Leut heim.«

Der Bürgermeister räusperte sich. »Gehts heim, Leut, schleichts euch. Da gibts nichts mehr zu sehen.«

Während die Männer zögernd die Gendarmerie verließen, öffnete Kajetan die Tür zum Stiegenhaus und ging mit schnellen Schritten in den Keller.

List saß vor der geöffneten Zellentür. Er starrte zu Boden. Der Russe war verschwunden, und jetzt fiel dem Inspektor ein, dass er am Ende des Hausgangs ein offenes Fenster bemerkt hatte. Er kniete sich zu dem Gefangenen.

»Es ist nicht wahr … der Pizzini hat dich angelogen …« Lists Stimme war kaum zu hören. Dann hob er den Blick. »Ist er … tot?«

»Nein, List.«

Eine Erleichterung flog über das Gesicht des Gefangenen. »Er hat gelogen … ich hab niemand erschlagen.«

»So jähzornig wie du sein kannst, List?«

»Glaubts mirs halt. Wir sind allein gewesen. Da war niemand auf dem Hof.« Alle Kraft schien aus List gewichen. Er sank tiefer in sich zusammen und begann leise zu wimmern.

»Ich weiß«, sagte Kajetan, erhob sich und stieg langsam die Treppe hoch.

Lindinger und Mayr hatten noch auf ihn gewartet. Der Bürgermeister kam auf Kajetan zu. »Hat ers endlich zugegeben?«

»Nein …«

»Wa … nicht?!« Der Bürgermeister schnaubte. »Jetzt reichts mir bald mit der ganzen Gaudi!«, schrie er unbeherrscht.

»Dann tuns was dazu! Herr Bürgermeister!« Auch Kajetan war zornig geworden.

»Jetzt lägs an mir«, rief Lindinger, »was soll das heißen?«

Kajetan stützte sich auf den Tisch und beugte sich vor. »Das soll heißen, dass Sie mich – zum Beispiel – darauf hinweisen sollten, dass bestimmte Aussagen nicht stimmen können!«

»Was für Aussagen?!«

»Denkens einmal scharf nach, Herr Bürgermeister«, schrie Kajetan wütend zurück, »der Pizzini sagt bei seinem großartigen Geständnis, dass die Tote lange blonde Haare hat!«

»Ja und?!«

»Aber Sie«, Kajetans Finger stach in Lindingers Richtung, »Sie wissen ganz genau, dass sie schwarze Haar gehabt hat! Kurze schwarze Haar, Herr Bürgermeister. Nicht lang und nicht blond wie ein Engerl, Herr Bürgermeister!«

»Mein Gott«, entgegnete Lindinger, »hat er halt nicht genau hingeschaut. Ich täusch mich auch hie und da!«

»Glaub ich Ihnen aufs Wort.«

Wütend stapfte Lindinger zur Türe. Dort wandte er sich noch einmal um und sagte in plötzlich ruhigem Ton: »Ich möcht nur, dass wieder eine Ruh ist bei uns ...«

»Grad jetzt, wos auf die Feiertag zugeht, gell?« Kajetans spöttischer Tonfall malte erneut Wut in die Züge des Bürgermeisters. Lindinger trat einen Schritt vor. »Blähns Ihnen nicht gar so auf. Meinens bloß nicht, dass unsereins blöd ist und nicht weiß, was Sie für einer sind ...«, sagte er drohend und drehte sich zur Tür. Krachend flog sie hinter ihm zu.

Kajetan sank langsam auf seinen Stuhl. Der Wachtmeister vermied es, ihn anzusehen.

»Und jetzt«, begann Kajetan nach einigen Minuten des Schweigens, »wollens von mir wissen, was der damit gemeint hat, nicht wahr? Ich sags Ihnen: Ich bin von München nach Dornstein strafversetzt worden.«

»Weiß schon.«

»Aha?«

»Weiß doch ein jeder.«

»Da schau her. Aber für was, weiß das auch ein jeder?«

Mayr schüttelte den Kopf.

»Es geht mich auch gar nichts an …«

»Aber wissen täten Sie es schon gern?«

»Wer bin ich, dass ich Ihnen examinier? Sie brauchen mir nichts zu erklären, Herr Inspektor.«

Kajetan erzählte es ihm trotzdem. Dabei hatte er das Gefühl, als würde seine Geschichte Mayrs Haltung zu ihm ändern. Der Wachtmeister sagte nichts, als Kajetan geendet hatte, nickte aber verständnisvoll. »Glauben Sie noch immer nicht«, wechselte er dann in ruhigem Ton das Thema, »dass es der List gewesen ist?«

»Ich weiß nimmer, was ich glauben soll, Wachtmeister.«

»Aber wir haben doch ein Geständnis? Und vielleicht hat sich der Pizzini tatsächlich bloß verschaut im Finstern?«

Kajetan schüttelte den Kopf. »Wachtmeister … es gibt Methoden, und das wird Ihnen nichts Neues sein, da kriegen Sie aus einem verängstigten Menschen alles raus. Und wenn Sie dies richtig anpacken, zeigt der sogar seine eigene Mutter an …«

Mayr hatte dazu bedächtig genickt. »Nein«, fuhr Kajetan langsam fort, »jetzt müssen wir noch mal ganz von vorn anfangen: Da ist ein Mädchen. Die einen sagen, sie war etwas absonderlich, die anderen, dass sie es nicht gewesen sei. Es wird erwürgt. Und drei Männer brechen zur selben Zeit, besser gesagt, am gleichen Nachmittag, in das Haus ein. Alles weist daraufhin, dass sie es getan haben …« Mayr, der sich gesetzt hatte, nickte aufmerksam.

»… und wer, außer den dreien, könnte noch einen Grund gehabt haben, sie umzubringen?«

»Vom Dorf gewiss keiner«, überlegte der Wachtmeister.

»Und welchen Grund hätten die drei Vaganten gehabt? Angst

hätten sie doch vor so einer mageren Person nicht haben brauchen. Und aus Angst vor Entdeckung? Was hätte ihnen schon viel passieren können? Ein paar Wochen Zuchthaus. Und der Russ'? Den hättens auch nicht mehr erschossen. Dass der übrigens fort ist, haben Sie doch schon bemerkt?«

Mayr sprang auf und rang nach Luft. »Hab ich … hab ich …«

»Ja, haben Sie«, winkte Kajetan ab, »lassen Sie ihn laufen. Er kommt gewiss nicht weit bei diesem Wetter. Hockens Ihnen wieder hin. Sagens, welchen Grund hätten die drei haben können?«

Der Wachtmeister fasste sich wieder und setzte sich. Er überlegte. »Wer kann in die Leut reinschauen?«, sagte er zweifelnd.

»Probieren wirs, Wachtmeister: Der Pizzini und der Russ sind nichts als zwei arme Teufel. Der Gerissenste ist der List. Aber auch der würde sich hüten, Gewalt anzuwenden. Vergessen wir nicht, dass er schon seit Jahren auf diese Weis im Winter zu seinem Brot kommt. Und auch der Russ …«

»Dem wär das ja wurscht.«

Kajetan faltete die Hände und schüttelte langsam den Kopf. »Nein … wissens, Herr Wachtmeister, wenn ich ein Gefühl hab, und genauso eins hab ich bei der ganzen Geschicht, dann …«

»Wie ist denn der Russ überhaupt zu den zweien gekommen?«

»Die beiden anderen haben ihn irgendwo aufgelesen. Vielleicht ist ihnen ein anderer Klöpflgänger abgesprungen, und da haben sie ihn mitgehen lassen. Es müssen ja immer drei sein, hab ich mir sagen lassen. Und: Landstreicher halten zusammen, das ist bekannt.« Der Inspektor lehnte sich zurück. Dünnes, fiebriges Zittern breitete sich in ihm aus. »Und was Wertvolles stehlen, das wollten sie ja auch nicht«, sprach er leiser weiter, »sonst hätten sie es ja getan. Niemand hätte sie aufgehalten. Nein«, er sah wieder Mayr an, »wir kommen da bloß weiter, wenn wir ein anderes Motiv finden.«

»Dass sie einer …« Mayr suchte nach Worten.

»Vergewaltigen wollte? Wär eine Möglichkeit. Gibts Burschen, die ihr nachgestellt haben? Ein hübsches Ding war sie ja.«

»Ich wüsste von keinem. Der Erber war ja auch immer dahinter. Das hätt sich keiner getraut. Der Erber hätt ihn erschlagen.«

»Der Erber …?« Das Zittern verstärkte sich.

»Nie«, sagte Mayr bestimmt. Kajetan hörte nicht hin. »Der Erber …«, wiederholte er, »aber welchen Grund hätte der denn haben sollen? Die Erberin? … Nein. Nichts passt zusammen. Ich werd auch langsam müd, und mir scheint, als hätt ich mir beim Baden doch eine Frais eingefangen.« Er versuchte zu lächeln, aber das Fieber zerrte seine Mundwinkel zu einer Grimasse.

»Da«, Mayr war aufgestanden, hatte aus dem Wandfach eine Schnapsflasche herausgenommen und ein kleines Glas eingeschenkt, »trinkens das … Und nachher legens Ihnen gleich hin.«

Als Kajetan anschließend den nächtlichen Dorfplatz überqueren wollte, versagten ihm plötzlich die Knie. In dröhnenden Wellen breitete sich nun der Schock der Todesangst, die sein Körper in all der Aufregung vergessen hatte, aus; vor Entsetzen schlotternd erreichte er den Gasthof. Im Hausgang brach er zusammen. Als er sein von Panik verrissenes Gesicht hob, sah er, dass die Wirtin vor ihm stand. Sie sagte nichts, packte ihn unter den Armen und führte ihn nach oben. In seiner Kammer angekommen, klammerte er sich lang und ohne Besinnung an sie. Dann übermannte ihn Erschöpfung; matt fielen seine Arme auf die dicke Tuchent, die die Wirtin über ihn gelegt hatte. Sie sah ihn eigenartig an. Dann verließ sie hastig das Zimmer.

Plötzlich schien kein Mond mehr. Draußen hatte sich wieder ein Wind erhoben. Wimmernd durchfegte er das Tal, fing sich in den Gassen und hatte die Läden vor Kajetans Kammerfenster zugeschlagen.

26

Neben einer Abraumhalde, deren Geröll, bereits von Kiefern durchwachsen, in der Tiefe des Tannenwaldes verfloss, stand, hoch über dem Talgrund, die Knappenstube. An ihren Mauern wuchs wildes, nun verschneites Gebüsch. Seit das Bergwerk nach einem letzten Grabversuch vor einigen Jahrzehnten endgültig aufgegeben worden war, diente sie nur noch Hirten und Liebespaaren als Unterstand und war immer mehr verfallen.

Das Metall des Nachthimmels hatte sich in Blau gewandelt. Während das Tal noch in dunstiger Dämmerung lag, warf die Morgensonne auf den Höhen bereits glasige Streifen an die Felswände und das Mauerwerk der Hütte. Das Innere der Knappenstube bestand aus einem einzigen Raum, der nur von einem kleinen Fenster erhellt wurde. Die schmutzigen Scheiben waren mit dichtem Frostblumengewächs verbacken; an einer Stelle war das gebrochene Glas mit einem Stoffknäuel verstopft. Auf dem Fensterbrett lag dick Staub; tote Fliegen, von Spinnen ausgesaugte Käfer und Teile abbröckelnden Verputzes waren in ihm versunken. In der Mitte der Fensterscheiben begannen die Eisblumen bereits zu schmelzen; kleine Tropfen bildeten sich und sanken auf faserige Fenstersprossen, deren verwittertes Grau schon die Farbe des Kalksteins angenommen hatte, und glänzten auf glitzernden, wirr durch die Nische gezogenen Spinnweben.

In einer Ecke das Raumes, die noch nicht vom Tageslicht erreicht wurde, befand sich ein kleiner Ofen. Davor lagen Holzsplitter, trockenes Reisig, daneben, auf einem Schemel, stand ein rußgeschwärzter Topf. Über schmutzige und ausgetretene Bohlen huschte eine Maus in den hinteren Teil des Raumes, an dessen Ende sich, noch im dämmerigen Dunkel, eine schmale Pritsche befand. In zerschlissene Decken gehüllt, auf Stroh, das einmal von einem Leinensack umhüllt gewesen sein mochte, lag ein Mensch. Er schlief. Eine löcherige Decke bis unter das Kinn gezogen, atmete er unruhig. Schwarzes, verfilztes Haar fiel ihm wirr über die Stirn. Sein Gesicht war dunkel und ausgemergelt. Nur seine Atemzüge, das Huschen und Rascheln der Maus, das immer wieder abbrechende Summen einer Fliege erfüllten den Raum. Von draußen drang kein Laut.

Plötzlich öffnete der Schlafende die Augen. Er richtete sich blitzschnell auf und lauschte angestrengt. Die Stille donnerte in seinen Ohren. Die Augen des Mannes weiteten sich ängstlich. Seine Hände verkrampften sich. Er tastete in das Stroh seiner Pritsche, als suchte er nach einer Waffe.

Jemand schlug an die Tür.

»Wer ist es? Luk?!«

»Mach auf«, tönte es durch die Tür, »der Erber schickt mich.«

27

»Er hätt Sie ja ruhig mit seiner noblen Chaise zurückbringen können, mit seiner gar so nobligen«, schimpfte die Wirtin, als sie das Frühstück an Kajetans Tisch trug. Die warme Nähe, die er in der vergangenen Nacht an ihr verspürte, war längst wieder ruhiger Geschäftsmäßigkeit gewichen.

Er hätte es nicht gewollt, berichtigte Kajetan, was sie aber nicht von ihrem Unmut abzubringen schien. Der Inspektor erkundigte sich nicht weiter, welchen Grund dieser Ärger gehabt haben könnte; zu sehr war er damit beschäftigt zu überlegen, wie er weiter verfahren könne.

Während er eine Tasse mit heißem Tee an seinen Mund führte, ließ er noch einmal alle Dinge passieren, die er in den vergangenen Stunden in Erfahrung hatte bringen können. Er blieb immer wieder an zwei Gedanken hängen: Sein Gefühl sagte ihm, dass die Vaganten unschuldig waren. Und wenn sie das Mädchen dennoch erwürgt hatten, hatten sie kein einleuchtendes Motiv für ihre Tat. Kein Richter würde jedoch auf seine Zweifel etwas geben; zu überzeugend würden alle Indizien wirken …

»Der Thomas war übrigens heut schon da und hat ausrichten lassen, Sie möchten zu ihm rüberkommen«, rief die Wirtin durch die geöffnete Küchentür.

Kriminalrat Pointner hatte im Gemeindeamt angerufen und befohlen, Kajetan möge ihn augenblicklich zurückrufen. Kajetan bekam einen Schwall ärgerlicher Vorhaltungen zu hören.

»Aber die Ermittlungen sind doch noch nicht abgeschloss…«, versuchte er zu unterbrechen.

»Machens keine Krämpf, Kajetan«, belferte Pointner ungehalten. »Ich habe Ihnen gesagt, dass ich unverzüglich informiert werden möchte. Und? Wo sind Ihre Rapports? Wenn Sie einfachste Ermittlungen nicht ausführen können, frag ich mich, ob Sie den richtigen Beruf haben!« Pointners Stimme krächzte hart durch den Hörer.

»Der Fall liegt nicht so einfach, wie es zunächst ausgesehen hat, Herr Kriminalrat«, versuchte Kajetan zu erwidern und sah, wie der Bürgermeister verächtlich sein Gesicht verzog. Als dieser seinen Blick wahrnahm, wandte er sich ab.

»Ich hab heut Nachmittag Ihren Rapport auf dem Tisch, verstanden?«, drang wieder Pointners Stimme durch die Leitung, »Ihre Zeit vertritscheln könnens auch bei mir.« Er hängte ein.

Der Bürgermeister hatte sich wieder hingesetzt und sah Kajetan lauernd an. »Vielen Dank«, fauchte Kajetan und schlug die Tür hinter sich zu.

»Wie meinens des?! Herr Inspektor«, rief ihm der Bürgermeister nach. Kajetan hatte es gehört und öffnete noch einmal die Tür. »Wie ich das mein? Dass Sie sich, weil Sie die unfeierliche Sach so bald wie möglich aus dem Dorf kriegen wollen, beim Kriminalrat Pointner über mich beschwert haben!«

Lindinger wollte erregt widersprechen, doch Kajetan hatte die Tür bereits zugeschlagen und war auf dem Weg zur Gendarmerie, als er hinter sich die Stimme des Majors hörte. »Guten Morgen, Herr Inspektor«, rief dieser liebenswürdig und kam näher. Kajetan fasste sich und erwiderte den Gruß.

»Ich hab von der schrecklichen Geschichte in der vergangenen Nacht hören müssen! Das hätt ja bös ausgehen können. Warum haben Sie sich auch nicht von mir nach Hause fahren lassen wollen! Wie …«, er veränderte die Stimme etwas, »… kommens denn vorwärts?«

Kajetan hatte wenig Lust, mit dem Major ausführlich darüber zu sprechen. »Es ist schwieriger, als wir zunächst dachten, Herr Major. Sie entschuldigen mich bitte, ich …«

»Aber es spricht doch alles gegen diese drei Halunken, oder etwa nicht?«

»Fast alles, Herr Major.«

»Ach was!!« Der Major schien vor Neugierde zu platzen. »Aber wer sollte es denn sonst gewesen sein? Doch nicht jemand von hier?!« Er lachte. »Ich bitte Sie!«

»Verzeihens, Herr Major, ich muss jetzt ganz dringend dorthin.« Der Inspektor wies auf die Gendarmerie. Der Major verstand endlich.

»Ach ja, natürlich. Auf Wiedersehn, Herr Inspektor. Hat mich sehr gefreut.«

»Wiedersehn.«

»Und viel Glück noch, und recht viel Erfolg!«

Kajetan betrat die Gendarmerie. Mayr saß gerade bei seiner Morgenvesper. »Bleibens sitzen, Herr Wachtmeister.«

Der Wachtmeister kaute weiter, während der Inspektor in Gedanken versunken seinen Mantel an den Wandhaken hängte. »Wie gehts Pizzini?«

»Schlecht.«

»Schlecht?«

Mayr schluckte einen Bissen hinunter. »Schädelbruch, sagt der Doktor. Den Russen hat man übrigens heut früh in Fraunreuth aufgegriffen. Er ist gleich nach Dornstein gebracht worden.«

Kajetan setzte sich schwer an Mayrs Tisch. »Ah ja? Und wird der Doktor den Pizzini durchbringen?«

»Konnt er noch nicht sagen. Der List jedenfalls muss Fäust wie Schmiedhämmer haben. Habens was, Herr Inspektor?«

Ein plötzlicher Hustenanfall quälte Kajetan. Mayr sah ihn sorgenvoll an. »Da habens vielleicht ein Glück gehabt gestern Nacht. Dem Eder sein Knecht ist seinerzeit nicht mehr herausgekommen. Dem seine Leich habens erst im Frühjahr gefunden!«

Kajetan winkte ab. »Was anderes«, sagte er resigniert, »wann geht denn das Postauto nach Dornstein?«

»Das Postauto?«

»Nach Dornstein, ja?«

»Um drei Uhr.«

Mayr hatte erstaunt geantwortet und wartete nun auf eine Erklärung. Der Inspektor stand jedoch auf und ging an das Fenster. Nach einer Weile wandte er sich um. »Wachtmeister, was machen wir jetzt? Mir fällt nichts mehr ein ...«

Mayr nickte langsam, wischte sein Messer ab, faltete das Brotpapier und legte es in eine kleine Blechkiste. Dann schüttelte er kummervoll den Kopf und meinte, dass er auch noch das Alibi des Erber überprüft hätte, dabei aber auch nichts herausgekommen sei. Eine einzige, schwache Möglichkeit bestünde vielleicht noch darin, das sei ihm vergangene Nacht eingefallen, dass man den Hutterbauern noch einmal befragen könne. »Der Hof des Hutter ist gute drei- bis vierhundert Meter vis-à-vis vom Erber ...«, begann er zu erklären, als Kajetan schon aufgesprungen war und nach seinem Mantel gegriffen hatte.

»Kommens, Mayr!!«

28

Die Postwirtin hatte in aller Eile ein Pferd einspannen lassen. Wenig später erreichten die beiden Männer das Oberland. Auf einer Anhöhe im Süden der Rodung, verdeckt durch eine Tannengruppe und auf den ersten Blick nicht sichtbar, tauchte der Hof des Hutter auf. Tatsächlich würde man dort nur wenige Schritte gehen müssen, um auf den etwas tiefer liegenden Hof des Erber sehen zu können.

Der Hutter hatte ihre Anfahrt schon von weitem gesehen. Er war vor das Haus getreten und erwartete sie.

»Nein«, schüttelte er auf Kajetans Frage den Kopf, und seine Frau, die nun ebenfalls hinzukam, bestätigte es kopfnickend, »gewiss nicht. Am Sonntag war doch auch ein ziemlich grobes Wetter, gell, Nanne?«

»Nebel hat es gehabt und ein bisserl geschneit hat es auch«, stimmte die Bäuerin zu.

»Also wir haben gewiss nichts gesehen«, wiederholte der Bauer noch einmal. Enttäuscht wandte sich Kajetan zum Gehen und gab Mayr einen Wink.

»Die arme Sanne … sie war so oft bei uns heroben … furchtbar«, seufzte die Bäuerin. Kajetan horchte auf. »Sie war oft bei euch?«

»Freilich«, sagte sie eifrig, und der Bauer nickte dazu, »sie und die Zilli warn ja die besten Freundinnen. Ein Herz und eine Seel …«

»Wer ist die Zilli?«

»Die Dirn vom Hutter«, erklärte Mayr.

»Und die Zilli war Sannes beste Freundin?«, wandte sich Kajetan wieder zu den Bauersleuten.

»Wie Geschwister, wenn wirs Ihnen sagen. Sie dürfte ja auch die letzte gewesen sein, die mit ihr zusammen gewesen ist.«

»Wann, Hutter?« Kajetans Puls ging schneller.

»Am Sonntagnachmittag. Die Sanne hat doch aufs Haus aufpassen müssen, und die Zilli hat sie besucht gehabt.«

Auch Mayrs Atem wurde hörbar. »Was hast denn nie was gesagt, Hutter«, rief er ärgerlich.

Der Bauer hob die Schultern. »Genau gewusst haben wir es ja nicht«, erklärte die Hutterin entschuldigend, »aber seither ist die Zilli ganz auseinander, und gestern auf d' Nacht hat sie es uns erzählt.«

»Was?«

»Dass sie bei der Sanne gewesen ist.«

»Wie lang, wie lang?« Kajetans Stimme wurde drängender.

»Wann ist sie am Sonntag heimgekommen, Nanne?«

»Gegen fünf, mein ich«, überlegte die Bäuerin und nickte dann mit Gewissheit.

»Wo finden wir die Zilli? Ist sie da?«

»Sie ist ins Dorf runter, gell, Nanni?«

»Ja«, bestätigte die Bäuerin, »ich weiß nicht, was sie da sucht. Es ist ihr halt alles so arg angekommen, das mit der Sanne. Uns allen …«

»Wohin könnt sie gegangen sein? Zu wem?«

Die Bauersleute sahen sich ratlos an. »In die Kirch vielleicht«, meinte die Hutterin dann zögernd, »sie betet in letzter Zeit recht viel …«

»Dankschön, Hutter, dankschön, Hutterin, ich glaub«, rief

Kajetan, als er den Schlitten wieder bestieg, »ich glaub, ihr habts uns geholfen.«

»Gern geschehen«, sagte der Bauer und ging mit seiner Frau wieder ins Haus.

Bald hatten sie wieder das Dorf erreicht. Kajetan sprang ab. Er bat den Wachtmeister, in der Gendarmerie auf ihn zu warten. Mayr schien dies nicht zu verstehen, fügte sich aber. Dann ging Kajetan eilig zum Kirchhof. Er betrat die düstere Kirche; sie war leer bis auf eine alte Frau, die vor einem Seitenaltar kniete.

Kajetan verließ den Kirchenraum durch das gegenüberliegende Portal. Das Leichenschauhaus lag am hinteren Ende des Friedhofs.

Dann entdeckte er die schmale, dunkel gekleidete Gestalt. Ihre Schultern bewegten sich unmerklich. Sie weinte. Schließlich kniete sie nieder, nahm einen Weihwasserbesen, bespritzte den Sarg und wandte sich zum Gehen.

»Du bist die Zilli?«

Das Mädchen erschrak. Sein verweintes Gesicht wurde ängstlich. Es antwortete nicht und wollte an Kajetan vorbeigehen.

»Ich bin von der Polizei und muss dich was fragen.«

»Ich muss heim.« Zilli senkte ihren Kopf und ging weiter.

Kajetan versperrte ihr den Weg. Er sprach nun freundlich auf sie ein. »Es würd nicht lang dauern. Du bist doch am Sonntagnachmittag mit ihr …«

Sie begann zu laufen. Kajetan setzte nach. »Zilli«, rief er ärgerlich, »ich tu dir doch nichts! Bleib da! Sofort!«

Sie schien nicht zu hören, sondern lief in wachsender Panik durch die Gräberreihen. Kajetan versperrte ihr den Weg zum Ausgang und bekam sie zu fassen, als sie an einem hohen Grabstein stürzte. Er half ihr hoch und hielt sie fest. »Bist du närrisch geworden? Polizei!«

»Lass mich aus«, weinte das Mädchen und wollte sich von ihm freimachen.

»Nichts da! Warum läufst du vor mir weg?« Sein Griff wurde fester.

»Aua!«

»Warum du vor mir wegläufst, will ich wissen. Oder hast du gar selber was angestellt?!«

Zilli schüttelte den Kopf und blickte ängstlich um sich. Der Kirchhof war leer.

»Warum läufst du dann weg?«

Sie schniefte. »Weil … ich mich fürcht …«, sagte sie dann und sah an ihm vorbei. Kajetan sah sie überrascht an. Doch kaum hatte der Druck seiner Hände etwas nachgelassen, riss sie sich wieder los und rannte weg. Ihr Kopftuch hatte sich gelöst, und ihr blondes Haar fiel ihr in langen Strähnen über die Augen. Mit einem Satz war Kajetan bei ihr, packte die wild um sich Schlagende am Arm und kam nun ebenfalls zu Boden. Dann, sie mit beiden Händen festhaltend, richtete er sich wieder auf.

Er fluchte.

Sie schien sich nun in ihr Schicksal gefügt zu haben und bewegte sich nicht mehr.

»Zilli – die Sanne war doch deine beste Freundin.«

Sie nickte und begann zu weinen.

»Ich will rausbringen, wer es getan hat, Zilli! Und du musst mir dabei helfen! Du brauchst mir nur zu sagen, ob sie sich vor irgendjemandem gefürchtet hat, vor einem Burschen, vor dem Bauern, vor irgendeinem Menschen. Oder hat sie dir etwas anderes Wichtiges erzählt? Zilli«, er sprach nun fast flehentlich, »du musst mir helfen!«

Sie streifte ihn mit einem kurzen Blick, zog den Rotz hoch und sah wieder nach allen Seiten. Kajetan folgte ihrem Blick:

Der Friedhof war noch immer menschenleer; die Sicht zum Dorfplatz war durch die Sakristei und die hohe Friedhofsmauer versperrt, nur von den oberen Räumen des Krankenhauses würde man sie sehen können. Zilli schien es sich jetzt anders überlegt zu haben.

»Wenn du es niemand sagst, dass du es von mir weißt«, sagte sie, nachdem sie ihn noch einmal forschend angesehen hatte.

»Aber geh, wer soll denn dir was anhaben wollen?«

»Versprichs mir«, bestand sie. Kajetan nickte. »Ich versprechs dir. Aber jetzt sag mir endlich, vor wem du Angst hast!«

Ihr Gesicht zerfloss wieder. »Vor dem, der die Sanne umgebracht hat«, flüsterte sie dann.

»Die sitzen doch schon im Gefängnis, Zilli, vor denen brauchst dich nimmer zu fürchten.«

»Schon im Gefängnis?«

»Natürlich! Die drei Vaganten! Die meinst du doch, oder?«

Auf Zillis Gesicht wuchs wieder Verzagtheit, und wieder wurde sie von Schluchzen geschüttelt.

»Die Klöpfl-Leut warens doch nicht.« Und dann erzählte sie, immer ruhiger werdend, als fiele eine Last von ihr ab, was sie an jenem Sonntag erlebt hatte:

Sie hatte Sanne am frühen Nachmittag besucht. Nachdem diese die Hausarbeit beendet hatte, hätten beide – was sie oft und gern taten – Theater gespielt. Bauer und Bäuerin. Sanne hätte sich dazu einen kleinen Text einfallen lassen, und gegangen sei es dabei um einen schüchternen Hochzeiter, dem seine Frau das Küssen lernen musste. Kostüme hätten sie jedoch nicht gehabt, und deshalb sei Sanne auf den verbotenen Gedanken gekommen, das Hochzeitsgewand der Bauersleute herzunehmen; das würde schon nicht aufkommen, hätte sie gesagt, und Zilli wäre dabei nicht wohl gewesen. Auf einmal hätten sie von draußen die Stimmen der Klöpfl-Leut gehört. Daraufhin wären sie unter das Bett gekrochen und hätten gewartet, bis die Vaganten das Haus wieder verlassen hätten. Nach einer Weile, und es sei auch schon Zeit für die Stallarbeit beim Hutter gewesen, hätten sie sich wieder hervorgetraut, und Zilli wäre aus dem Haus gelaufen, während Sanne noch das Hochzeitskleid im Schrank verstaut hätte.

»Zilli, das hättest du doch alles der Polizei sagen müssen! Warum hast denn das nicht getan?«

Wieder senkte sie ihre Stimme. »Aber, wenn die mir draufkommen, dass ich was gesagt hab ...«

Kajetan nahm wieder ihren Arm und schüttelte sie leicht. »Zilli! Was ist dann? Und vor wem hat die Sanne Angst gehabt? Hat sie denn gemeint, dass ihr irgendeiner was Böses will? Raus mit der Sprach, in drei Teufels Namen!«

»Jetzt hast geflucht! Auf dem Friedhof darfst nicht fluchen!«

»Von mir aus, Zilli, dann fluch ich nimmer. Also, red!«

»Stimmt das auch, was du mir vorhin grad gesagt hast?«

»Was?!«

»Siehst du, jetzt hast du es schon wieder vergessen.«

Ihr Gesicht verschloss sich. Sie trat einen Schritt zurück und sah ihn böse an.

»Was? Ach so – nein, ich werds niemandem sagen.«

»Gwiss wahr?«

»Ganz gwiss wahr, Zilli.«

Sie schwieg misstrauisch. Dann hob sie ihre Augen zu ihm.

»Sie hat allerweil so geheimnisvoll getan wegen denen. Sie hat gesagt, sie hätt was entdeckt, was einer anzeigen müsst.«

»Anzeigen? Was anzeigen?« Kajetans Erregung war gewachsen; er zwang sich zur Ruhe.

»Hats nicht gesagt«, erzählte Zilli weiter, »bloß allweil, ›da werden die Herrschaften aber schauen‹, hat sie gesagt, ›wenn ich des dem Bürgermeister anzeig‹, hats gesagt.«

»Und wen, hats nicht gesagt?«

Zilli presste die Lippen zusammen und schüttelte den Kopf. Das Motiv, jauchzte Kajetan innerlich, ich habe das Motiv! Nun muss ... »Ich muss jetzt heim«, sagte Zilli.

»Eh, ja – und Zilli, sag mir bloß noch: Wie du heim bist, ist dir noch irgendwas aufgefallen?«

»Nein.«

»Denk nach! Was ... Komisches, vielleicht?«

Sie schüttelte wieder den Kopf, dann aber schien ihr ein Gedanke zu kommen.

»Bloß gewundert hab ich mich«, sagte sie dann zögernd, »dass er bei der Stalltür rein ist und nicht bei der Haustür ... Weil das hab ich noch von unserem Haus aus gesehen, wie er gekommen ist.«

Kajetan riss den Mund auf. »Wer?!«

»Na – der Bauer, hab ich gemeint.«

29

»Das ist völlig unmöglich«, hatte Mayr gerufen. Dann aber ließ er einspannen und fuhr ins Oberland. Er fühlte sich unendlich müde.

Die Familie saß gerade beim Mittagessen, als Mayr, ohne zu klopfen, die Stube betrat.

»Erber«, sagte er nur, »zieh dich an«, und der Erber hatte sich, ohne noch einmal zu seiner vor Entsetzen versteinerten Frau zu sehen und sich zu verabschieden, erhoben und war mit ihm gegangen.

Die Verhaftung ging wie ein Lauffeuer durch das Dorf, und als der Bürgermeister zur Gendarmerie eilte, versuchte die Bäckerin mit ihm Schritt zu halten. »Warum ich das nicht gleich gesagt hätt, Thomas«, schimpfte sie beleidigt, »hab ich doch nicht wissen können, dass das so wichtig ist!«

»Ja, Bäckin«, rief der Bürgermeister ungeduldig, »jetzt weiß ichs langsam: Du hast den Erber am Sonntagnachmittag gesehen, wie er ins Oberland rauf ist! Das haben mir die Schneider Marie und die Hofingerin auch schon erzählt.«

Sie waren vor der Gendarmerie angekommen. Der Bürgermeister nahm die Klinke in die Hand und wandte sich noch einmal zu ihr. »Sonst habts ihr so eine Goschn! Aber wenn was wichtig ist, heißts: Hab ich doch nicht wissen können! Hats da nicht noch einen anderen Grund gegeben?«

Sie ging nicht darauf ein. »Wenns wahr ist, Thomas! Erst

sinds rein zu ihr seiner Mutter, dann ist er wieder allein raus ins Oberland.«

»Ist schon recht, Bäckin«, unterbrach der Bürgermeister sie und wehrte sie, die einen Blick durch die Tür zu erhaschen suchte, ab. »Und dank dir schön. Aber da kannst jetzt nicht rein.«

Er trat ein.

Das Verhör war bereits beendet. Der Erber saß zusammengesunken auf einem Stuhl. Neben ihm stand der Wachtmeister mit steinernem Gesicht. Kajetan sprach mit ruhiger Stimme.

»Dann, Erber… muss ich dich verhaften. Du stehst unter dem Verdacht, deine Pflegetochter…«

»Warum soll ich meine Sanne umgebracht haben. Warum?«

»Das tät ich auch gern wissen, Erber.« Kajetan gab Mayr einen Wink.

»Wachtmeister, haben Sie übrigens schon angerufen, wegen dem Transport nach Dornstein?«

»Hab ich schon gemacht, Herr Inspektor«, sagte der Bürgermeister eilfertig. Doch auch er wirkte zum ersten Mal erschüttert.

Der Erber war tiefer zusammengesunken; aus seinem Gesicht war jedes Leben gewichen. Kajetan beugte sich zu ihm. »Warum hast du es getan, Erber?«, fragte er mit leiser, fast beschwörender Stimme. Doch der Bauer antwortete nicht.

»Die Sanne war ein lediges Kind von dir, mit deiner früheren Magd, ists wahr?«

Der Erber wandte den Kopf und sah zu Boden. Kajetan kam noch näher. »Du hast was mit ihr gehabt, und sie wollt dich aufbringen vor allen Leuten – wars das?«

Der Bauer presste die Lippen zusammen und schloss die Augen.

»… aber du gibst zu, dass du am Mordtag allein zum Hof zurück bist.«

Nun schüttelte der Bauer ungläubig den Kopf.

»Sondern, Erber?«

Wieder antwortete der Erber nicht. Nun jedoch kam Bewegung in seine Gesichtszüge. Sein Kinn begann zu beben. Schluchzend begrub er sein Gesicht in beide Hände.

»Gibst du es zu, Erber?«

Weinend nickte der Erber.

»Ich seh mich … nimmer … raus«, stammelte er.

Die Blicke des Inspektors und des Wachtmeisters trafen sich.

Um Gottes willen, schien Mayr sagen zu wollen. Ungläubiges Entsetzen sprach aus seinen Augen.

Kajetan fühlte keinen Triumph. Er fror plötzlich. Dann fasste er einen Entschluss.

30

Der Herr Doktor käme heute erst am späten Nachmittag ins Krankenhaus, sagte die Nonne, aber der Gefangene würde leben, fügte sie mit seligem Lächeln hinzu, als sei Kajetan der Vater eines auf den Tod erkrankten Kindes. »Versuchen Sie es doch in seinem Haus – wenn es sehr wichtig ist«, hatte sie hinzugefügt und Kajetan den Weg zu Doktor Notschs Haus beschrieben.

Der Doktor hatte sich außerhalb des Dorfes eingemietet. Vom Dorfplatz führte ein kurzer Weg nach Süden; bevor er in das Seitental des Toteissees abzweigte, stieg er zu einer niedrigen Anhöhe empor, die einen vor das Gebirge geschobenen Moränenhügel erreichte, welcher an einer Seite von einer Kiesgrube angegraben wurde. Hinter der Hügelspitze fiel der Weg noch einmal leicht ab, öffnete sich, kaum geräumt, in einer weiten Lichtung und führte dann in den Hochwald. Am Rande der Lichtung, dem östlich gelegenen Bergwald zugewandt, erhob sich das Landhaus des Doktors. Es verfügte nicht über die bergende Heimeligkeit der Bauernhäuser des Oberlandes; der senkrecht in die Luft steigende Rauch jedoch gab ihm eine freundliche, friedvolle Anziehung.

Doktor Notsch schien nicht erstaunt. »Was verschafft mir die Ehre, Herr Inspektor? Kommens doch rein und entschuldigen Sie, wies bei mir zugeht.«

Kajetan, der sich an seine heftigen Worte in der vergangenen Nacht erinnerte, trat, von der Freundlichkeit des Doktors beschämt, ein.

»Ich habe mir eben eine Tasse Kaffee aufgesetzt. So viel bring ich gerade noch zusammen ohne meine Haushälterin. Sie trinken einen mit?« Notsch, der müde wirkte und dennoch eine ruhige Kraft ausstrahlte, schlurfte auf abgetragenen Filzpantoffeln vor ihm her und wies ihm einen Stuhl in der Wohnküche zu. Der Raum war warm: Kajetan knöpfte seinen Mantel auf, wehrte jedoch ab, als Notsch ihn ihm abnehmen wollte.

»Sie schauen aus, als ob Sie einen Kaffee brauchen könnten. Sie waren im Toteissee baden, hab ich gehört?« Der Doktor goss dampfenden Kaffee in eine Schale, schob ihn zu Kajetan und setzte sich ihm gegenüber.

»Womit kann ich Ihnen helfen, Herr Inspektor. Viel wird es nicht sein, fürchte ich.« Er nahm einen Schluck. »Dass der Pizzini es überleben wird, werden Sie sicherlich schon gehört haben. Ob es ein Glück für ihn ist, wird sich zeigen.« Notsch fingerte nun eine Brille aus seiner Wolljackentasche, putzte sie umständlich, setzte sie auf und sah nun Kajetan mit freundlicher Direktheit an. Das weiße Schneelicht zog eine scharfe Kontur durch sein Gesicht. »Nun, Herr Inspektor?«

»Ich komm nicht weiter, Herr Doktor …«

Der Blick des Arztes wurde prüfend. Dann nahm er einen Schluck, kostete ihn im Gaumen und schluckte schnell. »Sie haben«, begann er dann, »herausgefunden, dass es die Vaganten nicht waren?«

»Ich hab heut Morgen den Erber verhaften lassen, und er hat gestanden.«

»Weder er noch die Vaganten waren es, Herr Inspektor.«

»Was … was macht Sie so sicher, Herr Doktor?«

»Sind Sie nicht auch sicher, dass es weder die einen noch der andere gewesen ist?« Das Brillenglas der dem Sonnenlicht abgewandten Gesichtshälfte blitzte auf. Kajetan wandte den Kopf zum Fenster und wurde augenblicklich von der hellen Schneefläche geblendet. Er rieb sich die Augen.

»Natürlich wäre es für alle das Beste«, sagte der Doktor nun mit traurigem Spott, »wenn sie es gewesen wären. Für alle – nur nicht für die Unschuldigen.«

Kajetan stieß Luft durch die Nase. »Eine hohe Meinung haben Sie ja gerade nicht?«

»Wovon? Von der Obrigkeit? Gut, Sie haben recht, aber ich, und dieser Satz ist der wichtigste in unseren Zeiten, habe überhaupt nichts gesagt …«

»Wieso sollte ich mit dem Luk reden?«, unterbrach ihn Kajetan.

»Haben Sie es versucht? Ja? Und es ist nichts dabei herausgekommen?«

»Er hat mich bedroht und nichts als wirres Zeug erzählt.«

»Was?«

»Habs vergessen. Von Gott, der die Menschen auslacht, von Schafen, die im Loch verschwinden, von einem, der meint, fliegen zu können …«

Für einen Moment machte Notsch einen besorgten Eindruck. Er starrte Kajetan an, sah dann jedoch aus dem Fenster. Das Weiß der Schneefläche schien sich in kaltes Grau zu wandeln.

»Wieso sollt ich mit dem Luk reden, Herr Doktor? Was hätte er mir sagen können? Etwas, das zu sagen andere zu vorsichtig oder – Sie verzeihen mir – zu feige sind?«

Notsch schien keineswegs beleidigt. Er sah kühl, fast belustigt auf. »Sie scheinen von einigen Dingen in dieser Welt keine Ahnung zu haben. Und Sie täuschen sich. Nichts, das Ihnen wirklich helfen würde, könnte ich Ihnen sagen. Und was den armen Luk betrifft, so habe ich Ihnen sehr wohl gesagt, dass er verrückt ist.«

»Warum sollte ich mit ihm sprechen?«, wiederholte Kajetan.

»Luk ist verrückt, das stimmt, aber er hat die Augen eines Habichts – haben Sie einmal in seine Augen gesehen? –, und er hat Momente einer geradezu brutalen Hellsichtigkeit. Wenn er mit einem Polizisten nicht sprechen wollte, dann dürfen Sie nicht mich dafür verantwortlich machen. Luk kann man zu nichts zwingen, nie mehr.«

»Erzählen Sie, Herr Doktor.«

»Es ist alles noch gar nicht so lange her. Der Luk ist zwar in Walching aufgewachsen, ist aber schon bald nach München gezogen. Ein Rebeller, wie die Leut hier sagen, scheint er von Kind an gewesen zu sein, und es hat niemanden verwundert, dass er schnell den Roten, dem Eisner, dem Landauer und dem Levine und wie sie alle hießen, angehangen ist. Anders als sein Sohn, der, wie ihm anklagend hinterbracht wurde, sich auf die Gegenseite geschlagen hatte und sich mit den Escherich-Leuten herumtrieb. Dann, im neunzehner Jahr, bricht alles zusammen, Sie kennen die Geschichte. Ein Menschenleben ist keinen Pfennig mehr wert. Reihenweis werden die Aufsässigen auf die Straße gezerrt und an die Wand gestellt. Er ist geflüchtet, hat in einer Nacht wohl die Reihen des Escherich-Freikorps durchschlichen, bis man ihn, hinter Starnberg, mit zehn anderen Kameraden aufgegriffen hat. Das Standgericht war nur noch eine Farce, wie alle Gerichte der damaligen Zeit. Die Männer sind auf einen Lastwagen und an eine Kiesgrube im Forst gekarrt worden. Das Schlachten begann. Einer nach dem anderen ist vor ihm in die Grube gefallen, und als die Reihe an ihm war, hat er plötzlich eine Stimme gellen hören: »Den nicht, des ist mein Vater!« Und er ist heimgekommen nach Walching mit schlohweißem Haar. Die Gemeinde hätte ihm einen Austrag im Dorf unten gegeben, aber er wollte in die alte Sägemühle rauf.«

Der Doktor machte eine kleine Pause, stand auf und ging zu einem kleinen Eisenofen. »Denkens nicht«, fuhr er dann fort, »dass Walching ein so verschlafenes Nest ist, dass nicht hier auch zu spüren gewesen wäre, was sich in der Welt getan hat. Und die Dinge, die der Städter schon müd abtut und denkt, schon wieder eine neue Mod, die werden hier drinnen genommen, in Gedanken hin und her gewendet und können eine Sprengkraft entwickeln, die das Unterste nach oben kehrt. Freilich tun sich die Städterischen mit dem Fenstereinschmeißen, Anzünden und Erschießen leichter; die waren es ja nicht, die die Fensterscheiben eingesetzt haben, und wenn da einer erschossen wird, ist es ja nicht grad zu erwarten, dass es ein naher oder weiter Verwandter sein könnte. Immerhin hat es in Walching einen Bauernrat gegeben. Gandorfer hat hier viele Anhänger gehabt.«

»Der Major hat es mir bereits erzählt: der Erber …«

»… und noch andere, so ist es, wobei der Erber zweifellos über das meiste Ansehen verfügte.«

Kajetan schien es, als hätte Notsch bei der Erwähnung des Majors verächtlich reagiert. Der Arzt hielt nun beide Hände über den Ofen, rieb sie und nahm wieder am Tisch Platz. Eine Pause entstand, die vom warmen Ton einer Standuhr gezählt wurde.

»Das Meer«, sagte der Doktor plötzlich. Kajetan setzte die Tasse ab. Die Sonne war weitergewandert und beschien nur noch die Fensterbank. Der Doktor bemerkte Kajetans fragende Miene.

»Die Leut hier haben eine kuriose Liebe zum Meer …«

»So?« Kajetan verstand nicht.

»Das ist es, was ich herausgefunden hab von den Leuten. Sag ihnen, dass ihr Leben ein finsteres ist und dass sie es bedenken und ändern sollen. Und sie lächeln und sagen blöd: ›Ja, so‹ und sehen an einem vorbei. Es hat lange gedauert, bis ich erkannt habe, dass es nicht stimmt, dass das Leben hier, bei aller Not, bei allen Schmerzen, ein finsteres ist. Hinter der Gleichmut funkeln die Träume, und das Gehirn saugt Worte gieriger, als je ein satt Gebildeter dazu fähig wäre. Aus Erzählungen, die anderen nichts als kindlicher Schund sind, sprießen Ideen wie Blütenbüsche, und sie werden, wenn sie einmal angenommen sind, wild und stur behalten. Da ist maßloser Reichtum – nicht an Besitz, nicht an äußerlichen Dingen; nichts, was man sich an die Wand hängen oder in die Vitrine stellen könnt, es hat kaum Zeichen, kaum Worte, aber es schimmert, wenn sich Stimmklang verändert, wenn getanzt wird, wenn gejauchzt oder geweint wird. Da sind die Feste, die in den Köpfen schon lange vor der Zeit beginnen und noch lange nicht beendet sind, wenn längst wieder Alltag herrscht, und in denen die Menschen sich festlich auf den sonntäglichen Straßen ergehen. Da sind die Andachten bei verschwiegenen Treffen, Tiere, die plötzlich aus dem Dickicht brechen, der Geruch schmelzenden Baumharzes, wenn in den Sommern die Sonne die Luft vergoldet. Kennen Sie den Geruch, Herr Inspektor?«

Kajetan hatte keine Frage erwartet. Er verneinte hastig.

»Das sind Gerüche, die wie ein Rausch wirken können. Der Geruch der nassen, sich erwärmenden Erde im Frühjahr. Die Luft, die den Schnee ankündigt. Da kann einer stundenlang sitzen mit blödem Gesicht und reist doch in seinem Innern um die Welt und weiß alles von ihr, ohne jemals sein Tal verlassen zu haben. Und ich«, seufzte Notsch, »der sein Lebtag von Büchern umgeben war, tu mich da schwer. Denn nichts drückt sich in Ziffern und Buchstaben aus, alles ist ganz und gar innerlich. Träume und Gesichte brauchen keine Niederschrift. Sie sind da, und es ist gut, dass sie da sind. Sind sie verschwunden, ist es auch gut, weil geht, was gehen will… Wenn es dann an der Zeit ist, steigt man hinab auf den tiefsten Grund der Trauer, weilt dort still in Demut, betend zu einem Gott, und ist, wenn es wieder an der Zeit ist, eines Nachmittags wieder lächelnd im Leben. Verliert auf diesem Weg aber einer seinen Tritt, sieht er in sich und sieht da nichts mehr außer die Spiegelung seiner Not, verliert er die Hoffnung und seine Träume – dann wird er krank. Und das ist die schlimmste der Krankheiten: wenn es hinter der Stirn schwärzer und schwärzer wird und nur noch Sterben ersehnt wird. Das hängt ab von der falschen Speis, sagen meine Kollegen, weil die Leut so schlecht essen und nichts haben, aber ich mein, dass es das allein nicht ist. Die Träume sinds, die Sehnsucht, die, werden sie den Menschen genommen, zu dieser Krankheit führen. Und da« – Notsch lachte bitter – »kommt ein armseliger Lazarener mit selbst nichts als Unglück und Alleinsein im Gepäck und will die Leut ändern …«

»Und – was hat das mit dem Mord zu tun?« Kajetan war ungeduldig geworden. Der Doktor sah auf.

»Nichts«, sagte er dann müde und wandte den Kopf zum Fenster.

»Nichts?!«

Der Doktor antwortete nicht.

»Was glauben Sie, warum ich zu Ihnen gekommen bin?«

»Gewiss nicht, um sich einen Vortrag über Volkskunde geben zu lassen, vermute ich.«

»Sehr richtig!« Kajetan hatte sich wütend erhoben. »Schreiben Sie ein schönes Buch, Herr Doktor. Die Leut mögen Geschichten von idealistischen Landärzten. Ein Mord hat in Ihrem schönen Gemälde allerdings keinen Platz!«

»Oh doch!«, sagte Notsch hart.

»Wie?«

»Es gibt Unterschiede, wie Sie wissen müssten!«

»Was bedeutet das?«

»Dass es Morde gibt, die aus Verzweiflung, aus Zorn, aus Eifersucht oder aus Hass geschehen. Dass es aber auch Morde gibt, die eiskalt vorbereitet und durchgeführt werden. Muss ich Ihnen jetzt auch noch einen Vortrag in Kriminalwissenschaft geben?«

»Ich verzichte. Aber ich verstehe Sie immer noch nicht. Ich hass es, wenn mir einer mit Poesie kommt, wenn es blutig wird. Und«, Kajetan trat drohend vor, »wenn ich herausbekomme, dass Sie jemanden decken, dann …«

»Verlassen Sie mein Haus!«

Mit Notschs plötzlicher, schneidender Energie hatte Kajetan nicht gerechnet. Er stutzte.

»Raus!«, wiederholte der Doktor leiser, »Sie sind ein Dummkopf …« Er wies auf die Tür.

Der Inspektor verließ das Zimmer. Das Tal, dessen Grund er sich mit weiten Schritten näherte, war zu einem mit wirren schwarzen Gravuren bedeckten Tableau geworden, und das zuvor noch bis weit in den Norden sichtbare Flachland verschwand bald hinter der dunklen Leiste der Vorberge. Über ihm sanken in hoher Geschwindigkeit hell und hart geränderte Wolken wie bauchige Schiffe nach Westen hinab. Über einen Abhang kroch das Postauto und näherte sich dem Dorf.

Da fiel dem Inspektor plötzlich ein, woher er den Namen des Doktors kannte! Er hatte ihn in einer Akte des Archivs gelesen: Auf das Haus Notschs war vor einigen Monaten ein Anschlag verübt worden. Die Kollegen, die mit der Aufklärung befasst waren, hatten jedoch weder Täter noch Motive dafür finden können.

31

»Sie haben mich angenehm überrascht, Inspektor, sehr angenehm«, Kriminalrat Pointner hatte wieder Genuss an seiner Virginiazigarre, »gehns, setzens Ihnen hin. Also«, musterte er Kajetan neugierig, der sich zögernd setzte, »der Pflegevater wars, und nicht dieses Geschwerl?«

»Jawohl, Herr Kriminal…«

»Respekt! Ich mein, dass das eine positive Beurteilung nach München geben wird! Vielleicht wirds dann ja bald was mit Ihrer Rückversetzung.« Pointner lächelte väterlich und fuhr fort. »Schauns, es hat Ihnen ja eh keiner was nachgetragen. Es macht halt jeder mal einen Fehler, und dafür muss er halt einstehen, nicht wahr. Ich weiß, was Sie sagen wollen.«

Kajetan schwieg. Pointners ungewohntes Lob verwirrte ihn. Nicht, weil dieser dafür keinen Grund gehabt hätte, sondern weil er aus Pointners Mund noch nie derartige Worte gehört hatte.

»Übrigens – Erber, Erber… ich mein mich zu entsinnen, dass da ein Bruder einiges auf dem Kerbholz hat!«

»Ein Bruder soll vermisst sein, ja.«

»Vermisst«, dröhnte Pointner in plötzlicher Erregung, »vermisst ist gut! Der ist seit Juni '19 flüchtig, hat nach der Eisner-Geschichte den Innenminister über den Haufen geschossen und ist seinerzeit zum Tod verurteilt worden. Hat aber fliehen können und soll jetzt in Amerika drüben sein…«

»Er ist in Ungarn.«

»Was sagen Sie?«

»Wachtmeister Mayr hat eine Haussuchung gemacht und einen Brief aus Ungarn gefunden. Das ist in meinem Rapport nicht angegeben, weil es ohne Belang zu sein schien.«

»Keinesfalls. Was stand denn in dem Brief?«

»Hier ist er.« Kajetan hatte seine Mappe geöffnet. Der Kriminalrat griff rasch zu.

»Lieber Bruder, liebe Schwägerin. In trauriger Sehnsucht ergreife ich wieder meine Feder, um Euch zu schreiben. Ich bin unglücklich, ich habe keine Ruhe und keine Rast. Verzeiht, was ich Euch angetan habe, denn Ihr habt es nicht verdient. Ich muss gar nicht bei Sinnen gewesen sein, wie ich das gemacht habe. Habe mir doch nie etwas zuschulden kommen lassen ...«

Pointners halblautes Gemurmel wurde unverständlich. »Abgesandt: Budapest, im Oktober 1919... Tja, eine interessante Familie offenbar«, sprach Pointner weiter, beugte sich etwas vor, und wurde leiser in der Stimme, »sagens einmal: dieser verdruckte Jud da in Walching...«

»Wer?«

»Dieser Doktor Notsch, haben Sie mit dem mal geredet? Hat der Ihnen was gesagt?«

Kajetan schüttelte den Kopf. »Nichts, Herr Kriminalrat. Obwohl ich das Gefühl hab, dass er was gewusst hat.«

Pointner schien befriedigt. »Sie und Ihr Gefühl, Kajetan«, winkte er spöttisch ab, »aber lassen wir das. Nochmals: meinen Respekt. Sie sind doch auch zufrieden?«

»Doch, Herr Kriminal...«

Pointner hob den Finger. »Aber mir kommts so vor, als tätens noch ein bisserl skeptisch dreinschauen. Was gibts denn noch?«

»Das Motiv«, räusperte sich Kajetan, »das Motiv, was hat er für ein Motiv gehabt? Ein finanzielles schon einmal nicht. Aber was ist es gewesen, was das Mädchen gegen ihn in der Hand gehabt hat?«

»Aber er hat doch gestanden, Inspektor! Jetzt kommens mir nicht wieder mit Ihrem Gefühl. So was gibts bei einem Polizisten nicht!«

»Es gäbe da aber noch eine Zeugin …«

Pointner horchte auf und lehnte sich wieder zurück. Seine Freundlichkeit wich mühsam beherrschtem Ärger. »Welche Zeugin?«

»Eine Freundin der Toten. Sie hat ganz eigenartige Andeutungen gemacht, denen ich aber nicht mehr nachgegangen bin, nachdem der Erber die Tat eingestanden hat …«

Pointner winkte ungeduldig. »Weiter?«

»Die Ermordete hätte demnach etwas entdeckt, das nicht ganz rechtmäßig gewesen sei.«

»Eben!«, polterte der Kriminalrat. »Vermutlich irgendeine faule Sache vom Erber. Da hätten Sie doch das Motiv.«

»Schon. Aber was war es, was das Mädchen entdeckt hat? Etwas, hat sie gesagt, ›wo die Herrschaften schauen werden‹, wie sie sich ausgedrückt haben muss …«

Pointner schüttelte wieder ungnädig den Kopf.

»Das Seltsame ist nur …« Kajetan sah zu Boden.

»Was denn?! Lassens sich doch nicht alles aus der Nase ziehen!«

»Das Seltsame ist nur, dass die Bauern untereinander nie ›Herrschaft‹ zueinander sagen. Auch eine Magd würde dies nicht tun, noch weniger eine an Kindes statt angenommene Pflegetochter.«

»Nun, das kann auch so dahingesagt worden sein, Inspektor.«

»Ich weiß nicht, Herr Kriminalrat. Ich bin mir fast sicher, dass die Zeugin noch nicht alles gesagt hat.«

»Diese Zeugin, das war doch die Magd beim Nachbarbauern, wie ich Ihrem Rapport entnehme?«

»Zilli, jawohl«, sagte Kajetan schnell und bereute es im selben Moment. Er hatte dem Mädchen versprochen, seinen Namen nicht zu nennen!

»Davon les ich aber nichts in Ihrem Rapport …«

»Es schien mir ohne Belang, nachdem sich der Erber zu der Tat bekannt hat … Auf jeden Fall werde ich …«

»Nun, eh, auf jeden Fall haben Sie beste Arbeit geleistet! Ich werde mich positiv für Ihre Rückversetzung nach München verwenden, Inspektor. So tüchtige Leut können auch die Kollegen droben gut brauchen. Was die restlichen Ermittlungen betrifft, können wir die getrost der Bezirksinspektion in Hallmarkt überlassen.«

Kajetan verstand noch immer nichts. »Wie bitte? Der Fall ist doch noch keineswegs abgeschlossen! Das Motiv …«

»Wie dem auch sei. Ich hab mich so entschieden. Die halbe Bezirksinspektion ist im Krankenstand, da brauche ich Sie im Moment hier! Das wärs dann«, setzte er bestimmt hinzu, als er Kajetans verdutztes Gesicht sah, »und nochmals: meinen Respekt!«

»Aber …«

»Das ist, wenn Sies noch nicht bemerkt haben, ein Befehl. Wegtreten!«

32

Bereits am Nachmittag hatte sich die Luft stark abgekühlt. Von Osten waren Wolken herangezogen und sorgten für frühe Dunkelheit, die nur von mattstrahlenden Lichthöfen der Straßenbeleuchtung durchbrochen wurde. Der Flussnebel war bereits über die ersten Fenster der Stadthäuser am Ufer emporgestiegen, als Kajetan die steinerne Brücke zur Neustadt überquerte. In leichter Steigung verlief eine breite Gasse schräg über den Böschungshügel und mündete auf einen Platz vor der erst im vergangenen Jahrhundert erbauten evangelischen Kirche. Von dort zweigten kleinere, parallel zum Flusstal verlaufende Gassen ab, für den Verkehr zu schmal und von tiefen Treppenabschnitten unterbrochen. Hier wurden die Häuser niedriger und hatten mehr und mehr dörflichen Charakter. Begüterte Dornsteiner hatten hier nie gewohnt; vielmehr war dieses Gebiet von jeher das Siedlungsgebiet der Handwerker und Taglöhner gewesen, denen früher das Wohnrecht in der Stadt verwehrt worden war.

Agnes' Vater war Arbeiter in einer Hammerschmiede unweit der Stadt gewesen. Er starb plötzlich an Schlagfluss; Agnes zählte damals noch keine zehn Jahre. Die Mutter hatte nicht wieder geheiratet. Sie zog mit ihrer Tochter in dieses kleine Häuschen in Dornstein, welches einem entfernten Verwandten gehörte.

Kajetan überprüfte den Sitz seines Kragens und klopfte an die Tür.

»Grüß dich, Paule!« Eine gutgelaunte Agnes öffnete ihm strahlend die Tür.

Das Essen stand auf dem Tisch. Kajetan war hungrig.

Wohlwollend sah Agnes' Mutter zu, wie der Inspektor aß. »Schmeckts, Herr Inspektor?«

»Sehr gut, Frau Leitner, sehr gut«, lobte Kajetan höflich.

»Dann ists recht. Wanns nur schmeckt!«

Kajetan sah, dass Agnes ihr Gesicht in belustigter Kümmernis verzog. »Geh, Mama«, tadelte sie, »das sagst jetzt schon zum dritten Mal.«

Die Mutter schien es nicht zu hören. Sie hatte sich wieder über ihren Teller gebeugt. Ihre Hände zitterten leicht.

»Sie hört kaum mehr was in der letzten Zeit«, machte Agnes ein Zeichen. Kajetan nickte verstehend und führte wieder einen Bissen zum Mund. Auf dem Weg zu Agnes hatte er beschlossen, sich nicht länger über die Entscheidung des Kriminalrats zu ärgern. Alles, was an der Tat des Erber noch rätselhaft war, würde bei der Verhandlung ans Tageslicht kommen, und auch das verquere Geschwätz des Doktors war vermutlich nicht mehr als Marotte, als Wichtigtuerei eines vom Leben enttäuschten Sonderlings. Wenn nun aber seine Andeutungen doch etwas zu bedeuten hatten? Sein Geschwätz darüber, dass die Leute eine kuriose Liebe zum Meer hätten? Über Morde im Affekt und solche, die in kalter Berechnung ausgeführt werden? Weshalb hatte man einen Anschlag auf ihn verübt? Vorbei. Der Fall war ihm entzogen worden.

Auch Agnes aß mit gutem Appetit. Ihr Gesicht glänzte vergnügt, und ihren genüsslich kauenden Mund umspielte ein Lächeln, das Kajetan ins Mark traf. Er würde heute mit ihr schlafen; er dachte an warmes Röckegewühl, an den Geruch ihrer nackten Haut, an Karamellbonbons im Glastopf der dicken gemütlichen Ladnerin in der Nockherstraße, an Agnes' weiche, wiegende Rundheit, an ihr von ruhiger Zufriedenheit bewegtes Gesicht, an ihr fröhliches Wissen um die Macht ihrer Zärtlichkeit; er würde ihre schönen Hinterbacken mit beiden Händen umfassen, er würde, würde …

»Schmeckts dir auch wirklich, Pauli?«

»… J-ja, wirklich, Agnes!« Er hatte sich verschluckt.

»Dann ists recht. Wanns dir nur …« Sie unterbrach sich und sah erschrocken zu Kajetan. Dann lachten sie beide.

33

Wenige Kerzen vor dem Altar und an den beiden Eingängen beleuchteten das Innere der Walchinger Pfarrkirche. Nur die vorderen Bankreihen des ausgekühlten Kirchenraums waren besetzt. Männer und Frauen beteten getrennt.

Zwischen zwei Ministranten mit schwarzen Capes, den Blick zum Altar gerichtet, kniete nun der Pfarrer nieder und begann die Worte des Vaterunser.

»... der Du bist im Himmel ...« Die kleine Trauergemeinde fiel ein.

Hinter einigen in dunkle Nonnentracht gekleideten Schwestern kniete die Erberin mit bewegungslosem, auf ihre zum Gebet verschränkten Finger gerichtetem Gesicht. In belustigtem Unverständnis hatte ihre kleine Tochter sich umgesehen, bis sie von ihrer Großmutter mit leisem Zischen zurechtgewiesen worden war. In der dritten Reihe knieten etwa zehn Frauen; die Hutterin und Zilli, der Tränen über die Wangen liefen, waren darunter.

Noch spärlicher waren die Männerbänke besetzt; nur der Hutter und zwei alte Bauern aus dem Oberland waren zu Sannes Totenandacht gekommen.

»... der Du für uns gegeißelt worden bist, bitte für uns.« Die Worte der Totenlitanei stiegen in die Düsternis des hohen, lichtlosen Kirchenschiffs. Unverständlicher Nachhall senkte sich zurück, pflanzte sich fort in die Nischen der Seitenaltäre, in denen ein von Pfeilen gepeinigter St. Sebastian seine Augen zum Himmel richtete. Die auf einer Mondsichel stehende Madonna jedoch sah mit tröstendem, friedlichem Mädchengesicht zu den Gläubigen.

Die Erberin, die mit leiser, kaum hörbarer Stimme die Gebetsworte gesprochen hatte, senkte ihren Kopf.

Dann durchlief sie ein Beben. Die alte Frau bemerkte es und wandte prüfend ihre Augen zu ihr; nun sah sie mit Entsetzen, wie die Erberin am ganzen Körper von einem konvulsivischem Zittern erfasst wurde, das zu einem stoßenden Lachen und, immer lauter werdend, in luftschnappende Töne voller Schmerz, voller Zorn überging, bis sie sich, krampfartig mit weit geöffneten Augen und röchelnd, an der Betbank festklammerte und zusammensank. Der Pfarrer unterbrach das Gebet.

Mit wachsendem Entsetzen hatten die Betenden den Zusammenbruch der Erberin verfolgt. Schließlich stand die Hutterin entschlossen auf, ging nach vorne und führte die wimmernde Bäuerin hinaus. »Mama!«, hatte das kleine Mädchen angstvoll gerufen, doch die Großmutter hatte sie fest an sich gedrückt.

Als die beiden Frauen die Kirche verlassen hatten und der dumpfe Hall des Portals verklungen war, setzte der Pfarrer das Gebet fort.

Draußen war die Erberin auf einen Grabstein gesunken. Die Hutterin hatte sie nicht losgelassen, und nun vergrub die Erberin ihr Gesicht im Mantel der Nachbarin.

»Wird schon wieder gut, Erberin. Wird schon wieder gut«, sagte die Hutterin und strich ihr behutsam über das Kopftuch.

Das Weinen der Bäuerin war in ein leises Wimmern übergegangen. »Ich … kann … nimmer …«

Die Hutterin sah auf. Aus dem Gasthof, dessen Tor man durch den Friedhofseingang sehen konnte, war eine Gestalt getreten.

Sie war bald in der Dunkelheit des unbeleuchteten Platzes verschwunden; die Hutterin hatte jedoch für Sekunden erkennen können, dass es ein junger Mann war, und dass sie ihn schon einmal gesehen hatte.

34

Agnes zog ihr Kopftuch fester. »Jetzt, in der stillen Zeit hat nur noch der Hellbräu offen«, sagte sie und hakte sich bei Kajetan ein. »Du zitterst ja? Du hättest dich doch wärmer anziehen sollen.«

Kajetan hüstelte leicht. »Es geht schon. Aber seit ich ins Wasser gefallen bin, lässt mich der Husten gar nimmer aus.«

Sie gingen durch den Nebel zum Fluss Die Luft roch nach Holzfeuerrauch, der zur Erde zurückgedrückt wurde.

»Man übersteht alles, wenn man es überlebt«, witzelte Kajetan.

Agnes drängte sich an ihn, als sie die Brücke überquerten. Die Gasse zum Stadtplatz war menschenleer. Plötzlich fluchte Kajetan.

»Was ist, Paule?«

»Der Schuster! Ich hab dem Schuster zugesagt, dass ich ihm das Geld für meinen Schuh vorbeibring!«

Die Werkstatt des Schusters war bereits dunkel, nur aus einem Fenster hoch über der Gasse drang schwach Licht.

»Kannst doch morgen auch noch machen«, beschwichtigte Agnes. »Der Pointner heute, ha?«

»Was ist mit dem?«

»Der war ja wohl mächtig zufrieden mit dir!«

»So? Hast wieder spioniert? Bei dir, mein ich, muss einer aufpassen!«

»Das ist wahr«, lachte sie vergnügt, »und mit wem du in Walching herumpoussiert hast, krieg ich auch noch raus!«

»Nie!«

»Du«, drohte sie mit gespieltem Ernst und blieb stehen, »ich sags dir! Ich versteh keinen Spaß!«

»Das merk ich«, antwortete Kajetan ernst und umarmte sie. Sie gingen glücklich weiter.

»Richtig erleichtert …«

»Du?«

»Nein – der Pointner, wie du mit ihm telefoniert hast!«

»Dann wundert mich bloß eines«, Kajetan keuchte etwas, als die Steigung zunahm, »warum er mir die Geschichte wieder weggenommen hat! Es war noch überhaupt nichts klar!«

»Jetzt tät er dich halt hier brauchen, hat er gemeint. Aber …«, ihre Stimme wurde ernster, »vielleicht gehts ja eh bald wieder zurück nach München.«

Kajetan sah sie kurz von der Seite an. Er würde in München einer Frau etwas erklären müssen, und er würde dafür Sorge tragen müssen, dass nichts, was als Wurfgeschoss zu verwenden wäre, in der Nähe ist.

»Eh … hat der Pointner das gesagt, Agnes?«

»Ja …«, sie hatten nun den Stadtplatz erreicht, »ich freu mich ja für dich. Aber … schad ists schon … Paule«, sagte sie mit leichtem Tadel, »geh nicht so schnell. Wart ein wenig. Ich hab grad so … so ein Ziehen.«

Er führte sie unter die Arkaden des Stadtplatzes. »Möchtest dich ein bissel hinsetzen?«

Sie nickte. Sie nahmen auf einer Steinbank Platz. »So ein seltsames … Ziehen«, wiederholte sie gepresst und legte ihre Hand auf ihren Bauch, »da herum …«

Kajetan folgte den Bewegungen ihrer Hand. Seine Augen wurden größer.

»W-wo?«, stotterte er und unterdrückte ein Husten.

Sie deutete die schmerzende Stelle genauer. Der Magen!

»Da, glaub ich«, lächelte sie nun, »aber es vergeht schon wieder.«

»Da hast gwiss was nicht vertragen, Agnes«, sagte Kajetan erleichtert.

Agnes sah ihn zärtlich an. »Ich weiß nicht.«

»Agnes, mich frierts ein bisserl. Gehts wieder?«

»Mir ist ganz warm.«

»So?«

»Ja.«

Sie nahm seine Hand und zog ihn hoch. Auf der anderen Seite des Platzes schimmerten die Lichter des Gasthofs.

»Jetzt könnt ich einen Wein gut vertragen.« Kajetan beschleunigte seinen Schritt. Sie schien ihn bremsen zu wollen.

»Aber vielleicht wirds ja doch nichts mit München.«

Er sah erstaunt zu ihr. »Wieso auf einmal nicht?«

»Wie du heut vom Pointner raus bist, war er auf einmal ganz aus dem Häusl und hat wie ein Wilder in der Gegend rumtelefoniert. Und auf dich war er auf einmal gar nicht mehr gut zu sprechen. Gell«, sagte sie triumphierend, »das weißt noch nicht?«

Er blieb stehen und sah sie verständnislos an. »Aber mich hat er über den Schellnkönig gelobt! Hätt grad noch gefehlt, dass er mir eine Virginia anbietet!«

Sie lachte. »Das tut er nur bei seinen alten Kameraden, Paule, so eine Ehr kriegst du nie! Beim Major Rupp von Walching zum Beispiel ...«

»Der ... der ... Pointner kennt den Rupp?«

»Warum auch nicht? Sie waren wohl im Krieg zusammen. Mit dem hat er übrigens am längsten telefoniert. Was, hab ich nicht hören können, weil er mich zum Wimmer geschickt hat. Grad extra! Als wenn mich interessieren tät, was er mit seinen ...«

»Mit dem Major Rupp von Walching?!«

»Putz dir die Ohren, Paule. Mit genau dem. Wie ichs dir sag. Warum auch nicht?«

»Ja … ja. Da schau her.« Er ging langsamer.

»Jetzt geh weiter!«, sagte sie ungeduldig, »erst rennst, dann tritschelst wieder umeinander.«

»Ja … ja. Mir scheint, dass ich tatsächlich hie und da ein bissel langsam bin …«

»Hie und da schon, Paule«, grinste sie.

Als sie das Gasthaus betraten, passierten sie im Windfang ein einige Wochen altes Plakat, das eine politische Versammlung ankündigte. Das »Dornsteiner Wochenblatt« hatte damals den Hauptredner, einen unangenehmen Maulauf namens Adolf Hitler, als den »bayerischen Mussolini« bespöttelt und die Frage gestellt, ob schon wieder einmal Vorbereitungen für einen Putsch im Gange wären. Der Herausgeber war danach in der Bezirksinspektion erschienen und hatte über mehrere anonyme Drohanrufe geklagt.

35

Als sie einen kleinen Tisch im leeren Nebenraum gefunden und beide je ein Viertel roten Wein bestellt hatten, bemerkte Agnes mit Sorge, wie sich Kajetans Zustand veränderte. Eine flirrende Unruhe hatte ihn plötzlich erfasst.

»Es müsst sich jemand um dich kümmern, Paule«, riet Agnes mütterlich. Seine Züge zerflossen. Sie solle still sein, bat er flehend, alles täte so weh. Dann sprang er wie ein Verrückter hoch und rannte in panischer Eile aus dem Gasthaus.

Während er wenig später sein Fahrrad aus dem Hausflur zerrte und sich auf den Sattel warf, war in Walching die Totenandacht für das ermordete Bauernmädchen zu Ende gegangen, und hatte Zilli sich bereits auf den Heimweg gemacht. Die Hutterin hatte ihre Nachbarin schon früher nach Hause geleitet, die Tochter sollte diese Nacht bei der Großmutter bleiben, und der Bauer blieb zu einer Zusammenkunft noch eine Weile im Dorf. Mit einigen Frauen hatte Zilli noch ein Stück gemeinsamen Weges, dann fand sie sich allein, schlang ihr Schultertuch fester um Kopf und Schultern und schritt eilig vorwärts.

Bald hatte sie den Bergwald erreicht, in welchem sie nun wie in einem geheimen Gang verschwand. Sie kannte den Weg, der jedoch nur noch mit Mühe zu erkennen war. Von Schnee beladenes Dickicht drängte sich heran, und über ihr wanderte der Mond hell hinter wirr verflochtenem schwarzen Gitterwerk. Stellen völliger Finsternis wechselten mit hellen, mondbeschienenen Plätzen. Sie ging mit sicheren, weit ausholenden Schritten. Die Steigung nahm zu. Ihr Atem ging heftiger, und krachend brach nun ein mürber Ast unter der Last des Schnees. Ein Schreck fuhr an ihr Herz. Angstvoll blieb sie stehen und lauschte in die Dunkelheit.

Als sie den Weg fortsetzen wollte, hörte sie erneut Geräusche. Es waren kraftvolle, stumpf knirschende Tritte, und sie kamen rasch näher.

36

Mit wütender Kraft trat Kajetan in die Pedale des Fahrrads; schon bald, nach der ersten Anhöhe vor der Stadt, hatten Oberschenkel und Knie zu schmerzen begonnen. Seine Bewegungen glichen gleichmäßiger, harter Mechanik. Im schwachen Schein der Lampe glitzerte frostverbackener, feinzackiger Schotter und mischte sich mit glatten eisgrauen Platten. Dünne Fetzen hochstehender Wolken schoben sich vor den Mond.

Es war still; nur das Ächzen des Gestänges, das feine Abspritzen splitternder Eiskörner und sein eigener, keuchender Atem drangen an Kajetans Ohr.

Frische Frostluft flog heran. Kajetan sog sie tief ein, und als er die erste Anhöhe überquert hatte, brannten Gaumen und Luftröhre, als zögen mit jedem Atemzug rostige Ketten durch seine Kehle. Sein Herz pochte, Garben farbig blitzender, tanzender Sterne schoben sich vor seinen Blick, dann, in rasender Abfahrt, vorbei an unbeirrt in die Tiefe stelzenden Strommasten, lag wieder alles in stechender Klarheit.

Wieder hob sich die breite Chaussee auf einen Hügel und mündete in ein Waldstück. Äste fingerten in das Nachtblau des Himmels, hinter ihnen eilte die grüngraue, ovale Scheibe des Mondes nach Süden und warf zerstreutes Licht auf die Straße. Dann breitete sich eine weite Fläche, glitzernd wie Aluminium, aus. Kajetan wusste nicht und wusste es doch, warum nun unbeschreibliche Angst jeden Schmerz in mürber Taubheit versinken ließ.

37

Zilli war zunächst wie angewurzelt stehen geblieben. Dann eilte sie weiter. Der steile Weg führte nun in engen Kurven durch den Wald. Nur an den Kehren bildete er kleine, mondbeschienene Lichtungen. Immer wieder sah sie sich um, ohne ihre Schritte zu unterbrechen, doch die dunkle Masse des Waldes schob sich vor ihre Sicht. Sie atmete heftig mit geöffnetem Mund. Ein plötzlich einsetzender, brennender Schmerz in der Lunge machte sie benommen. Sie blieb stehen und hörte für eine Weile nichts als das heftige Pochen ihres Blutes. Dann wieder die Schritte, in schrecklicher Gleichmäßigkeit, näher und näher.

Im Licht des Mondes tauchte die Gestalt eines hochgewachsenen Mannes auf. Sie begann zu laufen. Schon war die Silhouette ihres Verfolgers wieder im undurchdringlichen, massigen Geflecht des schwarzen Waldes versunken, als sie zu Boden fiel. Dann hörte sie die Stimme des Mannes.

»Gehns, Zilli, was laufens denn so?«

Sie richtete sich auf. Sie kannte die Stimme. Sie hatte sie schon einmal gehört, als sie beim Waldfest von einem gutaussehenden jungen Mann zum Tanz geholt wurde. Er hatte beste Manieren gezeigt, und sie hatte ihm danach ein paar, doch nicht allzu viele nutzlose, zärtliche Träume geschenkt.

»Ach«, schnappte sie in törichter Erleichterung, »Sie, Herr Leutnant, und ich hab schon Angst gehabt, der Boandlkramer ist hinter mir her.«

Der junge Mann, dessen Gesicht vor dem hellen Mond stand, lachte. Was das für ein seltsames Wort sei, wollte er wissen. Dass die Leute hierzulande den Tod so nennen würden, erklärte sie, sich aufrichtend.

38

Nichts hatte er gesehen. Nur, dass sich vor einer engen Kehre nach einem steil abfallenden Wegstück plötzlich ein blendend weißes Tuch vor ihm entfaltet hatte. Als hätte das Fahrzeug wie ein lauerndes Tier hinter der Kurve auf ihn gewartet und sei mit bösartigem Getucker auf ihn zugesprungen, hatte es ihn überrascht, ihn zu heftigem Bremsen, Rutschen und zum Sturz über die Böschung gebracht. Nach mehreren Überschlägen war er im Bett eines vereisten Baches gelandet, Füße, Arme und Hals närrisch verschlungen im Gestänge des Fahrrads und zwischen verschneitem, schlingendem Böschungsgewächs. Er war für einige Sekunden reglos liegen geblieben, hatte neben seinem Ohr das unter dem Eis verborgene Glucksen des Wasserlaufs gehört und über sich die von achtloser Hand verschleuderten Fetzen spinnwebfeiner, blauer, schnell wandernder Wolken wahrgenommen. Er musste plötzlich lachen. In den Speichen des Rades hatte sich zähes Gestrüpp verfangen; Kajetan, der noch immer haltlos und in hohen Tönen kicherte, kam nun wieder in den Stand. Er zerrte das Fahrrad aus dem Gestrüpp und suchte im tiefen Schnee Tritte zur Straße. Dort angekommen, wischte er sich den Schnee aus dem Gesicht und betastete die Reifen des Fahrrads. Sie schienen noch in Ordnung zu sein. Er stieg auf und trat in die Pedale. Es ging ungewöhnlich schwer, und ein schabendes Rascheln eines Schlingarms zwang ihn erneut zum Abstieg. Als er schließlich seinen Weg fortsetzte, bemerkte er, dass das Vorderrad einen Achter hatte.

Dann sah er das Walchinger Tal unter sich. Es musste schon spät über der Schlafenszeit sein, dennoch schien das Dorf hell erleuchtet wie zu fröhlich sommerlicher Festlichkeit. Das verbogene Vorderrad rüttelte heftig, als er die in den Talgrund führende Straße herabrollte und schließlich den Dorfplatz erreichte.

39

Die Gemeinde war in loderndem Aufruhr. Gemeindeamt und Gendarmerie waren erleuchtet, Männer liefen über den Platz, sammelten sich in Gruppen, schrien erregt. Noch immer öffneten sich Türen, warfen lange Lichtkanäle, die von hastig Heraustretenden zerstört wurden. Die Wirtin hatte Kajetan als Erste entdeckt.

»Herr Inspektor! Gut, dass Sie da sind! Was Furchtbares ist passiert!«

»Wo ist die Zilli?«

Die Wirtin erschrak über die in bellendem Keuchen hervorgestoßene Frage, dann wies sie mit dem Kopf in Richtung des Krankenhauses.

»Nein!«, schrie Kajetan. Er rannte, die Menschen zur Seite stoßend, zum Friedhof, durch die Gräberreihen zum Krankenhaus und riss die Tür des Operationssaales auf.

Zilli lag mit wächsernem Gesicht auf dem Operationstisch. Doktor Notsch fuhr böse herum. Eine Nonne ging entschlossen auf Kajetan zu und wollte ihn hinausdrängen; er schob sie jedoch mit heftigem Griff beiseite und trat einen Schritt näher. Der Doktor richtete sich langsam auf.

»Ich verfluch Sie«, sagte er mit mühsam gebändigter Wut, »Sie wussten, in welche Gefahr Sie das Mädchen bringen würden, wenn Sie ihren Namen angeben! Hinaus!« Sein Arm stach wie ein Speer in Kajetans Richtung. Der Inspektor wich zurück.

»Das … das wollt ich nicht, Zilli«, stammelte er, machte entsetzt kehrt und lief aus dem Raum.

»Tür zu, Schwester«, befahl der Arzt beherrscht und wandte sich wieder zu dem Mädchen. Ihre Augen waren geschlossen. Notsch hatte nur noch einen schwachen, unregelmäßigen Puls erfühlt. Ihre Verletzung würde nicht zum Tod führen, hatte er bald erkannt. Viel gefährlicher aber war, dass sie sich in einem extremen Schockzustand befand.

Kajetan hatte sich auf einen Grabstein gestützt. Die körperliche Anstrengung der vergangenen Stunden riss jede Beherrschung fort. Er weinte verzweifelt. Verzeih mir, verzeih mir, wiederholte er wimmernd. Da fror Kajetan plötzlich, und nun, als hätte das Schluchzen seine hart verkrampften Glieder friedlich gelöst, fühlte er eine gänzlich neue Kraft in sich. Er eilte zum Dorfplatz. Dort erfuhr er, dass die meisten Männer des Dorfes bereits auf dem Weg zum Bergwerk waren, in dem der Mann, der Zilli überfallen hatte und vermutlich auch Sanne ermordet hatte, vermutet wurde. Vom Talgrund war am Steilhang des südlichen Massivs eine sich langsam höher bewegende Raupe von dünn flackernden Flammen zu erkennen.

Ein Dorfbauer, der seine Pferde eingespannt und eine Gruppe Männer bereits auf dem Schlitten versammelt hatte, ließ Kajetan aufsteigen; bald hatten sie einen Holzlagerplatz unterhalb der Knappenstube erreicht. Von hier aus waren bereits die erregten Stimmen der Männer zu hören.

In den Schnee gesteckte Fackeln ließen die Knappenstube wie ein Stadthaus erstrahlen. Hastig liefen Männer einen schmalen, in leicht ansteigender Schräge verlaufenden Pfad entlang; andere kamen zurück und drängten sich zu einer Gruppe, die sich um den Bürgermeister gebildet hatte.

Mayr wandte sich um. »Herr Inspektor!? Sie sind …?! Ich hab gedacht …!?«

»Bericht, Herr Wachtmeister!«

»Er … er wollt die Zilli umbringen. Der Hutter hat sie schreien gehört. Da ist er abgehauen. Hier rauf!«

»Wer?«

Der Bürgermeister trat hinzu. »Der Irgl.«

»Wer ist der Irgl?«

»Ein Lump!«, schrie einer der Männer, und die anderen stimmten empört zu.

»Kein Hiesiger«, erklärte der Bürgermeister, »ein Gelegenheitsarbeiter.«

Einige Männer kamen schnell den Weg herunter gelaufen. Der Bürgermeister ging ihnen einige Schritte entgegen. »Habts ihn schon?«, rief er mit Feldherrenstimme. Die Männer schüttelten den Kopf.

»Machts das Maul auf!«, setzte der Bürgermeister nach. Kajetan trat an seine Seite.

»Halts Maul, Lindinger«, sagte er leise und drohend, ohne ihn anzusehen. Er wandte sich an die Männer.

»Habt ihr seine Spur verloren?«

»Nein«, antwortete einer, »er ist ins alte Silberloch rein. Da kommt er uns nicht mehr aus.«

Der Mund des Bürgermeisters stand noch immer offen. Dann japste er: »Was erlauben …«

Kajetan sah in sein Gesicht. »Wir haben nachher noch was zum Reden, Bürgermeister. Darüber beispielsweise, warum du partout gemeint hast, dass die Sanne verrückt gewesen ist. Und ob es nicht sein kann, dass sie vor einigen Tagen bei dir eine Anzeige gemacht hat, die aber nie weitergeleitet worden ist. Zumindest nicht dorthin, wo sie hingehört!«

Lindingers Gesicht hatte sich verändert. Bevor er etwas entgegnen konnte, hatte Kajetan sich jedoch verächtlich abgewandt und dem Wachtmeister gewunken.

»Worauf wird gewartet?« Dann stieg er, von Mayr und den anderen Männern gefolgt, zum Stolleneingang hoch.

Bald hatten sie, durch hohen Schnee watend, ein kleines Plateau am Fuß einer senkrecht stehenden Felswand erreicht. »Das Silberloch«, hatte Mayr ihm unterwegs schwer atmend erklärt, »ist ein altes Bergwerk, das vor guten hundert Jahren aufgelassen worden ist, soviel ich weiß.« Etwa vierzig Männer hatten sich vor der niedrigen, schon zur Hälfte von Geröll verschütteten Stollenmündung versammelt. Zornige Erregung machte sich lautstark Luft.

»Komm raus, du Mörder! Du Verbrecher! Du hast auch die Sanne auf dem Gewissen, du Hund!« Sie brüllten es in die Tiefe des Stollens, und ihre Stimmen klangen hallend in die Finsternis.

»Ruhe!!«

Alles drehte sich zu Kajetan und Mayr. »Ist er da rein?!« Die Männer nickten.

»Und worauf wird gewartet? Dass er von selber wieder rauskommt?«

Niemand antwortete; verlegen sahen einige zu Boden. Schließlich räusperte sich der Wachtmeister. »Das Silberloch ist nicht bloß einfach ein Stollen, sondern das ist … ein Gewirr von Höhlen und Gängen und senkrechten Schächten und zum Teil schon eingefallen …«

»Und wer weiß«, setzte ein Bauer trotzig hinzu, »ob er nicht ein Gewehr hat?«

»Hat er nicht.« Ein junger Mann hatte widersprochen.

»Wie willst du das wissen?!«, höhnte der erste.

Der junge Bauer antwortete bestimmt: »Weil wir schon so nah an ihm dran waren, dass er herschießen hätt können.«

»Also«, ergriff Kajetan das Wort, »wer ist dabei?!«

Er ließ sich eine Fackel geben und ging zum Stolleneingang. Mayr und die Männer folgten ihm; einige zögerten, doch dann betraten alle gebückt den Gang, der sich nach wenigen Schritten nach oben weitete.

40

Eine Gestalt hetzte geduckt in die Tiefe des Felslabyrinths. Bald hatte sie einen weiten, hohen Felsendom erreicht, bewegte sich, mit einer Fackel nach einer Markierung an der Felswand suchend, nach links, hastete an mehreren niedrigen Stollenmündungen vorbei, blieb stehen, trat einige Schritte zurück und betrachtete prüfend ein in den Stein geritztes Zeichen. Dann verschwand sie in der Öffnung des damit markierten Stollens.

Auf der gegenüberliegenden Seite des Felsdoms hatten sich Steine gelöst und klickerten einige Meter tiefer; dann ein Geräusch, als atme jemand.

41

Der Stollen stieg leicht an. Der beißende Qualm der Pechfackeln zog in die Tiefe des Berges. Niemand sagte ein Wort. Die Männer erreichten bald eine mit dicken Stämmen abgestützte Strecke. Schmieriger Lehm hatte sich an den Balken abgesetzt, und an mehreren Stellen waren sie schon bedenklich herabgesunken.

»Obacht, Männer, duckts euch«, rief Mayr zurück. Kajetan war schon einige Schritte vorausgegangen und hatte das Ende des »Baues« erreicht.

Hier krümmte sich der Stollen leicht und führte nun in waagrechter Richtung weiter. Im Fackellicht tauchte eine hohe, in die Wand eingelassene Kassette auf. Ihre Türen standen offen, und darin lagen offensichtlich neue, gebrauchsfertige Fackeln.

»Was ist das, Mayr? Der Mörtel ist doch noch keine hundert Jahr alt? Das Bergwerk ist doch angeblich schon seit hundert Jahren aufgelassen?«

»Schon, aber der Herr Major hat das Bergwerk noch mal untersuchen lassen, ob es noch was hergibt.«

»Das Bergwerk gehört dem Major?«

»Ja. Er hats nach dem Krieg gekauft, und ein' Teil des Waldes dazu.«

Kajetans Puls ging schneller. Nun würde nur noch ein winziges Detail nötig sein, um den Mörder Sannes überführen zu können.

Plötzlich schien der Qualm von einem gewaltigen Luftzug fortgesogen zu werden, und nach wenigen Schritten betrat er staunend eine Halle. In stummer Ehrfurcht folgten die Männer. Die Fackeln erleuchteten einen hohen, etwa hundert Quadratmeter großen Raum, dessen Decke sich in der Finsternis verlor. Im flackernden Licht waren, tief im Lehm versunken, verrottete Loren und verstreute, modernde Hölzer zu erkennen. Klackend fielen Wassertropfen in die Tiefe, und jedes Geräusch hallte dumpf und kalt nach. Einer der Männer, dessen Augen suchend in der weiten Halle herumstrichen, erstarrte plötzlich.

»Der … der … ewige … Bergmann …«, stammelte er entsetzt und bekreuzigte sich. Alles drehte sich nach ihm um und folgte dann der Richtung seines Blickes.

Auf einer niedrigen Anhöhe, von der dunkel ein Stollen in die Tiefe des Berges führte, und nur schemenhaft durch den Fackelrauch zu erkennen, stand ein Mann.

Auch Kajetan war erschrocken stehen geblieben. Er kniff die Augen zusammen, dann fingerte er an Mayrs Pistolengürtel, entnahm dessen Pistole und ging einen Schritt vor. Das entsetzte Gemurmel der Männer war zu einem erregten Geschrei angewachsen.

»Ruhe«, brüllte Kajetan laut, »Hände hoch!«

Die Gestalt hob wie in unendlicher Erschöpftheit die Hände.

Ein Tumult brach los. Die Bauern rannten an Kajetan vorbei, stürzten in den hinteren Teil der Halle und krochen den lehmigen Abhang empor. Sie packten den Mann, zerrten ihn aus dem Stand, und, den anderen entgegen, auf den Hallenboden. Wie von Sinnen schlugen sie auf ihn ein.

In ohnmächtigem Zorn fuhr Kajetan zwischen das Knäuel der Leiber. »Loslassen«, schrie er mit sich überschlagender Stimme, »loslassen!!«

Die Männer ließen murrend von dem am Boden Liegenden ab. »Aufheben!«, befahl Kajetan und riss einige der Männer, die noch mit erhobenen Fäusten am Boden knieten, zurück. Mayr trat vor, schob seine Arme unter den Liegenden und richtete ihn auf. Er schien kaum Gewicht zu haben. Langsam hob der Mann den Kopf. In Mayrs Gesicht zeichnete sich ungläubiges Erstaunen, das sich auf die Umstehenden fortsetzte.

»Aber ... das ist doch ...«, schnappte der Wachtmeister nach Luft.

»... der ... aber, das gibts doch gar nicht ...«, flüsterte ein Bauer. »Der ... Matros, der Lois!«

Kajetan sah zu den Sprechenden, dann wieder zu dem abgezehrten, mit schmutzig zerschlissenem Tuch bekleideten Mann. »Die Leut haben eine kuriose Liebe zum Meer«, fielen ihm Dr. Notschs Worte ein. »Wer ist das? Ein Matrose?«

Mayr vergewisserte sich kopfschüttelnd und schluckte.

»Tatsächlich ...«, räusperte er sich und wandte sich zu Kajetan, »das ist dem Erber sein Bruder ... Lois!«, rief er wieder fassungslos. »Lois, was suchst denn du da herinnen? Es hat doch geheißen, du wärst auf Amerika?«

Lois wandte den Kopf leicht zu ihm. Eine namenlose Müdigkeit sprach aus seinen zerstörten Zügen. Er schwieg und senkte den Kopf.

»Also, das ist nicht derjenige, der die Zilli überfallen hat?!«, sagte Kajetan nun ungeduldig. Der Hutter bestätigte es. »Nein! Das war der Irgl! Ich hab ihn doch gesehen!«

Mayr hatte noch immer nicht die Fassung wiedergewonnen. Wieder schüttelte er den Kopf und sah Lois an. »Sag, Lois ... es hat doch allerweil geheißen ... du ... mit dem Schiff ...« Dann wandte er sich zu Kajetan: »Melde gehorsamst, das ist dem Erber sein Bruder.«

»Danke, Wachtmeister, jetzt weiß ichs. Es ist der, dessen ungarische Brieferl so verdächtig offen umeinand liegen.« Eine innere Heiterkeit hatte sich bei Mayrs offensichtlich gespielter Fassungslosigkeit in ihm ausgebreitet, und zufrieden stellte er fest, dass er ein weiteres Stück vorwärtsgekommen war. Das also hatte am Verhalten des Erber so unverständlich gewirkt. Er hatte seinen polizeigesuchten Bruder hier versteckt! Und sich vermutlich mit ihm am Mordnachmittag getroffen.

»Aber wo, zum Teufel, ist der andere?!«

Mayr trat zu Lois. Bevor er jedoch eine Frage stellen konnte, hob der Bruder des Erber matt den Arm, wies auf einen Stollen auf der gegenüberliegenden Seite und sagte kaum hörbar: »Da … ist er rein …«

Entschlossen wies Kajetan auf zwei Männer. »Du und du – ihr bringt den Mann runter zur Hütte. Die anderen folgen mir! Hat jemand den Ausgang markiert?«

Einer der Männer lief zurück und ritzte ein großes Kreuz an die Stollenwand. Dann gingen alle, Kajetan und Mayr voran, in den von Lois bezeichneten Gang.

Er war glatt in den Fels gehauen und merklich niedriger als der Zugangsstollen. Ein dünnes Rinnsal hatte sich in der Mitte des Stollenbodens gebildet; der Rauch der Fackeln füllte wieder den Gang. Die Männer husteten.

»Und ich hab mich schon gewundert«, keuchte Mayr hinter Kajetan, »dass die Knappenhütte offenbar bewohnt war, wo doch seit hundert Jahr hier kein Betrieb mehr ist.«

»Und mich wundert, dass Sie mir weismachen wollen, dass Sie überhaupt keine Ahnung davon gehabt haben, dass der Erber seinen Bruder irgendwo am Berg versteckt«, antwortete er in freundlichem Tadel, »wo doch bei euch jeder jeden Husterer vom anderen weiß!«

Mayr rutschte aus und fiel unsanft auf den Boden. Patschend setzte er sich in eine Pfütze. Der Tross hielt an. »Was ist los?«, wollten die Männer, die keinen Blick auf Mayr hatten, wissen. »Der Adam ist ausgerutscht!«, schrien die Männer nach hinten und griffen ihm unter die Arme. Mayr wehrte ab und richtete sich verlegen auf. »So schnell sitzt einer drin in der Soß!«

»Da haben Sie recht«, bestätigte Kajetan halblaut, »gehts? Kommens! Und denkens Ihnen nichts. Sie sind schon in Ordnung, Wachtmeister.«

Mayr nickte beruhigt. »Es haben viele gewusst…«, gestand er leise.

»Denk ich mir schon.« Kajetan grinste.

Nun weitete sich der Stollen erneut und mündete nach wenigen Metern in einen Raum, von dem wiederum mehrere Gänge abzweigten. Die Bauern drängten nach. Kajetan hob die Fackel und wies an, dass je zwei Männer in einen der Stollen bis zur nächsten Abzweigung gehen und dann zurückkehren sollten.

Nach kurzer Zeit kehrten die ersten Gruppen zurück. Es waren, berichteten die Männer, kurze Suchstollen, die nach etwas mehr als zwanzig Metern endeten. Das dritte Paar blieb mehrere Minuten aus, dann waren ihre aufgeregten Stimmen wieder zu hören. »Herr Inspektor!…«

»Gehts dort weiter?!«

»Nein! Aber da ist eine Tür!«

»Machts keine Witz!« Die Ankommenden bestätigten atemlos. Eine schwere Eisentür sei in den Stollen eingelasssen. Der Trupp setzte sich wieder in Bewegung. Ein verborgener Luftzug sog den Fackelrauch über den Köpfen der hastig voranschreitenden Männer ab. Nach wenigen Minuten erreichten sie eine kleine Zeche. Eine hohe Eisentür tauchte aus dem Dunkel. Sie stand halb offen. Zögernd zog Kajetan an einem Riegel. Die Tür ließ sich leicht bewegen.

»So, Mayr«, sagte er dann, als die Fackel das Innere der niedrigen Kammer beleuchtete, »jetzt wissen wir es!«

Die Kammer war bis an die Decke mit dickwandigen Holzkisten gefüllt, an deren Seitenwänden der Name der Waffenfabrik Oberndorf am Neckar zu lesen war. Kajetans Triumphgefühl wandelte sich jedoch schnell zu Sorge, als er sah, dass eine der Kisten zu seinen Füßen geöffnet worden war. Jemand hatte ein Gewehr daraus entnommen …

»Zurück!«, schrie plötzlich eine gellende Stimme, »hier ist alles voller Pulver!!« Dann brach ohrenbetäubender Tumult aus. In panischer Hast wichen die Männer zurück. Einige Männer waren zuvor neugierig vor Kajetan in das Innere der Waffenkammer gegangen; jetzt rissen sie ihn mit. »Raus da!!« Die Stimmen überschlugen sich, und rutschend, stolpernd, vor Entsetzen schreiend, rannten die Bauern zurück. In der nächsten Halle staute sich die Menge, bis jemand den Rückweg entdeckte.

Vergeblich versuchte Kajetan, die tobende Schar aufzuhalten. Einer der Männer, den er zu halten versucht hatte, schlug in blinder Angst auf ihn ein. Kajetan gab auf.

Bald war die große Zeche erreicht. Die Männer rangen nach Luft. »Wo ist die Markierung?«, kreischten einige, und »Hier! Daher!«, schrien andere, die schon in den Ausgangsstollen eingedrungen waren.

»Vorsicht!«, versuchte Kajetan noch zu warnen, »der Bau! Er stürzt ein! Kommt nicht an die Tramm!« Doch niemand hörte ihn in diesem Chaos der Todesangst. Und schon war erschrockenes Kreischen zu hören, als einer der Bauern mit dem Kopf gegen einen tief herabhängenden, schon halb durchmoderten

Balken gestoßen war. Knarrend ächzte der morsche Stützverbund, Steine und bröckeliger Lehm fielen herunter.

Dann war das Stollenende erreicht. Mit schreckverzerrten Gesichtern, erschöpft und keuchend rannten die Männer ins Freie. Es schien, als würde der Berg die Eindringlinge verächtlich ausspucken.

42

Irgl hatte angehalten. Immer wieder horchte er angespannt in die Richtung, aus der er gekommen war. Dann lief er weiter ins Innere des Berges. Das Gewehr war noch immer von einigen Fetzen Ölpapier umwickelt. Hastig riss er es ab und versuchte, das Gewehr im Laufen zu laden. Es gelang ihm nicht, er hielt wieder an, fingerte nervös die Munition in den Lauf und entsicherte die Waffe. Nun müsste er nur noch eine Stelle finden, von der aus er seine Verfolger unter Feuer nehmen könnte. Wieder lauschte er in die Finsternis.

Tickend fielen Wassertropfen auf den Stollenboden. Ein sachtes, gleichförmiges, fast klirrendes Platschen. Einige Meter hinter seinem Rücken war kein Aufprall mehr zu hören, nur noch ein hartes Klicken, das in hallender Tiefe wie ferne Schüsse klang. Wieder lief er einige Schritte weiter und blieb plötzlich erstarrt stehen.

Vor ihm öffnete sich ein Abgrund. Der Schein von Irgls Fackel reichte nicht auf den Grund des Senkrechtstollens. Er warf einen Felsbrocken in die Schwärze. Er fiel eine grauenvoll lange Zeit, bis er dumpf klockend in der Tiefe aufprallte. Eine aus dicken Holzbohlen gezimmerte Brücke hatte früher darüber geführt. Nur zwei modernde nasse Balken waren davon übriggeblieben, und einer davon war bereits aus seinem Lager gebrochen.

Irgl sah sich entsetzt um, aus seinen Augen traten Tränen

der Wut, er keuchte. Dann entdeckte er, dass der Stollen auf der gegenüberliegenden Seite leicht abfiel. Eine ideale Deckung!

Er begann, die Festigkeit des Balkens zu prüfen. Als er mit dem Fuß dagegentrat, bewegte sich das Holz nicht. Irgl trat zurück, fiebrig blitzte die Hoffnung nach einem Ausweg durch seine Gedanken. Sollte er nicht doch besser versuchen, zur großen Zeche zurückzukehren, um sich dort über einem hohen Balkon zu verstecken? Wo waren seine Verfolger überhaupt? Warum nun schon seit Minuten diese taube, stinkende Stille? Wuchs da nicht ein Rauschen wie von einem unterirdischen Fluss, dessen Schleusen geöffnet worden waren, und wälzte sich nicht längst die todbringende Flut auf ihn zu? Wurde dieses fein klingende Rieseln von heranschleichenden Feinden ausgelöst? Warum verstummte der Höhlenregen plötzlich?

Er betrat die Brücke.

43

Der Wachtmeister saß mit schmerzverzerrtem Gesicht im Schnee und rieb sich den Fuß. Die Männer drängten sich am Rande des kleinen Plateaus zusammen.

Kajetan war außer sich. »Leut, seids doch vernünftig! Wenns keiner zündet, kann Pulver doch auch nicht explodieren! Hab ich recht?! Also?«

Die Bauern schwiegen. Einige betraten kopfschüttelnd den Weg zur Knappenstube. Mayr stöhnte und versuchte, sich aufzurichten. Es gelang ihm nicht, bis Kajetan ihm unter den Arm griff und ihn hochzog. »Männer«, sagte er dann mit erschöpfter, aber dennoch klarer Stimme, »der Inspektor hat recht, und jeder, der im Feld war, weiß es. Wenn trotzdem keiner von euch mitgeht, kraxl ich auf allen vieren mit rein, wenns sein muss – und wenns euch dann noch nicht schämts …«

»Ich … geh mit.« Ein junger Mann war nach vorne getreten.

»Sonst keiner? Gut«, winkte Kajetan dem Wachtmeister. »Sie bleiben natürlich da!«

Mayr nickte mit sichtlicher Erleichterung. Kajetan und der junge Mann gingen, ohne sich noch einmal umzusehen, in den Berg. Noch kurz bleckte schwächer werdendes Flackern aus dem Loch. Die Bauern traten langsam wieder vor. Einer wollte Mayr stützen und beim Abstieg helfen.

»Nichts! Ich bleib da, bis er wieder da ist!«, herrschte er ihn an. Sie starrten nun alle wie gebannt auf die dunkle Öffnung, aus der nun kein Laut mehr zu hören war.

»Was mich bloß wundert …«, begann einer.

»Was?«, wollte ein anderer wissen.

»War das nicht der, der vorhin am lautesten geschrien hat …?«

44

»Feiglinge, elendige«, hatte Kajetan vor sich hingeschimpft, als sie sich am Wandgelass mit Fackeln eindeckten, die Kajetan sich hinter den Hemdkragen schob, der junge Mann jedoch welche zwischen seiner Brust und einem darum geschlungenen Seil verstaute.

»Egid heißt du? Wenigstens einer, der ein bisschen Schneid hat«, blickte er lobend zu ihm. Egid sah verlegen zur Seite. »Ich hab sie gekannt, die Sanne«, erklärte er mit eigenartigem Gesicht. Kajetan verstand.

Sie setzten ihren Weg fort. Nun, da er nur den schweigsamen Jungen hinter sich hatte, fühlte Kajetan einen seltsamen Zauber, der von diesem dunklen Labyrinth ausging. In welch mühevoller Weise mussten diese Gänge in den harten Stein geschlagen worden sein? Hatten die Bergleute vergangener Jahrhunderte dabei gebetet? Geflucht? Gesungen? Hatten sie Angst, dass sie mit dem nächsten Hammerschlag dünnes Gerinnsel öffneten, das sich binnen Sekunden zu mörderischem Schwall eines unterirdischen Wassersturzes ausweiten würde? Oder trieb sie die Suche nach kristallfunkelnden Grotten, nach freundlichen Geistern, die alle Not von ihnen nehmen würden? Sie hatten die große Halle durchquert und erreichten nun wieder die Waffenkammer. Kajetan reichte Egid seine Fackel und kniete sich zu der geöffneten Kiste. »Sauber«, sagte er leise, »nagelneue Gewehre. Eine ganze Kompanie wär damit auszurüsten.« Er nahm eines der Gewehre aus seiner Umhüllung und las die Buchstaben »BHO«.

»Bund Heimat Oberland?« Er wandte sich fragend zu Egid. Dieser hob die Schultern. »Wahrscheinlich schon«, meinte er dann. Kajetan legte das Gewehr zurück und verschloss die Kiste. »Weiter!«, sagte er leise. »Halt!« Er kniete nieder, führte die Fackel nah am Boden und hob einen schwarzen Kotbrocken auf. »Luks Lied ...«, murmelte er.

»Was ist das, Herr Inspektor?«

»Was das ist? Du bist nicht von Walching?«

Egid schüttelte den Kopf.

»Schafsmist ist das«, erklärte Kajetan, »und mit diesem Stückerl Mist, mein Lieber, wird alles klar!«

Er übersah Egids fragendes Gesicht und ging in den Gang, der von der kleinen Zeche ins Berginnere weiterführte. Wieder stieg der niedrige Stollen leicht an. Die Luft roch beklemmend nach totem, feuchtem Lehm. Der Junge beeilte sich, ihm zu folgen. »Was ... wird Ihnen klar, Herr Inspektor?«

»Es passt einfach alles zusammen, Egid!«

»Was passt zusammen? Ich versteh Ihnen nicht.«

Wieder wurde der Stollen niedriger, so dass die beiden Männer gebückt gehen mussten. An einer Biegung hielt Kajetan an, machte Egid ein Zeichen, er möge anhalten, nahm die Pistole in seine Hand und schob sich vorsichtig um den Fels. Wieder erleuchtete das Licht der Fackel eine gerade, übersichtliche Strecke.

»Was wolltest du wissen, Egid?«

»Was Sie gemeint haben mit ›es passt alles zusammen‹?«

»Dass mir klar wird, was die Sanne mit den ›Herrschaften‹ gemeint hat!«

»Herrschaften?«

»Den Major hat sie natürlich gemeint!«

Beide hatten ihre Stimmen gesenkt.

»Was hat denn der Herr Major damit zu tun, Herr Inspektor?«

»Ganz, ganz einfach, Egid. Die Sanne hat vor einigen Wochen zwei Schafe verloren. Sie hat sie überall gesucht, und dabei ist sie in die Nähe des Bergwerks gekommen. Sie wusste, dass es ihr verboten war, die Tiere in die Nähe des Silberlochs zu treiben, weil sich darin immer wieder Tiere verirrten. Sie muss alles abgesucht haben, bis sie davon überzeugt war, dass die Schafe nur hier im Bergwerk sein könnten, und dass die Tiere sich in der Finsternis heillos verirren und irgendwohin abstürzen würden. Also nimmt sie eine Kerze und sucht ihre Schafe. Sie findet ihre Spuren, ist schlau und markiert ihren Weg, damit sie wieder nach draußen findet. Vermutlich ist sie später irgendwann an eine Stelle gekommen, wo sie entdeckt hat, dass ihre Tiere unrettbar verloren waren, und sie ist zurück. Plötzlich, sie ist vielleicht hier, wo wir uns gerade befinden, hört sie Stimmen. Sie muss fürchterlich erschrocken sein und in aller Eile ein Versteck gesucht haben, von dem aus sie gehört hat, dass mehrere Menschen etwas in das Bergwerk tragen, und sie muss auch die Stimme des Majors erkannt haben. Als die Männer das Bergwerk wieder verlassen, um die nächste Ladung zu bringen, läuft sie zum Ausgang und kommt an der geöffneten Tür der Waffenkammer vorbei. Sie erkennt, dass es Kriegsmaterial ist, das hier verstaut ist, und irgendwie hat sie es später geschafft, die Höhle wieder zu verlassen. Am Gemeindeamt liest sie dann den Anschlag, dass Waffenverstecke verboten sind, und sie meldet das dem Bürgermeister. Der sagt das nicht dem Wachtmeister, dem er es sagen müsste, sondern meldet es sogleich dem Kriminalrat Pointner in Dornstein … Vorsicht!« Wieder bog sich der niedrige Stollen zu unübersichtlicher Windung. Kajetan winkte Egid, näher zu kommen.

»Still! Kannst du etwas hören?«

Egid hörte angestrengt in die Dunkelheit und schüttelte dann den Kopf. »Nichts, Herr Inspektor«, flüsterte er. Sie gingen vorsichtig weiter.

»Das kann ich ja gar nicht glauben, was Sie sagen, Herr Inspektor. Und Sie meinen …?«

»Genau das meine ich, Egid! Der Kriminalrat sagts stante pede seinem Kriegskameraden, dem noblen Major Rupp. Also, was tun, überlegt der sich. Noch weiß keiner außer dem Bürgermeister und Sanne von dem Waffenlager. Der Bürgermeister wird also als Erster von oberster Stelle angewiesen, über die Sache aus nationalem Interesse strengstes Stillschweigen zu bewahren, und der Lindinger, der dem Major auch politisch nahesteht, gehorcht gern. Also muss die Kleine aus dem Weg geräumt werden. Ist sie nicht die Ziehtochter dieses Bauernbündlers, dieses Bolschewisten?, wird sich gefragt, und: Wäre das nicht eine ideale Möglichkeit, ihn ein für alle Mal auszuschalten? Ist es!, erkennt man in den feinen Kreisen. Dass der Erber irgendwo in der Nähe einen Bruder versteckt hat, munkelt schon das ganze Dorf, und so ist es ein Leichtes, den Erber mit einer fingierten Nachricht in die Nähe des Tatorts zu locken. Er würde nie zugeben können, dass er sich mit seinem Bruder treffen wollte. Immerhin ist dieser noch zum Tode verurteilt, und er würde, auch bei einer Begnadigung, den Rest seines Lebens im Gefängnis verbringen müssen …«

»Aber warum hat sie sich nicht dem Erber erklärt, Herr Inspektor?«

»Vermutlich, weil ihr die Leut eingeredet haben, dass er ihr Vater sei und ihre Mutter im Stich gelassen hätte. Vielleicht hatte sie aber einfach nur Angst vor der Strafe, wenn sie zugeben müsste, dass sie ihre Herde in das verbotene Gebiet geführt hat …«

»Und der Irgl?«

»Hat den Mord ausgeführt. Dass zufällig drei Einbrecher zugang waren, hat wohl zunächst den gegen den Erber gerichteten Plan geändert. Wie aber immer deutlicher geworden ist, dass sie unschuldig sein müssen, hat der Major wieder eiligst umdisponiert. Pech für die Herrschaften, dass sie den Kajetan nach Walching geschickt haben …«

Ein Schrei hallte durch die Gänge. Kajetan war herumgefahren. Egids Augen hatten sich geweitet. Kajetan lief einige Schritte nach vorne und erreichte eine Verzweigung. Zwei Gänge führten von hier ab, und an der Seite führte eine in Stein gehauene Treppe zu einer Öffnung, die vermutlich in einen parallel verlaufenden Stollen führte.

»Der ist von da oben gekommen, Herr Inspektor!«

Kajetan war unsicher. »Meinst du?«

»Ja!« Kajetan ließ sich von der überraschenden Bestimmtheit Egids überzeugen und stieg langsam die steinerne Stiege hoch. Die Pistole hielt er weit ausgestreckt. Egid folgte ihm zögernd und blieb einige Stufen zurück.

»Nein! Von da! Ich krieg ihn!« Egid hatte laut gerufen, war zurückgesprungen und verschwand mit einem Satz in einem der Gänge.

In wilden Sprüngen erreichte er den Rand des Senkrechtstollens. Irgl hatte sich mit letzter Kraft an einen kleinen Vorsprung geklammert; der Balken war donnernd in die Tiefe gebrochen. »Egid«, wimmerte er, »hilf mir.«

Egid sah kurz zurück, nahm ein Messer aus seiner Seitentasche und drückte die Scharfkante hart auf Irgls Finger. Irgl schrie gellend auf, dann schlug sein Körper dumpf auf.

»Was …!« Kajetan kam herangestürzt. Egid hielt ihn zurück.

»Passens auf, Herr Inspektor! Hier ist ein Abgrund!«

Langsam trat Kajetan näher. Fragend sah er Egid an.

»Er ist abgestürzt, Herr Inspektor. Grad wie ich gekommen bin. Er ist auf dem Holzbalken gestanden, hat mich gesehen, wollt auf mich schießen, und da ist er abgestürzt«, sagte Egid und kämpfte mit seiner Erschütterung. »Der Herrgott sei ihm gnädig«, fügte er leise hinzu.

Kajetan fasste sich. »Lass den aus dem Spiel, Egid. Wie tief wird das sein? Zehn, zwanzig Meter? Und dein Seil?«

»Dreißig Meter«, antwortete Egid zögernd, »Sie wollen doch nicht da runter?!«

Kajetan ging in die Knie und hielt seine Fackel über die Tiefe, konnte aber keinen Grund sehen. Er suchte einen kleinen Stein und warf ihn hinunter.

»Keine dreißig Meter, Egid«, stellte er fest, als das Geräusch verklungen war, »gib mir dein Seil. Du sicherst mich. Du weißt doch, wie das geht?«

Egid nickte, nahm das Seil von seiner Schulter und ließ es abrollen; dann schlang er das Ende zwischen seine Beine und führte es über Hüfte und Schulter. Mit der rechten Hand hielt er das Seilende. Kajetan überprüfte, ob Egid einen sicheren Stand hatte. »Gut.« Dann nahm er die Fackel zwischen seine Zähne und begann, sich abzuseilen.

Die Wand des Senkrechtschachts war glatt. Nach wenigen Metern passierte er einen schmalen Vorsprung. Als er ihn betrat, lösten sich weich modernde Skelett- und Haarteile eines Tieres, die lautlos in die Tiefe glitten.

»Gehts, Egid?« Es ginge, rief dieser, und ob er schon etwas gefunden habe. Kajetan antwortete nicht und glitt langsam tiefer. Das Gefühl unbestimmten Grauens überfiel ihn, je tiefer er kam. Plötzlich traten seine Füße ins Leere. Verzweifelt strampelte er in der Luft und schwang haltlos über dem Abgrund.

»Egid! Halt mich!«, kreischte Kajetan hysterisch. Die Fackel fiel in die Tiefe. Egids Sicherung hielt. Langsam kam die Pendelbewegung des Seils zur Ruhe. Dann sah der Inspektor, dass die Fackel nur noch etwa fünf Meter unter ihm auf dem Stollenboden lag, und ließ sich weiter in die Tiefe.

Die Fackel brannte noch, Kajetan nahm sie auf. Irgl lag mit gebrochenem Rückgrat auf einem niedrigen Hügel hartkantig abgebrochener Steinblöcke, in einer Wiese bereits bleich mineralisierter Skelette und halb verwester Kadaver. Er lebte noch. Mund und Augen waren geöffnet, und als Kajetan sich ihm näherte, schienen die Augäpfel sich zum Licht der Fackel zu drehen. Der Mörder weinte.

Kajetan nannte ihn beim Namen. Irgls Lippen bewegten sich unmerklich. Kajetan beugte sich zu ihm.

»Friert mich …« Seine Stimme war kaum mehr hörbar.

»Wer hats dir angeschafft, Irgl?«

»So kalt …«

»Wers dir angeschafft hat, Irgl.«, Kajetan hatte die Frage behutsam, fast zärtlich wiederholt.

»Ich blut, Mama … friert mich so …« Seine Stimme war nur noch dünner, müder Hauch. Dann lief ein feines Beben um seine Lippen, krümmten leicht sich die Finger, und er starb.

»Herr Inspektor!!« Egids Stimme hallte gespenstisch herab. »Haben Sie ihn?«

Kajetan konnte seinen Blick nicht abwenden. Dann schrie er laut nach oben: »Ja! Wir haben ihn!«

Sacht rieselten winzige Steinkörner in die Tiefe. Eine schwere Schlange fiel klatschend herab; splitterte den Bruchteil einer Sekunde zur Ewigkeit. Kajetan hörte zu atmen auf. Klirrend, rasend fügte sich in seinem Gehirn das Bild einer tödlichen Falle, in die er geraten war. Egid hatte das Seil herabgeworfen.

45

Wie unbeschwert war Leutnant Egids Kindheit gewesen, und wie schwer hatte es ihn getroffen, dass seine hoffnungsvoll begonnene militärische Karriere schon nach wenigen Jahren beendet war. Konnte er sich nach Krieg und Revolution noch einige Monate in einer der zahlreichen Einwohnerwehren betätigen, so endete auch dies, so dass er sich schließlich eines Tages, auf Anraten eines Kameraden, bei der »Torfgesellschaft Alpenland« in München um eine Anstellung bewerben musste. Dort schickte man ihn zunächst auf das Gut des Doktor Heim, wo er jedoch mit allerlei verdeckten Missionen betraut wurde. Leutnant Irgl, den er an der Westfront kennengelernt hatte, brachte ihn mit Major Rupp in Verbindung, welcher nach außen als Vertreter der »Holzverwertungsgesellschaft Bayern« erschien und zugleich in der Nähe von Dornstein einer Gruppe von »Wanderfreunden« vorstand. Warum dieser sich ausgerechnet im »roten« Walching, einer ehemaligen Bergarbeitergemeinde in Grenznähe, niederließ, schien zunächst unverständlich – so lange, bis er eines Nachts mit der Einlagerung einer Waffenlieferung in das alte Bergwerk betraut wurde. Die Aktion wurde als Versuch, die Ergiebigkeit des Bergwerks zu untersuchen, getarnt. Das Versteck, das für einen in allernächster Zeit geplanten Putsch geplant war, schien sicher – bis eines Tages Major Rupp in höchster Erregung von einer Anzeige berichtete. Noch könne sie unterdrückt werden, versicherte er, doch dazu müsste diese vorwitzige Bauerndirn schnellstmöglich aus dem Weg geschafft werden. An Irgl und Egid erging der Auftrag, die Tat auszuführen. Egid spähte aus, wann die Bauern das Haus verlassen würden, und Irgl schlich sich in das Haus.

Fast wäre alles schiefgegangen, als plötzlich vor dem Haus die drei Vagabunden auftauchten. Zunächst lief aber alles nach Plan, wenngleich die Absicht, dem Erber die Tat anzuhängen, zunächst nicht greifen sollte. Doch mit dem Erscheinen des Inspektors, den Kriminalrat Pointner offensichtlich unterschätzt hatte, überschlugen sich die Ereignisse …

Egid hatte die Waffenkammer erreicht. Dort rückte er mit wenigen Griffen einige Kisten beiseite, öffnete eine andere und entnahm ihr einige Stangen Sprengstoff. Er umwickelte ihre Enden mit einer Zündschnur und begann, sie abzuwickeln. Die Fackel in vorsichtiger Distanz haltend, ging er rückwärts in den Stollen, der zur großen Zeche führte. Er zählte laut die Schritte, mit denen er die Zeit berechnete, die er brauchen würde, um noch vor der Explosion das Bergwerk verlassen zu haben. »Vierundzwanzig, fünfundzwanzig … dreißig.« Er zündete die Schnur, die sich folgsam in das Dunkel fraß, und lief hastig weiter. Er stieß an einen zackig abragenden Stein des niederen Stollenteils und stürzte. Benommen richtete er sich wieder auf und setzte, nun schneller, seine Flucht fort. Bald hatte er die große Zeche erreicht. Seine Kopfwunde schmerzte rasend; er griff in sein Haar und fühlte warmes Blut. Es lief über seine Ohren und verschmierte sich am dichten Stoff des Jackenkragens. In seinem Gehirn wuchs das dünne, flammenspritzende Rauschen der rasch wandernden Zündglut zu einem kreischenden Schmerz an; patschend lief er durch Pfützen und fand sich in der Mitte der riesigen Halle, die ihn in drohender Ruhe überwölbte und sich zu verengen begann. Der Ausgang war von dieser Stelle aus, die er in wilder Verwirrtheit erreicht hatte, eine Öffnung unter vielen, die sich kaum voneinander unterschieden. Er machte einen Satz zur Wand der Zeche, rutschte an einer winzig abschüssigen Stelle ab und prallte der Länge nach hin, wobei seine Stützhand auf die Kante einer halbversunkenen Lore prallte. Die Fackel flog in weitem Bogen aus seinen rudernden Händen. Als sich Egid wieder aufrichtete, sah er, weite Meter von sich entfernt, ihren glimmenden Rest. Seine Panik wuchs. Er kroch, sie zu holen, doch sie erlosch zischend am Rand einer seichten Pfütze.

Egid schrie entsetzt auf. Das Zischen in seinem Gehirn wuchs über seine Augen und ließ für Sekunden Garben stechend farbiger Blumen erscheinen. Wummernd weiche, unendliche Schwärze fiel aus der Höhe. Tastend kniete sich Egid auf den Boden, suchte zitternd sein Feuerzeug und schlug eine kleine Flamme. Auf allen vieren kroch er zur Höhlenwand und suchte nach der Markierung. Der lächerliche Lichtkegel seiner rasch dünner werdenden Flamme zeigte keine Einritzung mehr. Egid hatte völlig die Orientierung verloren; er riss seine Jacke auf, holte dort mit bebenden Fingern Papiere hervor und entzündete sie. Endlich, im hellen Schein eines rasch abbrennenden Schriftstücks, sah er das rettende Zeichen. Mit letzter Kraft stürzte er in den offenen Stollenmund. Er wusste, dass er den Ausgang nicht mehr erreichen würde.

46

Kajetans Körper glühte, von den Brauen tropfender Schweiß floss brennend in seine Augen: Der Tote im Bett faulbrauner Skelettbrüche, die die modernden Fellfetzen durchstoßen hatten, in von Blut marmorierten lößüberzogenen Quadern, in mild glitschenden Weichteilen, neben zerschlagenen aufgerissenen Schädelteilen. Kajetan hatte zunächst, in Schockkälte, die sich zu rasender Panik auswuchs, versucht, einen Aufstieg aus der Sohle des Stollens zu finden, hatte, nachdem dies ohne Aussicht war, versucht, das Seil wie ein Lasso nach oben zu werfen, in der Hoffnung, es könne sich an einem Vorsprung an der Wand des sich nach oben verjüngenden Schachts fangen, und er hatte, die Fackel wie ein Messer zwischen den Zähnen haltend, sich einige Handgriffe in die Höhe hangeln können, bis ihm das heiße Pech in den Mund lief und ihn schreiend zurückfallen ließ.

Dann hatte er ein fahles Geräusch gehört, das er für den Bruchteil einer Sekunde für eine Kapriole seines galoppierenden Pulsschlags hielt. Danach ein dünnes, zu einem infernalischen Konzert anwachsendes Pfeifen. Schließlich herrschte plötzlich Totenstille. Felswand und Sohlboden begannen zu vibrieren. Der Tote, besprungen von Kadavern, tanzte. Ungreifbares umfasste Kajetans Brust und begann in pochenden Wellen, ihm die Augen aus den Höhlen zu treiben. Tonlos lösten sich in großer Höhe Quader aus der Wand und platzten wie Granaten, stumm, in Egids närrische Gesellschaft.

Als Kajetan aus tiefer Ohnmacht erwachte, übergab er sich mit einer Heftigkeit, die ihm Tränen aus den Augen trieb. Im flackernden Licht der Fackelreste wischte er sich Rotz und blutigen Foam von Gesicht und Händen. Er atmete heftig und hörte nichts als taubes, samtenes Rauschen.

47

Die Männer, die an der Stollenmündung auf Kajetans und Egids Rückkehr gewartet hatten, waren um ihr Leben gerannt, als der dumpfe Donner der Detonation heranrollte. Als würden im Inneren des Berges zornige Geister eine Höllenorgel schlagen, waren ein ohrenbetäubendes Pfeifen und Wellen heftiger Druckluft aus dem Loch geschossen. In der Höhe hatte sich ein uralter Baum aus der Felswand gelöst und war mit Erde und Gesteinsbrocken auf den Vorplatz geprasselt.

In ihrer Panik waren die Männer tief die steile Abraumhalde hinuntergelaufen, waren gestolpert, gestürzt und von nachrutschenden Wächten überschüttet worden. Mayr war der Erste, der sich wieder freimachen konnte und keuchend den Vorplatz erreichte. Mittlerweile waren auch die anderen Bauern, die sich in der Knappenstube aufgehalten hatten, herangestürzt. Keiner sprach ein Wort.

Mayr humpelte, nachdem er sich eine Fackel geben ließ, auf die Stollenöffnung zu. Vorsichtig folgten ihm zwei Männer.

»Inspektor!!«

Der Ruf des Wachtmeisters löste klickerndes Geriesel, gab jedoch kein Echo. Nach wenigen Schritten standen die Männer an der Stelle, an der früher der »Bau« begonnen hatte. Ein Gewirr von Gesteinsbrocken und zerbrochenen Balken reichte bis an die Decke. Kein Hauch war zu spüren, und nur der Gestank aufgerührten, feuchten Lehms erfüllte die Luft.

»Inspektor!!, schrie Mayr noch einmal und wusste, dass es sinnlos war. Er schluchzte erschüttert auf. Doch – war da nicht, fern, eine Stimme? »Still!!«, ächzte Mayr, »Still …«

»Adam!«, schrie eine Stimme. Mayr war ohnmächtig zusammengebrochen. Die Männer zerrten seinen Körper nach draußen. Lindinger ordnete an, ihn in die Knappenstube zu bringen. Dort schlug der Wachtmeister wieder die Augen auf.

»Die sind alle hin«, sagte der Bürgermeister mit rauer Stimme, und einige der Umstehenden nickten.

48

Als Kajetan, über den sich in Wellen Verzweiflung, kalte Klarheit und wieder fröhliche Entwirklichung ergossen, die unversehrt gebliebene Fackel erneut entzündet hatte, fand er sich in einer schmalen Nische am Rande des Sohlbodens, auf dessen Mitte sich meterhoch Steinblöcke türmten. Die Bewegung des Berges war jetzt zum Stillstand gekommen. Aus der Höhe patschte Wasser, tickend wie zu Beginn eines schweren Wolkenbruchs, der nie kommen sollte. Hastig erstieg Kajetan den Turm und erreichte nun, er musste dazu nur nassen, mürben Lehm über einem Griff freikratzen, den Eingang eines niedrigen Stollens. Er kroch weiter. Der Stollen wurde enger und niedriger.

Es gibt viele Mutmaßungen darüber, was im Kopf eines Menschen, der seinen Tod vor Augen hat, vor sich geht. Dessen Leben würde in Sekunden vor seinem inneren Auge vorbeiziehen, wird behauptet, er dächte an seine Lieben, er würde beten oder sich verzweifelt in schützendes Irrsein begeben. Kajetan jedoch war nur damit beschäftigt, Verzweiflung und zornigen Lebenswillen im Gleichgewicht zu halten. Er wusste, dass es Wochen dauern würde, bis die große Zeche wieder begehbar wäre. Doch bis dahin würde er längst verhungert sein. Denkbar auch, dass gar nicht erst versucht werden würde, nach ihm zu suchen; zu unwägbar waren die Gefahren. Vielleicht brächten die Walchinger nur ein kleines Marterl beim Stolleneingang an, das den Wanderer um ein Gebet bittet, und vielleicht würden nächtliche Legenden um die Verschwundenen gesponnen. Doch zu blöder Wichtigkeit wuchs mehr und mehr heran, dass da noch eine Schuld zu begleichen gewesen war. 23 Mark, beim Schuster in Dornstein …

Der Stollen, der nun auf einem schräg stürzenden Schichtbruch angekommen war, hatte sich wieder verbreitert. Der Boden war hier mit Gesteinsbrocken übersät. Dann versperrte Sturzwasser, in chaotischem Rhythmus einen perlenden Vorhang bildend, den Weg. Kajetan knöpfte seinen Mantel auf, hielt die Fackel zum Schutz darunter und durchsprang den kleinen Wasserfall, ohne zu wissen, was sich dahinter verbarg, durchwatete, das bereits glimmende Futteral seines Mantels erstickend, eine mehrere Meter lange Pfütze und setzte dann seinen Weg fort. Die Luft stank und der Geruch toter Erde hatte längst Kleidung und Haut durchdrungen.

Ein heftiger Schwindel ergriff Kajetan. Die Flamme kam näher und näher; er stürzte auf die Knie und erbrach sich erneut. Hustend vertrieb er eine herannahende Ohnmacht, beugte sich tiefer – nie in den Höhlen zu Boden gehen, Berggas erstickt in Sekunden! – und fühlte nichts als einen messerdünnen, kühlen Hauch über dem leisen Plätschern des kleinen Wasserlaufs. Sein Atem wurde ruhiger. Er blieb liegen und spürte plötzlich, wie die Hitze seines Körpers einer herrlichen, berauschenden Kühle wich.

49

Die Männer hatten sich erstaunt umgedreht. Auch der Wachtmeister richtete sich nun auf und sah zum Bruder des Erber.

»Es gibt noch einen anderen Ausgang«, hatte dieser mit leiser Stimme gesagt, »unten, bei der Rais.«

»Was sagst du, Lois? Einen anderen Ausgang?« Mayr war wieder hellwach.

»Wenn sie weit genug in den Berg gekommen sind, könnten sies überlebt haben.«

»Schmarren«, fiel Lindinger dazwischen, »was weißt du schon? Bist, seidst Bub warst, nimmer hier heroben gewesen!«

Lois sah müde hoch und hob die Schultern. Doch Mayr ging einen Schritt auf ihn zu und beugte sich zu ihm. »In der Rais, sagst du? Wo in der Rais?«

»Bist du jetzt ganz narrisch geworden, Adam? In die Rais einsteigen, mitten in der Nacht? Wo alle daumlang eine Lawine abgehen kann?!«

»Aber nicht um diese Zeit, Thomas«, erwiderte Mayr ruhig und wollte sich wieder Lois zuwenden.

»Ich ordne an, dass die Suche abgebrochen wird!«, dröhnte Lindingers Stimme. »Kommts, Männer!« Er griff zum Türriegel. Die Männer erhoben sich.

»Adam, was ist? Sollen noch mehr draufgehen?« Lindinger hatte die Tür bereits geöffnet. Die Bauern sahen zum Bürgermeister, dann zu Mayr. Müde richtete sich dieser auf.

50

Es ging zu Ende. Schon war auch die zweite Fackel weit über die Hälfte heruntergebrannt, glühten Tropfen flüssigen Pechs auf seine Hand. Kajetan spürte nichts mehr. Gleichmäßig tappte er den Stollen entlang, der in leichter Steigung in die Tiefe führte. Immer häufiger mündeten nun niedrige Seitengänge heran; sie führten kleine Rinnsale, die sich im Hauptstollen zu einem schmalen, rasch fließenden Bächlein sammelten. Das schwarze Oval des Stollenfortlaufs flog ihm entgegen; bald verengte es sich zu einem Durchgang mit nass glitzernden Wänden, dann sprang es wieder auf in weites, hallendes Gewölbe. Der Feuerschein strich über scharf geschlagenen Dolomit, formte Fratzen, flackernde Lichtmäntel; Smaragde fielen daraus und zerplatzten stumpf. Schritte näherten sich und verstummten, ohne dass sich ein Wesen gezeigt hätte.

Dann trat der Felsen zurück. Das Licht erreichte die Decke der Halle nicht mehr. Kajetan blieb überrascht stehen. Das leise Knistern der Fackel setzte sich hallend fort. Kajetan schrie etwas, seine Worte kreischten auf ihn herab wie ein Überfall einer tollen Meute. Er begann zu laufen. Eine grandiose, unterirdische Welt drang aus der Dämmerung: Säulen, hohe Balkone, glänzende, hohe Platten. Aus der Höhe fielen Hände, Beine von Riesen, tanzten einen fröhlichen Tanz und sanken wieder in die Finsternis.

Vor ihm lag ein See mit kristallklarem Wasser. Sein Ufer fiel flach ab und senkte sich in schwächer werdendem Lichtschein tiefer. Ein bleicher Olm fuhr blitzend in die Tiefe. Von fern drang Rauschen an Kajetans Ohr. Der Boden war glatt. Wankend ging er am Rand des Sees entlang, bis er einen schmalen Felssteg entdeckte, der zum anderen Ufer führen würde. Der Steg verengte sich zu einem schmalen Grat, der über der unbewegten Fläche des Sees verlief, und bald senkte sich die Decke des unterirdischen Doms. Das musste der Ausgang sein! Ein Lufthauch streifte sein Gesicht. Das Rauschen schwoll an.

Leuchtende, von einem Sturm zerfetzte Tücher flatterten vor ihm her, ein braunglimmender Mond stürzte herab. Der See endete nun, und was früher ein Stollenausgang gewesen sein musste, war nichts mehr als ein verstopftes, blockiertes Gewirr von Felsbrocken, über denen ein mächtiger Wirbel das Wasser aus dem Berg trieb.

Langsam sank Kajetan auf die Knie. Sein Herz pochte hämmernd. Vor seinen Augen schwammen weich strahlende Flächen, dann sah er nichts mehr. Hatte sich aus der Wand eine Gestalt gelöst? War sie auf ihn zugegangen, hatte sie die Hand ausgestreckt? »Nein«, wimmerte Kajetan.

Die Fackel erlosch. Endlose Dunkelheit breitete sich aus. Kajetan sah in unendlicher Müdigkeit, wie die letzten Glutstücke der Fackel aufglosten.

Die Glut wurde größer, als bliese ein Sturm in einen Scheiterhaufen. Alles wurde von rotem Feuerschein erfüllt, Rauch quoll aus unsichtbaren Stollen, und der Lärm vieler Stimmen war zu hören. Kajetan verlor die Besinnung.

»Seil! Seil!«, schrie Mayr hysterisch. »Da unten ist er!«

51

»Was ist denn noch, Adam?«, rief der Kondukteur ungeduldig, hob das Klappfenster und beugte sich heraus. Der Motor des Postautos lief bereits. Keuchend kam Mayr näher und überreichte dem Fahrer einen Brief.

»Den wennst mir noch mitnähmst, Schorsch. Für meine Schwester. Weißt schon.«

Der Kondukteur nickte, nahm den Brief in Empfang und legte den Gang ein. Mayr blieb stehen, bis der Bus den Dorfplatz verlassen hatte. Der Himmel war bewölkt; es würde früh dunkel werden.

… und weißt nicht, was ich für eine Nacht gehabt hab und hab immer wieder den guten Inspektor gesehen und gewußt daß er lebt. Ich bin auf in der Früh und hab gezittert am ganzen Leib, bin zur Postwirtin und hab einspannen laßen. Ein paar Oberlandler sind mit, und noch in der Finsterniß sind wir in die große Rais eingestiegen. An der Stell wo uns der Lois beschrieben hat, haben wir den Schnee weggeschaufelt und sind in den Berg. Hat keiner mehr gewußt und hat mir der Lehrer gesagt, daß an dieser Stelle in früheren Zeiten das Bergwerk eines Bischofs von Hallburg gewesen ist und hat man sich bloß einmal gewundert, dass es »Silberloch« geheißen hat, wo doch nur nach Blei gegraben worden ist. Was ich geweint hab wie wir unter uns den Inspektor gesehen haben, und auch die anderen. Ja,

was soll ich erzählen. Der Herr Major war entlaufen und hat Papiere für Österreich gehabt und soll jetzt in Ungarn sein, und der Inspektor ist entlaßen worden, weil er seinem Vorgesetzten nicht gefolgt ist. Von Sannes Tod ist nichts mehr herausgekommen, es wird halt der Irgl gewesen sein und auch den Egid hat man im Berg belaßen und nur ein Marterl haben seine Eltern aufgestellt. Was der Inspektor gesagt hat hat er ja keinen Zeugen nicht mehr gehabt und hat ihm keiner nichts geglaubt und hat er mir neulich geschrieben, es geht ihm gut wieder in München und er hat Arbeit in Aussicht. Den Erber haben sie wieder ausgelaßen aber hat eine Straf gekriegt und hat seine Alm auf dem Steinberg verkaufen müßen deswegen. Hätt der Lindinger nicht gesagt, Erber, ich helf dir und geb dir ein gutes Geld und war das meiste und jetzt gehörts ihm und ist ihm nichts passiert, weil er die Anzeig von der Sanne nicht weitergegeben hat, weil sie närrisch gewesen ist, hat ihm der Richter geglaubt. Wegen dem Lois wo ich Dich einmal gefragt hab ob er zu Euch ist, wird er nicht mehr kommen. Er ist nie in Amerika gewesen, ist geflohen nach Ungarn, hat auch von da wieder weg müßen und hat ihn das Heimweh zerrissen, dass er wieder nach Walching gekommen ist, wo ihn der Erber mit dem Luk versteckt haben und jetzt ist er nach München verbracht und muss noch zehn Jahr im Gefängnis sein, wo er doch den Inspektor gerettet hat. Wo der Ruß ist, weiß niemand so recht.

Den Pizzini haben sie bald laufen gelaßen, nicht den List wo drei Jahre gekriegt hat. Und ist dann auch noch der Mann von der Postwirtin heimgekommen, war in einem Spital ohne seinen Namen zu wissen, ist zwei Tag geblieben, hat nichts gredt, nur geschaut und war ganz kalt und ist fortgegangen am dritten Tag. Der arme Luk redt nichts mehr und sitzt da und stiert vor sich her und die Erberin bringt ihm was zum Essen und wenn ihn wer fragt, sagt er: es kommt nie mehr ein Frühling, die Bäum bleiben schwarz. jetzt ist der Winter bald aus. Denkst du noch an deine Heimat.

GLOSSAR

Anton Graf von Arco auf Valley	antisemitisch-konservativer Offizier, Mörder Kurt Eisners.
auf dem Quivive sein, bayerisch auf dem kiwif-sein	auf der Hut sein.
»Befreiung«	Bürgerkriegs-Massaker anlässlich der Besetzung Münchens im Mai 1919 durch Freikorps.
Berscht	von berchen = glänzen. Die Sagenfigur der »Frau Berscht« geht auf eine Liebes- und Fruchtbarkeitsgöttin der Antike zurück. Spätestens seit der Gegenreformation wurde sie von der Kirche zur hässlichen und schreckerregenden Waldhexe umgewidmet und durch die Muttergottes ersetzt. Das »Berchtenlaufen« in der Adventszeit, bei dem furchterregend vermummte Männer Kinder und junge Mädchen in Angst und Schrecken versetzen, mag im Kern auf diesen Glauben zurückgehen.
BHE »Bund Heimat Oberland«	Name eines der vielen rechtsgerichteten Freikorps; seine Mitglieder gingen z. T. in der faschistischen SA auf.
blecken	aufflammen, flackern.

Chaise, bayerisch Schesn	Auto.
Claus Heim	konservativer Bauernführer.
da leits nicht einmal …	da kann man sich nicht einmal leisten.
Eugen Leviné	Führer der Räterepublik.
Gant, vergant	Versteigerung, durch Versteigerung den Hof verlieren.
Georg Escherich	rechtsradikal-konservativer Freikorpsführer.
Grattler	Landstreicher.
Gustav Landauer	Minister der Räteregierung.
Kurt Eisner	erster bayerischer Ministerpräsident.
lötz	unangenehm, schmerzhaft.
Ludwig Gandorfer	Bauernführer, stand auf Seiten Kurt Eisners.
»Miesbacher Anzeiger«	rechtskonservatives Blatt, in dem u.a. Ludwig Thoma schrieb.
Plätten	Transportschiffe der Inn- und Salzachschifffahrt.
Rais	Geröllabhang.

1. Auflage
Sonderausgabe Juni 2020
by btb Verlag in der Verlagsgruppe Random House GmbH,
Neumarkter Str. 28, 81673 München

Umschlaggestaltung: semper smile, München
Umschlagmotiv: © mauritius images / Kohl-Illustration / Alamy
Satz: Uhl + Massopust, Aalen
Druck und Einband: CPI books GmbH, Leck
ts · Herstellung: sc
Printed in Germany
ISBN 978-3-442-77039-7

www.btb-verlag.de
www.facebook.com/btbverlag

Robert Hültner

Tödliches Bayern

Kriminalfälle
aus zwei Jahrhunderten

352 Seiten, btb 71338

Wie in Bayern gemordet wird

Robert Hültner, vielfach preisgekrönter deutscher Krimiautor, macht sich in seinem ersten Sachbuch auf die Spuren der Wirklichkeit: In akribischen Recherchen hat er acht historische Kriminalfälle aus zwei Jahrhunderten bayerischer Geschichte rekonstruiert und atemberaubend nacherzählt. Die blutrote Spur realer Verbrechen führt von Niederbayern über den Bayerischen Wald bis in die Münchner Maxvorstadt.

Hültners Inspektor Kajetan hat die Krimiszene verändert – mit Tödliches Bayern setzt der Autor einen vergleichbaren Meilenstein im erzählenden Sachbuch. Packender lässt sich Zeitgeschichte kaum erzählen!